Tanja Pleva
Totenpech

PIPER

Zu diesem Buch

Sonderermittler Sam O'Connor und seine neue Liebe Lina durchleben gerade die erste Krise. Die Fernbeziehung Hamburg – München macht den beiden zu schaffen. Und dann begeht Sam O'Connor auch noch einen Fehler, den er bald bitter bereuen wird, denn Lina ist plötzlich nicht mehr erreichbar … Unterdessen ermittelt O'Connor in einem mysteriösen Mordfall: Ein leidenschaftlicher Sammler antiker ägyptischer Kunstgegenstände wird brutal ermordet. In seiner Villa findet man eine mumifizierte Leiche unbekannten Ursprungs. Gleichzeitig verschwinden über Europa verteilt immer wieder Menschen und tauchen nirgends wieder auf. Sam O'Connor nimmt deren Spuren auf, und je weiter er in seinen Ermittlungen kommt, desto erschreckender erscheinen ihm die Zusammenhänge. Als ihm schließlich dämmert, welche Gräueltaten an den Vermissten verübt werden, sitzt Lina bereits in der Falle …

Tanja Pleva wurde 1965 als Tochter des Schauspielers Jörg Pleva geboren. Bedingt durch den Beruf ihres Vaters, war sie schon als Kind an ständige Ortswechsel gewöhnt. Als Erwachsene führte sie ihre »ruhelose Seele«, wie sie selbst sagt, durch Europa, Asien – und schließlich auf den Spuren ihrer Vorfahren bis nach Südamerika. Dort, in Kolumbien, lebt sie heute mit ihrem Mann, ihren zwei Kindern, zwei Hunden und fünf Katzen. Nach ihrem Debüt »Gottesopfer« ist »Totenpech« der zweite Thriller um Sam O'Connor. Auf die Frage, warum sie sich einen männlichen Protagonisten ausgesucht hat, gab sie zu, einen Helden schaffen zu wollen, in den sie sich auch verlieben könne. Das gelang ihr wohl, denn sie schreibt bereits an ihrem dritten Fall für Profiler O'Connor.

Tanja Pleva

Totenpech

Thriller

Piper München Zürich

Mehr über unsere Autoren und Bücher:
www.piper.de

Von Tanja Pleva liegen bei Piper vor:
Gottesopfer
Totenpech

Mix
Produktgruppe aus vorbildlich bewirtschafteten Wäldern und anderen kontrollierten Herkünften
www.fsc.org Zert.-Nr. GFA-COC-001223
© 1996 Forest Stewardship Council
FSC

Originalausgabe
Juni 2011

Umschlagkonzept: semper smile, München
Umschlaggestaltung: Hafen Werbeagentur
Umschlagfoto: Hafen Werbeagentur / PX2 (Amulett); cg textures (Wand)
Satz: Kösel, Krugzell
Papier: Munken Print von Arctic Paper Munkedals AB, Schweden
Druck und Bindung: CPI – Clausen & Bosse, Leck
Printed in Germany ISBN 978-3-492-27191-2

Es sind die Lebenden,
die den Toten die Augen schließen.
Es sind die Toten,
die den Lebenden die Augen öffnen.

PROLOG

»Frère Jacques, Frère Jacques, dormez-vous? Dormez-vous? Sonnez les matines, sonnez les matines. Ding ding dong. Ding ding dong.«

Die Frau hielt die Gedärme in die Höhe, schwang sie hin und her wie den Klöppel einer Glocke. Sie musterte sie wohlgefällig, lachte leise und warf sie in einen leeren Plastikeimer. Ihre Hand verschwand wieder in der offenen Bauchhöhle und holte weitere Organe daraus hervor. Nieren und Milz schmiss sie in den Eimer, doch die Leber schnitt sie in kleine Stücke. Ein Leckerbissen für die zwei Katzen, die sich gierig darüber hermachten.

»Oui, mes petites amies, c'est une délicatesse, n'est-ce pas?«

Sie nahm einen Wasserschlauch, spülte die Bauchhöhle sorgfältig aus und füllte sie mit Natronsalz.

»Und nun kommen wir zum besten Teil, mon frère.« Sie griff nach dem langen Haken, der auf dem Tisch lag, und führte ihn ins linke Nasenloch ein. Mit einem Hammer schlug sie ein paarmal auf das Ende, bis sie spürte, dass die Öffnung groß genug war.

Sie begann vor sich hin zu summen und stieß dabei immer wieder den Haken ins Gehirn. Machte kreisrunde Bewegungen und zog schließlich ein kleines Stück Gehirnmasse nach dem anderen aus dem Nasenloch. Plötzlich hörte sie auf zu summen. Etwas störte die idyllische Ruhe. Dann fiel es ihr wieder ein. Es wurde neue Ware gebracht. Sie lächelte vor sich hin, strich dem Toten über die leeren Augenhöhlen und sagte: »Mon amour, bald ist es vorbei.« Summend setzte sie ihre Arbeit fort.

1. KAPITEL

München Alessio saß seinem Geldgeber gegenüber, der ihn nicht aus den Augen ließ und geflissentlich darauf bedacht war, dass er auch tatsächlich drei Mal auf dem Mais herumkaute, bevor er ihn herunterschluckte.

Sein Blick wanderte durch den Raum. Von außen konnte man nicht mal im Entferntesten erahnen, was sich tatsächlich hinter den Mauern dieser Villa verbarg, die versteckt von altem Baumbestand in einer der feinsten Gegenden im Nordwesten Münchens lag.

Weißer Laaser Marmor, auch bekannt als das Weiße Gold, zierte den Boden, dicke sandfarbene Steinsäulen stützten die hohen Decken, und Feuerfackeln erhellten den etwa zweihundert Quadratmeter großen Raum.

Er sah hinauf zu den Köpfen mit den vielen toten Augenpaaren, die ihn bei seinem Mahl an der großen vergoldeten Tafel zu beobachten schienen. Eine Gänsehaut zog sich über Alessios Unterarme und richtete die feinen dunklen Härchen auf.

Morgen würde er wieder bei seiner Freundin in Rom sein, und dann gehörte diese bizarre Szenerie der Vergangenheit an.

»Sechs Mal kauen«, wies ihn sein Gegenüber an, dabei zeigte er auf das Stück Rinderfilet, das Alessio sich gerade in den Mund schob.

Seiner Freundin Emilia hatte er erzählt, dass er nach München zum Oktoberfest fahre. Wenn sie wüsste, wie er sich sein Geld verdiente, würde sie ihn ohne Zögern verlassen. So viel stand fest. Aber sie würde es nie erfahren, wie auch. Es müsste schon mit dem Teufel zugehen. Er schmunzelte bei dem Gedanken über die Summe, die er morgen bar in seiner Hosentasche haben würde, wofür andere mindestens vier Monate arbeiten mussten und die er hier ungefähr alle sechs Wochen für so eine Sitzung bekam.

Die kleinen Knopfaugen des Jachtmaklers folgten der letzten Gabel Mais wie einem Flugzeug, das in den Wolken verschwindet. Er nickte zufrieden, lächelte Alessio an und erhob sich aus seinem vergoldeten Thronsessel, dessen Armlehnen in zwei Löwenköpfen endeten. Mit seinem weißen Gewand, das unter der Wölbung des Bauches von einem schmalen Gürtel gehalten wurde, und seinen prähistorischen Sandalen sah der Hausherr wie ein Statthalter aus dem alten Rom aus. Allerdings nur, wenn man von seinen beiden Zöpfen, die er aus den spärlichen Resthaaren an seinem Hinterkopf zu Knoten gedreht hatte, und seiner dicken Hornbrille absah.

Alessio, ebenfalls in eine weiße Tunika gekleidet, folgte dem älteren Mann, der einen Kopf kleiner war als er, durch den saalähnlichen Raum zu einer steinernen Tür. Als diese sich automatisch zur Seite schob, gab sie den Blick auf eine außergewöhnliche Badelandschaft frei. Ein blutrotes Granitschwimmbad und eine lebensgroße Bronzestatue des Eigentümers selbst, die auf dem Wasser zu schweben schien, zogen den Betrachter sofort in seinen Bann.

An der einen Wand plätscherte Wasser wie bei einer versiegenden Quelle hinab, an der anderen war ein Relief mythologischer Darstellungen in den roten Sandstein gehauen worden, durch das sich Efeuranken schlängelten. Im Mittelpunkt des Reliefs war eine große Festtafel zu sehen, an der verschiedene römische Götter saßen. Rechts davon streckten schöne nackte Jünglinge bettelnd ihre Hände in Richtung der Götter aus, zu deren Füßen Putten spielten und ein bocksbeiniger Faun Weintrauben aß. Nur bei genauerem Hinsehen konnte man erkennen, dass die Götter alle ein und dasselbe Gesicht hatten, nämlich das des Villenbesitzers. Schwaden von Eukalyptusduft erfüllten den Raum und trieben im ersten Moment Tränen in Alessios Augen.

Der Hausherr entledigte sich seiner Tunika, unter der er nackt war, und tauchte seine Fußspitze in das Schwimmbad, um sich auf die Temperatur des Wassers einzustellen, das an die dreißig Grad betrug. Dann schritt er elfengleich mit einem Lächeln auf den Lippen die Stufen in das Bad herunter, bis ihm das Wasser bis zur Brust reichte. Aus unsichtbaren Lautsprechern ertönten die Klänge Tschaikowskis. Alessios dicklicher Geldengel hob die Arme in die Höhe, formte sie zu einem leichten Bogen, die Finger gespreizt, und tanzte andeutungsweise den *Schwanensee* für seinen Zuschauer.

Alessio hatte es sich auf einer Récamiere bequem gemacht. Genussvoll schob er sich rote Weintrauben in den Mund, während der kahle Schädel des Jachtmaklers im Schwimmbad auf und ab hüpfte wie eine Boje bei hohem Wellengang.

Nach einer Stunde, die Alessio vorkam wie zehn, war die Vorstellung endgültig beendet. Alessio klatschte in die Hände und rief seinem Gönner ein Bravo zu, während der sich immer wieder verbeugte.

Eine halbe Stunde später saß Alessio mit einem antiken Keramiknachttopf auf seinem Zimmer und hoffte, dass sein Stuhlgang bald einsetzte.

Es war kurz nach Mitternacht, als eine ganz in Schwarz gekleidete Gestalt sich geräuschlos durch die Villa bewegte. Sie hatte den gesamten Grundriss des Hauses überprüft und festgestellt, dass es keine versteckten oder verborgenen Räume und Kammern gab, zumindest nicht im unteren Teil des Hauses. Aber dass es keinen Zugang zum Keller gab, war mehr als auffällig, denn einen Keller hatte jede dieser alten Villen, soweit sie informiert war. Die Gestalt war gerade auf der Hälfte der Treppe angelangt, die zu den oberen Räumen und vermutlich auch zu einem Büro führte, wo sie vielleicht mehr Informationen über das alte Haus herausfinden konnte, als der Hausherr, der jede Nacht eine Exkursion in die Küche unternahm, weil ihn sein Heißhunger nach etwas Süßem nicht schlafen ließ, plötzlich nackt und weiß wie ein Geist vor ihr stand.

Eine Schrecksekunde lang starrten die beiden sich an, dann machte die Gestalt kehrt und rannte flink zwischen den Säulen hindurch Richtung Ausgang. Der Eigentümer reagierte schnell. Er verfolgte den dunklen Schatten mit wippendem Bauch und schnitt ihm den Weg ab, bevor dieser die Haustür erreichen konnte.

»Was machen Sie in meinem Haus?«, stellte er die obligatorische Frage, obwohl er wusste, dass es unwahrscheinlich war, darauf eine Antwort zu erhalten. Er beugte sich wie ein Ringer leicht nach vorn, um einen körperlichen Angriff seines Gegners, der kaum größer war als er, besser abwehren zu können.

Der unwillkommene Gast sah sich um, suchte nach einem anderen Fluchtweg und rannte wieder zurück an den Säulen vorbei auf eine Wand im hinteren Teil des Saales zu. Dort blieb er wie ein in die Enge getriebener Fuchs stehen. Die Gestalt sah sich Hilfe suchend um, während der Hausherr näher und näher kam. Schließlich blieb er stehen und verlagerte das Gewicht von einem Fuß auf den anderen wie ein Sumoringer, jederzeit bereit, dem Flüchtenden abermals den Weg zu versperren. Die Augen unter der schwarzen Mütze zuckten unruhig hin und her, schätzten die Situation ab, die geradezu ausweglos erschien. Der Jachtmakler ging auf die dunkle Ecke zu, in die sich der Dieb Schutz suchend gedrängt hatte.

»Hab ich dich, du kleiner Scheißer. Du hast wohl keine Manieren. Nachts in fremde Häuser einzusteigen, ist sehr ungezogen.« Eine Pause entstand, in der man nur die beiden Kontrahenten schwer atmen hören konnte.

»So, jetzt lass mal die Hose runter, damit wir pari sind.« Der nackte Jachtmakler grinste breit und nahm die Haltung einer sprungbereiten Raubkatze an. »Glaub nicht, dass du lebend hier rauskommst!«

Zu spät merkte er, dass er die Lage völlig falsch eingeschätzt hatte, und zwar genau in dem Augenblick, als er etwas auf sich zuschnellen sah. Dann war ihm, als würde ihn der Blitz treffen.

2. KAPITEL

Es war einer der schönsten Sommertage in diesem Jahr. Die Luft war noch mild und perfekt zum Joggen.

Sam O'Connor lief seine gewohnte Strecke ab, die ihn jeden Morgen durch die Villengegend in Obermenzing führte. Er lief an seiner früheren Wohnung vorbei, die er nach dem tragischen Tod seiner Schwester aufgegeben hatte, bog in die Marsopstraße ein, lief eine Weile an dem Bach entlang, der links und rechts von hohen Bäumen gesäumt war, und bewunderte auf der anderen Straßenseite die spät blühenden Magnolienbäume mit ihren weißlichrosa gefärbten Blüten.

Als Sam in die Chopinstraße einbog, waren das Erste, was er sah, ein offener schwarzer Leichenwagen und ein Krankenwagen. Wahrscheinlich ein Herzinfarkt mit Todesfolge, dachte Sam. Erst danach entdeckte er die zwei dahinter stehenden Einsatzwagen der Polizei und einen der Kripo.

Er wurde langsamer und blieb schließlich vor dem Haus stehen, das wie ein dunkelgrauer Riese versteckt hinter hohem Baumbestand lag und für so manchen Spaziergänger nicht mal auf den zweiten Blick sichtbar war. Obwohl er schon an die hundert Mal an dem Haus vorbeigejoggt war, entdeckte er jetzt erst nach genauem Hinsehen die steinernen Köpfe mit den offenen Mündern, die aus dem Mauerwerk hervortraten, als würden sie sich mit aller Kraft daraus freikämpfen wollen.

Er wollte gerade weiterlaufen, als er hinter sich jemanden schmatzend fragen hörte: »Sam? Sam O'Connor?«

Sam drehte sich um und sah direkt auf die Hälfte eines grünen Apfels.

»Was machst du denn hier?«, brachte Sams früherer Arbeitskollege kauend über die Lippen und lachte dabei, sodass Teile des bereits zermalmten Apfels in seiner Mundhöhle sichtbar wurden.

»Alfred Niemann, alias Wilhelm Tell ... Unglaublich. Die Frage gebe ich zurück«, sagte Sam, wischte sich den Schweiß von der Stirn und hoffte, dass er seine Überraschung überzeugend gespielt hatte, denn er hatte bereits vor Wochen gehört, dass Alfred Niemann zum Schrecken aller, die ihn kannten, wieder nach München versetzt werden sollte.

»Du hast also meinen Spitznamen nicht vergessen.« Er hob den Apfel in die Luft und lachte erneut. »Bin seit einem Monat wieder in der Heimat. Seit einer Woche wieder bei unserem alten Dezernat. Meine Frau wollte nach München zurück. Hannover war uns dann doch zu nordisch, als alteingesessene Bayern. Wie lange hast du noch Urlaub?«

»Eine Woche«, sagte Sam, während er wieder zum Haus hinübersah. Er überlegte, ob er sich verabschieden und einfach weiterlaufen sollte, fand es aber irgendwie unhöflich und fragte deshalb: »Und? Was ist hier passiert?«

»Na, soviel ich bisher beurteilen kann, ist es ein eindeutiger Fall. Stricher bringt Freier um, gleiche Story wie bei Mosi und Versace, nur dass es dieses Mal keinen Modefuzzi getroffen hat, sondern einen stinkreichen Verkäufer von Luxusjachten. Aber du musst dir mal das Haus von innen ansehen. So etwas hast du noch nie gesehen und wirst es auch nie wieder. Hab mir nur einen Apfel geholt, dabei kann ich besser denken, weißt du.«

Alfred Niemann hatte vor fünfzehn Jahren bereits ein paar Jahre bei der Mordkommission München gearbeitet, als Sam als frisch gebackener Tatortanalytiker und Profiler dazugestoßen war. Damals war sein Kollege dünn und schlaksig gewesen, heute hatte er gut dreißig Kilo mehr auf den Rippen. Sein volles schwarzes Haar hatte er zu einem kleinen Pferdeschwanz im Nacken zusammengebunden, und Sam musste feststellen, dass er trotz seiner Anfang fünfzig nicht ein einziges graues Haar hatte, im Gegensatz zu ihm, der beinahe zehn Jahre jünger war.

Passend zu Bayern trug Alfred Niemann einen grünen Janker, eine Trachtenjacke aus gewalkter Wolle mit gestickten Edelweißblumen auf der Brust, eine Jeans und ockerfarbene Timberland-Stiefel. Er sah eher danach aus, als würde er in die Berge zum Jodeln fahren, statt einen Tatort zu analysieren.

»Weißt du, ich wollte gerade nach Hause, wohne ein paar Straßen weiter, und außerdem habe ich …«

»Nun komm schon«, unterbrach Alfred ihn, »du musst dir das Haus ansehen. Das sieht man wirklich nur einmal im Leben«, und schob Sam bestimmend Richtung Gartentor.

Sam war verschwitzt, sein Pullover klebte ihm am Körper. Außerdem mochte er es gar nicht, wenn man der Meinung war, dass ihn etwas interessieren sollte, und ihn zu etwas drängte, wenn er es nicht wollte. Er stieß einen Seufzer aus, nahm mürrisch den weißen Schutzanzug entgegen, den alle Mitarbeiter der Spurensicherung anziehen mussten, um eine Verunreinigung des Tatortes durch eigene Fasern, Hautpartikel und Haare zu vermeiden.

Er zog ihn sich über und folgte Alfred Niemann zögernd.

Im Eingang stand ein Beamter, der die Daten einer überaus nervösen älteren Frau aufnahm.

»Ihren vollständigen Namen bitte.«

»Hil... Hilde Rehbein.«

»Anschrift und Telefonnummer.«

»Wozu? Ich meine, ich wollte doch nur die Katzen füttern«, sagte Frau Rehbein mit zitternder Stimme.

»Formsache, Frau Rehbein. Mehr nicht«, erwiderte der Beamte in gelangweiltem Ton.

Der Beamte schob die Frau ein Stück vom Hauseingang weg, um Sam und Alfred Niemann durchzulassen. Dann machte er sich weitere Notizen in seinen Block.

»Na, was sagst du?«

Alfred Niemann hatte als Erster das Haus betreten, so dass er nicht das verblüffte Gesicht von Sam sehen konnte, der sprachlos war. Sam hatte in der Tat noch nie dergleichen gesehen. Das Haus präsentierte sich als Mischung aus ägyptischem Tempel und römischem Palast. Die Säulen, rundum mit Hieroglyphen verziert, waren an die acht Meter hoch und trugen eine Decke, auf der das Universum mit Sternbildern, Planeten und der Milchstraße zu sehen war. In die Wände eingearbeitete vier bis fünf Meter hohe Götterstatuen standen majestätisch jeweils zwischen den Panoramafenstern, vor denen weiße Seidenvorhänge hingen, die den dahinter liegenden Garten nur schemenhaft erkennen ließen.

In der Mitte des Raumes ruhte eine überdimensionale cremefarbene Couchgarnitur, auf der eine grau melierte Katze lag. Daneben mehrere kleine vergoldete Ecktischchen, auf denen Lampen mit Schirmen aus gewickeltem Leinen standen, sowie ein Glastisch, um den sich diverse Schlangenkörper wanden, die der ganzen eigenwilligen Konstruktion Halt gaben. Am Rand des Saales prangte ein Esstisch, ebenfalls vergoldet, dessen Platte von Sphinxen getragen wurde und auf der eine Obstschale mit versilberten und vergoldeten Früchten stand. Direkt neben der Obstschale lag zusammengerollt eine weiße Angorakatze.

An der Wand dahinter waren Nischen eingelassen, in denen zwei schwarze Katzen saßen, und zwischen den Nischen hing ein etwa drei Meter langes und ein Meter fünfzig breites Papyrus in kräftigem Mittelblau und Gold hinter Glas. Es war der einzige Farbtupfer im Saal, wenn man von der Blutlache absah, die sich unter dem abgetrennten Kopf und dem Rest des Leichnams auf dem weißen Marmor gebildet hatte.

»Ich hatte noch nie etwas für Leute übrig, die Tiere ausstopfen«, sagte Alfred leicht angewidert.

Der Geruch des Todes wurde überdeckt von einem angenehmen Eukalyptusduft, der aus dem hinteren Teil des Hauses zu kommen schien. Es war, als hätte Sam einen Sprung in eine längst vergessene Zeit gemacht. Er bewegte sich wie hypnotisiert durch den Raum, als plötzlich ein Beamter, dessen Gesichtsfarbe übergangslos zu seinem weißen Schutzanzug passte, zu Niemann sagte: »Mein Gott, das müssen Sie sich ansehen.«

Sam überlegte, dass jetzt der richtige Zeitpunkt war, den Tatort zu verlassen, da Alfred abgelenkt war. Doch seine Neugierde ließ ihn dem Beamten durch eine Tür folgen, die in eine hochmoderne Küche führte. Sie war in Chrom und Schwarz gehalten und bildete den krassen Gegensatz zum Rest des antik gestalteten Hauses.

Der Polizist führte sie zu einer Tiefkühltruhe. Erst auf den zweiten Blick ahnte Sam, was sich dort in vielen kleinen Frischhaltebeuteln befand, dennoch sträubte sich sein Verstand dagegen.

Alfred hörte auf, seinen Apfel zu essen, überreichte ihn dem Beamten mit geweiteten Augen. Im nächsten Augenblick zerrte er eine Plastiktüte unter seinem Schutzanzug hervor, öffnete sie, steckte den halben Kopf hinein und stieß gequälte Würgelaute aus.

Sam hielt sich die Hand vor den Mund, um sein Grinsen zu verbergen, und verließ schnell die Küche.

Alfred Niemann war schon immer bekannt dafür gewesen, dass er einen überaus empfindlichen Magen hatte. Wenn Alfred zu einem Tatort oder in die Gerichtsmedizin gerufen wurde, schlossen die Kollegen vorher Wetten darüber ab, ob Niemann seinen Magen entleerte oder nicht. Das hing natürlich auch von dem Zustand der Leiche ab. Sam hatte sich oft gefragt, warum Alfred nicht einen anderen Beruf gewählt hatte. Er schlussfolgerte, dass sein Kollege leicht masochistisch veranlagt sein musste.

Inzwischen waren weitere Ermittler am Tatort eingetroffen. Neben der Leiche kniete der Gerichtsmediziner, hob den Körper des Opfers leicht an und drückte in die dunklen Totenflecken, die sich bereits an der Unterseite des Körpers gebildet hatten. Dann nuschelte er etwas in sein Aufnahmegerät, das er dicht vor seinen Mund hielt, während ein Fotograf unaufhörlich den Auslöser seiner Kamera drückte und mit dem immer höher werdenden Summen, das das Aufladen des Blitzlichtes von sich gab, die merkwürdige Stille durchbrach, die trotz der vielen Leute am Tatort herrschte.

Sam warf einen Blick auf den fein säuberlich abgetrennten Kopf mit den vor Schreck weit aufgerissenen Augen und war froh, dass das nicht sein Fall war und er noch eine Woche von solchen Gräueltaten verschont bleiben würde. Dann drehte er sich einmal langsam im Saal um die eigene Achse, bis sein Blick an der Treppe hängen blieb, die nach oben führte.

Er überlegte kurz, ob der erste Stock ähnlich gestaltet war wie der untere, ob sich der Eigentümer dort oben auch eine Zauberwelt geschaffen hatte, als zwei Beamte mit einem jungen Mann in einer durchlöcherten Jeans, das weiße Oberhemd in aller Eile schief zugeknöpft, in Handschellen die Treppe herunterstiegen.

»Non ho fatto niente … non ho fatto niente«, sagte der vermeintliche Mörder zu den Beamten abwechselnd nach links und nach rechts. Dann fiel sein Blick auf den nackten Leichnam in der roten Blutlache. Seine Augen weiteten sich, anscheinend begriff er erst jetzt den Ernst der Lage. Er versuchte, sich aus den Griffen der Beamten herauszuwinden, und rief dann jammernd: »No, la prego, non sono stato io. Non è colpa mia!«

Sam sprach kein Italienisch, aber er ging davon aus, dass der junge Mann mit dem verzweifelten Gesichtsausdruck den Beamten klarmachen wollte, dass er nichts mit dem Mord zu tun habe. Worte, die Sam von anderen Tätern an die tausend Mal gehört hatte. Er winkte Alfred kurz zum Abschied zu und verließ den Tatort. Das letzte Stück joggte er nicht mehr, sondern ging auf dem kürzesten Weg nach Hause. Er war aus dem Rhythmus, der Schweiß getrocknet, sodass er sich nur noch auf die warme Dusche freute und auf das, was zu Hause auf ihn wartete.

3. KAPITEL

Lina rekelte sich im Bett, als Sam mit einem Handtuch um die Hüfte wohlriechend nach Duschgel und Shampoo aus dem Badezimmer kam. Er strich mit beiden Händen seine nassen schwarzen, leicht gewellten Haare zurück, die an den Seiten bereits erste Anzeichen von Weiß zeigten, und präsentierte somit ungewollt seinen prachtvollen Oberkörper.

Er hätte ein Modell für das Parfum Acqua di Giò sein können, dachte Lina, klopfte mit der flachen Hand auf die leere Bettseite neben sich und lächelte ihn verführerisch an.

In zwei Stunden würde sie wieder auf dem Weg nach Hamburg sein, wo sie ihrer rechtschaffenen Tätigkeit als Sprechstundenhilfe nachging. Die beiden hatten sich damit abgefunden, dass sie sich nur an den Wochenenden sahen, und genossen deshalb jede Sekunde, die sie zusammen sein konnten.

Meistens kam Lina nach München, weil Sam ein regelrechter Reisemuffel war und ihr lieber das Ticket bezahlte, als dass er seine eigenen vier Wände verließ.

Sie schmiegte sich an ihn und küsste seine kalte, noch feuchte Brust, während er über ihr seidenweiches Haar strich.

»Warum ziehst du nicht nach München?«, fragte Sam und küsste sie auf die Stirn.

»Ach, Corazón, du weißt doch, dass ich meine Mama nicht alleine im Restaurant lassen kann. Außerdem habe ich meine Arbeit in Hamburg, und dann …«

»Was und dann?« Er hörte abrupt auf, ihr Haar zu streicheln. »Du arbeitest doch nicht immer noch als Medium, Lina?«

Lina zögerte eine Sekunde zu lang, bevor sie verneinte und im gleichen Augenblick wusste, dass er die Lüge durchschaute. Diese Lüge stand nun im Raum, aber Sam sagte kein Wort, was noch schlimmer war, als hätte er sie angebrüllt. Er erhob sich und zog sich an.

»Verdammt, Sam, was ist so schlimm daran? Ich helfe anderen Menschen.«

»Ich helfe anderen Menschen«, äffte er sie nach. »Und wie? Indem du mit Geistern sprichst? Du weißt genau, was ich davon halte, Lina. Nämlich nichts. Gar nichts.« Die letzten Worte brüllte er ihr entgegen. Dann nahm er ihr Gesicht in beide Hände und sagte in besorgtem Ton: »Sieh dich an. Du hast dunkle Augenringe, bist ständig krank. Sie fressen dich auf, saugen deine Energie aus. Hör auf damit!«

»Du hast ja keine Ahnung, Sam.«

»Nein, ich bin ein totaler Kretin, ein Blödmann. Erinnere dich an letztes Jahr, als dieser Irre …« Sam brach mitten im Satz ab. Lina war letztes Jahr aus ihrer Wohnung von einem

Serienmörder entführt worden und nur knapp dem Tod entronnen. Dass sie noch am Leben war, hatte sie Sam und seinem damaligen Kollegen Juri zu verdanken, die den Fall bearbeitet hatten. Allerdings wusste sie bis heute nicht, was ihre Entführung letztes Jahr mit ihrer Arbeit als Medium zu tun hatte. Sam hatte sich über das Thema ausgeschwiegen. Er warf ihr einen traurigen Blick zu, zog seinen schwarzen Ledermantel über, setzte seine schwarze Schirmmütze auf und sagte kalt: »Weißt du was? Mach, was du willst.« Mit diesem Satz verließ er die Wohnung und ließ Lina allein zurück, obwohl er wusste, dass ihr Zug in zwei Stunden ging und sie sich erst nächstes oder vielleicht auch erst übernächstes Wochenende wiedersehen würden.

Lina fand den Gedanken unerträglich, sich von Sam im Streit zu trennen.

Sie kauerte sich auf dem Bett zusammen und versuchte, das ungute Gefühl, das plötzlich in ihr aufstieg, zu verdrängen. Sie wusste nicht, woher dieses Gefühl kam. Lag es vielleicht an dem Albtraum, der sie in der Nacht geplagt hatte und der ihr jetzt noch einen Schauer über den Rücken laufen ließ? Es war schon oft vorgekommen, dass sie den Tod eines Menschen geträumt hatte. Ihre Oma – gut, sie war auch alt gewesen – war eine Woche nach dem Traum an einem Herzinfarkt verstorben. Ihr Onkel, gesund und munter, hatte plötzlich einen tödlichen Unfall gehabt, ihre Tante kam bei einem terroristischen Anschlag in Madrid um, und eine Freundin von ihr war von heute auf morgen einer eigenartigen Krankheit erlegen. Und jetzt hatte sie von ihrem eigenen Tod geträumt.

4. KAPITEL

Sam war vom Leiter der Münchner Mordkommission gebeten worden, seinen Urlaub vorzeitig abzubrechen, weil er dringend bei einer Vernehmung gebraucht wurde. Die genauen Gründe wurden nicht genannt, und Sam konnte sein Flugticket und die Eintrittskarte für die Oper in Verona, die er vor drei Monaten gekauft hatte, wegwerfen oder bei Ebay versteigern, was seine ohnehin schon schlechte Laune wegen des Streits mit Lina nicht gerade verbesserte. Er hatte sich nach seinem letzten Fall dazu entschlossen, für Europol nur noch als »Springer« zu arbeiten – sozusagen der Mann für besondere Fälle, damit er nicht mehr so viel unterwegs war und mehr Zeit mit Lina verbringen konnte.

Als Sam in den Vernehmungsraum kam, stand Alfred Niemann am Fenster, die Arme vor der Brust verschränkt, und starrte hasserfüllt auf den jungen Mann vor sich am Tisch.

»Non è colpa mia.«

»Kann der Wichser auch was anderes von sich geben als immer nur den gleichen beschissenen Satz?«, platzte Alfred heraus und rieb sich über das vor Wut gerötete Gesicht.

Der junge Italiener sah Sam aus tiefschwarzen Augen an und sagte: »Non ho fatto niente.«

»Da, schon wieder, gleich knall ich ihm eine.«

Sam drehte einen Stuhl herum, setzte sich, beide Arme auf die Stuhllehne gestützt, ebenfalls an den Tisch und betrachtete den Bogen Papier, der darauf lag.

»Du bist ja schon weit gekommen«, kommentierte er das leere Blatt Papier.

»Wie denn auch, der hat mir ja nicht mal seinen beschissenen Namen verraten.«

Das war also die wichtige Vernehmung, der er beiwohnen beziehungsweise die er führen sollte, weil die Kollegen mit dem italienischen Verdächtigen keinen Schritt weitergekommen waren und Sam ein besonderes Händchen bei Verhören hatte. Zusätzlich war er dafür bekannt, dass er viele Sprachen sprach. Bedauerlicherweise gehörte Italienisch nicht zu seinem Repertoire, was aber niemanden zu interessieren schien.

Sam sah wieder in die dunklen Augen des Italieners, in denen er kaum einen farblichen Unterschied zwischen der Pupille und der Iris erkennen konnte. Er kramte in seinem Kopf nach ein paar italienischen Brocken, die er mal aufgeschnappt hatte, und fragte: »Come ti chiami?«

»Alessio.«

»Passt zu dem schwulen Sack.«

Der Italiener sah Alfred wütend an.

»E?«

»Alessio Leoni.«

»Okay. Sieh mal, wie einfach das war«, grinste er Alfred an und wandte sich wieder an Alessio.

»So, mein Freund, und nun erzählst du mir, was gestern Nacht in der Villa passiert ist.«

Alessio sah Sam an, als würde er ihn nicht verstehen.

Sam grinste. »Ich rate dir, keine Spielchen mit mir zu spielen, okay! Weißt du, diese Welt besteht aus einem ständigen Nehmen und Geben, wenn du verstehst, was ich meine?«

Alessio sah kurz zu Alfred auf, der vor Wut fast explodierte, und sagte dann in beinahe akzentfreiem Deutsch: »Lothar hat mich regelmäßig …«

»Ach, der kleine Scheißer kann Deutsch. Ich fasse es nicht!«, unterbrach Alfred den Tatverdächtigen und schlug mit der Faust gegen den Fensterrahmen. Der junge Italiener zuckte zusammen, und Sam warf seinem Kollegen so einen Blick zu, dass dieser verstummte und nur noch ein wütendes Schnaufen, wie von einem Stier in der Arena, zu hören war. Dann forderte er Alessio mit einem Nicken auf, weiterzureden.

»Also Lothar, er hat mich regelmäßig zu sich eingeladen. Etwa alle sechs Wochen.«

»Warum hat er dich eingeladen?«

Alessio schien zu überlegen, was er antworten sollte, und sagte dann: »Er mochte ... er mochte mich, schätze ich.«

»Und weil er dich so mochte, hast du ihn umgebracht«, sagte Sam in betont ruhigem Ton, als würde er mit einem Idioten sprechen.

»Ich sagte doch schon, ich habe ihn nicht umgebracht. Ich habe geschlafen.«

»Wo hast du Lothar Senner kennengelernt?«

»In einem Klub in Berlin.«

»Was für ein Klub war das?«

»Na ja, ein Klub eben.«

»Wie hieß der Klub?«

»Habe ich vergessen. Er hatte irgendeinen Tiernamen.«

»Da gibt es nur einen in Berlin. Meinst du vielleicht den Lion-Klub?«, fragte Alfred linkisch.

»Kann sein, dass er so hieß.«

Sam sah Alfred fragend an und wartete auf eine nähere Erklärung.

»Der Lion-Klub ist ein Klub für Schwule, Lesben und Transvestiten. Man kommt da nur rein, wenn man gut aussieht, abgedreht angezogen ist oder viel, viel Geld hat. Die Türsteher sind Frauen, und auf der Tanzfläche steht eine Badewanne, wo sich nackte Schwule drin rekeln. Kurz gesagt, ein Klub für Perverse.«

»Ich bin weder schwul noch pervers, aber ich kenne viele Leute aus dem Milieu, weil ich mal in einer Bar in Rom gearbeitet habe, wo einige von denen hinkamen«, wehrte sich Alessio.

»Unter anderem auch Lothar Senner?«

»Nein, ich sagte doch, dass ich ihn in Berlin kennengelernt habe.«

»Warst du dort allein, ich meine, in dem Klub?«

»Nein, mit einem Freund.«

Es klopfte an der Tür, und ein Beamter überreichte Alfred einen Zettel, den dieser überflog. Angewidert schüttelte er den Kopf. »Mensch, wir haben es hier mit einem ganz besonderen Exemplar zu tun. Ein Kaviarfreund. Hier, sieh dir das an … Der meiste Teil der ganzen gefrorenen Scheiße in der Tiefkühltruhe stammt von unserem kleinen Popolecker hier.«

»Ich bin nicht schwul. Er hat mich gut bezahlt dafür, warum sollte ich ihn also umbringen?«

»Wie sah der Deal aus?«, fragte Sam Alessio.

»Also, wie ich schon sagte, er hat mich ungefähr alle sechs Wochen angerufen, dann bin ich nach München geflogen, wir haben zusammen gegessen, und er hat mir im Pool was vorgetanzt. Lothar hat mich nie angefasst, er wollte eben nur, dass ich meine …« Alessio zögerte.

»… deine Scheiße bei ihm ablieferst«, kam ihm Alfred zu Hilfe.

Alessio senkte schamhaft den Blick und nickte.

»Wie viel hat er dir dafür bezahlt?«, fragte Sam.

»An die zehntausend Euro.«

Alfred pfiff durch die Zähne.

»Mann o Mann, hab noch nie jemanden kennengelernt, der Geld scheißt.«

»Okay. Also der Ablauf war immer gleich, sagst du?«

Alessio nickte. »Wollte er vielleicht gestern doch mehr von dir? Wollte er Sex?«, fragte Sam weiter.

»Nein.«

»Der Kerl lügt doch«, warf Alfred ein. »Natürlich wollte er mehr, und dann hast du ihm mit diesem Säbel den Kopf abgehackt. Die Tatwaffe haben wir ja noch unter deinem Bett gefunden.«

»Ich werde nichts mehr sagen, wenn dieses Arschloch weiter mit im Raum ist«, platzte Alessio heraus.

Sam sah nur noch aus dem Augenwinkel einen Schatten

auf den Tisch zukommen, dann hatte sich der schwere Alfred schon auf den jungen Italiener gestürzt. Er rutschte über den Tisch und brachte den Stuhl, auf dem Alessio saß, zu Fall. Es gab einen lauten Knall, einen Schrei – bis Sam reagieren konnte. Er zog Alfred von dem jungen Mann weg, der sich mit schmerzverzerrtem Gesicht den Kopf hielt, und schob ihn zur Tür hinaus.

»Sag mal, spinnst du total?«, zischte Sam durch zusammengepresste Zähne.

»Das ist Beamtenbeleidigung!«, brüllte Alfred.

Sein Zopf hatte sich gelöst, die Haare standen von seinem Kopf ab und ließen ihn wie einen wüsten Rocksänger aussehen. »Dem werde ich zeigen, wer …« Alfred wollte wieder in den Vernehmungsraum stürmen, doch Sam hielt ihn fest und drückte ihn mit aller Kraft gegen den Kaffeeautomaten, der im Flur stand und dabei gegen die Wand krachte.

»Reiß dich zusammen, Alfred, du hast schon mal eine Verwarnung bekommen. Ich brauche dich nicht daran zu erinnern, oder?!«

»Darf ich fragen, was hier los ist?«

Neben den beiden Polizisten war der Leiter der Mordkommission, Stefan Rellinger, aufgetaucht und sah von einem zum anderen. Dann öffnete er die Tür zum Vernehmungsraum, schloss sie ohne ein Wort wieder und sagte: »Ich hoffe für Sie, dass das da drinnen ohne Folgen bleibt, und ziehe Sie als Leiter von dem Fall ab, Herr Niemann. Ich möchte eine schriftliche Stellungnahme dazu haben.«

»Aber …«

Der strenge Blick des jüngeren Vorgesetzten ließ Alfred augenblicklich verstummen.

»Sam, Sie übernehmen die Leitung des Falles.«

Alfred sah Sam einen Augenblick entrüstet an. Es war eine unangenehme Situation, die sich vor Jahren schon einmal ähnlich abgespielt hatte. Ein Grund, warum Alfred sich in den Norden hatte versetzen lassen. Sam holte eine Münze aus der Tasche und steckte sie in den Kaffeeautomaten. Er beobachtete, ohne Alfred anzusehen, wie sich der kleine Pappbecher langsam mit heißem Kaffee füllte.

»Okay, Boss, jetzt verrat mir, woher du wusstest, dass der kleine Scheißer Deutsch spricht?«

»Sein Gesicht hat es mir verraten, als du ihn als schwulen Sack bezeichnet hast.«

Alfred nickte, steckte ebenfalls eine Münze in den Automaten und drückte auf den Knopf, auf dem »Espresso« stand. »Was meinst du?«

»Was für ein Motiv der Bengel gehabt hat? Na ja, man bringt seinen Goldesel doch nicht einfach so um. Soweit ich gesehen habe, wies die Leiche keine Kampfspuren auf. Sollte doch Sex im Spiel gewesen sein? Lassen wir den Jungen anal untersuchen, dann haben wir Gewissheit, ob er die Wahrheit sagt.«

Das »wir« war in diesem Falle eine rein taktische Maßnahme und sollte Alfred das Gefühl geben, dass sie noch gemeinschaftlich und vor allem gleichberechtigt an dem Fall arbeiteten, auch wenn es eigentlich nicht so war, denn ab jetzt trug Sam die volle Verantwortung.

»Na schön, aber nehmen wir mal an, der reiche Lothar wollte ihn doch zum Sex zwingen ... Und Italiener sind dafür bekannt, dass sie sehr, sehr temperamentvoll sind. Er ist durchgedreht und hat ihn ohne Vorwarnung geköpft, weil er sich erniedrigt fühlte. Deshalb auch keine Kampfspuren«, schlussfolgerte Alfred.

»Alles Spekulationen, Alfred. Was weiß man eigentlich bisher über das Opfer?«

»Lothar Senner, Jachtmakler, hat sich die meiste Zeit an der Côte d'Azur oder in Miami aufgehalten. Hat die abgedrehtesten Jachten für horrendes Geld an Ölscheichs und andere reiche Heinis verkauft. Stinkt, besser gesagt, stank vor Geld. Jetzt stinkt er jedenfalls nach seinen eigenen Eingeweiden.«

»Also ein reicher Homosexueller«, Sam nahm einen kleinen Schluck aus seinem Becher Kaffee. »Jetzt stell dir mal vor, er hat sich immer mal einen Stricher ins Haus geholt. Die ganze Scheiße in den Gefrierbeuteln stammt ja nicht von ein und derselben Person, oder?!«

»Das wissen wir noch nicht genau.«

»Ist auch egal. Gehen wir davon aus, dass er gelegentlich auch mal Sex brauchte. Und das nicht mit seinem Kotlieferanten. Also, ein anderer Stricher dringt nachts in die Villa ein, bringt Lothar Senner um, weil er weiß, dass Alessio da ist, dem man die Tat in die Schuhe schieben kann. Motiv: Eifersucht? Rache? Was weiß ich.«

Alfred nickte. »Ja, der Fall ist doch nicht so einfach, wie ich anfangs gedacht habe, aber deshalb bist du ja jetzt auch der Boss.«

Alfred streckte seinen Rücken durch, verbeugte sich vor Sam und ließ ihm den Vortritt zurück in den Vernehmungsraum.

5. KAPITEL

Jean-Luc Fleury wusste nicht mehr, wie lange er bereits in diesem Gefängnis saß. Er hatte jegliches Zeitgefühl verloren. Waren es Stunden, oder waren es bereits Tage? Man hatte ihn narkotisiert und hierher verschleppt. Doch wo war er überhaupt? Er hatte das Gefühl, nicht mehr in Marseille zu sein. Warum, wusste er nicht. Vielleicht hatte sein Unterbewusstsein irgendetwas wahrgenommen? Er konnte sich nur noch daran erinnern, dass er aus der Bar gekommen war und nach Hause wollte. Er war am Strand entlanggegangen, und dann? Dunkelheit, fremde Stimmen, eine fremde Sprache, Motorengeräusche.

Aber er war definitiv nicht mehr am Strand, obwohl um ihn herum nur Sand war, doch die Luft war hier zu trocken und zu heiß, und es roch nicht nach Meer.

Plötzlich hörte er einen gellenden Schrei. Den Schrei einer Frau. Sie schrie einen Namen. Françoise? Françoise? Dann verstummte sie. Er hörte Kindergewimmer, dann war wieder Stille. Die Augen fielen ihm abermals zu, und er war dankbar dafür. Er hatte Angst, unsagbare Angst. Eine Angst, wie er sie noch nie in seinem Leben gespürt hatte. Die Angst vor dem Ungewissen, der Hilflosigkeit, dem Schmerz, dem Tod. Trotz der Wärme fror er. Endlich übermannte ihn der Schlaf, der ihn davontrug, ihm im Traum vorgaukelte, dass seine Welt noch in Ordnung war, obwohl sie alles andere als das war. Wenn er gewusst hätte, was noch auf ihn zukommen würde, hätte er sich sicherlich gewünscht, nie wieder die Augen öffnen zu müssen und dem Tod auf der Stelle im Schlaf begegnen zu dürfen.

6. KAPITEL

Jedes Mal, wenn Sam sich nicht hundertprozentig wohl in seiner Haut fühlte, wenn er an einem schwierigen Fall arbeitete oder unausgesprochene Dinge in der Luft lagen, die ihn innerlich quälten, litt er unter extremen Schlafstörungen. Immer wieder wachte er nachts auf, wälzte sich von einer Seite auf die andere, klopfte seine Kissen zurecht, in der Hoffnung, dass der Schlaf ihn dann finden würde. Aber heute war alles sinnlos. Lina hatte den ganzen Tag ihr Handy ausgeschaltet gelassen. Es war ihre Art, sich an ihm zu rächen, ihn zu bestrafen, nur weil er ihr die Wahrheit ins Gesicht gesagt hatte. Wahrscheinlich würde es Tage dauern, bis er sie endlich erreichte und sie ein Wort mit ihm reden würde. Das Prozedere war das Gleiche wie bei seinem letzten Fall, als er kaum Zeit für sie gehabt hatte. Lina war zunächst nicht mehr zu erreichen gewesen, dann hatte sie ihn verdächtigt, dass er eine Geliebte hatte, mit der er sich durch die Hotels schlief. Bei der Erinnerung an die scharfen Worte, die sie ihm an den Kopf geworfen hatte, musste er grinsen: Lina war durch und durch eine temperamentvolle, heißblütige Spanierin.

Zu allem Übel klemmte seit einer Woche der Rollladen, sodass der Vollmond wie ein Scheinwerfer direkt auf seine Betthälfte schien. Er sah auf den Wecker. Ein Uhr.

Er rollte sich aus dem Bett und holte ein Bettlaken aus dem Schrank. Dann öffnete er das Fenster und versuchte, das Laken zwischen Rahmen und Fenster zu klemmen. Erst beim dritten Anlauf hing schließlich das Laken fest und bedeckte bis auf zwanzig Zentimeter die gesamte Scheibe.

Er sah noch einmal aus dem Fenster in den dunklen Garten hinaus, ließ den Blick schweifen und wollte gerade wieder ins Bett gehen, als er einen Lichtschein wahrnahm. Er blieb reglos am Fenster stehen und spähte durch den zwanzig Zentimeter breiten Schlitz. Seine Augen gewöhnten sich schnell an die mondbeschienene Umgebung. Plötzlich erschien es ihm, als würde sich ein Vorhang vor seinen Augen öffnen. Er überlegte, ob er das erste Mal nach über einem Jahr aus seinem Schlafzimmerfenster sah oder ob er tatsächlich so ein Ignorant seiner Umgebung war, dass er nichts von seiner unmittelbar angrenzenden Nachbarschaft mitbekommen hatte. Er blickte direkt auf den hinteren Teil der Villa, in der heute früh der ermordete Jachtmakler gefunden worden war.

Sie hatten fast den ganzen Tag über den jungen Italiener vernommen, sodass er sich die Akte über das Opfer, die nur ein paar Daten enthielt, und die ersten Fotos von dem Tatort mit nach Hause genommen hatte, um sie hier durchzusehen. Die Nachbarin Frau Rehbein, die den Mord gemeldet hatte, war der Meinung gewesen, dass Herr Senner gar nicht im Hause sei, und deshalb wollte sie die Katzen füttern.

Katzen? Er hatte keine lebende Katze dort gesehen!

Wieder blitzte etwas auf. Ein schwacher Lichtschein war hinter den zugezogenen Gardinen der großen Fensterfront zu erkennen. Er schien sich zu bewegen. Die Villa war von der Polizei versiegelt worden. Wie konnte also jemand darin herumlaufen?

Fünf Minuten später schlich Sam um das alte Haus herum, und sechs Minuten später betrat er die Villa beinahe geräuschlos durch die Hintertür, die sich durch ein Loch in der Scheibe leicht öffnen ließ.

Zunächst sondierte er den kleinen Raum vor sich, indem er reglos in einer dunklen Ecke stehen blieb. Dann versuchte er, sein zu schnell klopfendes Herz durch konzentriertes Atmen zu beruhigen, während er sich fragte, was er hier eigentlich machte. Er hätte die Kollegen rufen müssen, anstatt auf eigene Faust in ein versiegeltes Haus einzudringen.

Seine Augen hatten schnell Umrisse und Konturen in der Waschküche ausgemacht, sein Herz raste nicht mehr, und der Pulsschlag in seinen Ohren, der jedes andere Geräusch übertönte, ließ langsam nach. Schließlich bewegte er sich aus der sicheren Ecke heraus. Sam verwarf jeden vernünftigen Gedanken, wie ein kleines Kind, das intuitiv wusste, dass es sich die Finger an einer heißen Herdplatte verbrennen würde, und trotzdem darauffasste.

Er schlich durch die Küche in Richtung des Museumswohnzimmers und orientierte sich von Neuem. Der Lichtkegel, den er gesehen hatte, war ungefähr von der Seite gekommen, wo er sich gerade befand. Wahrscheinlich war der Einbrecher nach oben gegangen. Er wollte gerade zur Treppe schleichen, als plötzlich wie aus dem Nichts jemand vor ihm stand. Bevor Sam noch einen weiteren Gedanken an das Wie, Warum und Woher verschwenden konnte, bekam er einen Schlag auf das rechte Ohr. Es war wie ein Gongschlag, der durch seinen Kopf dröhnte. Ihm folgten weitere, die er abzuwehren versuchte, aber er musste feststellen, dass er völlig aus der Übung war. Schließlich bekam er irgendwie einen Arm zu fassen, dann auch den anderen. Er hielt sie fest. Einen Atemzug lang sah er in die dunklen Augen seines Gegners, die ihn durch zwei Schlitze einer Wollmütze fixierten. Sie schienen zu lachen. In der nächsten Sekunde traf ihn ein Tritt in seine empfindlichste Zone. Er sackte zusammen. Schließlich durchzuckte ihn etwas wie ein Stromschlag. Es wurde dunkel um Sam. Er spürte nur noch die Kälte des marmornen Bodens unter sich. Oder war es die Kälte des Todes, der versuchte, ihn mit eisigen Händen zu umschließen?

Er wusste nicht, wie lange er auf dem kalten Boden gelegen hatte, da er seine Uhr vor dem Schlafen immer ablegte. Es mussten mindestens vier Stunden gewesen sein, denn die Morgendämmerung hatte bereits eingesetzt, Vögel zwitscherten, und draußen hörte man bereits die ersten Lebenszeichen der früh aufstehenden Bevölkerung. Schwerfällig setzte sich Sam auf. Was war passiert? Er versuchte, den Ablauf zu rekonstruieren. Er war aus der Küche gekommen, hatte sich im Raum umgesehen, und als er sich umgedreht hatte, stand plötzlich jemand vor ihm, aber woher war derjenige so schnell gekommen?

Sam stand langsam auf und sah sich um. Rechts von ihm war eine Wand, dann die Treppe, und dahinter führte eine Tür in den Spabereich, soweit er sich noch von seiner gestrigen Visite erinnern konnte. Er ging um die Treppe herum und sah sich die schwere geschlossene Steintür an. Sie ließ sich durch leichten Druck auf einen markierten Stein in der Wand öffnen. Und dann kam ihm die Idee. Er ging zu der Stelle, wo er niedergeschlagen worden war, und sah sich die

Wand genauer an. Doch er konnte keinen Stein entdecken, der aussah, als würde man ihn zur Seite schieben können. Außerdem waren die Steine allesamt zu klein, um einen Durchlass für einen Menschen zu bieten.

Systematisch tastete er die Steinquader ab und lachte über sich selbst, weil er sich dabei vorkam wie Indiana Jones auf der Suche nach dem verlorenen Schatz. Plötzlich ließ sich ein Stein in die Wand drücken, und der Boden unter ihm fing an zu schwanken. Es war ein Gefühl wie bei dem Erdbeben, das er vor Jahren mal in Los Angeles erlebt hatte. Sam starrte auf die Marmorplatte, die sich in den Boden absenkte und eine Treppe freigab.

Vorsichtig stieg er die schmalen Stufen hinab. Auf der letzten erhellte sich blitzartig der Raum vor ihm. Sam zuckte zusammen und erwartete einen erneuten Angriff. Doch er war und blieb allein. Ungläubig sah er auf das, was sich ihm darbot. Er blieb eine Weile reglos stehen, dann verschloss er den Zugang und verließ das Haus.

Eine Stunde später stand er frisch rasiert, geduscht und umgezogen vor einem niedrigen grau gestrichenen Eisentor, das ihn davon abhielt, direkt an die Haustür von Frau Rehbein zu klopfen. Das schlichte weiße Häuschen lag gute zwanzig Meter von der Hauptstraße entfernt und schien ein ehemaliges Gartenhäuschen zu sein, das zu einer großen Villa gehörte, zu der wiederum ein schmaler Kiesweg führte.

Hinter einem kleinen Fenster erschien ein Kopf, der schnell wieder verschwand, danach passierte nichts.

Sam überlegte, ob er sich über die Hauptvilla, die um die Ecke liegen musste, Zugang verschaffen sollte, als Frau Rehbein aus der Haustür trat und ihn von Weitem fragend ansah.

»Polizei, Frau Rehbein. Ich möchte Ihnen ein paar Fragen zu Ihrem Nachbarn Herrn Senner stellen.«

»Ich habe Ihrem Kollegen doch schon alles gesagt.«

Frau Rehbein machte keine Anstalten, das Gartentor zu öffnen. Die Frau musste alleinstehend sein, dachte Sam und nahm es ihr auch nicht übel. Betrüger, Einbrecher, Mörder verschafften sich heute auf die unglaublichsten Arten Zugang zu fremden Häusern, sodass gerade Bewohner solcher Gegenden besonders vorsichtig und argwöhnisch gegenüber Fremden waren.

»Ich weiß, Frau Rehbein. Es gibt da trotzdem noch etwas. Sie hatten gesagt, dass Sie die Katzen füttern wollten. Ich habe aber keine Katzen entdeckt.«

»Das wundert mich. Sie sind doch nicht zu übersehen.«

Sam legte die Stirn in Falten und überlegte, ob Frau Rehbein ihn auf den Arm nahm, aber ihr Gesichtsausdruck blieb unbewegt.

»Sie reden doch nicht von den ausgestopften Tieren, die überall herumlagen, oder?«

Endlich kam Frau Rehbein näher und blieb hinter dem Gartentor stehen. Öffnete es aber immer noch nicht.

»Herr Senner legte sehr viel Wert darauf, dass während seiner Abwesenheit die Katzen zu essen hatten, denn auch im Jenseits musste für die Verpflegung gesorgt sein.«

»Sie wollen mir sagen, dass Sie Futter für die ausgestopften Katzen hingestellt haben?!«

»Die alten Ägypter haben ihren Grabbeigaben auch Brot hinzugefügt, damit der Verstorbene immer zu essen hatte.«

Sam nickte, als würde er verstehen, was die Frau da redete.

Plötzlich lachte Frau Rehbein. »Ich weiß, Herr Senner war ein merkwürdiger Kauz, aber nehmen Sie es einfach so hin. Jeder Mensch hat so seine Marotten und Eigenarten, oder nicht? Wenn er hier in seinem Haus war, lebte er in einer anderen Zeit. Er war fanatisch, was das alte Ägypten anging. Ich schätze, es war für ihn eine Art Ausgleich zu seinem anstrengenden Beruf, in dem er sich ständig mit anderen eigenwilligen Menschen auseinandersetzen musste, die es gewohnt waren, für Geld alles zu fordern und zu bekommen. Ich weiß, dass Herr Senner es genoss, alleine zu sein.«

»Sie waren aber der Meinung, dass er nicht im Haus war, oder? Sonst wären Sie doch nicht rübergegangen, um die Katzen zu füttern.«

»Das stimmt. Eigentlich wollte er nicht da sein. Tja, so ist das eben.«

»Sagen Sie, wissen Sie vielleicht, ob Herr Senner Verwandte hatte?«

»Nein. Aber wissen Sie was, ich hatte immer den Eindruck, dass der Mann sich wünschte, tot zu sein. Es war für ihn eine Qual, im Hier und Jetzt zu leben. Das ist allerdings nur mein persönlicher Eindruck.«

Sam ging über den langen Flur Richtung Kaffeeautomat und dachte über die letzten Worte von Frau Rehbein nach. Ein Mann, der alles Geld der Welt hatte, sich alles leisten konnte und trotzdem unglücklich war, weil ihn die ständige Sehnsucht plagte, in einer anderen Zeit leben zu wollen oder sogar tot zu sein. Hatte der Mann sich seinen Mörder vielleicht ins Haus bestellt? Doch diesen Gedanken verwarf er wieder, weil Lothar Senner dann sicherlich auch Vorkehrungen für seine Bestattung getroffen hätte.

»Signore O'Connor?«

Sam blieb stehen. Er musste nicht zweimal überlegen, wem die unverkennbar rauchige Stimme gehörte, obwohl er sie das letzte Mal vor eineinhalb Jahren gehört hatte. Er drehte sich um und stand Nina Vigna gegenüber, der rassigen blonden Italienerin aus Rom, die bei der dortigen Mordkommission arbeitete und mit ihm damals einen Tatort besichtigt hatte.

Wie bei ihrer ersten Begegnung hatte Nina Vigna auch jetzt wieder ein sehr eng anliegendes dunkelblaues Kostüm an, das nichts der Phantasie überließ.

»Was führt Sie nach München, Signora?«, fragte Sam und reichte ihr die Hand.

»Ich bin hier mehr aus eine private Grund, Sam. Der Junge einer Bekannten wurde hier in München verhaftet, und ich wollte mir anhören, was genau ist passiert.«

»Ihr Deutsch ist besser geworden, Nina, meinen Glückwunsch.«

Nina lächelte über das Kompliment und ließ sich dann von Sam in ein leeres Besprechungszimmer führen.

»Handelt es sich vielleicht um Alessio ... Alessio ...«

»Alessio Leoni. Sì.«

»Tja, dazu kann ich nur sagen, dass er in Untersuchungshaft sitzt und man wegen Mordes gegen ihn ermittelt.«

»Mord? Das ist doch nonsenso, Sam. Wen soll er denn ermordet haben?«

»Nun, das Opfer ist ein sehr reicher Mann, der ihn für spezielle Dienstleistungen bezahlt hat.«

»Sam, sprechen Sie chiaro e tondo.«

Nina hatte gesagt, sie sei für eine Freundin hier, also würde sie die Wahrheit wohl vertragen können, dachte er und überlegte, wie er am besten anfangen sollte. »Also ...«

»Der kleine Stricher hat sich für seine Scheiße bezahlen lassen«, dröhnte es plötzlich hinter ihm.

Sam fuhr sich mit den Händen durchs Haar, und Nina sah mit großen fragenden Augen von Sam zu Alfred und wieder zu Sam. »Cacca? Non capisco.«

»Ja, auch einer schönen Frau kann man die Wahrheit sagen, Sam. Zier dich nicht, über unsere Ausscheidungen zu reden, die andere als Spielzeug benutzen.« Alfred ließ einen Stapel Akten mit einem lauten Knall auf den Tisch fallen, sein Blick wanderte langsam von oben nach unten über Ninas Figur, und er sagte zu Sam: »Wir müssen gleich reden«, ohne ihn allerdings dabei anzusehen.

Sam ärgerte sich schon jetzt über sich selbst, dass er Alfred das Gefühl hatte geben wollen, gleichberechtigt zu sein. Anscheinend hatte Alfred da irgendetwas missverstanden. Die Grenzen mussten für ihn noch klarer gezogen werden.

Sam versuchte, Nina zu erklären, womit genau der junge Italiener sein Geld verdient hatte, ohne dabei auf Alfreds Grinsen zu achten, das immer breiter wurde, während Ninas Augen sich allmählich zu kleinen Schlitzen verengten.

Nachdem Sam seine detaillierte Beschreibung beendet hatte, sagte die Italienerin nur »Grazie« und verließ ohne ein weiteres Wort den Raum. Den italienischen Wortschwall, der sich daraufhin in ihr Handy ergoss, konnten die beiden noch hören, als Nina bereits am Ende des zwanzig Meter langen Ganges angelangt war.

Alfred brach das Schweigen, indem er ein Papier aus der Akte nahm und sagte: »So, ich habe die ersten Ergebnisse vorliegen. Nach den Totenflecken und der Totenstarre zu urteilen, trat der Zeitpunkt des Ablebens gegen Mitternacht ein, wie bereits vermutet. Es gab keine Spuren eines Kampfes, weder an Händen noch Füßen. Es wurden keine Speichelreste von unserem Täter gefunden, womit man Oralverkehr ausschließen kann. Die anale Untersuchung von Alessio Leoni konnte auch nicht bestätigen, dass sie Verkehr hatten.«

Alfred räusperte sich, bevor er weiterlas. Für Sam eine Art Zugeständnis, dass dessen Theorie des erniedrigten Italieners jeglicher Grundlage entbehrte.

»Bei der Tatwaffe handelt es sich um ein altägyptisches Chepesch, eine Art Krummschwert. Es wurden keine Fingerabdrücke gefunden. Wahrscheinlich hat er sie sorgfältig abgewischt.«

»Und dann ebenso sorgfältig unter sein Bett gelegt?«, warf Sam sarkastisch ein und dachte an die nächtliche Begegnung in der Villa. Bei dem kurzen Kampf, als er die Arme seines Gegners zu fassen bekommen hatte, war ihm etwas durch den Kopf geschossen. Ein Gedanke, der ihm partout nicht mehr einfallen wollte.

»Die Klinge war so scharf, dass sie den Kopf beim ersten Hieb glatt vom Rumpf abtrennte. Sam? Sam, woran denkst du?«

Sam atmete geräuschvoll aus. »Du meinst also, er hat dieses Chepesch sauber abgewischt, es unter sein Bett geschoben und sich dann wieder gemütlich aufs Ohr gelegt? Er wurde von der Polizei schlafend gefunden, Alfred!«

»Klingt nicht sehr überzeugend, nicht?«

»Nein, irgendwie nicht.«

»Na schön. Es könnte einen zweiten Täter geben. Alessio hat seinen Freund nachts ins Haus gelassen, sie wurden erwischt, als sie sich mit dem Geld des Alten davonmachen wollten. Vielleicht hatten sie es auch auf etwas anderes abgesehen. Das Haus ist ja voll mit irgendwelchen Kuriositäten. Dieses Krummschwert zum Beispiel soll um die viertausend Jahre alt sein. Sie haben ihn kaltgemacht und ...«

Sam schüttelte leicht den Kopf und strich sich langsam über das Grübchen an seinem prägnanten Kinn. Dann sah er Alfred an und schilderte die Ereignisse der gestrigen Nacht, die Alfreds Theorie zum Teil untermauerten.

Eine Stunde später waren Sam und Alfred, gemeinsam mit einem Spezialisten für ägyptische Kunst, wieder in der Villa in der Chopinstraße. Als Sam den Stein bewegte und der Boden sich vor ihnen öffnete, war es Alfred, bei dem der Kiefer runterklappte.

Der geheime Keller hatte die Ausmaße des halben Grundrisses und war vollgestellt mit Tongefäßen, Statuen von ägyptischen Gottheiten in sämtlichen Größen, teils aus Gold, teils aus Stein, Schalen aus Alabaster, Schmuckschatullen aus Holz und Elfenbein. An den Wänden lehnten Teile von sandfarbenen Steinreliefs, und in der Mitte des Raumes stand ein bemalter hölzerner Sarkophag.

Zwischen den Schätzen auf dem dunkelgrauen Steinboden waren Spuren von feinem weißen Sand, als hätte die Wüste einmal hereingehaucht.

Nach dem ersten Augenschein des Experten Ronald Walter handelte es sich um echte antike Kunstschätze, auch der Sarkophag schien ein Original zu sein.

»Du meinst also, der Dieb, der dich niedergeschlagen hat, kam aus dieser Schatzkammer. Deshalb sein plötzliches Erscheinen. Das wiederum würde bedeuten, dass er in der Nacht gezielt auf der Suche nach etwas war und auch etwas mitgenommen hat«, mutmaßte Alfred.

»Was nicht unbedingt heißt, dass Alessio etwas davon gewusst hat.«

»Komm schon, Sam, daran glaubst du doch wohl selbst nicht. Immerhin war er ja nicht das erste Mal zu Besuch bei dem Perversen. Er *muss* davon gewusst haben.«

»Warum ist der Dieb dann in der nächsten Nacht wiedergekommen, Alfred?«

Alfred zog die Stirn in Falten und antwortete dann: »Ganz einfach, weil er in der ersten Nacht nicht alles mitnehmen konnte.«

»Nachdem sie den Mord begangen hatten, hatten die beiden die ganze Nacht lang Zeit, die Kammer auszuplündern, also ergibt das keinen Sinn.«

Sam ließ seinen Blick über die antiken Stücke wandern und blieb schließlich an einer goldenen Schmuckschatulle hängen. Er hob vorsichtig den Deckel mit dem darauf liegenden Anubis hoch.

»Wenn die echt ist, hat sie einen unbezahlbaren Wert«, kommentierte der Experte die Schatulle und widmete sich wieder den Hieroglyphen auf dem Sarkophag.

»Und anscheinend lag hier auch etwas sehr Kostbares drin«, sagte Sam und zeigte auf die Eindellungen in dem dunkelroten Samt.

»Gut. Es kann sich auch so abgespielt haben«, nahm Alfred den Faden wieder auf. »Der Tipp kam von Alessio. Ganz klar. Der macht sich aber die Finger nicht schmutzig und schläft. Der Alte überrascht nachts den Einbrecher, der bringt den Senner um und schiebt die Sache dem schlafenden Alessio in die Schuhe. Der wird am nächsten Morgen verhaftet, und der andere hat freie Bahn. Steigt wieder ein, dieses Mal in aller Seelenruhe, hat aber nicht mit dem Superbullen O'Connor gerechnet.« Alfred grinste breit, und Sam war froh, dass in diesem Moment sein Handy klingelte. Allerdings hatte er mit diesem Anrufer am wenigsten gerechnet.

»Sam O'Connor, wie schön, Ihre Stimme zu hören.«

Sam hob die Augenbrauen, verließ die Gruft und ging nach draußen vor die Villa, um ungestört sprechen zu können.

»Sie wollten mich nur anrufen, wenn es sich um einen Notfall handelt, Herr Brenner.«

»Glauben Sie, ich würde Sie belästigen, wenn dem nicht so wäre? Ich erwarte Sie noch heute Abend in Nizza am Flughafen. Ticket liegt am Schalter für Sie bereit. Ich erzähle Ihnen dann, worum es geht.«

»Davon bin ich überzeugt«, sagte Sam, aber die Leitung war bereits tot. Peter Brenner von Europol war wie immer kurz angebunden gewesen und hielt sämtliche Informationen zurück.

Doch insgeheim war Sam froh, dass er auf einen neuen Fall angesetzt wurde und nicht mit Alfred arbeiten musste.

»Man darf eben niemandem vertrauen, wenn man krumme Dinger dreht.« Alfred war hinter Sam aufgetaucht und biss kraftvoll in einen grünen Apfel.

»Ich fürchte, der Fall wird ohne mich auskommen müssen, Alfred. Ich werde in Nizza erwartet.«

Alfred hielt mitten im Kauen inne und sah Sam ungläubig an. Dann erst schien er den Sinn der Worte zu erfassen. Es war Alfreds Chance, den Fall wieder allein bearbeiten zu können.

7. KAPITEL

Hamburg Lina hatte alle Anrufe von Sam abgewiesen. Es war ihre Art der Bestrafung, nicht erreichbar zu sein. Sollte er sich doch Sorgen und Gedanken um sie machen. Er sollte zutiefst bereuen, dass er sie so hatte aus München abfahren lassen.

Immer wieder hatten sie über ihre medialen Fähigkeiten diskutiert. Allerdings war es das zweite Mal, dass Sam so aufbrausend reagiert hatte. Es nervte sie dermaßen, ja, machte sie richtig wütend, dass er nicht akzeptieren konnte, dass sie eben nicht war wie andere. Sie hatte nun mal diese außergewöhnliche Gabe mitbekommen, und die versuchte sie, zum Guten einzusetzen.

Sie hätte sich auch der dunklen Seite zuwenden können, der schwarzen Magie. Nichts war leichter, als sich der schützenden Dunkelheit hinzugeben. Doch sie hatte Menschen kennengelernt, die sich damit beschäftigten, und deren innere und äußere Verwandlung deutlich sehen können. Es war nicht erstrebenswert.

Sie lag ausgestreckt auf dem Sofa und starrte auf die orangefarbene Decke.

»Lina, bist du bereit?«, fragte die Schamanin neben ihr, die sie aufgesucht hatte, um sich einer energetischen Reinigung ihres Inneren zu unterziehen. Die meisten wuschen jeden Tag ihren Körper, aber ihre Seelen, die sie ebenso verschmutzten mit hässlichen Gedanken und die voller dunkler und krank machender Energien waren, vernachlässigten neunundneunzig Prozent der Menschen.

Sam hatte recht gehabt, sie hatte dunkle Schatten unter den Augen, und war ständig krank. Aber war das ein Grund, sie anzuschreien?

»Konzentrier dich, mach die Augen zu, und lass dich gehen. Ich werde dich führen.«

Lina schloss die Augen und entspannte sich. Es dauerte nicht lange, bis sie das Gefühl hatte, dass kleine Stromstöße durch ihren Körper jagten. Ihr Leib fing an zu beben. Plötzlich stand sie in einem dunklen Tunnel – oder war es der Eingang zur Hölle? Es machte ihr kaum Mühe, sich in der Dunkelheit zurechtzufinden. Der Schatten eines Mannes nahm scharfe Konturen an und wurde zu einem klaren Bild. Er stand ihr gegenüber, war überaus attraktiv, ganz nach Linas Geschmack. Er hielt Abstand und hob die Hand zum Gruß. In seiner Haltung lag Respekt für sie. Sie wusste, dass es der Teufel persönlich war, und er zeigte sich in seiner schönsten äußeren Schale, als Gentleman. Lina verspürte keine Angst. Zwischen ihnen lagen die unausgesprochenen Worte: *Komm du mir nicht in die Quere, dann tue ich es auch nicht.*

Sie wandte sich von ihm ab, ging weiter durch den Tunnel und sah auf einmal eine Schar von Zwergen vor sich, die wie eine Kompanie vor ihr her marschierten. Plötzlich bekamen die Zwerge Flügel und flogen weg, flogen ins Licht und verschmolzen zu einem großen Lichtkegel. Lina folgte ihnen, ohne zu zögern, doch anstatt durch das Licht zu gehen, schwebte sie plötzlich, sah die Erde, den blauen Planeten, unter sich, und um sie herum öffnete sich das grenzenlose und geheimnisvolle Universum. Überall Planeten, so unendlich viele, mehr, als der Menschheit bekannt waren und vielleicht jemals bekannt sein würden. Entdecken, erkennen, wissen.

Lina reiste weiter, neben sich sah sie ein Kamel und einen Büffel. Ihre Begleiter. Die Symbole der Ausdauer und Kraft, die sie für ihren weiteren Weg brauchte. Inzwischen war das Beben ihres Körpers in ein starkes Rütteln übergegangen, sie hatte das Gefühl, dass ihre Glieder unkontrolliert zappelten.

Schließlich stand sie in einem Saal, die Wände, an denen goldene Masken hingen, waren so unendlich hoch, dass kein Ende zu sehen war. Ein grauhaariger Mann trat auf sie zu, doch beim zweiten Hinsehen war sein Haar nicht grau, sondern von silbern schimmernden Fäden durchzogen. Er sprach zu ihr, ohne seine Lippen zu bewegen: »Hab Geduld.« Dann zeigte er auf Gegenstände, die vor Linas Augen in der Luft schwebten. »Nimm dir, was du für deinen Weg brauchst.«

Lina nahm sich eine Feder, eine Glaskugel und eine Eule. Der alte Mann lächelte und sah Lina an. In seinen Augen erblickte sie das gesamte Wissen des Universums.

»Du hast weise entschieden. Du erlangst die reine Erkenntnis, wenn du auf deine innere Eingebung hörst und alles Irdische und Geistige mit guten Absichten verbindest. Du bist ein Nachrichtenübermittler zwischen zwei Welten, lass dich führen, du bist beschützt, auch wenn dein Weg dich mal in die Unterwelt führen sollte.«

Lina schlug die Augen auf und sah wieder die orangefarbene Decke über sich. Es war, als wäre sie aus einem langen Dornröschenschlaf erwacht, mit der traurigen Erkenntnis, dass ein Prinz, ihr Prinz, wohl keinen Platz mehr neben ihr hatte, zumindest, solange er nicht ihren Weg, den sie gehen musste, akzeptieren wollte.

8. KAPITEL

Côte d'Azur Sam war wie immer leicht übel, als er aus dem Flieger stieg und französischen Boden betrat. Er steckte sich ein Pfefferminzbonbon in den Mund und nahm die wohltuende Frische in sich auf. Es war das Einzige, was ihm half, die Übelkeit schnell zu überwinden. Dann ging er direkt zum Ausgang des Flughafens Nice-Côte d'Azur, wo Peter Brenner bereits ungeduldig in einer Limousine auf ihn wartete. »Ich freue mich, Sie zu sehen, O'Connor. Setzen Sie sich.«

Anstatt ihm die Hand entgegenzustrecken, landeten etwa zwanzig Akten auf Sams Schoß. »Sehen Sie sich das an, und sagen Sie mir, was Sie davon halten.« Die nächsten Worte richtete er an den Chauffeur: »Fahren Sie los. Sie wissen ja, wohin.«

Der Wagen setzte sich in Bewegung, und Sam öffnete die erste Akte. Nach zehn Minuten war er im Schnelldurchlauf fertig.

»Zwanzig Menschen, die in den letzten drei Jahren auf mysteriöse Weise spurlos verschwunden sind. Es gibt kein bestimmtes Muster, keinen bestimmten Typ, keine bestimmte Nationalität, alle waren gesund und munter. Auffällig sind die Städte, meines Erachtens.«

Sam legte eine Pause ein, denn er war sich nicht sicher, ob Brenner, der aus dem Fenster sah, ihm zuhörte.

»Und die wären?«

»Es sind alles Küstenstädte oder Inseln. Sagres, Lissabon, Barcelona, Mallorca, Korsika, Marseille, Faro, Cannes, Monaco, Rovinj, Nizza, Ischia, Rimini, Sardinien, Ibiza, Málaga, Malta.«

Sam sah aus dem Fenster. Ein Hinweisschild zeigte an, dass Monaco noch zwanzig Kilometer entfernt war. Immerhin wusste er jetzt, wohin die Reise ging.

»Der wichtigste Fall ist der letzte, Nummer 20. Eine junge Dame, die Tochter eines deutschen Politikers, verschwand vor drei Tagen spurlos. Sie war mit ihren Freundinnen in einem Hotel in Monaco abgestiegen. Laut den anderen beiden Damen hatten sie sich gestritten. Michaela Kriech, so heißt sie, war daraufhin alleine losgezogen. Seitdem haben sie sich nicht mehr gesehen. Ihre Sachen liegen noch auf dem Hotelzimmer, wie an dem Tag ihres Verschwindens. Der Fall hat Priorität, wie Sie sich denken können.«

»Was ist mit den anderen?«

»Normale Leute, die auch von heute auf morgen aus ihrem Alltag verschwunden sind.«

Es musste also erst ein »VIP« verschwinden, bis man sich der Sache annahm, dachte Sam und sah Brenner von der Seite an.

»Ich weiß, was Sie jetzt denken, Sam ... Wissen Sie, wie viele Menschen in Deutschland, in Europa jährlich verschwinden? Hunderttausende. In Amerika sind es sogar Millionen. Davon bleibt allerdings nur ein geringer Prozentteil für immer verschwunden. Die örtlichen Behörden haben sich anfangs um die Fälle gekümmert, aber Sie wissen ja, wie das ist.«

»Es sind auch zwei Kleinkinder darunter.« Sam schluckte. Kinder waren beliebte Opfer. Entweder für sexuellen Missbrauch, Organhandel, oder sie wurden zu Adoptionszwecken verkauft.

»Ja, besonders tragisch für die Familien. Beide sind letztes Jahr aus Ferienanlagen in Portugal verschwunden.«

»Was meinen Sie, Herr Brenner?«

»Wenn ich auch nur die geringste Ahnung hätte, säßen Sie jetzt nicht hier. Ich bringe Sie ins Hotel, dort können Sie sich mit den beiden anderen jungen Damen unterhalten. Und dann kommen Sie hoffentlich schnell zu einer Lösung. Ich bin da ganz zuversichtlich.«

Sam hielt die Akten mit beiden Händen umklammert und sah auf das Meer hinaus. In ihm kroch plötzlich das Gefühl hoch, völlig überfordert zu sein, obwohl er noch gar nicht mit dem Fall begonnen hatte. Die Erwartungen, die an ihn gestellt wurden, machten ihm jedes Mal Angst. Auch das war ein Grund gewesen, weshalb er sich von Europol zurückgezogen hatte. Die Angst zu versagen, einen Fall nicht zu lösen. Er ließ das Fenster ein wenig herunter und hoffte, der kühlende Fahrtwind würde Klarheit in seinen Kopf bringen.

Zehn Minuten später hielt die Limousine vor dem Eingang des Port Palace Hôtel, ein Fünf-Sterne-Boutique-Hotel, direkt am Jachthafen des Zwergstaates Monaco.

Schon beim Betreten der Lobby fielen Sam die beiden jungen Frauen auf, die eng zusammengerückt auf einem orangeroten Sofa saßen und Brenner wie zwei verschreckte Hasen ansahen. Erst als Sam den beiden vorgestellt wurde und sich ihnen gegenüber in einen bequemen Sessel setzte, entspannten sich die Gesichtszüge der beiden ein wenig. Wahrscheinlich lag es an seiner unautoritären Haltung.

Luisa, 25, war blond, trug eine zerrissene Jeans, die kaum ihre braun gebrannten Beine bedeckte, dazu ein buntes, tief ausgeschnittenes Seidentop. Sascha, 27, brünett, trug ein cocacolarotes Minikleid, sie hatte einen goldfarbenen Schal um ihre schlanken Beine gelegt. Ausgesprochen ansehnlich, dachte Sam. Er konnte sich sehr gut vorstellen, wie die drei jungen Damen den Männern hier den Kopf verdrehten. Er überflog das Protokoll noch einmal und betrachtete das Foto von Michaela Kriech, Tochter eines Abgeordneten. Es war ein Foto, das im Club de la Vigie zwei Stunden vor ihrem Verschwinden mit einer Digitalkamera aufgenommen worden war. Sie stand in einem weißen Anzug an der Balustrade, im Hintergrund der Jachthafen. Sie lächelte, aber ihr Blick war nicht direkt in die Kamera gerichtet.

»Okay, Sie sind alle am selben Tag angereist. Direktflug Berlin–Nizza«, las Sam das Protokoll stichwortartig vor. »Während des Fluges, haben Sie da jemanden kennengelernt?«

Einstimmiges Kopfschütteln der beiden.

»Sie hatten getrennte Zimmer? Michaela eins und Sie beide eins zusammen, wenn ich das richtig sehe?«

Diesmal nickten beide.

»Darf ich fragen, warum?«

Jetzt sahen sich beide an, dann ergriff Sascha das Wort.

»Michaela meinte, sie bräuchte auch ab und zu mal Zeit für sich.«

»Hatte sie vielleicht hier jemanden kennengelernt?«

»Wenn dem so war, hat sie uns nichts davon erzählt«, antwortete Luisa etwas schnippisch.

Der Ton ließ Sam aufhorchen. Anscheinend waren die drei nicht beste Freundinnen. Es sah eher so aus, als wäre Michaela die Einzelgängerin gewesen.

»Wer hat das Foto gemacht?«

»Ich. Warum?«, fragte Luisa.

Sam reichte das Foto über den Tisch, und Sascha nahm es entgegen. »Sie lächelt, aber sie lächelt nicht in die Kamera, sondern an der Kamera vorbei. Wen hat sie da angelächelt?«

»Bestimmt irgendeinen Typen. Michaela war nicht zu halten, wenn sie einen gut aussehenden Mann sah. Egal, welchen Alters. Ob ich oder Sascha ihn gut fand, interessierte sie in dem Moment auch herzlich wenig. Hauptsache, sie hatte ihre Bestätigung, dass sie gut ankam.«

»Ich gehe davon aus, dass das auch der Auslöser des Streits war?«

Wieder ein bestätigendes Nicken der beiden.

»Gehen Sie bitte in sich. Rufen Sie Bilder in Ihrem Kopf auf. Wo sind Sie überall gewesen? Mit wem haben Sie geredet?«

»Mein Gott, wir waren auf etwa zehn Partys, seit wir hier sind. Michaela hat mit ungefähr einhundert Typen in der letzten Woche gesprochen. Und fragen Sie jetzt nicht, wie die alle ausgesehen haben. Sie hatte keinen speziellen Typ. Wichtig waren ihr Geld und gutes Aussehen.«

Sam lehnte sich im Sessel zurück und atmete tief durch. Er strich sich über die Haare und hoffte, dass man ihm seine Ratlosigkeit nicht ansah. Er hätte wohl eher die Nadel im Heuhaufen gefunden, als hier eine nützliche Information zu bekommen. Er entschloss sich, vorerst eine Pause einzulegen und sich das Hotelzimmer von Michaela anzusehen.

»Sie bleiben bitte beide hier im Hotel und halten sich für weitere Fragen zur Verfügung«, sagte er im Aufstehen zu den beiden jungen Frauen und sah sich in der Lobby nach Brenner um, der jedoch nirgendwo zu sehen war.

An der Rezeption holte er sich die Schlüssel für die Grand Port View Suite, die Michaela Kriech bewohnt hatte.

Die Suite im sechsten Stock war in ein Schlafzimmer und ein Wohnzimmer aufgeteilt, beide mit Blick auf den Jachthafen, und hatte mit über sechzig Quadratmetern beinahe die Größe seiner Wohnung in München. Im Wohnzimmer waren Kleider und Accessoires auf sämtlichen Möbelstücken verteilt. Wahrscheinlich hatte sie sich ein paarmal umgezogen, bis sie das richtige Outfit für den Abend gefunden hatte. Der weiße Anzug.

Das Zimmer brachte wenig Aufschlussreiches zutage, kein Handy, keine Notizen, Telefonate waren von dem Zimmer aus nicht geführt worden, und das Bett war nach der Benutzung frisch bezogen worden. Die Mülleimer im Bad und in den Zimmern waren leer. Sam stellte sich ans Fenster und sah auf die beleuchteten Fenster der Hochhäuser, die sich vom Jachthafen bis hoch in die Berge des kleinen Landes zogen.

Auf der längsten Jacht, die dicht neben dem Hotel ankerte, knallte ein Korken, gefolgt von lautem Gelächter.

Und dann kam Sam plötzlich ein Gedanke. Ein Gedanke, der ihm im ersten Moment völlig absurd vorkam. Dennoch entbehrte er nicht einer gewissen Logik.

9. KAPITEL

Der harte Boden ließ Jean-Luc Fleury nachts kaum schlafen, sodass er auch tagsüber immer wieder in einen Dämmerzustand verfiel. Ihm war es nur recht, denn so stand sein Gedankenkarussell für eine Weile still.

Seine Familie suchte ihn sicherlich bereits, und vielleicht hatte irgendjemand irgendetwas gesehen, als man ihn verschleppte, und es gemeldet. Plötzlich ging die Tür auf. Ein weiß gewandeter Mann gab ihm stumm ein Zeichen aufzustehen. Als er nicht reagierte, kam ein zweiter hinzu. Gemeinsam zerrten sie Jean-Luc aus seiner Zelle in einen langen Gang hinaus. Er leistete kaum Widerstand. Seine Knochen schmerzten, er fühlte sich benommen. Immerhin hatte er seit seiner Verschleppung kaum etwas zu essen und trinken bekommen. Er befreite sich aus ihren Griffen und ging leicht schwankend allein weiter. Dabei versuchte er, alles in sich aufzunehmen. Die großen Steinquader links und rechts, unterbrochen von schmalen hölzernen Türen, die, wie er vermutete, ebenfalls zu kleinen Gefängniszellen führten, den sandigen Boden und den hellen Schein am Ende des Ganges. Zum wiederholten Male fragte er sich, wo er hier in Gottes Namen gelandet war. Er hielt die Luft an, um den beißenden Schweißgeruch seiner beiden Begleiter nicht einzuatmen. Dann hörte er ein Summen in der Ferne. Das liebliche Summen einer Frau, das immer näher kam. Es klang fröhlich und gleichzeitig so, als wäre sie in etwas vertieft, das ihre volle Konzentration erforderte. Der Schein am Ende des Ganges kam von einem hell ausgeleuchteten Raum, an dessen Decke lange Neonröhren hingen. Schon bevor sie die Letzte der etwa zehn Treppenstufen erreicht hatten, sah er die Frau in ihrem weißen Kittel. Sie war über etwas gebeugt und legte mit blutverschmierten Handschuhen scheppernd ein stockähnliches Instrument auf einen kleinen Stahltisch.

Ohne sich umzudrehen, deutete sie mit ihrem behandschuhten Finger auf einen steinernen Tisch im hinteren Teil des Raumes und begann, wieder vor sich hin zu summen.

Jean-Luc stemmte die Beine in den Boden und versuchte, der Zugkraft der beiden Männer entgegenzuwirken. Vergebens. Sie zogen ihn wie einen störrischen Esel an der Frau und an dem Objekt vorbei, an dem sie arbeitete.

Er hätte besser nicht hingesehen, aber seine Neugier war stärker. Die Erkenntnis, warum er hier war und was man mit ihm vorhatte, traf ihn wie ein Hammerschlag. Das Blut rauschte plötzlich wie ein tosender Wasserfall in seinen Ohren. Er erstarrte vor Angst.

Fünf Minuten später sah Jean-Luc Fleury auf die große weiße Uhr an der Wand. Ihm war klar, dass der Sekundenzeiger ihm die letzten Runden zeigte.

10. KAPITEL

Sam hatte sich die Daten genauestens angesehen, an denen die vermissten Personen verschwunden waren. Alle Fälle stammten aus den Monaten April bis September. Im Winter schien es keinen Bedarf an Menschenmaterial zu geben. Organhandel war das Einzige, was ihm eingefallen war, zumal es sich nur um gesunde Menschen handelte. Aber im Winter wurden auch Organe benötigt, also verwarf er den Gedanken wieder. Die Orte waren ein weiterer Punkt, der ihn stutzen ließ. Deshalb suchte er die Hafenmeisterei auf.

René Serafine, der Hafenmeister des Port Hercule, der für die Schiffsbewegung, die Sicherheit und die nautische Verwaltung des Hafens zuständig war, zeigte sich äußerst auskunftsfreudig und hilfsbereit. Sam gab ihm die Daten durch, die ihn interessierten, und der Hafenmeister versprach, bis zum nächsten Tag die gewünschten Informationen bereit zu haben. Eine Information erhielt er jedoch schon vorweg. Am Abend, als Michaela Kriech verschwand, hatte nur ein Boot den Hafen verlassen. Die *Pink Panther,* eine 25 Meter lange Motorjacht, war zu später Stunde aufs offene Meer hinausgefahren und in der Nacht wieder in den Hafen eingelaufen. Soviel René wusste, war die Jacht bereits verkauft und würde in den nächsten Tagen den Besitzer wechseln.

Sam ging eine Kleinigkeit essen und rief später aus seinem Zimmer Lina an. Es klingelte ein paarmal, bis sie mit verschlafener Stimme ranging.

»Hi.«

»Hi«, antwortete Sam und überlegte, wie wohl ihre Stimmung sein mochte. »Tut mir leid, dass ich jetzt noch anrufe. Ich wollte fragen ... Bist du gut nach Hamburg gekommen?«

»Danke der Nachfrage.«

Das klang zickig, fand er.

»Na schön, ich wollte nur fragen, wie es dir geht und ob du gut angekommen bist. Dann lass ich dich besser weiterschlafen.«

»Ja, ist wohl besser.«

»Ich ...« Weiter kam Sam nicht, denn Lina hatte bereits aufgelegt. Was hatte sie erwartet? Dass er sich für seinen Ausbruch entschuldigte? Warum sollte er, er hatte doch recht. Gut, sie war ein Medium, aber offensichtlich waren es nicht nur gute Geister, mit denen sie kommunizierte. Er erinnerte sich an Pater Dominik, der damals vor spiritistischen Sitzungen gewarnt hatte. Aber Lina fühlte sich berufen. Was sollte er also machen? Außerdem hatte er immer noch Probleme, an den Hokuspokus zu glauben.

11. KAPITEL

Gleich nach dem Frühstück suchte Sam erneut die Hafenmeisterei auf. Bis zum Nachmittag zu warten erschien ihm doch zu lang.

René Serafine sprach gerade am Telefon und machte sich

unaufhörlich Notizen, dabei zwinkerte er Sam zu. Offensichtlich gab es schon etwas Neues.

»Monsieur, ich habe Ihnen eine Liste gemacht. Hier sehen Sie die Orte, hier die Bootsnamen und hier die Besitzer und die Hersteller. Es sind schon merkwürdige Zufälle, nicht wahr?«

Sam sah sich die Liste an und nickte. Ja, von Zufällen konnte hier keine Rede mehr sein. »Ich möchte mir die *Pink Panther* ansehen.«

»Meinen Sie nicht, es wäre besser, die Gendarmerie einzuschalten?« Serafine kratzte sich am Hinterkopf und sah Sam zweifelnd an.

»Monsieur, ich bin die Gendarmerie.«

Es bedurfte keiner weiteren Überredungskünste. René Serafine zuckte lediglich mit den Schultern, reichte Sam die Schlüssel der Jacht und sagte: »Je ne sais rien.«

Sam stand mitten im Salon der Jacht und suchte nach einem Zeichen. Ein Zeichen dafür, dass Michaela Kriech sich hier für ein paar Stunden oder länger aufgehalten hatte. Doch nicht nur im Salon, auch in den vier Kabinen und in den Bädern sah es so aus, als hätte noch nie eine Menschenseele einen Fuß auf das Boot gesetzt. Kein Kratzer in den polierten Hölzern der Möbel oder auf dem Parkettboden, kein Wasserfleck auf der marmornen Bar oder in den Waschbecken, auch die mit Leopardenfell bezogenen Sitzmöbel sahen so aus, als wären sie noch nie mit menschlichen Körpern in Berührung gekommen. Sam ging hoch zum Sky-Deck. Auch hier sah alles unberührt aus. Er wollte gerade wieder zum Unterdeck gehen, als ihn ein Impuls zwang, sich noch einmal umzudrehen. Sein Blick fiel auf die weißen Polster einer Sitzgruppe. Er wusste nicht, warum er anfing, jedes einzelne hochzuheben. Aber er tat es. Es war das Geräusch eines kleinen Gegenstandes, der zu Boden gefallen war, der ihn in der Bewegung innehalten ließ. Er blickte sich auf dem dunklen

Teakholzboden um und sah direkt neben seinen Füßen etwas liegen. Er bückte sich, hob es auf und betrachtete das braune Etwas in seiner Hand. Im nächsten Moment traf ihn ein Schlag von hinten auf den Kopf. Er sackte zusammen, stützte sich mit beiden Händen ab, versuchte, wieder hochzukommen, was ihm jedoch nicht gelang. Ein zweiter Schlag sauste ungebremst auf ihn nieder. Sam ging vollends zu Boden. Neben ihm erschienen zwei Beine. Dann war es, als würde er in einem Sarg liegen und der Deckel geschlossen werden.

Sein Kopf wurde hin und her geschleudert, und die Worte hörten sich an, als würde jemand in Zeitlupe und durch einen Wattebausch reden. Lang gezogen und dumpf. »M-o-n-s-i-e-u-r ... M-o-n-s-i-e-u-r ...« Etwas Nasses klatschte in sein Gesicht, fühlte sich an wie eine Fischflosse. Sam war außerstande, sich zu bewegen. Er wollte dieser Nässe entkommen, die so unangenehm war, aber es war unmöglich. War er gelähmt? Sein Kopf schien platzen zu wollen. Ein Schmerz durchfuhr ihn. Dann erinnerte er sich wieder an die Schläge auf seinen Hinterkopf. Wie lange war das her? Die unausgesprochene Frage wurde mit einem Schwall französischer Worte beantwortet.

»Mon Dieu ... ich dachte schon, Sie sind tot. Als Sie nicht zurückkamen, dachte ich mir ... sieh mal lieber nach dem Rechten ... Ich muss zugeben, ich war plötzlich im Zweifel, ob Sie nicht ein Dieb sind ... einer von den ganz Abgebrühten ... Stellen Sie sich vor, diese Jacht ist plötzlich weg, und man findet heraus, dass ich Ihnen noch den Schlüssel ausgehändigt habe ... man kann ja heutzutage ...«

Sam hob die Hand als Zeichen dafür, dass Monsieur Serafine endlich den Mund halten solle. Er drehte sich auf die Seite und stemmte sich mühsam hoch. Dabei wurde ihm so schwindelig und schlecht, dass er sich direkt über Serafins Schuhe erbrach, was im gleichen Augenblick dazu führte, dass er plötzlich ein Bild vor sich hatte. Männerschuhe, etwa Größe 42. Ja, er hatte sportliche schwarze Männerschuhe hinter sich gesehen, als er zu Boden ging.

Sam entschuldigte sich bei René Serafine, wischte sich mit dem Handrücken über den Mund und setzte sich langsam auf. Dann sah er sich auf dem Boden um ... der kleine braune Gegenstand war verschwunden.

12. KAPITEL

Chester Ihre Familiengeschichte mit den zahlreichen Vorfahren war so kompliziert, reichte von Ehrentiteln wie Markgrafen, Grafen und Vizegrafen zu Baronen, dass sich Aethel, die den Vornamen ihrer Urgroßmutter trug, nur vom Namen ihres Ururgroßvaters an die Titel gemerkt hatte.

John Richard Winston Baron von Sealand hatte um 1840 beträchtliche Besitztümer seiner Vorfahren übernommen, von denen heute allerdings nur noch ein paar Häuser in London und das fünfundzwanzig Hektar große Land mit seinem weißen Schloss im Tudorstil in der Nähe von Chester übrig geblieben war, das im Nordwesten Englands nahe der Grenze zu Wales lag und in dem Aethel mit ihren Eltern, Rose und Herold, wohnte.

Der älteste Sohn ihres Ururgroßvaters hatte den Höflichkeitstitel Marquis oder Markgraf von Saltney getragen, und dessen Sohn, ihr Großvater, hatte schlicht und ergreifend Lord Francis Grosvenor geheißen.

Der Familienname hatte im letzten Jahrhundert für viel Trubel gesorgt, sodass mehrere öffentliche Einrichtungen im Zentrum von Chester nach den Grosvenors benannt worden waren. Darunter ein Hotel, ein Park, ein Bahnhof und eine Apotheke.

Mit der Apotheke, die ihr Großvater mit seinem Bruder Randolph rein als Hobby ein paar Jahre geleitet hatte, wurde der Grundstein ihrer eigenen bisher achtundzwanzigjährigen Lebensgeschichte gelegt. Zumindest war Aethel fest davon überzeugt. Vielleicht hatten sie auch die kuriosen Geschichten, die man sich über ihren Großvater erzählte, dazu inspiriert, ihren unkonventionellen Berufszweig einzuschlagen.

Aethel saß in dem dreistöckigen Turm des Schlosses im obersten Erkerzimmer auf ihrem Bett und holte vorsichtig die alten Schmuckstücke aus ihrem Rucksack, die sie in aller Eile noch eingesteckt hatte und die sie nun fein säuberlich auf der Bettdecke platzierte. Das alte Gold lag schwer in ihrer Hand, während sie die Einlegearbeiten und die bunten Halbedelsteine darauf betrachtete.

Zu schade, dass ihr am zweiten Tag dieser Idiot in die Quere gekommen war, sonst hätte sie noch mehr aus der Kammer schaffen können, die der Hauseigentümer, Gott hab ihn selig, so gut versteckt hatte. Doch die ganze Ausstattung der Villa hatte sie sofort auf die Lösung des Versteckrätsels gebracht. Außerdem war sie mit einer überdurchschnittlichen Intelligenz und Raffinesse ausgestattet, Eigenschaften, die sie von ihrem Großvater geerbt hatte. Hinzu kam ihre unermüdliche Beharrlichkeit, denn wenn Aethel etwas haben wollte, bekam sie es auch. Gut, der Zwischenfall mit dem Eigentümer war nicht eingeplant gewesen und stimmte sie keineswegs glücklich, aber sie konnte auch nicht sagen, dass es ihr besonders leid tat. Risiken gehörten nun mal zum Job. Sie hatte es ja nicht vorsätzlich getan, sie hatte sich nur in höchster Not gewehrt. Wenn er sie gestellt hätte, wäre das bestimmt das Ende ihrer Karriere gewesen, und dafür war sie nun wirklich noch zu jung.

13. KAPITEL

Hamburg Lina sah auf ihr Handy. Kein Anruf in Abwesenheit. Sam hatte es heute nicht noch einmal versucht. Zu verdenken war es ihm nicht, wo sie doch gestern Abend so kurz angebunden am Telefon gewesen war. Sie spürte wieder diese Unsicherheit, die in ihr hochkroch. Sie waren seit über einem Jahr zusammen, und doch war da immer dieses Gefühl, dass ihre Beziehung an einem seidenen Faden hing. Wenn sie mit Sam zusammen war, fühlte sie sich geborgen und vor allem beschützt. Aber sobald sie in Hamburg war, schien Sam so unendlich weit weg zu sein, und das lag nicht an der räumlichen Distanz. Sie hatte das Gefühl, dass seine Gedanken dann nicht bei ihr waren. Aus den Augen, aus dem Sinn. Wahrscheinlich lag es an seinem Job, der ihn so vereinnahmte und über den er auch so gut wie nie sprach. Er hatte ihr einmal erklärt, dass er über den menschlichen Abschaum, mit dem er tagaus, tagein zu tun hatte, nicht reden wolle, nicht, wenn er mit ihr zusammen war. Seitdem fragte sie nicht mehr, an welchem Fall er gerade arbeitete, obwohl sie es nur zu gern gewusst hätte. Sie sah die blonde junge Frau an, die mit Tränen in den Augen vom Tod ihrer Mutter sprach, die sich vor einem Jahr ohne Vorwarnung vor einen fahrenden Zug geworfen hatte. Wie furchtbar, einen Freitod zu wählen, dachte Lina, da sie doch wusste, dass Menschen, die Selbstmord begingen, in einer Zwischenwelt gefangen waren, wo Dunkelheit herrschte.

Sie hielt den Stift über das weiße Blatt Papier und fragte: »Hallo, seid ihr da?« Vor jeder Sitzung sprach sie zuerst ein kurzes stilles Gebet und dann ihre beiden Schutzengel an, um sich zu vergewissern, dass ihr nicht ein anderer Geist antwortete.

Der Stift in ihrer Hand malte in jede Ecke ein Kreuz und ein paar Herzen, dann schrieb sie: *Ja, wir sind da.*

Lina machte der jungen Frau, die neben ihr saß, ein Zeichen, dass sie jetzt ihre Fragen stellen konnte.

»Ist es denn möglich, mit meiner Mutter zu sprechen?«, fragte sie Lina zaghaft.

Der Stift in Linas Hand antwortete mit einem großen *JA*, das ein paarmal umkreist wurde.

»Ich möchte gerne wissen, warum?« Ihre Stimme versagte, und wieder rannen dicke Tränen die Wangen hinunter.

Der Stift setzte sich in Bewegung und schrieb, ohne abzusetzen, Wörter, die Lina laut mitlas, denn sie wusste, dass sie später das Gekritzel kaum noch entziffern konnte.

»Ich habe mich so einsam gefühlt, ihr alle wart mit euch selbst beschäftigt, sodass ich keinen Ausweg gesehen habe. Aber jetzt fühle ich mich noch einsamer. Es ist immer dunkel um mich herum.«

Die junge Frau schluckte, ließ ihren Tränen weiter freien Lauf und sagte zu Lina, als müsste sie sich entschuldigen: »Aber ich war doch so oft bei ihr.«

Für Lina hatte die Mutter an schweren Depressionen gelitten, die keiner gesehen hatte oder nicht hatte sehen wollen. Der Stift schrieb weiter, und wieder las Lina die Worte ab: »Du warst da, ihr wart alle da, aber wirklich zugehört hat keiner von euch.«

Der Blick der jungen Frau senkte sich, und sie sagte leise: »Sie hat recht. Es war einfacher, sich alles schönzureden.«

Plötzlich spürte Lina eine starke aggressive Macht, die sie schon auf der Treppe zum Schlafzimmer im dritten Stock der Hamburger Altbauvilla gefühlt und die ihr beinahe den Atem genommen hatte. Ihr Arm fing an zu zucken, und der Stift kratzte über das Papier.

Wir sind immer in der Nähe.

Die junge Frau, Mutter von zwei Kindern, verheiratet mit einem Geschäftsmann, der viel auf Reisen war, sah Lina fragend an.

»Hast du oft Streit mit deinem Mann, Eva? Ich meine ungewöhnlich viel Streit?«

»Ja, warum?«

»Was ist mit deinen Kindern? Irgendetwas, das du als merkwürdig empfindest?«

Eva überlegte und sagte dann: »Nein, eigentlich nicht ... obwohl, ich weiß nicht, aber die Kleine wacht fast jede Nacht auf und schreit.«

»Wie alt ist sie?«

»Acht.«

Lina sah nach oben zu dem Dachfenster, als der Stift in ihrer Hand plötzlich wieder zu schreiben anfing. Er schrieb in großen Buchstaben HELP. Lina war plötzlich verwirrt. Sie spürte, dass dieser Hilferuf nichts mit der eigentlichen Sitzung, nichts mit der Frau neben sich zu tun hatte, die sie erwartungsvoll ansah. Dann huschte der Stift wieder über das Blatt Papier, malte Striche, verband sie, kritzelte hier und da etwas hin, was Lina beim besten Willen nicht entziffern konnte. Am Ende hatte sie einen Raum mit runden Fenstern gemalt.

Lina legte den Stift zur Seite und sah Eva an. »Sagt dir das was?«

»Nein. Nichts.«

Lina verlor für einen Moment den Faden, doch dann fiel es ihr wieder ein. Das Dachfenster. Es hatte wohl wenig Zweck, der Frau zu erklären, dass es notwendig war, das Fenster abzudecken, deshalb sagte sie lediglich: »Zeig mir mal das Kinderzimmer.«

Die beiden Frauen gingen die steile Treppe wieder hinunter zu den zwei Kinderzimmern im zweiten Stock.

Im Zimmer der älteren Tochter konnte Lina keine fremde Präsenz feststellen, und so gingen sie zu dem anderen. Als Lina das Zimmer der kleinen Tochter betrat, spürte sie schon vor der Tür die Eiseskälte, die dort trotz der warmen Heizung herrschte. Eine Gänsehaut überzog ihren Körper.

Lina wusste, dass Geister sich immer das schwächste Glied einer Familie suchten, um Ärger zu machen. Hier ging es um reine Zerstörung, wofür es nicht mal einen erkennbaren Grund gab. Fest stand, dass die drei terrenalen Seelen, zwei Männer und eine Frau, sich nicht immer in diesem Haus aufgehalten hatten, sondern mit der Familie aus einer anderen Wohnung oder einem anderen Haus mitgekommen waren. Sie hatten es ganz allein auf diese Familie abgesehen.

Lina betrachtete ein altes Ölbild an der Wand, das einen Ballsaal mit einem tanzenden Paar zeigte. Es war in relativ dunklen Farben gehalten und passte für ihren Geschmack nicht in ein Kinderzimmer. Doch sie sah etwas Interessantes an dem Bild: Es war ein »Fenster«. Ein Tor in jene Welt. Auch das Dachfenster im Schlafzimmer war ein solches »Fenster«, durch das sich die Geister Zutritt verschafften, um ihre schlechten Energien zu verbreiten.

Lina wollte der Frau keine Angst einjagen mit Dingen, für die sie wahrscheinlich gar nicht offen war und die, wie sie selbst zugeben musste, etwas verrückt klangen. Am Ende dachte die Frau noch, Lina wäre wahnsinnig. Deshalb erklärte sie ihr lediglich, dass eine Reinigung von sozusagen schlechten Energien im Haus ratsam wäre. Sie verabredeten sich für einen anderen Tag, dann bedankte Lina sich für das entgegengebrachte Vertrauen und war froh, als sie das Haus mit seinen dunklen Kräften endlich verlassen konnte.

Sie holte ihr Handy aus der Tasche und stellte fest, dass immer noch kein Anruf in Abwesenheit erfolgt war. Lina fühlte sich plötzlich kraftlos. Sie setzte sich auf eine kleine Mauer vor dem Eingang der U-Bahn und überlegte, ob sie Sam nicht doch anrufen sollte. Immerhin hatte er noch Urlaub, und vielleicht könnte er für ein paar Tage nach Hamburg kommen. Wie immer war sie hin und her gerissen, wenn ein paar harsche Worte gefallen waren. Sie fühlte sich gekränkt und war dann jedes Mal kurz davor, die Beziehung zu beenden, obwohl sie wusste, dass das kompletter

Blödsinn war und sie überreagieren würde. Dann wählte sie manuell die Nummer, obwohl sie eigentlich gespeichert war, um Zeit zu gewinnen. Ein Freizeichen ertönte. Die Mailbox sprang an.

14. KAPITEL

München Im Keller des Museums für ägyptische Kunst in München stand der Experte Dr. Ronald Walter, unter dessen Leitung ein kleiner Teil der Kunstschätze aus der Villa in der Chopinstraße hierhergebracht worden war, um sie einer genaueren Untersuchung zu unterziehen. Gemeinsam mit dem Direktor des Museums betrachtete er eingehend die Zeichnungen und Inschriften auf dem Sarkophag. Der aufwendig bemalte Sarg, den er auf etwa dreitausend Jahre schätzte, zeigte Szenen einer Einbalsamierung, gab aber wenig Aufschluss darüber, wer darin bestattet worden war.

Vielleicht eine unentdeckte Pharaonentochter, die eine Lücke in der Chronologie einer Dynastie schließen könnte, überlegte Ronald Walter. Der Gedanke daran ließ ein wohliges Kribbeln über seine Kopfhaut laufen. So eine Entdeckung würde dem Museum einigen Ruhm, wenn auch nur für kurze Zeit, einbringen, und die Hoffnung, dass sein Name in diesem Zusammenhang mal erwähnt werden würde, spornte ihn noch mehr an, die Identität der Mumie zu klären.

Ronald Walter war aufgeregt, seine Hände schwitzten in den Handschuhen, als er über die Hieroglyphen fuhr und versuchte, sie zu deuten.

Der Direktor stand schweigend neben ihm, seine Schneidezähne bissen vor lauter Anspannung in die Unterlippe und ließen sie weiß erscheinen, während er mit seinen kleinen Knopfaugen dem Finger Walters folgte.

»Und? Können Sie etwas daraus entziffern?«, fragte der Direktor Walter. In seiner Stimme schwang eine gewisse Gier mit, denn auch ihm war bewusst, was dieser Fund bedeuten könnte. Da es auf den ersten Blick keine Verwandten und Erben des Verstorbenen gab, hatte die Polizei das Museum darum gebeten, die Fundstücke zu überprüfen, wenn möglich deren Herkunft herauszufinden und sie in einer angemessenen Umgebung aufzubewahren, damit sie nicht zu Schaden kamen. Gegen eine kleine Ausstellung der Objekte hätte sicherlich niemand etwas einzuwenden.

»Ich bin mir nicht sicher, aber ...« Die Hieroglyphen verschwammen vor den Augen Walters. Normalerweise hatte er keine Schwierigkeiten, diese Schrift zu lesen, aber jetzt konnte er keinen klaren Gedanken fassen. Er wischte sich über seinen nassen Nasenrücken, der seine Brille zum Rutschen brachte, und begann wieder von vorn. Dann las er stockend die Zeichen ab. »Möge ... der ... Horus, den König von Ober- und Unterägypten, hier ist es nicht leserlich, der Name ist zerstört worden. Dann kommt ... vereint ... mit Amun. Möge er ... leben ... ewiglich.«

»Nun, zumindest sagt es uns, dass es sich hier um eine königliche Mumie handelt, ein Herrscher, ein König. Das wäre geradezu phantastisch«, sagte der Direktor und rieb seine Hände gegeneinander, als würde er die Innenflächen reinigen wollen.

»Aber warum ist die Namenskartusche herausgemeißelt worden?«

»Na, vielleicht finden Sie den Namen noch irgendwo auf dem Sarkophag. Ich denke, der alte Rudolf wird uns Genaueres über den Inhalt sagen können. Kommen Sie, Walter. Ich möchte keine Zeit verlieren.«

Die in Leinen gehüllte Mumie befand sich in einem Nebenraum, in dem ein vorsintflutlicher Röntgenapparat stand, der dem Museum vor Jahrzehnten gespendet worden war und immer noch funktionierte.

Das erste Röntgenbild zeigte einen Arm, der vor der Brust gekreuzt war und dessen Hand auf dem Schultergelenk ruhte, der andere Arm lag ausgestreckt neben dem Körper. Auch konnte man schemenhaft einen Gegenstand ausmachen. Wahrscheinlich ein Schmuckstück, mutmaßte Ronald Walter.

»Also, wenn Sie mich fragen, ist das kein Mann, sondern eine Frau. Eine Königin«, sagte er ehrfürchtig.

»Ist doch völlig egal, solange es blaues Blut ist«, entgegnete Direktor Hansen.

Das zweite Bild zeigte den Beckenbereich der Mumie.

»Ja, eindeutig eine Frau. Sehen Sie hier, die Innenlinie des Beckens ist relativ breit.«

»Wie alt war sie ungefähr? Was schätzen Sie, Walter?«

»Die Bandscheiben sind kaum abgenutzt. Ich würde sagen, um die zwanzig vielleicht.«

»Gute Arbeit, Walter.« Der Direktor klopfte seinem Assistenten auf die Schulter und ließ seine Hand dort eine Weile liegen, als Zeichen von Anerkennung und Verbundenheit.

»Was halten Sie davon, wenn wir eine Computertomografie machen lassen? Sie würde uns noch mehr über die Mumie erzählen können«, schlug Walter vor.

»Warum? Zweifeln Sie etwa an der Datierung und Ihren bisherigen Erkenntnissen?«

»Nein. Ganz und gar nicht, aber …«

»Ich will sie vorerst nicht aus der Hand geben«, unterbrach der Direktor seinen Assistenten.

Dieser Fund war eine einmalige Chance, um das Museum, das keine staatlichen Förderungen mehr bekam, wieder interessant zu machen.

Die letzten Jahre waren mau gewesen. Auch privat lief alles nicht mehr so gut. Seine Ehe war am Ende, seine Frau hatte ihn sogar als Versager beschimpft, weil er seinem Sohn kein Studium finanzieren konnte, weil sie nicht mehr dreimal im Jahr in Urlaub fahren konnten und weil seine Frau inzwischen bei Aldi einkaufen musste anstatt wie früher im Feinkostgeschäft.

Walter sah seinen Chef enttäuscht an, er hätte gern mehr über die Einbalsamierungstechnik der Mumie erfahren, was man nur über eine CT hätte herausfinden können. »Sie steht uns nur leihweise zur Verfügung, Walter. Lassen Sie uns die Zeit nutzen. Der Sarkophag hat uns ja schon einiges erzählt.« Der Direktor klopfte Ronald Walter abermals auf die Schulter.

»Ach, und vergessen Sie nicht, die anderen Stücke auf ihr Alter überprüfen zu lassen. Sie kennen ja die Prozedur.« Dann verließ er endlich den Röntgenraum des Museums und ließ Ronald Walter mit der Mumie allein zurück. Ronald Walter ging immer wieder um das einbandagierte Objekt herum, legte seine Hand behutsam auf die schmutzigen Bänder und ließ sie schließlich auf dem Kopf der Mumie liegen. Dann beugte er sich zu ihr hinunter und flüsterte: »Ich habe eine Idee, ich hoffe, sie gefällt dir.«

Und dann begann er langsam die Leinenwickel, Lage für Lage, von der Mumie abzulösen.

15. KAPITEL

Chester Aethel schlüpfte in einen grau-schwarz karierten knielangen Rock, eine hochgeschlossene weiße Bluse, schwarze Halbschuhe und band sich ihr schulterlanges braunes Haar mit einer Schleife nach hinten. Sie schmierte sich noch Öl in den Haaransatz, damit die Haare fettig aussahen, und stellte sich vor den Spiegel.

»Wirklich nett, Sie kennenzulernen, Lord Arschloch«, sagte sie übertrieben freundlich und machte einen Knicks.

Dann betrachtete sie ihr Spiegelbild. Als Kind war sie regelrecht hässlich gewesen, als Jugendliche noch hässlicher. Doch inzwischen hatte sich ihre Nase zurechtgewachsen und passte in ihr Gesicht. Sie fand sich inzwischen auch relativ annehmbar. Mit ein bisschen Betonung ihrer grünen Katzenaugen konnte sie sogar attraktiv aussehen, deshalb ließ sie jetzt jegliche Schminke weg und setzte sich ihre Zahnspange ein, die sie normalerweise nur zu Hause am Abend trug oder wenn ihre Eltern mal wieder der Meinung waren, einen potenziellen Ehemann von adeliger Geburt für ihre Tochter gefunden zu haben.

Für Aethel lebten die beiden immer noch im vorletzten Jahrhundert. Im Bekanntenkreis der Grosvenors kam es allerdings schon vor, dass die Kinder untereinander verheiratet wurden, damit das Geld in den Familien blieb und nicht in irgendeiner Weise in bürgerliche Hände geriet, die des Geldes nicht würdig waren.

Aber für Aethel kam eine Ehe, egal mit wem, überhaupt nicht infrage. Warum auch, sie verdiente ihr eigenes Geld, und das nicht schlecht.

Sie ging die Turmtreppe hinunter durch die große Empfangshalle, wo gerade zwei Bedienstete die Kristalle einzeln von dem großen Kronleuchter abnahmen und sie reinigten, weiter zur Orangerie.

»Ach, da kommt sie ja«, zwitscherte ihre Mutter strahlend, als wäre es der schönste Tag ihres Lebens. Aethel grinste den Lord breit an, der als Erstes auf ihre blitzende Zahnspange starrte. Ihrer Mutter gefror das Lächeln im Gesicht, ihr Vater hob lediglich die Augenbrauen und schüttelte andeutungsweise den Kopf.

»Oh«, sagte Aethel, spuckte die Zahnspange in ihre rechte Hand, steckte das silberne Gestell in die Rocktasche und streckte dem Gast die feuchte Hand entgegen. »Hocherfreut, Sie kennenzulernen, Lord Richmond.«

Einem unhörbaren Kommando folgend, setzten sich alle

gleichzeitig an den Teetisch. Aethel entging nicht ohne Genugtuung, dass sich der Lord diskret die Hände an seiner Serviette abwischte. Er räusperte sich und sagte dann mit spitzen Lippen: »Ihre Eltern sagten, Sie studieren Jura in Cambridge?«

»Im fünften Semester«, warf ihre Mutter stolz ein und nickte Aethel ermutigend zu, mehr darüber zu erzählen. Doch Aethel tat es ihrer Mutter gleich und nickte nur, während sie am Tee nippte und sich zwei Kekse in den Mund schob.

»Dann haben Sie ja sicherlich von dem Online-Fremdsprachentraining für Juristen gehört, das über zwei Millionen Juristen in der Welt ein englisches Sprachtraining für Rechtsanwälte und Jurastudenten ermöglicht.«

Aethel nickte zustimmend mit vollem Mund.

»Bei dem heutigen raschen Wachstum und den grenzüberschreitenden Transaktionen war es notwendig, so eine Dienstleistung ins Leben zu rufen. Ich habe mich übrigens als Berater dieser Seite zur Verfügung gestellt«, fügte Lord Richmond mit stolzgeschwellter Brust hinzu.

Aethels Mutter gab ein lang gezogenes »Ohhh« von sich und faltete wie eine fromme Protestantin die Hände vor der Brust, während Aethel schnell wieder zwei Kekse in den Mund schob und freundlich dabei grinste.

»Darf ich fragen, warum Sie ausgerechnet dieses Studium gewählt haben? Sie wissen doch sicher, dass man einer der Besten sein muss, um in einer renommierten Kanzlei überhaupt vorsprechen zu dürfen.«

Aethel hatte so lange wie möglich die Kekse im Mund behalten, damit sie bei einer Frage, die unweigerlich kommen musste, auch mit vollem Mund antworten konnte. Mit der krümeligen Zunge fuhr sie sich über die Vorderzähne und sagte lächelnd: »O ja, das weiß ich. Und ich bemühe mich immer, die Beste in allem zu sein.« Dabei rieselten zahlreiche Keksbrösel auf die blütenreine Tischdecke.

Lord Richmond griff augenblicklich zur Teetasse. Aethels Mutter rang um Contenance, während ihr Vater keine Regung zeigte. »Darf ich fragen, welche Dozenten Sie haben?«, fragte der Lord wacker weiter, jedoch ohne Aethel anzusehen.

»Lord Richmond arbeitet nämlich in einer der angesehensten Kanzleien in London, Aethel«, erklärte ihre Mutter, die ihre Fassung schnell wiedergewonnen hatte, und zwinkerte ihrer Tochter ermunternd zu. Aethel musste unwillkürlich grinsen, nicht nur über die Standhaftigkeit ihrer Mutter, sondern weil sie grundsätzlich beide Augen beim Zwinkern zukniff. Nie schaffte sie es, eines zu schließen und eines offen zu halten. So sah ihr Zwinkern immer aus, als hätte sie einen Lidkrampf.

Aethel nahm einen Schluck Tee und fing sofort an zu husten. Sie hustete, fasste sich an die Brust, sprang auf und stürzte aus der Orangerie durch die Halle zum Gäste-WC. Dort schloss sie sich ein und drehte den kalten Wasserhahn auf. Fließendes Wasser hatte stets eine beruhigende Wirkung auf sie gehabt.

Verdammt, sie wusste, dass sie eines Tages auffliegen würde, was sollte sie jetzt erzählen? Dass sie gar nicht studierte, wie sie aller Welt glauben machte, sondern eigentlich eine Diebin war? Und nicht nur das, sie war sogar eine Mörderin! Sie wischte sich mit beiden Händen über das Gesicht, verharrte einen Moment, und dann wusste sie, was zu tun war.

Als Aethel in die Orangerie mit den Zitrusbäumchen und den jägergrünen Möbeln zurückkam, sahen sie alle besorgt an, bis auf ihren Vater, der mit prüfendem Blick jede ihrer Bewegungen verfolgte, als würde er ihre Show durchschauen.

»Geht es dir gut, Kind?«

»Ja, Mutter, alles in Ordnung.« Dann wandte sie sich an den Gast des Hauses: »Sagen Sie, Lord Richmond, was würden Sie mir raten? Auf welches Recht sollte ich mich spezialisieren?«

Der Lord richtete sich gerade auf, zupfte sein Halstuch zurecht und fing an zu referieren, so wie Aethel es erwartet hatte. Denn der Lord war jemand, der sich gern reden hörte. Man musste ihn nur dazu animieren, und das hatte sie getan, indem sie eine Frage mit einer Gegenfrage beantwortet hatte.

Aethel lehnte sich entspannt zurück und tat so, als würde sie dem Lord interessiert zuhören. Ihre Mutter hing an den Lippen des hoch angesehenen Gastes, während Aethels Vater, Joseph Grosvenors, seine Tochter nicht aus den Augen ließ, was ihr doch ein leichtes Unbehagen bereitete.

Lord Richmond erzählte fast ohne Punkt und Komma eine halbe Stunde lang von seinem mit Auszeichnung bestandenen Master im internationalen Wirtschaftsrecht, den er in Cambridge absolviert hatte, und von seinen Erfolgen, die er seit fünf Jahren für die Kanzlei Morris & Co. Solicitors verbuchte. Auch hier ließ er keine Details aus, sodass Aethel schon in Erwägung zog, einfach in Ohnmacht zu fallen, damit der selbstverliebte Lord endlich den Mund hielt.

Doch sie hielt tapfer durch, und als Aethel nach dem Dinner auf ihr Zimmer gehen konnte, atmete sie einmal kräftig durch. Sie war sich ziemlich sicher, Lord Richmond davon überzeugt zu haben, dass sie kein gutes Paar abgeben würden. Sie schaltete ihren Laptop an und öffnete ihren Account.

Ihr Herz setzte fast aus, als sie die Zeilen las. Sie merkte sich alle Daten, die Wegbeschreibung und löschte die E-Mail.

16. KAPITEL

München Wie gebannt starrte Ronald Walter auf die freigelegte Mumie. Zwischen die Leinenbinden war ein Schmuckstück gelegt worden, das er nun in den Händen hielt. Es war ein Udjat-Auge, das Schutz vor allem Bösen und ein ewiges Leben verspricht. Ein Beweis dafür, dass diese Mumie noch nie ausgewickelt worden war, sonst wäre das Schmuckstück nicht mehr dort. Obwohl es Mumien gab, die an die sechzig Amulette bei sich trugen.

Die Bauchhöhle war eingefallen, sodass er davon ausging, dass man die Organe fachgerecht entnommen hatte. Wichtig war, dass das Herz noch an seinem Fleck saß. Das Herz, das Zentrum der Persönlichkeit, dort, wo der Verstand, das Gewissen und das Gefühl waren. Bei einer Entnahme würde die Hoffnung auf eine Wiedergeburt völlig versiegen und käme einer vollkommenen Vernichtung gleich.

Die typische Armhaltung, der rechte Arm war über der Brust gekreuzt, deutete eindeutig auf eine Königin hin.

Und doch gab es zwei Punkte, die Ronald Walter störten. Da waren die Finger, die normalerweise einzeln verbunden worden wären, was hier nicht der Fall war. Und warum hatte man eine Königin in einen Sarkophag eines Königs gelegt? Ronald Walter war verwirrt, er zweifelte auf einmal an seinen Kenntnissen über die altägyptische Kultur und deren Bräuche. Er sah sich noch einmal die Röntgenbilder vom Schädel an, und dann entdeckte er etwas, das ihm den Schweiß aus allen Poren trieb. Auf seinem weißen Kittel bildete sich eine gerade graue Linie über seinem Rückgrat.

17. KAPITEL

Das Schicksal wollte es, dass Sam wieder einmal die Villa von Lothar Senner betrat, dem Besitzer der *Pink Panther,* auf der Michaela Kriech verschwunden war, und der einem Mord zum Opfer gefallen war. Inwiefern die beiden Fälle zusammenhingen, war schwer zu sagen. Auf den ersten Blick schien der Mord an Senner eher ein Raubmord zu sein und hatte nichts mit den spurlos verschwundenen Personen der letzten Jahre zu tun. Genaueres würde sich erst im Laufe der weiteren Ermittlungen herausstellen. Sam hatte während seiner Dienstjahre gelernt, keine voreiligen Schlüsse zu ziehen, auch wenn das Offensichtliche noch so offensichtlich war. Bitter war nur, wie er es auch drehte und wendete, er würde wohl oder übel auf die eine oder andere Weise wieder mit Alfred zusammenarbeiten müssen.

Er saß im Büro hinter dem großen Schreibtisch von Lothar Senner und drehte sich in dessen Lederstuhl hin und her. Dabei strich er sich gedankenverloren über die pflaumengroße Beule am Hinterkopf und betrachtete den kleinen Gegenstand in seiner Hand. Es war nicht derselbe, den er kurz vor dem Schlag auf seinen Kopf auf der Jacht gefunden hatte, dafür aber einer von vielen anderen, die Michaela Kriech in ihrer Kulturtasche gehabt hatte – eine braune Plastikhaarspange. Luisa und Sascha hatten bestätigt, dass Michaela immer zehn Stück der gleichen Sorte auf einmal kaufte, weil die Dinger, wie sie sagte, auf unerklärliche Weise verschwanden und nicht mehr auftauchten. Die Ironie des Schicksals wollte es, dass nun genau das mit *ihr* geschehen war, aber die Spange aufgetaucht war. Sam vermutete, dass Michaela sie mit Absicht zwischen den Kissen versteckt hatte, als sie ahnte, was mit ihr geschehen würde. Was auch immer. Die Frage war, was hatte Senner mit seinen Opfern gemacht? Hatte er sie zu Fischfutter verarbeitet und über Bord geworfen, nachdem er sie ... ja, nachdem er was? Sie sexuell missbraucht hatte? Männer, Frauen und Kinder? Sam schüttelte den Kopf. Senner war pervers gewesen und homosexuell. Aber war er auch ein Serienmörder, der die Küsten rauf- und runterfuhr, Menschen entführte und tötete? Dann hätte er es geschickt angestellt, dass er seit drei Jahren nicht ins Visier geraten war. Es waren jedes Mal andere Boote gewesen, die kurz darauf verkauft worden waren.

Sam hatte das Büro von Lothar Senner auf den Kopf gestellt in der Hoffnung, irgendeinen Hinweis zu finden, was mit den Entführten geschehen war. Senner war nicht nur Jachtmakler, Konstrukteur und Designer, sondern auch der Eigentümer der Firma Jasper Yates in Miami gewesen. Sein außergewöhnlicher Erfolg hatte darin bestanden, Luxusjachten auf die Bedürfnisse seiner Kunden zuzuschneiden. Das alles hatte Sam durch das Internet erfahren.

Das Büro selbst hatte jedoch nichts hergegeben, außer ein paar Arzt- und Stromabrechnungen der Villa, die zeigten, dass er sich tatsächlich nur ab und zu in München aufgehalten hatte und den Rest des Jahres um die Welt gereist war. Sam nahm noch einmal die Hotelabrechnungen in die Hand, alle stammten aus den letzten drei Wochen, ausgestellt an der Côte d'Azur. Darunter eine aus Marseille, die mit dem Entführungsdatum eines gewissen Jean-Luc Fleury übereinstimmte. In einer Ablage lagen ein paar American-Express-Kartenbelege. Der letzte in arabischer Schrift. Er war aus Dubai. Sam rieb sich die Augen. Das Datum war nur schwach erkennbar, aber es war unverkennbar das gleiche wie das, an dem Michaela Kriech verschwunden war. Sam verglich die Unterschriften auf den anderen Belegen. Es war die von Senner. Senner konnte Michaela Kriech nicht entführt haben. Er war in Dubai am Flughafen gewesen. Wer war es dann gewesen? Ein Komplize von Senner? Oder benutzte jemand heimlich die im Hafen liegenden Jachten?

Immer die desselben Eigentümers oder Herstellers? Sehr unwahrscheinlich, fand Sam. Er klemmte sich den mit einem Passwort gesicherten Laptop von Lothar Senner unter den Arm und verließ die Villa.

Als Sam den kleinen Raum betrat und sich leise ans Fenster stellte, war gerade eine weitere Vernehmung von Alessio Leoni im Gange. Von dem Sturz, den Alfred verursacht hatte, war immer noch eine ziemlich dicke Schwellung am Hinterkopf zu sehen. Fast wie seine, dachte Sam und hatte wieder die italienischen Männerschuhe vor Augen. Er war nun weiß Gott kein Kenner von Modemarken, aber das kleine rote Label der Firma Prada war nur allzu bekannt und deutlich erkennbar gewesen. Sein Blick wanderte unter den Tisch, an dem der Befragte saß. Er hatte braune Halbschuhe an.

»Wie heißt dein Komplize?«, fragte Alfred, der auf der Tischkante saß und bedrohlich auf den Italiener hinabsah.

Sam beobachtete währendessen ein Auto unten auf der Straße, dessen Fahrer umständlich versuchte, den Wagen in eine Parklücke zu manövrieren. Er vermutete, dass hinter dem Steuer eine Frau saß, was ihn wiederum an Lina denken ließ, die dieses Wochenende wahrscheinlich nicht nach München kommen würde. Lina war nicht nur mit einer Portion außergewöhnlicher Schönheit ausgestattet, sondern auch mit einer penetranten Sturheit.

Hinter sich hörte er den jungen Italiener müde antworten: »Ich habe kein Unrecht begangen, insofern kann es auch keinen Komplizen geben.«

»Du willst mir also weismachen, dass du nichts von der Kammer im Keller gewusst hast, dass du da ein und aus spaziert bist, ohne auch nur ein einziges Mal da unten gewesen zu sein.«

»Ja. Wie oft soll ich das noch sagen? Ich interessiere mich nicht für Kunst.«

»Na ja, wenn dir und deinem Kumpel die Kunst Moneten einbringt, ist es doch besser, als sich in den Arsch ficken zu lassen, oder?«, zischte Alfred, sodass Speichel auf den Tisch vor Alessio nieselte.

Sam drehte sich um und räusperte sich laut. »Alfred, könnte ich einen Moment allein mit Alessio reden?«

Er gab ihm ein unmissverständliches Zeichen, sich einen Espresso zu holen, und setzte sich an den Tisch.

»Wie lange kennst du Lothar Senner schon?«

»Etwa zwei Jahre.«

»Hat er dich mal eingeladen, mit ihm an die Côte d'Azur zu fahren?«

»Nein, wir haben uns immer nur hier in seinem Haus getroffen.«

»Was weißt du persönlich von ihm?«

Alessio überlegte eine Weile, dann sagte er: »Nichts.«

»Hat er vielleicht mal in deiner Gegenwart telefoniert?«

»Ja, er hat schon mal telefoniert, dann ging er meist nach oben in sein Büro. Das letzte Mal stand er in der Küche und hat gekocht. Ich wollte gerade fragen, ob ich was helfen kann, als ich hörte, wie er sagte: *Sie haben Ihren Teil das letzte Mal nicht erfüllt. Ein Geben und ein Nehmen, mein Freund. Der Service ist eingestellt. Au revoir.* Er war ziemlich aufgebracht. Ich habe mich schnell an den Esstisch gesetzt und so getan, als hätte ich nichts davon mitbekommen.«

»Hat er französisch gesprochen?«

»Nein. Deutsch.«

Sam ordnete einen Augenblick seine Gedanken und sah Alessio direkt in seine tiefschwarzen Augen. Alessio hielt seinem Blick stand.

»Hat er das genau so gesagt?«

»Wie meinen Sie das?«

»Ich meine wortwörtlich?«

Alessio starrte auf seine Hände, die er gefaltet auf den

Tisch gelegt hatte, und sein Blick verlor sich plötzlich. Sam konnte ihm ansehen, dass er versuchte, sich die Situation des letzten Abends ins Gedächtnis zu rufen.

»Ja, ich bin mir sicher, dass er es genau so gesagt hat.«

»Er hat ›Sie‹ gesagt? Nicht ›Du‹?«

»Ja, ich bin mir sicher«, antwortete Alessio und nickte zur Bestätigung.

»Danke.« Sam erhob sich und verließ den Raum mit dem sicheren Gefühl, dass Senner keinen Komplizen gehabt hatte.

Draußen stand Alfred und trank seinen Espresso. »Und, Mr. O'Connor. Haben Sie den Fall gelöst?« In seiner Stimme schwang Ärger mit.

»Lass ihn laufen, Alessio Leoni hat Senner nicht umgebracht. Reine Zeitverschwendung«, sagte Sam und rieb sich die Schläfe.

»Und sein Komplize?«

»Es gibt keinen, Alfred.«

»Und was ist mit dem, der dich am nächsten Tag beziehungsweise in der Nacht niedergeschlagen hat?«

»Der arbeitet allein, Alfred. Der Dieb und der Mörder von Senner sind getrennte Geschichten. Senner sollte oder wollte gar nicht im Haus sein.«

»Ja, kann sein. Zumindest würde dafür sprechen, dass er Alessio sehr kurzfristig, nämlich einen Tag vorher, angerufen und ihn zu sich bestellt hat«, bestätigte Alfred Sams Worte und fügte seufzend hinzu: »Na, das ist ja klasse. Ich stehe also wieder am Anfang mit der ganzen Scheiße.«

»Tja, das im wahren Sinne des Wortes, Alfred«, grinste Sam und suchte in seinen Manteltaschen nach einer Tablette. Die Kopfschmerzen, die er immer wieder seit dem Schlag aufs Haupt bekam, wurden stärker. Er ließ Alfred stehen, stieß die Tür zu den Toiletten auf, warf die Tablette ein und nahm einen Schluck kaltes Wasser aus dem Wasserhahn.

Zumindest stand nun fest, dass es kein Versehen war, dass Senners Jachten benutzt worden waren. Offensichtlich war er genauestens im Bilde gewesen. Hatte man Senner beseitigen wollen, weil er seinen »Service«, wie er sagte, eingestellt hatte? Wahrscheinlich seinen Jachtservice, der für irgendwelche abscheulichen Taten herhielt, oder ... und das war die weniger gute Variante, der Mord an Senner war tatsächlich nur ein Unfall gewesen, und die beiden Fälle hatten nichts miteinander zu tun. Was eher für den Unfall sprach, war, dass der Dieb unbewaffnet ins Haus eingedrungen war. Ein leerer Haken an einer Wand, an der noch andere altertümliche Waffen hingen, war ein Indiz dafür. Sam betrachtete sich im Spiegel und spielte noch einmal die Worte im Kopf ab. »Ein Geben und Nehmen.« Was hatte Senner für seinen Service bekommen? Irgendetwas, das mehr Wert für ihn hatte als Geld, denn davon hatte er genug. Menschliche Dienstleistungen? Schmutzigen Sex? Oder etwas, das man nicht so einfach kaufen konnte? Er war ein leidenschaftlicher Sammler antiker ägyptischer Kunstgegenstände gewesen. War das die Bezahlung? Etwas, das man legal nicht erwerben konnte?

18. KAPITEL

Die Frau sah zufrieden auf ihr Werk. Auf dem Stahltischchen lagen in einer Schüssel die beiden Augäpfel des Mannes, dessen Namen sie nicht einmal kannte und der sie auch nicht weiter interessierte. Sie überlegte, ob sie kleine Zwiebeln oder nur Leinenbällchen in die Höhlen stopfen sollte. Sie entschied sich schließlich für die Zwiebeln.

Dann nahm sie eine Zange, öffnete den Mund des Toten, zog einzeln die Zähne heraus und ersetzte sie durch alte vergilbte von Toten. Sie hatte eine ganze Batterie davon zur Auswahl. Diese Idee hatte sie erst vor fünf Jahren gehabt. Davor war ihre Arbeit doch noch sehr dilettantisch gewesen.

Am meisten Spaß an der Sache machte ihr immer der erste Akt, wenn die Ware hereingebracht und auf den Tisch gebunden wurde. Dann der angstvolle Blick, die lautlose Frage: Was soll das? Wo bin ich? Der letzte Funke Hoffnung, wenn sie sie zu überzeugen versuchten, dass es sich hier um einen Irrtum handeln musste. Und dann, wenn die Erkenntnis sie einholte, dass sie gleich den letzen Atemzug machen würden. Manchmal ließ sie ihre Opfer vorher sterben, das war dann etwas unblutiger, aber dann gab es auch Tage, da genoss sie es, wenn sie schrien und sich wanden vor Schmerzen. Sie hatte da inzwischen eine ganz ausgefeilte Technik entwickelt. Sie begann vor sich hin zu summen. Es war das Lied, das ihr Vater ihr vor dem Zubettgehen immer vorgesungen hatte. Dabei konnte sie sich am besten konzentrieren. Sie wollte diese Arbeit hier schnell beenden, denn unten wartete bereits ein besonders schönes Exemplar auf sie.

19. KAPITEL

Aethel saß seit zwei Stunden in einem Langstreckenbus von London nach Amsterdam und bereute es jetzt schon, die billigste Methode gewählt zu haben, die eigentlich auch noch die am wenigsten bekannte war. Sie hatte gedacht, dass wegen der vielen günstigen Reisemöglichkeiten heutzutage der halbe Bus ihr gehören würde. Leider hatte sie sich geirrt. Der Bus war bis auf den letzten Platz ausgebucht, sodass sie wohl oder übel auch noch die nächsten neun Stunden, die die Reise dauern würde, ihren ungepflegten Sitznachbarn ertragen musste, der seit Beginn der Fahrt schmatzend auf etwas herumkaute, mit dem Kopf zu irgendeinem Takt wippte und auf einem Bein herumklopfte wie auf einer Trommel.

Aethel hatte sich ihre Kopfhörer ins Ohr gesteckt und versuchte, die Bewegungen neben sich zu ignorieren.

Sie hatte bisher nur die späteren Tagebücher ihres Großvaters gelesen, die offen und für jedermann zugänglich in dem verglasten Bücherschrank gestanden hatten.

Dieses hier hatte sie durch Zufall entdeckt, weil sie ein Buch in der obersten Reihe der Bibliothek bemerkt hatte, das ihr durch seine Abgegriffenheit interessant erschien. Nur deshalb hatte sie die schwere Mahagonileiter dorthingezogen und war hinaufgeklettert. Das eine Buch war ein französisches mit dem Titel *Description de l'Égypte*, eine Originalausgabe von 1809, und direkt dahinter hatte das in Leder gebundene erste Tagebuch ihres Großvaters gelegen.

Als würde sie Schmetterlingsflügel anfassen, so behutsam blätterte sie die vergilbten Seiten auf. Sie las den ersten Eintrag in geschwungener Schrift:

Reisebericht 11.Juni 1918

Ich reise nun fast 2000 Meilen gen Osten als medical traveller oder scientist traveller. Wenn man zu einer gewissen Schicht gehört, gibt man seiner Reise einen Grund und reist nicht wie viele Bürgerliche aus purer Befriedigung der eigenen Neugierde auf die Fremde. Obwohl ich zugeben muss, dass auch ich nicht ohne eine wissensdurstige Haltung bin, was mich im Land der Pharaonen erwartet. Immerhin das älteste Reich, die älteste Zivilisation, die wir kennen. Man sagt, dass die vormalige Hochkultur Wilden gewichen ist. Morgen endlich soll das Schiff in Port Said anlegen,

Es gibt Gerüchte, dass es auf dem afrikanischen Kontinent noch viele unerschlossene Rohstoffe und auch Heilmittel gibt, die für unsere Apotheke von größter Bedeutung sein könnten. Vor allem interessiert mich ein besonderes, sehr altes Heilmittel.
Auf dem Schiff habe ich bereits einige Kontakte geschlossen, darunter Sir Archibald Ascot, der mich auf eine, wie er betonte, außergewöhnliche Party in Kairo eingeladen hat.

12. Juni 1918
Endlich bin ich in Port Said angekommen. Man sagte mir, dass ich nur der Straße am Wasser folgen muss, bis ich zum Grand Hotel Intercontinental komme. Das Hauptfortbewegungsmittel scheint hier der Esel zu sein. Weit und breit sehe ich weder Autos noch Kutschen, also gehe ich zu Fuß die breite, sandige Straße entlang. Es dauert nicht lange, und schon habe ich um mich herum eine Schar barfüßiger Wilder, die in einer unverständlichen Sprache auf mich einreden. Der einzige Gedanke gilt meinem Koffer, den ich so festhalte, dass sich meine Fingerkuppen in meine Handinnenflächen bohren. Den Blick starr nach vorne gerichtet, hoffe ich inständig, bald im Hotel zu sein. Die Einheimischen sind sehr dunkelhäutig und sitzen auf den sandigen Straßen auf dem Boden herum, als wären sie bei sich zu Hause.
Ein Karren mit sechs Frauen und schmutzigen Kindern fährt an mir vorbei. Unter ihren Tüchern beobachten mich ihre schwarzen, unheimlichen Augen, die ich noch in meinem Rücken spüren kann.
Direkt an einer Mole liegt das Grand Hotel Intercontinental. Unter dem Hotel prangt das Schild eines englischen Schiffsmaklers, James Bellmont, dahinter folgt noch eine Vielzahl von europäischen Firmen, die hier

ihre Zweigstellen haben. Dabei sind die Agenten der Messageries Maritimes hier groß vertreten. Sie verkaufen nicht nur Schiffsbilletts, sondern auch sämtliche Konsumartikel, die von Patentfarben für Schiffsböden zu Champagner und Ausrüstungen für Expeditionen und Karawanen reichen. Zu meiner Schande muss ich feststellen, dass ich nicht einmal die notwendigsten Arzneimittel als zukünftiger Inhaber einer Apotheke mitgenommen habe. Es muss an der Aufregung gelegen haben, die eine solch lange Reise in das Morgenland zwangsläufig mit sich bringt.
Gottlob muss ich nicht lange suchen, bis ich eine Apotheke gefunden habe, die mich mit einer Expeditionsapotheke für die weitere Reise ausstatten soll. Sie wirbt mit einer großen Anzeige vor dem Eingang, auf der steht: »Lager von Arzneimitteln jeder Art in den gebräuchlichsten und erwünschten Formen. Drogen, Chemikalien und Verbandstoffe in großer Auswahl.« Man darf bei alledem nicht vergessen, dass die Kolonialisierung nicht nur eine Zivilisierung der wilden Einheimischen, sondern auch die Trauer über die Gefallenen und viele Krankheiten mit sich gebracht hat. Darunter die Pest, Gelbfieber, Malaria, Cholera, Febris Aleppensis, auch Saharageschwür genannt, um nur ein paar davon aufzuzählen. Ich hoffe, ich bleibe von alledem verschont. Ich kenne ein paar Leute, die mit außergewöhnlichen Krankheiten in die Heimat zurückkehrten.
Allerdings kann von einer erfolgreichen Zivilisierung der Einheimischen keine Rede sein, denn ich werde immer noch von zwei dieser charakterlosen, impertinenten Wilden verfolgt. Einer will mir irgendein Schmuckstück andrehen, das angeblich aus einem Königsgrab stammt. Bevor ich ihm schließlich etwas abkaufe, spreche ich ihn noch auf Mumia vera Aegyp-

tica an, doch er schüttelt den Kopf und spricht unverständliche Worte. Ich stehe erst am Anfang meiner Reise, und ich denke, in Kairo werde ich eher finden, was ich suche.

Aethel hatte während des Lesens alles um sich herum vergessen, sogar die störenden Bewegungen neben sich nicht mehr wahrgenommen. Sie hatte auch nicht gemerkt, dass der Bus in Folkstone auf den Eurostar-Zug gefahren war und sie bereits durch den Tunnel fuhren.

Sie hob den Kopf und wusste, warum die Bewegungen neben ihr aufgehört hatten. Ihr schmatzender Nachbar war ebenso wie sie in das Tagebuch ihres Großvaters vertieft. Aethel klappte demonstrativ das Buch zu.

»Cooles Teil. Von wann ist das denn?«

»Sie haben wohl gar keine Manieren? Das ist privat, sehr privat. Haben Sie kein eigenes Buch?«

Der junge Typ zog die Augenbrauen hoch als Zeichen dafür, dass er Aethels Reaktion mehr als übertrieben fand, und fing wieder an, rhythmisch auf seinen Schenkel zu klopfen. Aethel atmete tief durch und schlug das Buch erneut auf, hielt es aber so, dass niemand außer ihr darin lesen konnte. Dann las sie die letzten Worte noch einmal. Ihr Großvater hatte die beschwerliche Reise auf sich genommen, weil er etwas Bestimmtes gesucht hatte.

15. Juni

Ich weiß jetzt, warum die Engländer als wanderlustiges Inselvolk bezeichnet werden. Ich habe fast nur Engländer hier angetroffen, seit ich in Kairo angekommen bin. Es lässt in mir für einen Augenblick das Gefühl aufsteigen, auch wenn dieser nur einem kurzen Aufatmen gleichkommt, in der Heimat zu sein. Doch der Schmutz und die lauten Ägypter, die einen um-

geben, holen mich immer wieder schnell in die Wirklichkeit zurück.
Ich glaube, ich habe einen sehr ungünstigen Zeitpunkt meiner Reise gewählt. Es weht ein permanenter, brennend heißer Wind, der einem den feinen Staub aus der Wüste in jede Pore dringen lässt. Sie nennen ihn Chamsin, was in der Sprache der Einheimischen fünfzig bedeutet und diese Anzahl der Tage auch andauern soll. Ich bin begeistert. Man sagt mir, dass in dieser Zeit alles zum Erliegen kommt, weil die Leute sich kaum bewegen. Doch Archibald Ascot erklärt mir, dass das Klima hier generell die Leute träge und faul macht. Diese Wilden würden keine Regung zeigen, wenn man nicht mit einer Pfundnote winkt, deshalb ist ihr Schicksal die Sklaverei.
Viele Europäer sehe ich mit ihren Dienern. Ich überlege, ob ich mir auch einen zulege, aber diesen Gedanken verwerfe ich schnell wieder und bleibe alleine ohne einen despoten Schatten, der mich im Schlaf vielleicht noch tötet. Die Not schafft immer eine Disposition für Kriminalität.
Ich erkenne jetzt den Vorteil der Kleidung, die die Einheimischen tragen. Sie sind von Kopf bis Fuß in lange Gewänder gehüllt. Auch der Kopf verschwindet teilweise in einem chaotischen Gewickel von Tüchern. Aber ich könnte wetten, dass der Sand ihnen nur halb so viel ausmacht wie mir.
Ich setze mich in ein Café, wo ich einigermaßen geschützt bin, trinke einen Tee und beobachte, wie an einem Tisch Engländer sitzen, die an einer langen Pfeife ziehen, Der Rauch verströmt einen angenehmen Duft, der das ganze Café erfüllt.
Ich mache mir eine Liste von Heilpflanzen und Wurzeln, die ich hier sicherlich günstiger bekomme, weil sie aus Indien stammen oder sogar hier in Ägypten

wachsen: Hibiscus abelmoschus L., Tamarindus indica L., Sesamum orientale L. …
Außerdem gibt es herrliche betörende Öle, die man in einer Extrasektion in der Apotheke führen könnte.

17. Juni 1918

Ich spaziere durch eine paradiesische Parkanlage. So viel Grün sieht man in ganz Kairo nicht. Bäume, an denen große gelbe Blüten hängen, die aussehen wie hängende Igel, säumen einen kleinen Teich, dessen Fläche so glatt ist wie ein Spiegel und dadurch ein doppeltes Spiel mit seiner Umgebung treibt. Kleine Brücken führen über die Verzweigungen des Teichs, während bunte Vögel in großen weißen Volieren das Bild des Exotischen vervollständigen, abgesehen von der farbenfrohen Blumenpracht, die zu orientalischen Mustern auf den Grünflächen gepflanzt wurden. Und inmitten dieser Pracht steht ein Palais, umgeben von haushohen Palmen mit weißen Stämmen, die ihre Wedel schützend über die Fassade gehängt haben. Erst beim Näherkommen kann ich das unruhige Bild der Fassade erkennen. Es handelt sich um Skulpturen von wilden Tieren, insbesondere Schlangen, die sich um das Palais winden.
Im alten Ägypten war die Schlange wegen ihres gefährlichen Wesens ein Schutzsymbol für den König. Ich hörte, dass es unter dem Palais ein Mausoleum geben soll. Vielleicht ist das der Grund für diese Gebilde.
Menschen strömen in das Palais. Pure Eleganz ist das Einzige, was mir dazu einfällt.
Hier ist anscheinend Rang und Namen des hohen Adels aus ganz Europa vertreten. Ich lausche den Gesprächen, während ich mich durch die hohe Gesellschaft bewege. Ein Diener reicht mir auf einem Tab-

lett ein Glas Champagner. Das prickelnde Getränk tut meiner trockenen Kehle gut und lässt mich etwas das Gefühl verlieren, fehl am Platze zu sein.
Sir Archibald Ascot ist nirgendwo zu sehen. Ich übe mich in Geduld, denn irgendetwas soll heute Abend noch passieren.
Gerade ist es mir gelungen, mich der Gruppe der Engländer anzunähern, als ein Gongschlag ertönt und die gesamte Gesellschaft im Reden innehält und sich langsam in einen anderen Raum des Palais bewegt.
Ich tue nicht überrascht und folge dem Fluss der Abendroben wie selbstverständlich.

20. KAPITEL

München Sam durchstöberte unter dem Blick von Alfred, der schräg hinter ihm saß, den geknackten Laptop von Lothar Senner. Alfred suchte den Dieb und Mörder von Lothar Senner, Sam nach Hinweisen darauf, was mit den zwanzig Vermissten tatsächlich passiert war, außerdem nach Drahtziehern und dem unbekannten Komplizen. Die Hafenmeisterei hatte keine Information darüber, wer das Boot von Senner an dem besagten Tag gefahren hatte. Die Liegegebühr war für zwei Wochen bezahlt worden, alles andere interessierte nicht. Eine Liste zeigte, dass Lothar Senner in den letzten Jahren einige Megajachten an die Reichsten der Reichen verkauft hatte, darunter eine Privatjacht, deren Ausmaße von einhundertzwanzig Meter Länge denen eines kleinen Kreuzfahrtschiffes glichen. Auf den sechs Decks gab es unter anderem zwei Schwimmbäder, zwei Kinosäle, mehrere Nobelsuiten mit Vollausstattung, und sie führte einen Hubschrauber, eine kleinere Jacht sowie ein U-Boot mit sich. Der Verkaufspreis lag bei 150 Millionen Euro.

»Was bekommt denn ein Schiffsmakler so an Provision?«, fragte Alfred.

»Ich schätze mal, zehn Prozent oder auch nur fünf. Keine Ahnung.«

»Das wären zwischen siebeneinhalb und fünfzehn Millionen für einen Deal. Da wird einem ja schlecht.«

»Hier, sieh dir mal die Klientel an. Ein Scheich, ein König, ein Kronprinz von und zu, ein Sultan, aber nicht nur die Saudis können sich so einen Luxus leisten, hier sind auch deutsche und türkische Namen dabei.«

Sam fuhr sich über die Augen. Er arbeitete nicht gern am Computer, weil seine Augen in letzter Zeit so schnell müde wurden. Er hatte sich inzwischen eine Brille zugelegt, aber die lag natürlich in einer Küchenschublade zu Hause. Er ging weiter die Seiten durch.

»Hier, da haben wir die kleineren Varianten. Er hat an die dreißig Motorjachten bis zu 25 Meter Länge in den letzten fünf Jahren verkauft.«

»Seine Firma gibt es aber seit 1985 in Miami. Wahrscheinlich hat er vorher mehr den amerikanischen Raum beliefert.«

»Gut möglich.«

Sam verglich die Liste der Hafenmeisterei mit den Bootsnamen im Computer. Alle fanden sich wieder, nur auf Mallorca war bei der Entführung einer Frau im letzten Jahr kein Boot von Senner verzeichnet. Bedeutete das vielleicht, dass dieser Fall nicht dazugehörte? Und nur versehentlich da hineingerutscht war? Was war an diesem Fall anders? Doch Sam konnte nichts in der Akte entdecken. Mutter von zwei Kindern, Deutsche, 43 Jahre, verheiratet, lebte in Portal Nous in einem Apartment und war, nachdem ihre Freundinnen sie zum Essen am Hafen eingeladen hatten, nicht mehr nach Hause gekommen. Das Profil passte auf den ersten Blick.

»Ich gehe mal zu Peter Bauer und lasse mir Vergleichsfälle für diese Art von Einbrüchen ausdrucken. Dann werde ich einen spannenden Tag mit Telefonieren verbringen«, sagte Alfred und erhob sich mühsam von seinem Stuhl. »Und du?«

»Ich werde mir eine Karte vom Mittelmeer besorgen und Städte und Inseln mit Buntstiften anmalen.«

Das hatte er zwar auch vor. Aber erst später. Alfred verließ den Raum, und Sam starrte auf den Haufen Akten ungelöster Fälle, die neben dem Laptop lagen. Er war frustriert. Senner hatte das Geheimnis der zwanzig Vermissten mit ins Grab genommen. Und Sam stand genau genommen vor dem Nichts, keinen konkreten Verdächtigen, nur einen Unbekannten mit schwarzen sportlichen Prada-Schuhen, der ihn niedergeschlagen hatte und ihm das einzige Beweismittel für Michaela Kriechs Anwesenheit auf der Jacht weggenommen hatte. Ansonsten keine Spur. Er überlegte, ob es sein könnte, dass derselbe Mann ihn zweimal niedergeschlagen hatte. Einmal in der Villa und einmal auf der Jacht. Möglich war es, doch sein Gefühl sagte ihm aus unerfindlichen Gründen, dass dem nicht so war. Vielleicht sträubte er sich nur so dagegen, weil Alfred und er dann dieselbe Person suchen würden. Nur eines war gewiss: Die vermissten Personen hatte ein furchtbares Schicksal ereilt, und irgendwie hatte Sam Angst, genau das herauszufinden.

21. KAPITEL

»Sind Sie sich absolut sicher?«, fragte der Direktor und hielt das Röntgenbild ins Licht.

»Hier ist es eindeutig zu sehen. Da und dort auch.« Ronald Walter zeigte auf verschiedene Punkte und hinterließ kleine Fettabdrücke seines rechten Zeigefingers auf dem Bild. »Also Amalgamfüllungen wurden erst um 1820 eingesetzt, Stiftzähne noch viel später. Ich glaube, in den Vierziger- oder Fünfzigerjahren. Unsere Mumie ist also keine dreitausend, sondern höchstens zweihundert, eher aber um die fünfzig Jahre alt oder sogar jünger.«

Direktor Hansen kniff die Lippen zusammen und drückte damit seinen Unmut über die unerfreuliche Nachricht aus.

»Was ist mit den anderen Stücken aus der Villa?«

»Die Ergebnisse stehen ja noch aus. Aber auf den ersten Blick zwischen dreitausendfünfhundert und zweitausend Jahre alt.«

Doch im Grunde genommen interessierte Ronald Walter nur die Mumie, die sich bedauerlicherweise als eine Fälschung herausgestellt hatte. Sein Name als Experte würde nicht erwähnt werden, wie er es sich erhofft hatte, er würde ein kleines Licht im Keller des Museums bleiben. Mehr nicht. Wie aus der Ferne drangen die nächsten Worte des Direktors an sein Ohr.

»Es braucht ja niemand zu erfahren, Walter.«

Er sah den Direktor durch seine verschmierten Brillengläser an, der zur Bestätigung beide Augenbrauen hob. Nach dem Motto: Wer kann uns das nachweisen?

»Aber …«

»Denken Sie nach, Walter. Die Besucherzahlen. Natürlich erhalten Sie auch einen Bonus für Ihre Loyalität.«

Wieder sah er Ronald Walter zur Bestätigung an. Der zögerte nicht lange, warf sämtliche Bedenken über Bord und dachte nicht mehr daran, dass die Frage im Raum stand, wer die Tote eigentlich war. Ob sie eines natürlichen Todes gestorben oder ermodert worden war. Auf der anderen Seite, wen interessierte, was vor 200, 60, 50 oder 20 Jahren passiert war?

Ein lautes Räuspern ließ ihn und den Direktor gleichzeitig zusammenzucken und sich synchron zur Tür umdrehen.

»Guten Tag, entschuldigen Sie die Störung, aber ich habe schon den ganzen Morgen versucht, Sie zu erreichen. Leider erfolglos, deshalb bin ich persönlich hergekommen, um mich zu erkundigen, wie es mit unserem gehobenen Schatz aussieht.«

Beide sahen Sam an, als hätten sie ein Gespenst vor sich.

»Nun?«

Der Direktor fand als Erster die Sprache wieder und antwortete: »Also, wie es aussieht, ist alles echt, nicht wahr, Ronald?«

Ronald Walter nickte zur Bestätigung und war überrascht, dass der Direktor ihn mit dem Vornamen anredete. Das sollte wohl ein Zeichen dafür sein, dass er nicht mehr der kleine Angestellte, sondern ein Verbündeter war.

»Wollen Sie vielleicht einen Kaffee, Herr ...?«

»O'Connor.«

Der Direktor ging zu einem kleinen Tisch, auf dem eine Thermoskanne und ein paar Becher standen. Fahrig schüttete er Kaffee in drei Becher und überreichte einen davon Sam.

»Milch und Zucker?«

»Danke. Nein, ich trinke ihn schwarz. Also, was können Sie mir über die Stücke sagen?«

»Soweit ich es beurteilen kann, stammen sie allesamt aus verschiedenen Zeitepochen«, antwortete Ronald Walter.

»Wo bekommt man so etwas heutzutage?«

»Auf dem Schwarzmarkt oder im Internet«, sagte der Direktor und suchte die Bestätigung seines Angestellten.

»Ja, zum Beispiel, oder auf Auktionen, die alte Familienbestände versteigern.«

Sam fuhr sich über das Grübchen am Kinn. »Aber ursprünglich stammt doch alles aus Ägypten, das heißt, aus Gräbern, wenn ich das richtig sehe. Ich verstehe davon leider gar nichts, also bin ich immer dankbar für eine ausführliche Aufklärung.«

»Dazu muss man vielleicht wissen, dass Anfang des 20. Jahrhunderts der Fund aus Gräbern zwischen der ägyptischen Regierung und dem jeweiligen Finder aufgeteilt wurde. So kamen zum Beispiel nicht nur die Büste der berühmten Nofretete nach Deutschland, sondern auch viele andere Stücke aus Grabkammern nach Europa. Sie sind hauptsächlich auf England, Holland, Frankreich, Deutschland, aber auch die USA verteilt. Übrigens steht die Büste heute in einem Berliner Museum. Vielleicht haben Sie davon gehört. Auf jeden Fall gab es nach dem Zweiten Weltkrieg ein zentrales Sammellager für Kunstschätze, man nannte es CCP, Central Collection Point, von den Amerikanern in Wiesbaden errichtet.«

»Central Collection Point?«

»Ja. Dort wurde alles gesammelt. Darunter waren gestohlene Kunstwerke der Nazis, die für Hitlers Museum in Linz gedacht waren, Kunstschätze aus Polen, Kunstsammlungen von Friedrich dem Großen, Gestohlenes aus deutschen Museen, wie der komplette Welfenschatz, römische und griechische Kunst und eben auch ägyptische Kunstschätze, die allesamt in Kisten gelagert wurden. Wie Sie sich vorstellen können, sind von den Tausenden von Kunstgegenständen eine Menge Objekte verschwunden, Zielort unbekannt.«

»Das ist interessant. Sie meinen, dass vielleicht auch Teile aus der Schatzkammer daher stammen?«

»Gut möglich, aber wissen Sie, in armen Ländern steht Korruption auf der Tagesordnung. Es werden selbst heute in Ägypten immer noch viele Dinge gefunden, die unter der Hand verkauft werden und plötzlich auf einem Kaminsims in Deutschland oder in irgendeinem anderen Land stehen. Die Leidenschaft für Kunstschätze lässt so manchen über Leichen gehen.«

»Sagen Sie, und die Mumie?«

»Was ist mit der Mumie?«, fragte der Direktor und warf

Ronald Walter einen kurzen Blick zu, der Sam nicht entging.

»Die Mumie ist etwa dreitausend Jahre alt. Ja, so ungefähr, würde ich sagen.« Ronald Walter suchte die Bestätigung des Direktors, als wäre er sich seiner Sache nicht ganz sicher. Hansen wechselte sogleich das Thema. »Sagen Sie, gibt es irgendwelche Erben? Ich meine diese speziellen Antiquitäten müssen ja entsprechend gelagert werden …«

»Ein Testament gibt es noch nicht, und wenn niemand Ansprüche erhebt, spricht nichts dagegen, dass Sie die Sachen vorläufig in Ihrem Museum aufbewahren.«

»Das freut uns sehr«, sagte der Direktor und lächelte entspannt.

»Mich interessiert besonders der Schwarzmarkthandel für solche Objekte. Gibt es da bestimmte Orte, Vorgehensweisen? Vielleicht fällt Ihnen aber auch ein Name ein, der mir weiterhelfen könnte. Ein Kontaktmann? Ich kann mir vorstellen, dass Museen gute Umschlagplätze sind, oder nicht?«

Direktor Hansen nahm einen Schluck Kaffee aus seinem Becher, setzte ihn jedoch gleich wieder ab und fluchte. »Verdammt, ist der heiß … Ja, also, wir gehören auf jeden Fall nicht dazu, wenn Sie das meinten.«

»Nein, das lag nicht in meiner Absicht, Herr Hansen.«

»Gut.« Hansen schien zu überlegen, wie er Sam wohl zufriedengestellt aus dem Keller bekommen könnte, sodass er ihn nicht weiter belästigen würde. »Also, ich habe da zufällig vor zwei Wochen eine Mail bekommen. Sie war natürlich nicht so direkt formuliert, aber man liest ja zwischen den Zeilen, nicht wahr?«

Er sah auf die Datumsanzeige seiner Uhr. »Wenn es nicht schon heute ist, ist es morgen. Eine private Versteigerung in der Schweiz.«

Er drehte sich zum Computer um, rief seinen Account auf und notierte etwas auf einen rosafarbenen Zettel. »Sie haben Glück, sie findet erst am Sonntag statt.« Direktor Hansen reichte ihm den kleinen Zettel, auf dem eine Straße und eine Hausnummer notiert waren, und setzte wieder vorsichtig den Kaffeebecher an. Dieses Mal schien der Kaffee abgekühlt zu sein, denn Hansen nahm nun einen kräftigen Schluck, ohne jedoch Sam aus den Augen zu lassen.

»Private Versteigerung? Wie darf ich das verstehen?«

Der Becher wurde nun zwischen den Händen hin und her gerollt.

»Nun, ich denke ... wissen tue ich es natürlich nicht ... aber wenn ich richtig liege, werden dort illegal erworbene Kunstgegenstände versteigert.«

»Tatsächlich?«, tat Sam erstaunt »Das könnte uns natürlich um einiges weiterbringen.« Er bedankte sich überschwänglich für die Informationen und die Hilfe. Dabei entging ihm nicht, wie Hansen sich sichtlich entspannte.

Beim Hinausgehen drehte er sich um und sah Ronald Walter direkt in die Augen. Er hatte ein seltsames Gefühl, als er den Keller des Museums verließ. Irgendetwas stimmte hier nicht, aber vielleicht war er auch nur zu sensibel und interpretierte etwas in Dinge, Blicke und Äußerungen hinein, das gar nicht da war. Er gab der schlaflosen Nacht die Schuld, in der sich seine Gedanken wie ein Strudel nur um Lina gedreht hatten. Jedes Mal, wenn Lina zurück nach Hamburg fuhr, hinterließ sie eine bedrückende Leere in seinem Herzen, die er damit bekämpfte, dass er sich in Arbeit stürzte. Er war dann wie ein Autist in seiner Welt, in der es auch keine Lina mehr gab. Er hatte sie gebeten, nach München zu ziehen, damit das Hin und Her aufhörte, aber sie wollte nicht. Darum zweifelte er manchmal an ihrer Liebe. Wie sollte er jemals mit ihr eine richtige Beziehung führen? Er fragte sich allerdings, ob er überhaupt in der Lage war, sich so fest zu binden? Er selbst hatte darauf keine Antwort. Er nahm sich vor, später bei ihr anzurufen und erst einmal den schiefen Haussegen zu begradigen.

22. KAPITEL

Lina hatte sich zwei Tage freigenommen und saß gerade im Flieger von Lissabon nach München. Ihre Freundin Paola hatte sie gebeten, eine Hausreinigung vorzunehmen, weil sie jede Nacht Schritte hörte, obwohl ihr Mann und sie allein im Haus waren. Geister machten sich auf verschiedenste Art und Weise bemerkbar. Klopfen, Schritte, Gerüche verbreiten, Lichter an und aus machen waren nur die harmlosesten Varianten. Es gab aber auch die, die den Menschen das Leben schwermachten, indem sie Geschäfte verhinderten, Streit, Trennungen, Krankheiten, sogar den Tod verursachten. Lina kannte ein Haus in Hamburg, in dem sich die Besitzer seit Jahren die Klinke in die Hand gaben. Glückliche Familien zogen ein, zerrüttet und geschieden zogen sie spätestens nach einem Jahr wieder aus. Lina hatte letztes Jahr den Geist, einen älteren Mann, der keine Männer in seinem Haus duldete, wie er sich ausdrückte, nicht vertreiben können. Das Paar trennte sich wie alle anderen nach acht Monaten, und es war wieder eine neue Familie in das Haus eingezogen.

Nun hatte sie hoffentlich die Ehe ihrer Freundin gerettet, denn die eifersüchtige Nachbarin hatte dem Paar einen Tortenschneider zur Hochzeit geschenkt, um die Liebe zu »zerteilen«. Sie hatte ihre Tochter anstelle von Paola mit dem Mann verkuppeln wollen. Die Schritte im Haus waren vom Großvater gekommen, der seine Enkelin warnen wollte.

Lina betrachtete die Wolken, die aussahen wie große weiße, kuschelige Federdecken und dazu einluden, sich einfach hineinfallen zu lassen. Warum nur hatte sie während der Sitzung wieder diesen Raum mit den oben abgerundeten Fenstern gezeichnet? Dieses Mal hatte der Stift in ihrer Hand noch ein Bett in die Mitte und unleserliche Zeichen an die Seite des Blattes gekritzelt. Es schien eine Botschaft für sie zu sein, aber sie konnte sie nicht verstehen.

Sie schloss die Augen und dachte an Sam.

Sam mit seinem dunkelbraunen, leicht gewellten Haar, das er immer ein bisschen länger trug, seinen braunen, warmen Augen, seinem markanten Kinn mit dem kleinen Grübchen, das sie so anziehend fand, besonders wenn er nicht rasiert war und der Punkt immer dunkler wurde. Sein Hals, den sie so männlich fand und der einfach schön war, besonders wenn er sprach und die Adern an der Seite hervortraten, seine Haut, die immer leicht gebräunt war, und – sein gut durchtrainierter Körper. Das war die äußere Schale von Sam. Von seiner Vergangenheit wusste sie lediglich, dass er in New York groß geworden, seinen Vater bewundert und geliebt hatte, bis er mit seiner Mutter und Schwester nach Deutschland gekommen war. Mit seiner Mutter hatte er keinen Kontakt mehr, und seine Schwester Lily hatte sich vor etwas mehr als einem Jahr umgebracht. Sam sprach kaum über sie und hatte den Schmerz über den Verlust in sich vergraben. Lina hatte den Eindruck, dass er sich nicht erlaubte, richtig zu trauern. Aber sie war sich sicher, dass er, wie auch immer, eines Tages diesen Schmerz rauslassen musste.

Lina lächelte vor sich hin. Was würde er wohl für ein Gesicht machen, wenn sie plötzlich vor ihm stand? Dann fiel ihr siedend heiß ein, dass er vielleicht auf den gleichen Gedanken gekommen und nach Hamburg gefahren war, um sie zu überraschen. Sie mit etwas überraschen? Nein, das war nicht Sams Art. Sie verwarf den Gedanken wieder. Er war bestimmt zu Hause und hörte Oper.

23. KAPITEL

Sam sah auf die Mittelmeerkarte vor sich und malte mit Filzstiften die Städte an, die auf seiner Liste standen. Es war kein bestimmtes Muster zu erkennen, auch wenn er sich wünschte, eines zu entdecken. Aber wie er es auch drehte und wendete, es gab keines. Eher hatte man den Ort des Verbrechens nach dem Verkauf der Jacht gewählt. Die Boote hatten immer höchstens eine Woche im jeweiligen Jachthafen gelegen, und die Liegegebühr war immer im Voraus bezahlt worden. Von Lothar Senner. Die Küstenwachen rund ums Mittelmeer, besonders um die Jachthäfen herum, waren alarmiert worden. Sie sollten unauffällig nach allein fahrenden Personen Ausschau halten und Boote stichprobenartig überprüfen, ob sich eine weitere Person gegen ihren Willen dort aufhielt.

Senner, da war sich Sam inzwischen sicher, war kein Mörder gewesen. Der wahre Entführer und wahrscheinlich auch Mörder lief da draußen frei herum und suchte sich vielleicht gerade wieder ein neues Opfer. Er hatte nur ein Problem. Ihm standen zurzeit keine Boote mehr zur Verfügung. Er würde einen neuen Weg finden müssen. Wie ging es also weiter? Im letzten Jahr war im August der Letzte vermisst gemeldet worden. Jetzt war August. Sam stieß einen Seufzer aus. Er konnte nur auf einen Zufall, einen Fehler hoffen, der ihm die Lösung brachte.

Er entschloss sich, für den Rest des Tages freizunehmen, in der Stadt einen edlen Anzug zu kaufen und sich psychisch auf seinen Ausflug in die Schweiz vorzubereiten. Anschließend wollte er sich in die Wanne legen und Oper hören. Doch als Erstes wollte er bei Lina anrufen, die seit ihrem letzten Telefonat mit ziemlicher Sicherheit ihr Handy keine Minute aus den Augen gelassen hatte. Bei dem Gedanken musste er schmunzeln.

»Darf ich wissen, was Sie so bringt zum Lächeln.«

Direkt vor ihm stand Nina Vigna, strahlend, verführerisch wie immer, und sah Sam an, indem sie den Kopf leicht schräg hielt.

»Sie sind noch in München?«, fragte Sam überrascht. »Soweit ich weiß, wurde Alessio Leoni auf freien Fuß gesetzt und …«

»Ich weiß. Ich … ich … hatte noch etwas zu tun.«

Sam nickte, wusste nicht so recht, was er sagen sollte, und blickte sich deshalb unsicher um. Doch der Gang, in dem sie standen, war leer. Wenn sie wusste, dass Alessio bereits entlassen worden war, was machte sie dann noch hier auf dem Revier, fuhr es Sam durch den Kopf.

»Haben Sie Lust, etwas essen zu gehen mit mir?«

»Jetzt?«, fragte Sam erstaunt. Er ging noch einmal seine Pläne durch und beobachtete dabei die Frau vor sich, die ihn immer noch fragend ansah und dabei lächelte. Er würde alles auf den späten Nachmittag verschieben, dachte er und sagte spontan zu.

Der Tag war zwar sehr bewölkt, lud aber dazu ein, draußen zu sitzen. Deshalb fuhr Sam mit Nina nach Obermenzing zu seinem Lieblingsitaliener, der direkt um die Ecke seiner Wohnung lag und bei dem man im Garten sitzen konnte.

Nina sah ihn verstohlen von der Seite an. Sie hatte ihre Hände im Schoß gefaltet und rieb sich über die einzelnen Mittelknöchel ihrer Finger. Offensichtlich war sie nervös. Sam war froh, dass er sich auf den Verkehr konzentrieren musste, sonst hätte er sicherlich auch angefangen, an irgendeiner Stelle seines Körpers zu kratzen oder zu reiben.

Ein kurzer Gedanke an Lina, die zum Glück sechshundert Kilometer entfernt war und seine Vorstellungen nicht lesen konnte, die sich plötzlich nur noch um die Frau auf dem Beifahrersitz drehten. Ihm war, als säße er auf einer knisternden Stromleitung. Schon bei ihrem ersten Zusammentreffen, damals in Rom, war diese gegenseitige Anziehungskraft zu spüren gewesen. Es war, als würden zwei Züge aufeinander zurasen, der Zusammenstoß stand unweigerlich bevor. Die Weiche, die noch auf ein anderes Gleis hätte führen können, war durch Sams Entscheidung nicht mehr umzustellen. Zu spät.

Nina Vigna war plötzlich kalt, sodass sie sich nicht in den Garten, sondern ins Restaurant setzten, einen leichten Rotwein bestellten und nicht bemerkten, wie sie durch das Fenster von draußen beobachtet wurden.

Lina saß wie paralysiert auf dem grünen Gartenstuhl. Sie überlegte, ob sie ins Restaurant gehen und Hallo sagen sollte, als wäre es die normalste Situation der Welt. Vielleicht war es nur eine Kollegin von Sam. Eine Kollegin? Eine hübsche blonde Kollegin? Trug man im Dienst lange Ohrringe, einen roten Lippenstift und ein enges, kurzes Kostüm? Die Sonne schien nicht, warum hatte die Frau eine Sonnenbrille getragen? War es eine Art Tarnung, damit man ihr das schlechte Gewissen nicht an den Augen ablesen konnte, das sie zweifelsohne haben musste, wenn sie einen bereits vergebenen Mann verführte? Oder hatte Sam ihr erzählt, dass er Single war?

Lina blieb sitzen und beobachtete das Pärchen, das sich gerade mit Rotwein zuprostete. Irgendwie schienen sie vertraut miteinander zu sein, aber irgendwie auch nicht.

Auf jeden Fall schien Sam gesprächiger und aufmerksamer zu sein, als er es in letzter Zeit bei ihr gewesen war. Ja, es war ihm geradezu schwergefallen, einen vollständigen Satz zu formulieren. Oder bildete sie sich das jetzt nur ein, weil es zu ihrer Verletztheit passte?

Ihre Augen füllten sich mit Tränen, sodass das Paar hinter der Glasscheibe wie eine Fata Morgana zu flimmern begann. Langsam erhob sie sich, legte Geld für ihre noch halb volle Apfelschorle auf den Tisch und verließ den Garten des Restaurants. Eine Liebe, die so spannend angefangen, die ihr neue Lebensenergie und Freude geschenkt, die sie getragen, umsorgt, geführt hatte, endete so abrupt mit einer tiefen Trauer des Verlustes. Aber vielleicht war es gar nicht so abrupt. Man übersieht immer gerne, wenn dieser schleichende Prozess des Abbaus einsetzt, verdrängt ihn tagtäglich, und erst wenn das Ende erreicht ist, steht man davor wie ein Verurteilter, der nach langer Gefangenschaft die Todesspritze gesetzt bekommt. Man ist überrascht und doch irgendwie nicht.

Lina fühlte sich plötzlich schwindelig und orientierungslos.

Sam und Nina dagegen waren sich, ohne ein Wort darüber zu verlieren, schnell einig über den weiteren Verlauf des Abends. Sie wollten sich.

Der Wein, der sich mit ihrem Blut vermischt hatte, nahm ihnen den letzten Zweifel und die letzten Hemmungen. Sie fuhren zu Sam nach Hause und trieben es unter der Dusche, auf dem Küchentisch, auf dem Fußboden im Wohnzimmer und im Flur. Wild und leidenschaftlich ließen sie sich gehen, genossen den unbedachten Moment der Verführung, ohne an jemand anderen zu denken. Nina nicht an ihren Ehemann, Sam nicht an Lina.

Hinterher zog sich Nina an, legte neuen Lippenstift auf und verließ Sams Wohnung. Es gab keine Abschiedsszene, kein Wort wurde darüber verloren, ob und wann sie sich wiedersehen würden, denn beide wussten, dass diese Kostprobe eine einmalige gewesen war. Ein Schluck von einem süßen Wein, von dem man wusste, dass einem die ganze Flasche nur Kopfschmerzen bereiten würde, und den man besser stehen ließ.

Als Nina gegen acht Uhr abends Sam verließ, ging dieser eine Weile ruhelos in der Wohnung auf und ab. Plötzlich überkam ihn ein schlechtes Gewissen, und als er die Nachrichten auf seinem blinkenden Anrufbeantworter abhörte, wurde ihm übel.

Hi Sammy, würde dich gerne sehen, habe Sehnsucht nach dir. Warte bei unserem Italiener auf dich.

Die Nachricht war von 14:45 Uhr. *Unserem Italiener.* Wie oft war er dort mit Lina gewesen! Er war ein Vollidiot. Sie muss ihn und Nina gesehen haben. Wann war er mit Nina dort angekommen? Er versuchte sich zu erinnern. Es muss drei, halb vier gewesen sein. Okay, Schadensbegrenzung, sagte er zu sich selbst. Punkt eins, Lina hat ihn dort mit Nina gesehen. Punkt zwei, was bedeutete das? Nichts. Eine Kollegin? Das würde sie nicht glauben. Gut, eine alte Bekannte, die Eheprobleme hatte ... Nein, noch besser eine alte Exfreundin mit ganz üblen Problemen ... Die Geschichte dazu würde er sich später ausdenken. Ja, das war glaubwürdiger, redete sich Sam ein. Er hat sie noch ins Hotel gebracht und war dann nach Hause gefahren. Es war nichts passiert. So war es.

Sam entspannte sich gerade, als ihm einfiel, dass Lina vielleicht beobachtet hatte, wie er mit Nina zu sich nach Hause gegangen war. Sie hatte ihre Schlüssel von zu Hause vergessen und brauchte ein Bett für die Nacht? Nein, Unsinn, sie wohnte ja nicht in München ... Hotel, Sam, du hast sie ins Hotel gefahren. Bleib dabei. Aber warum wart ihr bei dir zu Hause, stellte er sich die Frage, wie Lina sie stellen würde. Ich musste noch eine Akte aus der Wohnung holen, die ich einem Kollegen vorbeibringen wollte. Und warum hat sie nicht im Auto gewartet? Hm, weil sie auf die Toilette musste. Ja, das war glaubwürdig.

Sam hatte bei dem Gedankenmarathon angefangen zu schwitzen. Er war gut in seinem Metier, manche sagten, er war einer der Besten. Wäre doch gelacht, wenn er sich seinen eigenen Fall nicht konstruieren könnte. Die Frage war nur, wo war Lina jetzt? Immerhin war sie in München. Sie kannte niemanden hier. Stand sie vielleicht unten vor dem Haus? Dann hätte sie Nina aus der Tür kommen sehen. Allein. Und würde sich an einer Hand ausrechnen können, dass sie nicht vier Stunden Maumau gespielt hatten. »Überlass ihr das Reden, und erzähle nicht zu viele Details, Sam, das wirkt nur unglaubwürdig«, ermahnte er sich laut. Dann ging er durch die Wohnung, beseitigte alle sichtbaren Spuren des Tathergangs, zwei schmutzige Gläser, zu viele benutzte Handtücher, Scherben von Geschirr auf dem Küchenboden, das er vom Tisch gefegt hatte, um Nina darauf zu vögeln. Schließlich stellte er sich unter die Dusche, um sich zu säubern, und legte sich ins Bett. Vergeblich wartete er mal wieder darauf, dass ihm die Augen zufielen.

24. KAPITEL

Essen Aethel hatte sich in Amsterdam in einen ICE gesetzt und war von dort aus weiter nach Essen gefahren.

Die Dämmerung hatte bereits eingesetzt, als sie schließlich zwischen den Bäumen stand und mit einem Fernglas ihr Objekt beobachtete. Auf dem Anwesen stand ein modernes großes Rotklinkerhaus mit weiß abgesetzten Fenstern und einem roten Ziegeldach.

Zu neuzeitlich für Aethels Geschmack, die alles aus alter Zeit liebte, weil es auch immer etwas Geheimnisvolles in sich barg und eine Geschichte hatte. Aethels Sinn für Mysteriöses war schon als Achtjährige sehr ausgeprägt. Nachts, wenn alle schliefen, war sie durch das Schloss ihrer Eltern geschlichen, auf der Suche nach Schätzen und Geheimgängen. Das Hobby weitete sie auf die angrenzende Nachbarschaft, Verwandte und Bekannte aus, indem sie sich am Tag in deren Häusern versteckte, ungesehen das Privatleben und das Inventar der Bewohner ausspionierte und gelegentlich kleinere Antiquitäten mitgehen ließ. So hatte sich im Laufe der Zeit einiges angesammelt. Auf ihren Reisen hatte sie das eine oder andere von ihren einstigen Besitzern längst vergessene Stück unter der Hand oder an Antiquitätenhändler verkauft.

Aus dem Hobby war eine Leidenschaft und schließlich ein Beruf geworden, der nicht nur spannend, sondern auch äußerst einträglich war, wie sie fand.

Aethel würde eine Legende werden, und in fünfzig Jahren würde man über ihre Geschichte einen Film drehen, genauso wie über Doris Payne, die Juwelendiebin, oder die anderen Gauner, die spektakuläre Einbrüche gemacht hatten.

Aethel war inzwischen mit ihrer dunklen Umgebung eins geworden und bewegte sich ungesehen zwischen den hohen Büschen und Bäumen um das Grundstück herum.

Mit dem Einsetzen der Dunkelheit waren zuerst die Außenbeleuchtung und anschließend das Licht im Haus angegangen, aber sie konnte keine Bewegungen im Inneren ausmachen. Man hatte ihr gesagt, dass die Besitzer nicht da seien, und deshalb vermutete sie, dass entweder eine Bedienstete das Licht angeschaltet hatte oder eine dieser Zeituhren, die das Licht immer zur gleichen Zeit aktivierten und Außenstehenden vorgaukeln sollten, dass das Haus bewohnt war. Ein alter Trick, den inzwischen jeder Dieb kannte. Obwohl sie jetzt etwas vorsichtiger sein würde, schließlich hatte der Hausherr das letzte Mal auch nicht im Hause sein sollen. Und was war das Ergebnis gewesen? Sie hatte einen Menschen auf dem Gewissen. Einen Mord begangen! Das durfte sich nicht wiederholen.

In geduckter Haltung drang sie zu der kleinen Terrasse aus Terrakottafliesen vor, die in keinem Verhältnis zu dem großen Grundstück stand. Sie wagte einen Blick ins Innere durch die vorhangfreien Fenster, atmete tief durch und spitzte die Ohren, ob sie irgendein menschenähnliches

Geräusch von irgendwoher vernehmen konnte. Nichts. Alles war ruhig.

Die Fenster waren mit der üblichen Alarmanlage verdrahtet, die mit der Polizei kurzgeschaltet war.

Um auf Nummer sicher zu gehen, schlich Aethel noch einmal ums Haus herum zum Eingang und drückte auf den Klingelknopf. Sie wartete eine Minute, bevor sie ihr Werkzeug aus dem Rucksack holte. Dann erklomm sie die Fassade. Der Klinkerbau erleichterte den Aufstieg ungemein. Es dauerte keine fünf Minuten, bis Aethel vor einem kleinen Dachfenster hockte, das man von unten nicht einmal sehen konnte und deshalb von den Besitzern wahrscheinlich als ungefährlich eingestuft worden war. Pech gehabt, dachte Aethel und grinste unter ihrer schwarzen Sturmhaube.

Sie schnitt ein Loch vor dem Griff, öffnete das Fenster und ließ sich geräuschlos hindurchgleiten.

Im oberen Stock waren die drei Schlafräume mit einem cremefarbenen Teppich ausgelegt, während im Flur und im Rest des Hauses mediterrane Fliesen und Teppichläufer vorherrschten. Sogar im weiß gefliesten Badezimmer lag ein großer Perserteppich statt der üblichen Badematten.

Das Mobiliar bestand aus einer bunten Mischung von antiken Eichenschränken, modernen Sitzmöbeln und diversen Mitbringseln aus exotischen Ländern. Masken, die an Wänden hingen, Figuren, die in Ecken standen. Die eingelassenen Halogenstrahler an den Rändern der tiefer gelegten Decken waren alle auf bestimmte Punkte im Raum ausgerichtet. Hauptsächlich auf Bilder, Pflanzen und Skulpturen.

Aethel fragte sich, was in so einem Haus eine dreitausend Jahre alte Büste zu suchen hatte, die sie immer noch nicht entdecken konnte. Sie wollte gerade zur Kellertür gehen, als sie sie endlich im Flur erblickte.

Dort stand sie in der Ecke auf einem Marmorsockel, ungeschützt, und blickte kühl aus ihren mandelförmigen

Augen direkt zu Aethel. Ehrfürchtig trat sie an die bunte Königin heran und betrachtete sie eingehend.

Das schmale Gesicht mit den feinen Zügen und dem langen, schlanken Hals der fünfzig Zentimeter hohen Büste, die man 1912 bei Ausgrabungen gefunden hatte, wies starke Versinterungen an der Oberfläche auf. Von der königlichen Krone war ein großes Stück abgebrochen, und die Farben der Krone und der Haut waren stark verblasst.

Wie viele Geschichten hatte es gegeben, bis die Büste den Weg in dieses Haus gefunden hatte, wo sie erstens nicht hingehörte und zweitens auch gar nicht hineinpasste?

Die Deutschen bestanden bis heute darauf, dass sie das Original in den Händen hielten, obwohl sie wussten, dass Hitler eine Kopie hatte anfertigen lassen, die angeblich nicht vom Original zu unterscheiden war.

Anscheinend war der Kopiermeister in seiner Arbeit unterbrochen worden, denn sonst hätte er um der Echtheit willen seinem Werk mehr Abnutzungen hinzugefügt. Aethel kannte die Kopie, die in Berlin im Neuen Museum stand, ziemlich gut. Sie wies kaum Beschädigungen auf, und die Farben waren so leuchtend, als hätte man sie gerade erst draufgepinselt. Ein Grund, warum viele Experten die Echtheit anzweifelten.

Sie kostete noch einen Moment des Alleinseins mit dem unbezahlbaren Stück aus und verstaute es dann sorgfältig in ihrem Rucksack, als sie plötzlich ein Geräusch aus dem oberen Teil des Hauses hörte. Aethel blieb reglos stehen. War ihrem Auftraggeber erneut ein Fehler unterlaufen? Würde der Besitzer wie in der Münchner Villa gleich wieder vor ihr stehen? Sie sah sich um und überlegte fieberhaft, was sie dieses Mal zur Selbstverteidigung benutzen könnte. Sie war keine Freundin von Waffen und trug somit auch nie eine bei sich. Das Chepesch war sehr willkommen gewesen. Lautlos, aber leider tödlich. Sie konnte nicht ahnen, dass die Klinge so scharf war. Mit angehaltenem Atem lauschte sie weiter.

Alles war still. Vielleicht war nur eine Schindel vom Dach gerutscht. Sie verharrte noch zwei Minuten bewegungslos. Dann verließ sie das Haus auf demselben Weg, wie sie hereingekommen war, und hinterließ, bis auf ein Loch im Fenster und ein paar Kratzer an der Fassade, keine Spuren ihres Besuchs.

25. KAPITEL

München Sam wachte mitten in der Nacht auf. Meistens waren es Träume, die ihn irgendwann auftauchen ließen, wie eine Luftblase, die sich aus den Tiefen eines Sees langsam an die Oberfläche kämpft. Blubb, Sam war hellwach. Seine Uhr stand auf ein Uhr morgens. War es nicht auch ein Uhr gewesen, als er das Licht in der Villa gesehen hatte? Er ließ in seiner Erinnerung noch einmal alles ablaufen. Als er an die Stelle kam, wo sein Gegner ihm einen Schlag auf sein Ohr verpasst und er anschließend nach beiden Armen gegriffen hatte, hielt er den Film an. Die Arme. Was war mit den Armen gewesen? Ihm war unbewusst etwas aufgefallen. Was war es noch? Jetzt erinnerte er sich auch an die Augen, die ihn so frech angegrinst hatten, zumindest hatte er das gedacht, er wusste es nicht mehr. Er ging in die Küche, nahm einen Schluck Milch direkt aus dem Karton, stellte ihn wieder in den Kühlschrank, der für einen Augenblick die dunkle Küche erhellt hatte, und ging ins Bad. Er ließ das Licht aus, hob den Klodeckel und setzte sich zum Pinkeln hin. In diesem Moment fiel es ihm ein. Die Arme waren schlank, ja dünn gewesen. Die Gestalt war ihm bis zum Kinn gegangen. Er verwarf den Gedanken wieder, der sich in seinem Kopf festsetzen wollte.

Doch das Bild nahm immer mehr Gestalt an. Klein, zierlich, schlank. Es war kein Mann gewesen, der ihn niedergeschlagen hatte, sondern eine Frau. Sie hatten es also doch mit zwei unterschiedlichen Personen zu tun.

Wenn allerdings jemand erfuhr, dass eine Frau ihn k.o. gehauen hatte, würde er zum Gespött des ganzen Dezernats werden. Und wer begeht schon freiwillig eine Selbstdemontage? Sam beschloss, den Fakt, dass sie es höchstwahrscheinlich mit einer Diebin zu tun hatten, vorerst für sich zu behalten. Der kleine Zweifel an der Tatsache sollte sein Gewissen für eine Weile beruhigen.

26. KAPITEL

Ein extrem schlechtes Gewissen plagte auch Ronald Walter. Er hatte das Gefühl, dass seine Gedanken wie Flugblätter durch den Raum geflattert waren. Für alle lesbar hatte dort gestanden: *Ich bin schuldig, ich lüge und betrüge.* Beim Hinausgehen hatte dieser Polizist ihn so angesehen, als wollte er ihm sagen, wir sehen uns noch, mein Freund. Bisher war er nicht wiedergekommen. Aber immer wenn er Schritte draußen auf dem Gang hörte, wurde ihm heiß, sein Herz fing an zu klopfen, und seine Finger zitterten. Worauf hatte er sich da nur eingelassen.

Er hatte die Pressemitteilung gelesen, die in den nächsten Tagen raus sollte. Darin war nicht einmal sein Name erwähnt worden, und der Direktor hatte auch noch nicht den Betrag für seine Loyalität konkretisiert. Im Gegenteil, er hatte kein Wort mehr darüber verloren, und er selbst wollte ihn nicht darauf ansprechen, weil er nicht als geldgierig dastehen wollte. Trotzdem ärgerte es ihn, dass der Direktor nicht von selbst das Thema ansprach.

Ronald Walter war dabei, jedes einzelne Stück aus der

Villa zu fotografieren und zu katalogisieren, und schrieb, tief über das Buch gebeugt, die ungefähre Epoche dazu. Dabei wanderte sein Blick immer wieder in die erste Reihe, wo stand: »weibliche königliche Mumie, Name unbekannt, ungefähre Zeitschätzung: dreitausend Jahre«.

Dahinter stand seine Unterschrift. Seine Unterschrift, die für die Echtheit garantierte. Hier gab es keine Ausrede, dass er nichts wusste, nichts konnte, nichts gesehen hatte oder Ähnliches. Wenn die Sache durch irgendeinen Zufall aufflog, würde man ihn für einen Dilettanten in seinem Beruf halten, was wiederum bedeutete, dass sein Ruf ruiniert war. Gut, wenn er ehrlich war, hatte er sich noch gar keinen richtigen Ruf erarbeitet. Er stand noch ganz am Anfang und war ein unbeschriebenes Blatt in der Branche. Er hatte gleich nach dem Studium im Museum angefangen und saß immer noch hier unten im Kellerloch.

Außerdem gab es ein weiteres Problem. Zwei Personen wussten von dem Betrug. Er und der Direktor. Eine alte Regel sagte, zwei waren immer einer zu viel.

Ronald Walter stieß einen lauten Seufzer aus und nahm seine verschmierte Brille ab, um sie zu reinigen. Er hörte Schritte draußen auf dem Gang. Sein Herz begann zu rasen. Erstarrt blieb er auf dem Stuhl sitzen und lauschte. Doch die Schritte entfernten sich wieder, irgendwo fiel eine Tür ins Schloss. In dem Augenblick traf Ronald Walter eine Entscheidung. Eine Entscheidung, die den Ball endlich ins Spiel bringen sollte.

27. KAPITEL

Kreta Nikolaos wanderte jeden Tag mit seiner kleinen Herde Ziegen zu einer einsam gelegenen steinigen Bucht am Meer, im Süden Kretas. Jeden Tag legte er viele Kilometer zu Fuß zurück. Dabei führte sein Weg von seinem Haus am Rande des Dorfes über ausgedörrte Hügel durch eine Schlucht und schließlich in die Bucht. Die Ziegen ließ er meistens in der Schlucht oder auf dem Hügel zurück, wo sie sich über die letzten Grasbüschel hermachten, während er kleine Steine über die glatte Wasseroberfläche schoss.

Ein Schnellboot raste dicht an der Bucht vorbei. Die Wellen schlugen gegen Nikolaos' Beine. Er wartete ab, bis das Meer sich wieder beruhigt hatte. Plötzlich umspülte etwas Weiches seine Füße. Es war eine weiße Plastiktüte. Er zog sie aus dem Wasser und öffnete den Knoten. Fünf kleine tote Katzen, aufgeschwemmt vom Meerwasser, lagen darin. Nikolaos kämpfte mit den Tränen, er mochte Tiere, war mit Hühnern, Katzen, Hunden, Hasen und Ziegen aufgewachsen. Wenn seine Mutter einen Hasen oder ein Huhn, manchmal auch eine Ziege schlachtete, suchte er immer das Weite.

Er begrub die kleinen Katzen unter den Kieseln und suchte wieder nach flachen Steinen, um sie über das Wasser zu schießen. Das Schnellboot hatte irgendwo gewendet und fuhr ein zweites Mal an der Bucht vorbei. Dieses Mal etwas langsamer. Dann verschwand es abermals hinter den Klippen. Doch am Motorengeräusch konnte er hören, dass es nicht weit gefahren war. Suchten die Leute etwas Bestimmtes? Eine einsame Bucht wie diese? Zum Baden vielleicht?

Sekunden später tauchte das Boot wieder auf und steuerte direkt auf Nikolaos zu. Er winkte, aber die beiden Männer erwiderten seinen Gruß nicht. Enttäuscht ließ Nikolaos die Hand sinken. Die beiden Männer sahen ja auch nicht gerade wie Griechen aus.

Im nächsten Augenblick fuhren sie auf den Kiesstrand. Einer der Männer sprang heraus. Er packte den Jungen, warf ihn ins Boot und stieß es wieder ins Wasser. Nikolaos spürte einen Stich im Hals. Alles wurde schummrig um ihn herum, dann schwarz. Nikolaos sah und hörte nichts mehr.

Das kleine Boot mit dem bewusstlosen Jungen umfuhr die Klippen und steuerte aufs offene Meer hinaus.

28. KAPITEL

Chester Aethel war wieder auf dem Landweg nach England zurückgefahren anstatt nach Spanien, wo sie die Büste hätte abliefern sollen.

Und ausgerechnet sie war an der Grenze in eine Zollkontrolle geraten. Sie hatte sich betont gelassen gegeben, als ihr Rucksack durchsucht wurde, in dem sich die Büste befand. Und es hatte tatsächlich geklappt! Die Kretins an der Grenze gaben sich mit ihrer Geschichte, dass sie die Büste im Kunstunterricht angefertigt hatte, zufrieden und stellten keine weiteren Fragen. Trotzdem war das ein Zwischenfall, der Aethel gar nicht schmeckte. Was war, wenn der Fall Furore machte – davon ging sie aus, immerhin hatte sie eines der wertvollsten Stücke der Zeitgeschichte gestohlen – und einer der Grenzbeamten sich an sie erinnerte?

Außerdem war sie sich gar nicht mehr so sicher, ob sie das kostbare Stück überhaupt abliefern wollte. Dieser Verrat bedurfte allerdings einer genauen Überlegung, denn damit würde sie ein für alle Mal weg vom Fenster sein. Niemand würde sie mehr engagieren. Sie wäre erledigt, was auch bedeuten würde, dass sie ihre gestohlenen Schätze nicht mehr unter der Hand verkaufen könnte. Ihre Geldquelle würde versiegen! Aethel saß auf dem Bett in ihrem Turmzimmer und kaute die Haut um die Nägel ab. Sie war nervös. Sie öffnete ihren Laptop und ihren Account. Es waren keine Nachrichten eingegangen. Sie warteten auf sie, gaben ihr noch Zeit.

Um sich zu beruhigen, holte sie das Tagebuch ihres Großvaters hervor, schlug die Seite auf, wo sie stehen geblieben war, und las die letzten Absätze noch einmal.

> Sir Archibald Ascot ist nirgendwo zu sehen. Ich übe mich in Geduld, denn irgendetwas soll heute Abend noch passieren.
> Gerade ist es mir gelungen, mich der Gruppe der Engländer anzunähern, als ein Gongschlag ertönt und die gesamte Gesellschaft im Reden innehält und sich langsam in einen anderen Raum des Palais bewegt. Ich tue nicht überrascht und folge dem Fluss der Abendroben wie selbstverständlich.
> Sir Ascot steht mitten im Raum, neben ihm eine Reihe anderer Männer, die sich leise unterhalten. Ich stelle mich mit der Gesellschaft in einem Halbkreis um einen großen Tisch und frage mich, was hier gleich geschieht. Ich bin wohl der Einzige, der sich das zu fragen scheint.
> Dann tritt einer der Männer aus der Reihe und stellt sich in gebrochenem Englisch vor. Er heißt Ludwig Borgmann, ist Deutscher und leitet die Ausgrabungen in Tell el-Amarna. Er gehört zu einer Organisation, die sich die Orient-Vereinigung nennt. Er stellt die beiden Hauptfinanziers vor. Der eine ist deutscher Privatbankier, Wilhelm Mendelssohn, der andere ein Wiener Mäzen, Freiherr von und zu. Den Namen kann ich nicht verstehen.
> Plötzlich geht eine Tür auf, und Neger, in weiße Lendenschürze gekleidet, tragen eine mit bunten Seiden-

stoffen geschmückte Bahre herein, auf der eine große goldene Kiste steht. Dahinter folgen schwarze Träger mit einem Sarkophag. Sollten meine Erwartungen so schnell erfüllt werden? Die Kette reißt nicht ab, weitere dunkelhäutige Menschen folgen und bringen Gegenstände herein, die sie auf den Tisch stellen. Durch die Menge hinter mir geht ein aufgeregtes Raunen.

Dann wird der Sarkophag geöffnet. Die Männer heben eine in schmutziges Leinen gewickelte Mumie heraus und legen sie auf den Tisch. Sie ist nicht sehr groß, höchstens ein Meter fünfzig.

Ich werde Zeuge, wie man die dicke Schicht Leinenwickel durchschneidet und einen glänzend schwarzen, geschrumpften Körper daraus hervorholt.

Vor ungefähr fünfzig Jahren war das ein üblicher Partyclou um Mitternacht, wenn die gehobenen Schichten auf dem Nil reisten. Aber anscheinend hat diese Art von Späßen nie aufgehört, man redet nur nicht mehr darüber, denn es ist irgendwie pietätlos, was mich allerdings nicht von meinem Vorhaben abbringen wird.

Alle Schätze werden versteigert. Sigmund Altmann ersteigert die Mumie für 20 000 Englische Pfund – ich habe erst gar nicht mitgeboten, weil ich etwas anderes vorhabe –, und Joseph Hoppe, ein reicher Holländer, scheint ein leidenschaftlicher Sammler von Schmuckstücken zu sein, die allesamt in der goldenen Kiste liegen. Eines gefällt mir besonders gut. Es ist eine goldene Kette mit Türkisen und Löwenköpfen. Außerdem ersteigert er noch eine kleine Kindermumie in einem hölzernen Sarkophag. Die goldene Truhe geht an eine Engländerin, Victoria Drake. Gut zu wissen.

Der Klang einer eingehenden E-Mail ließ Aethel aufblicken. Wie erwartet, kam sie von ihrem Auftraggeber. Der Kunde wartete immer noch auf die Büste. Aethel schrieb schnell, dass äußere Umstände sie zu einem Umweg gezwungen hätten, und vereinbarte einen neuen Ablieferungstermin, der eine Minute später auch prompt bestätigt wurde. Dann las sie im Tagebuch weiter.

Endlich sitze ich in meinem Hotelzimmer. Neben mir die Mumie in Einzelstücken. Für den Transport musste ich sie leider zerlegen, sonst wäre es aufgefallen.
Bevor man den Diebstahl entdeckt, wird außer dem wertvollen Pulver nichts mehr von ihr übrig sein. Mumia vera Aegyptica, auch Totenpech genannt. Das Schicksal war mir hold, hätte nicht gedacht, dass meine Reise so schnell Früchte tragen würde.

19. Juni 1918

Die Pyramiden am fernen Horizont erscheinen wie drei kleine spitze Hüte in der Ferne. Je näher ich komme, desto größer werden die Hüte. Aber dann ist der Augenblick gekommen. Ich stehe vor diesen gewaltigen Monumenten, die sich wie gemalt von dem azurblauen Himmel absetzen. Davor die Sphinx mit ihrem zerstörten Antlitz, halb vergraben zwischen dem feinen Wüstensand. Ich frage mich, was ist oder war ihre Funktion? Sie steht hier so allein, dass ich mir vorstellen kann, dass sie eine andere Bedeutung hat, als nur als Riesenskulptur vor den Pyramiden zu stehen. Die rauen Steine sind jetzt genau zu erkennen. Sie sind so groß, dass ich davon überzeugt bin, dass Menschenkraft hier nicht ausgereicht hat, um Stein auf Stein zu setzen. Unmöglich.

Die pittoreske Landschaft tut ihr Übriges. Ich fühle mich in eine ferne Zeit versetzt. Das Kamel, auf dem ich sitze, röhrt Furcht einflößend und lässt sich nieder, sodass ich beinahe kopfüber in den Sand falle. Diese Tiere sind mir nicht ganz geheuer. Ich werde das nächste Mal lieber auf ein Pferd steigen.
Der Aufstieg ist sehr mühsam. An der einen Außenseite der großen Gisehpyramide stehen beinahe bis zur Spitze nach oben Einheimische mit Turbanen und langen Gewändern und sind den Touristen bei der Besteigung des Weltwunders behilflich. Einer reicht mir seine raue, dunkle Hand, er lächelt mir zu, und ich sehe seine braunen Stummel im Mund. Putzen die Leute sich hier nicht die Zähne? Er zieht mich halb nach oben, den Rest mache ich mit eigener Körperkraft. So erklimme ich Quader für Quader. Wie viele Hände ich angefasst habe, weiß ich nicht. Ich achte darauf, mit meinen Händen nicht in mein Gesicht zu fassen. Wer weiß, was für Keime sich daran befinden.
Es dauert eine ganze Weile, bis ich endlich oben ankomme. Die Spitze ist nicht spitz. Ich stehe plötzlich auf einer Fläche, die die Größe eines Fußballfeldes hat. Es ist unbeschreiblich. Hier oben kann ich spüren, dass die Erde sich dreht. Mein Körper versucht dagegenzuhalten, dabei falle ich nach vorne. Es ist eine merkwürdige Energie hier oben, nicht weltlich.

24. Juni

Ich habe mir um den Kopf ein weißes Baumwolltuch gewickelt und sitze auf einem Pferd. Ich reite seit drei Stunden durch die Wüste. Der Sand, den dieser Chamsin mit sich bringt, macht mir und auch meinen einheimischen Begleitern wirklich arg zu schaffen.

Ich stehe vor der Pyramide von Sakkara und kneife die Augen zusammen, sodass die dahinter liegenden Sanddünen aussehen wie ein Meer von Pyramiden. Trotzdem, muss ich sagen, ist diese Pyramide nicht halb so beeindruckend wie die von Giseh. Ich bin etwas enttäuscht. In der Nekropole laufen vereinzelte Touristen herum, von denen ich mich entferne. Ich habe das Bedürfnis, allein etwas zu entdecken. Steinquader ragen aus dem Wüstensand ohne sichtbaren Anfang oder Ende. Vielleicht eine vergrabene Mauer. Es erinnert mich ein wenig an eine römische Straße, denn die Mauer führt schräg nach unten. Ich stelle mir vor, wie dieses Meer aus Sand immer mal wieder Dinge freigibt und wieder unter sich begräbt. Was heute offen daliegt, kann morgen schon dem bloßen Auge verborgen sein. Vielleicht muss man nur immer an der gleichen Stelle verharren, bis sich einem von ganz allein etwas offenbart.
Ein Beduine, der eine Amphore mit Wasser auf dem Rücken trägt, füllt unsere Wasserflaschen auf. In der Ferne, hinter Sandhügeln, höre ich lautes Rufen und bewege mich schwerfällig unter der extremen Hitze in die Richtung. Ich hege die Hoffnung, ein paar Archäologen bei ihrer Arbeit zu beobachten. Vielleicht war es mal ein Grab oder ein Tempel, schwer zu sagen, aber daneben ist im Sand ein Loch, abgestützt von Holzplanken und einer Leiter, die nach unten führt. Ich steige einfach nach unten.

Aethel war so vertieft in das Tagebuch ihres Großvaters, dass sie das Klopfen an ihrer Zimmertür überhört hatte. Erst als ihr Vater im Zimmer direkt vor ihrem Bett stand, blickte sie erschrocken hoch.

»Was liest du denn da, Aethel?«

»Ach, nichts Besonderes. Ich habe es aus der Bibliothek

unten«, antwortete Aethel, schloss das Buch und legte es achtlos auf ihren Nachttisch.

»Ich habe mir ein paar Gedanken bezüglich deines Studiums gemacht. Ich habe nicht den Eindruck, dass du bei der Sache bist.«

»Wie kommst du darauf? Ich habe Ferien.« Aethel ahnte Böses. Sie kannte ihren Vater gut genug, um zu wissen, dass er der Sache nachgehen würde, wenn er erst einmal einen gewissen Verdacht geschöpft hatte. War sie bei dem Essen mit diesem Lord Richmond nicht überzeugend genug gewesen?

»Ich habe den Sohn unseres Nachbarn John Drake getroffen. Er studiert auch Jura, ist im gleichen Semester wie du und sagte, dass er dich noch nie dort gesehen hat. Wie erklärst du dir das, Aethel?«

»Keine Ahnung. Ich habe ihn auch noch nie dort gesehen.«

Der Blick ihres Vaters durchbohrte sie, aber Aethel hielt ihm stand. Es war das beste Mittel, den Verdacht zu entschärfen.

»Wahrscheinlich sind wir immer in unterschiedlichen Kursen. Weißt du eigentlich, wie viele Studenten da rumlaufen?«

»Du vergisst, dass ich selbst dort studiert habe, Aethel.«

Wie konnte sie das vergessen haben, sie lebte so in ihrer eigenen Welt, dass ihre Eltern nur noch nebensächlich waren. Was sie machten, dachten, welchen Hobbys sie nachgingen, interessierte Aethel nicht. Fast hätte sie vergessen, dass ihr Vater Richter war. Vielleicht würde ihr das irgendwann mal zugutekommen, dachte sie und sagte laut: »Das waren noch andere Zeiten, Vater.«

Sir Grosvenor nickte stumm und verließ leise Aethels Zimmer.

»Ach, Aethel«, wieder ging die Tür auf, »morgen ist ein Polospiel. Willst du mitkommen?«

»Ja, klar«, antwortete sie. Es war die Gelegenheit, ihrem Vater mal wieder das liebe, kleine, gesellschaftsfähige Töchterchen vorzuspielen.

»Lord Richmond kommt auch.«

»Darüber freue ich mich natürlich besonders, Vater«, sagte sie in sarkastischem Ton. Ihr Vater warf ihr einen warnenden Blick zu. Dann war Aethel endlich wieder allein und konnte ihren Gedanken nachhängen, die sich um ein paar Namen drehten, die ihr Großvater in seinem Reisebericht erwähnt hatte und die es durchaus wert waren, sie einer Recherche zu unterziehen.

Sie öffnete ihren Kleiderschrank und holte eine kleine Holzkiste aus einem eingelassenen Fach im Boden heraus. Die Holzkiste enthielt mehrere Samtbeutel. Sie entwirrte die goldene Kordel, die um einen weinroten Beutel lag, und ließ das Schmuckstück darin in ihre offene Hand gleiten. Aethels Augen begannen zu leuchten. Sie blätterte ein paar Seiten im Tagebuch zurück und las:

> … Joseph Hoppe, ein reicher Holländer, scheint ein leidenschaftlicher Sammler von Schmuckstücken zu sein, die allesamt in der goldenen Kiste liegen. Eines gefällt mir besonders gut. Es ist eine goldene Kette mit Türkisen und Löwenköpfen.

Aethel lächelte, als sie die goldene Löwenkopfkette mit den Türkisen in der Hand hielt. Ihr Großvater war ein richtiger Filou gewesen. Doch Aethel bezweifelte, dass er besser als sie gewesen war.

29. KAPITEL

Hamburg Das letzte Mal hatte sich Lina so elend gefühlt, als ihr Vater plötzlich nicht mehr da war. Von heute auf morgen war er aus ihrem Leben verschwunden. Sie hatte sich nicht verabschieden können und war vor vollendete Tatsachen gestellt worden. Er hatte sein Leben für ihres gegeben. Sie hatte diesen inneren Schmerz gefühlt, der nicht einmal wehgetan, ihr aber die Luft zum Atmen genommen hatte. Genauso fühlte sie sich jetzt, ohne Sam. Sie hatte keine Energie zu leben, zu arbeiten, zu denken oder gar zu reden. Sie befand sich in einer Art geistigem Schwebezustand, nur körperlich greifbar.

Lina stand wie jedes Wochenende, wenn sie in Hamburg war, im spanischen Restaurant ihrer Mutter und zog sich für ihren Auftritt um. Sie betrachtete sich im Spiegel. Die Augen waren matt, die Haut sah fahl aus, die Haare saßen schlecht, der rote Volantrock machte sie dick, und in der weißen Bluse mit den weiten Ärmeln sah sie aus wie eine Bäuerin und nicht wie eine rassige Flamencotänzerin.

Sie konnte sich noch erinnern, als sie frisch verliebt in Sam gewesen war und hier vor dem Spiegel gestanden hatte. Sie hatte von innen heraus geleuchtet. Alles schien so perfekt. In diesem Moment allerdings hatte sie das Gefühl, einen inneren Tod zu erleben.

Die Musik wurde lauter, das Zeichen für ihren Einsatz. Lina trat durch die Schwingtür und nickte ihrer Mutter zu, die hinter dem Tresen stand. Dann hielt sie den Rock mit der einen Hand etwas hoch und stapfte mit den Füßen auf. Eins, eins, zwei. Eins, zwei, eins, zwei. Das Lied, zu dem sie tanzte, handelte überflüssigerweise von einer verlorenen Liebe. Lina sah zu ihrer Mutter, die ihr einen Blick zuwarf, der so viel heißen sollte wie: *Tut mir leid, war nicht beabsichtigt.* Und dann tanzte Lina, den Blick auf den leeren

Tisch in der hinteren Ecke gerichtet, wo Sam immer gesessen hatte, wenn er mal nach Hamburg gekommen war.

Er hatte immer leicht gelächelt, seine Augen hatten jede ihrer Bewegungen verfolgt, wenn sie ihren, wie er sagte, Balztanz vollführte. Jetzt war der Platz leer, der einzige Platz im Restaurant, der nicht besetzt war. Lina ging von Tisch zu Tisch, tanzte ein paar Schritte, drehte sich um die eigene Achse und sah plötzlich aus den Augenwinkeln eine Bewegung auf »Sams Platz«. Ihr Herz setzte fast aus in der stillen Hoffnung, dass es unversehens wie früher sein könnte. Sie drehte sich so, dass sie den Tisch im Blick hatte, ohne dass es auffiel, und stellte fest, dass dort jetzt ein Mann saß. Er war allein und sah so aus, als würde er sich hier nicht lange aufhalten wollen. Er bestellte mit einer Handbewegung, die so viel hieß wie *schnell, schnell,* etwas aus der Karte. Als der Kellner weg war, sah er Lina an. Sein Blick war kühl und abschätzend. Je länger er sie ansah, desto mehr schien er von ihr angetan zu sein. Lina streckte den Rücken durch und nahm die typische stolze Haltung einer Flamencotänzerin an.

Als Lina sich umgezogen hatte und das Restaurant verließ, saß der Mann noch immer da. Er sah hoch, hielt im Kauen inne und entlockte Lina eines ihrer schönsten Lächeln, eine Mischung aus kindlicher Schüchternheit und fraulicher Überlegenheit.

Er lächelte zurück. Ein überaus charmantes Lächeln, wie Lina feststellen musste.

Es war fast Mitternacht, als Lina die Tür zu ihrer kleinen Wohnung aufschloss. Sie tastete nach dem Lichtschalter. Mitten in der Bewegung hielt sie inne. Sie nahm einen fremden, eigenartigen Geruch wahr. Und dann sah sie es. Was war das? Der Teppichboden schien übersät mit schwarzen Flecken. Auch auf ihrem Bett schienen sie zu sein. In ihr stieg Panik hoch. Erinnerung an eine Begegnung, die sie fast das Leben gekostet hatte. Wo war der Lichtschalter? Endlich ertastete sie ihn, und das Licht ging an. Die schwarzen Flecken waren jetzt blutrot.

Lina sah auf ein Meer von roten Rosenblättern, die in der ganzen Wohnung verteilt waren. Diverse Rosensträuße standen in Vasen auf dem Tisch, Nachttisch, auf dem Boden, auf dem Küchentresen, und auf ihrem Kissen lagen zwei langstielige Rosen, eine weiß, eine rot, wie ein nebeneinander schlafendes Liebespaar. Lina musste grinsen. Da hatte jemand ein verdammt schlechtes Gewissen. Männer schenken immer rote Rosen, wenn sie gerade ihre Frau betrogen haben. Wer hatte das noch gesagt? Es fiel ihr nicht mehr ein, aber es war im Grunde genommen auch egal. Dann klopfte es leise an die noch offene Wohnungstür. Sam stand vor ihr, seine dunklen Augen sahen sie traurig, aber auch herausfordernd an.

Lina hätte sich am liebsten in seine Arme geworfen, aber sie beherrschte sich. Sie ließ ihn eintreten und tat so, als wäre er nicht da, packte ein paar Sachen in den Kühlschrank und setzte Wasser für einen Tee auf.

»Möchtest du auch einen?« Sie hielt einen Teebeutel in die Luft.

»Nein. Danke.«

Wieder diese Stille.

»Lina …«

»Du brauchst nichts zu sagen, und dein schlechtes Gewissen brauchst du auch nicht hinter Rosen zu verstecken. Ich weiß, was los ist.«

»Ach ja?«

»Ja, Sam. Du hast mich mit dieser blonden Schlampe betrogen. Hat es sich wenigstens gelohnt?«, fragte Lina eisig.

»Erstens habe ich dich nicht betrogen. Zweitens war die blonde Schlampe, wie du sie nennst, eine Kollegin aus Rom. Sie war da, um einen Verdächtigen nach Italien mitzunehmen.«

»Na klar, Sam. Und deshalb trinkst du mit ihr zur Feier des Tages ein Weinchen bei unserem Italiener und gehst anschließend mit ihr zu dir nach Hause, um sie durchzubumsen.«

»Meine Güte, Lina, sie war nicht bei mir zu Hause.«

»Sam, erspar dir weitere Lügen. Sie war genau drei Stunden, fünfundfünfzig Minuten und dreißig Sekunden lang bei dir. Etwas zu lang, um nur deine Toilette aufzusuchen, falls du vorhattest, mir diese Geschichte aufzutischen.«

Sam war beeindruckt von ihrer Treffsicherheit, aber er gab nicht auf. »Wir haben geredet, Lina, auch wenn es für dich anders ausgesehen hat. Sie hat ein paar Probleme ...«

»Eheprobleme? Die sie in deinem Bett lösen wollte?«

»Ach, Lina ...« Sam ging auf sie zu und wollte sie umarmen. Doch Lina drehte sich weg. Sie hatte vor, ihn noch eine Weile zappeln zu lassen. Und zur ausgleichenden Gerechtigkeit sollte auch er diese unerträgliche Ungewissheit spüren und sich ernsthaft Gedanken um das machen, was er getan hatte. Ein Betrug, der nicht mal so eben wie eine falsche Formel von der Tafel zu wischen war.

»Ich denke, du gehst jetzt besser, Sam«, sagte Lina, ohne ihn dabei anzusehen. Am liebsten hätte sie gesagt: *Schwamm drüber, Sam, ich liebe dich, ich komme mit nach München. Auch wenn du die blöde Tussi gebumst hast.* Sie hatte im Gefühl, dass es nur ein Ausrutscher gewesen war. Eine Frau konnte so viele Register ziehen, um einen Mann zu verführen, und Sam war eben auch nur ein Mann. Hinzu kam der Streit, den sie gehabt hatten. Sie konnte es ihm gar nicht verübeln. Aber irgendwie gefiel sie sich in der Rolle der Betrogenen. Sie wollte, dass Sam sie um Verzeihung bat. Am besten auf Knien. Und da er das nicht tat, hielt sie ihn auch nicht auf, als Sam Linas Wohnung verließ, ohne sich noch einmal umzudrehen.

30. KAPITEL

Zürich Nach dem misslungenen Versöhnungsversuch hatte sich Sam ein Taxi zum Hauptbahnhof geschnappt und den Nachtzug nach München bestiegen. In München angekommen, hatte er sich den vorbestellten Porsche Carrera bei der Autovermietung abgeholt, sich umgezogen und war auf die Autobahn Richtung Zürich gefahren.

Sonntagmorgen, die Straßen waren leer und machten Sam das Einfahren des ungewohnten Autos leicht. Bei gutem Durchkommen würde er in vier bis fünf Stunden am Zielort sein.

Während er sich einen neuen Lebenslauf zurechtlegte, schweiften seine Gedanken immer wieder zu Lina ab. Er hatte sie noch nie so kühl erlebt wie gestern Abend. Die Spitze eines Eisbergs wäre dagegen kuschelig gewesen. Er fragte sich immer noch, ob sie die Ansätze seiner Lügen durchschaut hatte, weil sie ihn so gut kannte, sich auf ihre weibliche Intuition verlassen hatte, oder ob ihre Geister da nachgeholfen hatten? Vielleicht könnte sie sich ja mal mit dem toten Lothar Senner unterhalten, um ihm das Geheimnis der spurlos verschwundenen Menschen zu entlocken. Sam schüttelte den Kopf über die Welt, in der Lina lebte und zu der er keinen Zugang fand. Trotzdem wirkte sie in keiner Weise abgehoben oder eigenartig. Wer nicht wusste, dass sie sich mit Engeln, Geistern und Toten unterhielt, würde sie als vollkommen normal einstufen.

Genau fünf Stunden später fuhr Sam die Seestraße am Zürichsee entlang bis Goldbach. Von dort steuerte er, der Stimme des GPS folgend, quer durch die Kleinstadt, bis er in einen angrenzenden Wald kam. Auf einem breiten Waldweg fuhr er noch zweihundert Meter weiter, dann links auf eine kleine Brücke zu, und schließlich hatte er das Tor zur Einfahrt auf den Schlosshof vor sich. Das Schloss aus dem 14. Jahrhundert war ziemlich beeindruckend, noch beeindruckender waren allerdings die Wagen, die auf dem großen Schlosshof parkten. Hier standen gut ein paar Millionen Euro herum, schätzte Sam. Er parkte den Porsche neben einem Rolls-Royce und stellte den Motor ab. Eine wohltuende Stille umgab ihn, die er für einen Moment mit geschlossenen Augen in sich aufnahm. Dann stieg er aus, zupfte einen Fussel von seinem dunkelblauen Armani-Anzug, in dem er aussah wie ein Dressman, und ging der Beschilderung nach, die man für die Gäste angebracht hatte.

Das Schloss schien unbewohnt und teilweise sehr renovierungsbedürftig zu sein. Ein Blick in den ehemaligen Rittersaal ließ Sam an seine Kindheit denken. Eine unvergessliche Reise an den Rhein, als seine Tante mit ihm Burgen und Schlösser besichtigte, die es in Amerika nicht gab. Sein Vater hatte anschließend eine Burg aus Holz gebaut, sie angemalt, die Dächer mit Strohhalmen beklebt und kleine Ritter dazu gekauft. Es war sein schönstes Geburtstagsgeschenk gewesen.

»Findet die Versteigerung hier drin statt?«

Ein älterer grauhaariger Herr war hinter Sam getreten und holte ihn aus seinen Erinnerungen.

»Sieht nicht so aus«, sagte Sam. Irgendwie fühlte er sich ertappt.

Der Mann sagte ein paar unverständliche Worte und ging den kaum beleuchteten langen Gang weiter. Sam folgte ihm.

Vor der Tür, die zum Gartensaal führte, standen zwei Männer mit Kopfhörern im Ohr und einer Liste in der Hand. Der Mann vor ihm sagte eine Nummer und wurde durchgelassen. Dann sah der Türsteher ihn fragend an. Sam zog den Zettel aus der Tasche, den ihm der Museumsdirektor gegeben hatte. Dort stand nur eine Zahl drauf, die Hausnummer des Schlosses? Hatten Schlösser überhaupt Hausnummern? Oder war das ein Code? Sam sagte: »498.« Der

Türsteher sah auf seine Liste und machte Sam ein Zeichen, dass er durchgehen konnte.

Der Gartensaal war ein großer Raum mit aufwendig verlegtem Parkettboden, deckenhohen Ölgemälden und geschnitzten doppelflügeligen Türen, in dem an die einhundertfünfzig Leute auf den Beginn der Versteigerung warteten. Sam sichtete in der Mitte der etwa fünfzehn Stuhlreihen einen freien Platz und setzte sich unter den taxierenden Blicken einiger wohlbetuchter Damen hin.

»Es freut mich, dass Sie so zahlreich erschienen sind.« Ein dicklicher kleiner Mann in einem schwarzen Anzug war auf einem Podium erschienen. Neben ihm stand ein Overheadprojektor, der das erste Bild auf eine Leinwand warf.

Da die Aufmerksamkeit aller auf den Mann gerichtet war, nutzte Sam die Gelegenheit und sah sich ein wenig um. Zu seiner Rechten saß eine zierliche kleine Frau um die sechzig. Sie verströmte den angenehmen Duft eines teuren Parfums und reckte ihren Hals, um überhaupt etwas sehen zu können. Zu seiner Linken saß ebenfalls eine Frau, etwas korpulenter, und hörte aufmerksam zu.

»Hier haben wir eine Figur aus Ebenholz, Höhe vierzig Zentimeter, wahrscheinlich 25. Dynastie. Für nur zwanzigtausend Euro.«

Eine Hand in der vorderen Reihe schnellte nach oben, danach folgten andere, und der Mann war in Sekundenschnelle bei fünfunddreißigtausend Euro. Der Zuschlag ging an einen Herrn in der vierten Reihe.

»Aus der 5. Dynastie eine bemalte Kalksteinstatuette. Für fünftausend Euro.« Das Interesse daran schien nicht besonders groß zu sein, sie ging für nur sechstausend Euro über den Tisch.

»Aus Gips ein Kopf von Echnaton. Restaurierungsbedürftig. Deshalb nur fünfzigtausend Euro.«

Neben ihm links schnellte die Hand nach oben. Es war ein harter Kampf, aber schließlich ging der Kopf an seine

Nachbarin für einhunderttausend Euro. Sie lächelte und sah Sam das erste Mal an.

»Sie haben noch gar nicht geboten. Warten Sie auf ein besonderes Stück?«

Jetzt war er in Schwierigkeiten. Er hatte nicht die leiseste Ahnung, welche Stücke überhaupt versteigert wurden. Er hatte sich im Internet ein wenig über die verschiedenen Epochen schlau gemacht, hatte es aber aufgegeben, sich irgendetwas davon zu merken. Sam nickte und reichte ihr die Hand. »O'Connor.«

»Serani. Sind Sie das erste Mal hier?«

»Nein, ich ... Ja. Ich bin mehr auf Versteigerungen in Amerika.«

»Ach, tatsächlich.«

Erst dachte Sam, er wäre ins Fettnäpfchen getreten, aber dann sagte sie: »Na, da gibt es ja die ganz verrückten Ägyptomanen. Der da vorne, dritte Reihe, Siebter von links. Amerikaner. Es heißt wohl nicht umsonst das Land der unbegrenzten Möglichkeiten. Er will sich in Salt Lake City von Bonum Amon Ra oder so ähnlich zu einer Mumie verarbeiten lassen. Er meinte, er wolle in fünftausend Jahren auch noch so rosig aussehen wie heute. Das Ganze soll sechzigtausend Dollar kosten mit Sarkophag und Bestattung in einem Felsengrab. So viel zu Ihren Landsleuten. Herr Kondor.«

Sam lächelte und verzichtete darauf, seinen Namen zu verbessern.

»Eine unbekannte Kindermumie in einem Sarkophag. Größe ein Meter zwanzig, zu einem Preis von nur achthunderttausend Euro.«

Der Mann auf dem Podium hatte nun Sams ungeteilte Aufmerksamkeit. »... achthundertundzehn, achthundertundzwanzig ...« Sam hob die Hand. »... achthundertunddreißig, vierzig, fünfzig ...« Wieder hob Sam die Hand. »... sechzig ...

… achthundertundsechzig, sechzig … letztes Gebot? …« Sam brach der Schweiß aus, wollte er doch nur Interesse bekunden, damit er nicht unangenehm auffiel. Frau Serani lächelte ihn von der Seite an. »… sechzig … siebzig an den Herrn in der achten Reihe …« Sam versuchte, sich seine Erleichterung nicht anmerken zu lassen, und tat so, als würde er überlegen, ob er weiter mitsteigern sollte. Sein Hemd war unter dem Jackett nass geworden und klebte ihm am Körper.

»Mumien sind sehr beliebt. Die Frage ist natürlich, wie Sie die nach Amerika bekommen.«

»Das dürfte kein Problem sein. Ich habe da meine Möglichkeiten.«

Serani hob eine Augenbraue und richtete ihren Blick wieder nach vorn. Sam überlegte, ob die meisten sich hier kannten und er deshalb so angesehen worden war, als er den Raum betreten hatte, oder ob es an seinem Aussehen lag. Auf den ersten Blick lag das Durchschnittsalter der in diesem Raum befindlichen Leute bei Mitte fünfzig.

»Sagen Sie, kennen Sie Herrn Senner? Lothar?«, fragte Sam ganz unverblümt.

Frau Serani sah ihn nicht an, sie schien zu überlegen. »Entschuldigung, was sagten Sie?«

Doch Sam hatte ein kurzes Zucken in ihrem linken Auge wahrgenommen. Sie hatte genau verstanden, was er gefragt hatte.

»Ob Sie Lothar kennen? Er war ja verrückt nach dieser Kultur.«

»War?«

Ihre kaffeebraunen Augen schienen plötzlich dunkler zu werden.

»Ich hörte, er sei gestorben. Kannten Sie ihn denn?«

»Nein, der Name sagt mir nichts. Oh, der ist wirklich besonders schön.«

Auf der Leinwand war jetzt ein blaues Nilpferd zu sehen.

Frau Serani hob die Hand, und hinter Sam wurde getuschelt. Er spitzte die Ohren, versuchte, alle Geräusche im Saal zu verdrängen.

»Das ist ja unerhört«, sagte eine Frau hinter ihm, »ich könnte schwören, dass es das Nilpferd ist, das letztes Jahr unter anderem aus unserem Haus gestohlen worden ist. Kannst du dich nicht erinnern? Es stand immer links in der Vitrine.«

»Jetzt, da du es sagst.« Die Stimme einer anderen Frau antwortete, aber sie schien nicht so ganz überzeugt davon, sich daran zu erinnern.

»Es gehörte seit fast einem Jahrhundert in unseren Familienbesitz. Die Polizei taugt ja auch zu nichts, außer zum Strafzettelausstellen. Sie haben den Einbrecher natürlich nicht erwischt. Na, dem da vorne werde ich was erzählen.«

»Beruhige dich ... meinst du, die Stücke sind alle legal erworben? Ich bitte dich, sonst könnte man ja mit Kreditkarte bezahlen. Hol es dir doch einfach wieder.«

»Neun ... an die Dame da hinten ... zehn, elf, zwölf ... zwölf, höre ich mehr ...«

Frau Serani hatte die Hand gesenkt und sah Sam nicht mehr so freundlich an. Oder war das nur Einbildung?

»Das Nilpferd geht an die Dame in der zehnten Reihe. Danke.«

»Eine Frechheit«, hörte er wieder die Frau leise hinter sich sagen, »... alles Verbrecher.«

»War nett, Sie kennengelernt zu haben, Herr Kondor.« Frau Serani war aufgestanden und im Begriff zu gehen. Dann setzte sie sich wieder. »Sagen Sie, ich mache nächste Woche eine Charityveranstaltung. Ich kann immer finanzstarke Gäste gebrauchen. Hätten Sie Lust zu kommen?«

Sam war überrascht über den plötzlichen Stimmungsumschwung und nutzte die Gelegenheit, um sofort zuzusagen.

»Natürlich, gerne.«

»Geben Sie mir Ihre E-Mail, dann schicke ich Ihnen die Einladung zu.«

Sam schrieb seine E-Mail-Adresse auf einen Zettel und reichte ihn ihr. Beim Hinausgehen beobachtete er, wie sie jemandem in einer der hinteren Reihen zunickte. Dann war sie verschwunden. Sam blieb sitzen, bis die Versteigerung zu Ende war. Als sich alle erhoben, nutzte er die Gelegenheit, einen Blick hinter sich zu werfen. Wem hatte Serani zugenickt? War es überhaupt wichtig? Warum hatte sie so merkwürdig reagiert, als er den Namen Senner erwähnt hatte?

Die Frau, die das blaue Nilpferd zurückerworben hatte, war ebenfalls älteren Kalibers, war mindestens einmal geliftet und trug ein Ensemble aus Rubinen an Hals, Ohren und Fingern. Sie ging direkt zu dem Mann auf dem Podium, und Sam sah sie wild gestikulieren, während der Mann sie unauffällig nach draußen auf die Terrasse schob.

Er wartete auf dem Schlosshof in seinem Porsche, bis die Nilpferdfrau herauskam. Sie ging mit ihrer Begleiterin auf eine cremefarbene Pagode zu. Sam notierte sich die Autonummer.

31. KAPITEL

München Sam war mit dem Gedanken aufgewacht, Lina ab heute aus seinem Kopf zu streichen und sich voll und ganz auf die Fälle zu konzentrieren. Offensichtlich dachte sie ähnlich, sonst hätte sie ihn angerufen. Gut, er hatte sie betrogen, er war der böse Bube. Aber es war eine rein körperliche Sache gewesen und verminderte seine Liebe zu ihr in keiner Weise. Wenn sie das nicht wusste, stand es um die Beziehung ohnehin nicht gut. Hinzu kamen die Distanz, die jede Spontaneität im Keim erstickte, und dass Lina nicht bereit war, zu ihm zu ziehen. Er war es also nicht wert, dass sie ihr Leben veränderte, was ihn noch mehr zu der Überzeugung brachte, der Beziehung eine Auszeit einzuräumen.

Er legte eine CD von Debussy ein, schaltete seine Kaffeemaschine an, die sich wie immer brummend durch ihr eigenes Menü arbeitete und schließlich »Kaffee bereit« anzeigte. Sein Handy klingelte im Schlafzimmer, und Sam überlegte, ob er es ignorieren sollte. Er ging ran.

»O'Connor.«

»Am Apparat.«

»Wo sind Sie? Und wie weit sind Sie mit dem Fall Kriech?« Wie eine kalte Dusche prasselten die Worte von Brenner auf ihn nieder.

»Herr Brenner ...«

»Keine Ausflüchte. Ich höre.«

Sam gab einen kurzen Lagebericht ab, der lediglich von einem Grummeln am anderen Ende der Leitung kommentiert wurde.

»Es gibt wahrscheinlich einen neuen Fall. Ein griechischer Ziegenhüter namens Nikolaos Daniil wurde vor zwei Tagen im Süden Kretas entführt. Die Küstenwache hat keine Jachten gesehen, dafür aber jede Menge Fischkutter.«

»Fischkutter?«

»Fischkutter. Machen Sie was draus, O'Connor. Ich brauche Ergebnisse. Und zwar schnell.«

Wie immer war die Leitung nach Senners letzten Worten tot.

Fischkutter. Wurden damit die Entführten weiter an einen unbekannten Zielort transportiert? Die Jachten von Senner waren nur Teil der Operation gewesen, schoss es Sam durch den Kopf. Eine Übergabe auf offener See, und damit wäre Senner aus dem Spiel gewesen? Oder auch nicht. Service? Service vom Hafen zum Fischkutter, der auf dem Meer wartete und mit der menschlichen Ware weiterfuhr? Nur, wohin?

32. KAPITEL

Mallorca Aethel stand an der Reling, blickte aufs Meer und beobachtete, wie die Sonne die Oberfläche zum wilden Blitzen brachte, als würden Diamanten ein Freudenfunkeln darauf vollführen. Sie genoss die warmen Sonnenstrahlen, die durch ihre Jacke drangen und auf ihr blasses Gesicht einen Hauch von Wangenrot zauberten. Sie dachte an das gestrige Polospiel und an die Begegnung mit Lord Richmond. Er hatte sie so merkwürdig angesehen, als wüsste er irgendetwas. Hatte er vielleicht bei den Dozenten nachgefragt? Hatte er sich über sie näher erkundigt und festgestellt, dass sie niemand an der Uni kannte? Würde er tatsächlich so dreist sein? Sie selbst hatte immer dafür gesorgt, dass sie zu keiner Minute allein waren und er keine unangenehmen Fragen stellen konnte, um sich gegen einen eventuellen Angriff in Ruhe wappnen zu können.

Sie sah auf das schwarze Zifferblatt ihrer diamantbesetzten Bulgari-Uhr. In vier Stunden würden sie anlegen, und in etwa sechs Stunden hatte sie einen Termin direkt in Palma, wo sie die Büste bei dem Kunden abliefern sollte. Es war das erste Mal, dass sie etwas persönlich ablieferte. Bei dem Wert, den die Büste haben musste, wollte ihr Auftraggeber wohl auf Nummer sicher gehen.

Sie hatte ihren ersten Gedanken verworfen, sich einfach nicht mehr zu melden und die Büste zu behalten. Der Preis wäre zu hoch gewesen. Und sie war noch nicht so weit, um auszusteigen. Außerdem wusste sie nicht, wie weit ihr Auftraggeber gehen würde. Sie hatte sich noch nie ernsthafte Gedanken darüber gemacht. Immerhin hatte alles mal als eine Art Spaß angefangen.

Vor ein paar Jahren hatte sie auf einer Auktion durch Zufall diese Frau kennengelernt. Sie hatte neben ihr gesessen und auf alle ägyptischen Stücke geboten, die das

Auktionshaus zu bieten hatte, und alle, bis auf zwei Ausnahmen, ersteigert. Die Summe hatte etwa eine halbe Million Euro betragen. Die Frau hatte ihr ins Ohr geflüstert, dass ihr kostspieliges Hobby sie noch in den Ruin treiben würde, wenn sie nicht bald einen anderen Weg fände, ihren Heißhunger nach diesen schönen Kostbarkeiten zu stillen. Zum Glück könne man davon nicht dick werden. Sie hatte gelacht, und Aethel hatte eingestimmt. Daraus hatte sich eine langjährige und ertragreiche Geschäftsverbindung für beide ergeben, die nur über E-Mail und ein Postfach funktionierte, an das sie die kostbaren Pakete schicken sollte.

Doch das Ganze hatte immer einen Beigeschmack gehabt. Aethel wurde nie das Gefühl los, dass das Treffen bei der Auktion damals nicht zufällig gewesen war. Die brennende Frage stellte sich dabei, wie viel wusste ihre Auftraggeberin eigentlich von ihr, und wie weit würde sie gehen, wenn Aethel aussteigen wollte.

Die Welt war schlecht, das war der Standardsatz ihres Vaters, und der hatte sich in Aethels Gehirn gebrannt.

Sie sah auf die blaue Reisetasche zu ihren Füßen. Es war das erste Mal, dass es ihr schwerfiel, sich von etwas zu trennen. Sie fragte sich, was wohl mit der Büste passieren würde? Alle Teile, die sie in den letzten Jahren auftragsgemäß aus Häusern, Wohnungen oder Schlössern gestohlen hatte, waren auf Nimmerwiedersehen verschwunden. Aethel lächelte in die Sonne. Nicht alle natürlich. Ein oder zwei kleine, unauffällige Stücke der ergaunerten Beute hatte sie immer für sich behalten, für ihre Schatztruhe.

Wozu sammelte ihre Auftraggeberin Kunstschätze in ganz Europa? Es war ja nicht so, dass sie sich generell für Kunst interessierte. Nein, es waren ausschließlich Stücke aus altägyptischer Zeit. Aber vielleicht irrte sie sich auch, und sie für ihren Teil wurde ausschließlich auf diese Art von Kunst angesetzt, ein anderer vielleicht auf alte Gemälde, von denen sie nichts verstand. Erst kürzlich waren doch ein paar Goyas aus einer Privatsammlung verschwunden.

Aethel band ihre Haare, die der Wind gelöst hatte, wieder zu einem straffen Pferdeschwanz zusammen und dachte über den Namen Joseph Hoppe nach. Der Holländer, der Anfang des 20. Jahrhunderts bekannt gewesen war für seine ägyptische Kunstsammlung. Immer wieder bedauerte Aethel es, nicht in der Zeit ihres Großvaters gelebt zu haben.

Hoppe hatte vor siebzig Jahren Möbel aus dem alten Ägypten kopieren und herstellen lassen und sich so ein komplettes Zimmer eingerichtet. Natürlich war das nichts im Vergleich zu der Villa, in die sie erst kürzlich in München eingestiegen war. Der nackte Verrückte hatte sich nicht nur einen Palast aus Sandstein und Marmor gebaut, ja, er hatte sogar in einem sarkophagähnlichen Gebilde geschlafen, das die Ausmaße eines Kingsizebettes hatte, dazu noch umgeben von toten Tieren.

Aethel schüttelte den Kopf bei der Erinnerung daran. Leider war ihr dieser Missgriff unterlaufen, dass der Kerl zu Hause gewesen war. Eine Fehlinformation ihrer Quelle, die nicht wiedergutzumachen war und die hoffentlich keine schlimmeren Folgen nach sich ziehen würde.

Es war ein gegenseitiges Geben und Nehmen, das diese Geschäftsbeziehung so wertvoll machte, denn Aethel arbeitete zudem noch eigenständig. Ihre Auftraggeberin schien über alles und jeden Informationen zu bekommen, und das nutzte Aethel auch für sich selbst. Die Informationen bezahlte sie, indem sie die Fundstücke teilte, sodass wiederum beide etwas davon hatten. Joseph Hoppe, der ehemalige Besitzer der Löwenkette, besser gesagt, seine Erben standen als Nächstes auf Aethels Liste.

33. KAPITEL

München Eine Stunde nach dem Telefonat mit Brenner wurde Sam aus seinen Überlegungen gerissen, als sich die Tür zum Dezernat lautlos zur Seite schob und das Keifen einer Frau an seine Ohren drang. Aus der sich überschlagenden Stimme hörte er Wörter wie *Inkompetenz, Desinteresse, kriminelle Dummheit, Nichtachtung* heraus, sodass Sam froh war, dass er sich das nicht anhören musste. Er konnte nur die Rückansicht der Dame sehen und das Gesicht eines verzweifelten Kollegen, der versuchte, die Frau zu beruhigen.

Alfred tauchte als Nächster auf. Sam gab ihm mit einer kurzen Erklärung das Autokennzeichen der Nilpferdfrau zur Überprüfung, das Alfred umgehend an einen Kollegen weiterreichte. Dann fragte er ihn nach seinen Fortschritten im Mordfall Senner. Er hoffte, dass Alfred auf irgendetwas gestoßen war, was vielleicht auch für ihn von Nutzen sein könnte.

Sie setzten sich an Alfreds Schreibtisch, und Sam folgte dem Bericht seines Kollegen.

»Hier sieh dir das an. Die Einbrüche liefen immer nach dem gleichen Schema ab. Auch bei der Frau mit dem blauen Nilpferd. Sie wurde letztes Jahr am Tegernsee bestohlen, während sie auf dem Seefest waren. Pharmaziehersteller. Auffällig ist: Nie ist jemand zu Schaden gekommen. Erst wenn die Vögel ihre Eier nicht mehr bewacht haben, hat er zugeschlagen. Nun, bis auf Lothar Senner«, fügte Alfred leiser hinzu. »Und jetzt kommt's. Unser Dieb ist in ganz Europa unterwegs. England, Frankreich, Italien, Holland. Und was sagt uns das?«

»Na?«

»Dass unser Mörder nicht zwangsläufig aus Deutschland ist. Außerdem scheint er schon seit geraumer Zeit im Geschäft zu sein. Mindestens fünf Jahre, würde ich sagen.«

»Ja, und wo bekommt sie ihre Informationen her?«

»Sie?«, fragte Alfred überrascht und sah Sam skeptisch an.

»Ach, habe ich dir das noch nicht erzählt?«

Natürlich hatte er es niemandem erzählt, und Sam ärgerte sich über seinen dummen Versprecher. »Es war nur so eine Idee ... ich kam darauf wegen der Größe und ...«, weiter kam Sam nicht, denn Alfred fing an, laut loszubrüllen. Er krümmte sich vor Lachen und schrie: »Herrgott sakra, er hat sich von einer Frau zusammenschlagen lassen!«

Die Blicke der anderen Kollegen hefteten sich auf Sam. Unverhohlene Schadenfreude breitete sich im Raum aus.

»Ich sagte doch, es ist nur so eine Vermutung ...«, versuchte Sam seine Haut zu retten.

»Jaja, Sam. Erzähl das deiner Oma. Unser Superbulle lässt sich von einer Frau auf die Ohren hauen, Jungs.« Alfred klatschte sich vergnügt auf die Schenkel.

Sam stand auf und verließ unter den spöttischen Blicken der Kollegen den Raum. Was für ein Scheiß, dachte er und wollte gerade zu Peter Bauer aus der Datenabteilung gehen, als Rellinger mit einer Frau direkt auf ihn zusteuerte.

»O'Connor? Ich hab hier was für Sie.«

»Sie wissen doch, dass ich eigentlich gar nicht hier bin ...«

»Hören Sie es sich an, okay?«, unterbrach ihn Rellinger und ließ ihn mit der Frau stehen. Sam führte sie in sein Büro und forderte sie auf, sich zu setzen.

Sie ließ sich auf den angebotenen Stuhl plumpsen. »Na. Was wollen Sie mir jetzt wieder erzählen?«

An der Stimme und an dem Ton erkannte er erst jetzt die Frau wieder, die vorher den Beamten beschimpft hatte. Sie hatte blasse Haut, stechend blaue Augen und schwarze, volle, schulterlange Haare, die ihr ovales Gesicht umrahmten.

Sie trug keine Schminke und keinen Schmuck. Offensichtlich legte sie nicht viel Wert auf ihr Äußeres. Auch ihre Kleidung war einfach und schlicht in Schwarz gehalten.

»Ich will Ihnen gar nichts erzählen. Am besten, Sie erzählen mir, worum es geht.«

»Ach, das wissen Sie nicht einmal? Das ist ja großartig! Jetzt komme ich seit Jahren mindestens ein Mal im Jahr hierher, und keiner weiß was. Typisch. Hauptsache, wir Bürger zahlen Steuern, damit Sie als Beamter in der Nase bohren können. Soll ich Ihnen mal was sagen? Sie kotzen mich alle an. Alle, wie Sie da sind. Dazu kommt noch dieser verdammte Aufkleber an der Tür: *Die Polizei – dein Freund und Helfer*. Ein wirklich schlechter Witz, wenn ich das mal sagen darf.«

Sam ließ schweigend die Hasstiraden über sich ergehen, dann sagte er so ruhig wie möglich: »Wenn Sie jetzt fertig sind, würde ich gerne wissen, warum Sie uns jedes Jahr wieder mit Ihrem Besuch erfreuen.«

»Jetzt werden Sie ja nicht frech!«

Sam machte Anstalten aufzustehen, als die Frau ihm ein Foto mit viel Schwung auf den Tisch knallte.

»Deswegen bin ich hier.« Dann zog sie einzelne Zeitungsausschnitte aus einer Mappe hervor und legte sie nacheinander vor Sam hin. »Und deswegen und deswegen. Sie scheinen alle blind zu sein. Das sind doch keine Zufälle, oder?«

»Das kann ich so nicht sagen, Frau …«

»… Winterfeld. Sybille Winterfeld.« Ihren vollständigen Namen sprach die Frau leise, fast resigniert aus. Sie hatte wohl schon zu oft ihren Namen auf dem Dezernat genannt, ohne dass sich jemand jemals an ihn erinnert hatte.

Sam überflog die Überschriften der einzelnen Zeitungsausschnitte und glaubte seinen Augen nicht trauen zu dürfen, als er sie las.

»Vermisst«… »Trauer um verschwundene Tochter«… »Im Urlaub verschwunden«… »In Vergessenheit geraten«… »Eine ganze Familie kommt nicht zurück«… »War alles geplant?«… »Heimlich ausgewandert?«

»Ich habe sie im Laufe der letzten Jahre gesammelt, nachdem meine Schwester verschwand. Keiner wollte mir damals glauben, dass Christine nicht mit ihrem Freund durchgebrannt war. Sie waren lediglich mit dem Auto nach Portugal gefahren, und von da aus sind sie mit einer Gruppe Leute weiter nach Marokko gefahren. Urlaub, mehr nicht. Hier, lesen Sie es sich doch durch.«

»Ich höre mir lieber die Geschichte von Ihnen an. Was passierte dann?« Sam achtete darauf, besonders ruhig zu klingen.

»Na ja, sie sind in Fes durch die Medina gegangen, und Christine und Ralf waren plötzlich verschwunden. Sie sind nicht mehr zur Gruppe zurückgekehrt. Die anderen haben noch zwei Tage nach den beiden gesucht. In jedem Laden haben sie nach ihnen gefragt. Nichts. Wie vom Erdboden verschluckt! Nach einer Woche fuhren die anderen zurück nach Portugal. Der Wagen von Christine, ein orange-roter Käfer, stand unbewegt immer noch an derselben Stelle. Ich habe ihn dann abgeholt.« Sybille Winterfeld senkte den Kopf und drehte einen Knopf an ihrem Mantel herum.

»Wie lange ist das jetzt her?«

»Zehn Jahre. Ich war damals hier auf dem Revier und habe eine Vermisstenanzeige aufgegeben. Ich war nicht nur hier, ich habe eine Privatdetektei beauftragt und noch eine spezielle Agentur, die sich für Vermisste auf internationaler Ebene einsetzt. Alles umsonst. Es hat nur Geld gekostet, mehr nicht! Aber der Beamte, der Herr Kaiser, sagte mir, er kümmert sich persönlich darum. Leider starb Ihr Kollege vor drei Jahren an Krebs, und seitdem werde ich hier nur noch wie eine Irre behandelt.«

»Wie alt war Ihre Schwester damals?«

»Zweiundzwanzig.«

»Ihr Freund blieb auch verschwunden?«

»Ja, aber was interessant ist, sie sind nicht die Einzigen, die auf einem solchen Basar verschwanden.«

»Alle in Marokko?«

»Nein, eine andere deutsche Familie verschwand in Tunesien.«

»Und wer noch?«

»Niemand mehr, also niemand mehr so offensichtlich«, sagte Sybille Winterfeld leise. »Aber das reicht doch, oder nicht?«

»Wissen Sie, wie viele Menschen jährlich verschwinden, Frau Winterfeld? Allein in den USA sind es über eine Million pro Jahr, in Deutschland sind es nur einhunderttausend, weltweit weiß ich es nicht, aber es wird eine beträchtliche Zahl sein.«

»Ich bin darüber wahrscheinlich besser informiert als Sie«, empörte sich Sybille Winterfeld. »Ich weiß auch, dass sich fünfzig Prozent der Fälle innerhalb von einer Woche von selbst lösen. Doch hier lag kein Grund vor, keine familiäre Katastrophe, keine Depressionen, kein Arbeitsplatzverlust oder was auch immer.«

»Lassen Sie mir die Sachen hier, ich werde Ihre Akte aus dem Archiv anfordern, die mein Kollege angelegt hat, und dann rufe ich Sie an.«

Sybille Winterfeld schien in sich zusammenzusinken. Dann reckte sie die Schultern nach hinten, lächelte freundlich und sagte: »Ich danke Ihnen. Ich hoffe, Sie meinen es auch ernst, denn meine Mutter wird erst in Ruhe sterben können, wenn sie weiß, was mit ihrer Tochter geschehen ist.«

Nachdem Sybille Winterfeld den Raum verlassen hatte, überflog Sam die einzelnen Artikel, anschließend sah er sich das Foto der jungen Frau genauer an. Sie hatte kaum Ähnlichkeit mit ihrer Schwester. Kastanienbraune Augen, mittelbraune Haare, ein rundliches Gesicht, hohe Wangenknochen. Danach betrachtete er das Zeitungsfoto von der Familie, die in Tunesien verschwunden war. Alle blond, unauffällige Erscheinungen. Wahrscheinlich eine Familie, die aus persönlichen Gründen untergetaucht war. Meistens Steuerflüchtige, die alles hinter sich abbrechen mussten, um eine neue Identität anzunehmen.

Die Akte von Frau Winterfeld war voller Protokolle, die nur das wiedergaben, was sie ihm bereits erzählt hatte. Wahrscheinlich hatte Kaiser Mitleid mit der Frau gehabt und sich immer wieder die gleiche Geschichte angehört, immer wieder alles aufgenommen, immer wieder gesagt, er werde sich darum kümmern. Bedauerlicherweise hatten seine Bemühungen keine Ergebnisse erbracht, und er hatte gewartet, bis sich das Prozedere ein Jahr später wiederholte. Darüber war er gestorben.

Sam setzte sich an den Tisch von Peter Bauer und ließ sich gerade die Daten vermisster Personen der letzten zehn Jahre ausdrucken, als er in der Ablage ein Bild sah. Es war das Foto einer Büste auf einem Fax.

»Darf ich fragen, worum es da geht?«

»Ach, das ist gerade reingekommen. Alfred hat mich gebeten, alles, was sich um antike ägyptische Kunstgegenstände, Einbruch und Diebstahl dreht, soll ich ihm sofort weiterreichen. Der Fall ist allerdings etwas merkwürdig.«

»Wieso?«

»Der Diebstahl wurde von einer Putzfrau angezeigt, die morgens ein eingeschlagenes Fenster in einem der oberen Räume des Hauses vorgefunden hatte, wo sie zweimal die Woche gearbeitet hat. Außerdem fehlte ebendiese Büste, deshalb rief sie sofort die Polizei.«

»Und was ist daran merkwürdig?«

»Laut den Kollegen war die Eigentümerin ziemlich erbost darüber, als sie nach Hause kam. Die Putzfrau hat sie jedenfalls gefeuert.«

»Über was war sie denn erbost? Über die Anzeige, über das eingeschlagene Fenster oder den Diebstahl?«

»Gute Frage, aber ob du's glaubst oder nicht: über die Anzeige. Sie wollte keinen unnötigen Papierkram haben und hatte das selbst regeln wollen.«

Sam zog die Augenbrauen hoch und dachte im Stillen, dass das Fenster für eine bestimmte Diebin sprach. Nebenbei fragte er: »Wie heißt denn die Besitzerin?«

Peter Bauer nahm das Fax in die Hand und suchte den Namen darauf.

»Serani, ja, Parminder Serani heißt sie. Wohnt in Essen.«

34. KAPITEL

Ronald Walter schwitzte. Auf seinem hellblauen Hemd hatten sich unter den Achseln dunkle Flecke gebildet, die mit jeder Minute größer zu werden schienen. Das Anpressen der Arme an den Körper verschlimmerte nur die Ausbreitung der Flecke.

War die Person tatsächlich nur verstorben? Oder hatte man etwas nachgeholfen? Er setzte sich auf den Stuhl vor dem Computer und roch plötzlich seinen eigenen Schweiß. Ekel stieg in ihm auf. Er ging auf die Toilette, um mit etwas Seife den lästigen Geruch loszuwerden.

Er entleerte seine Blase, zog sein Hemd aus der Hose, griff darunter und wischte mit einem Papiertuch die Achseln trocken.

Als er seinen Arbeitsraum betrat, trat ihm erneut der Schweiß aus allen Poren. Vor seinem Computer stand der Polizist und sah sich in aller Seelenruhe auf seinem Schreibtisch um.

»Kann ich Ihnen helfen?«, fragte Walter. Wobei das letzte Wort nur noch krächzend über seine Lippen kam. Er räusperte sich, fasste sich an den Hals und ging zu dem kleinen

Kaffeewagen, um erst einmal sein vor Angst gerötetes Gesicht dem Blick des Polizisten zu entziehen.

»Ja, ich hoffe, dass Sie mir helfen können«, antwortete Sam und holte ein gefaltetes Blatt Papier aus der Innentasche seines schwarzen Ledermantels. »Sie hatten mir das letzte Mal etwas von diesem Collection Point in Wiesbaden erzählt. Nach dem Zweiten Weltkrieg. Erinnern Sie sich?«

»Das war nicht ich, sondern der Direktor. Aber ja, ich erinnere mich.«

Ronald Walter reichte Sam einen Becher Kaffee.

»Schwarz, war doch so, oder?« Mit gespielter Gelassenheit rührte er die Milch in seinen Kaffee, während er versuchte, Sams Blick standzuhalten.

»Sie würden die perfekte Frau abgeben«, sagte Sam lachend und hob den Becher. »Ich war erst ein Mal hier, und Sie erinnern sich noch daran, wie ich meinen Kaffee trinke.«

»Gutes Gedächtnis, mehr nicht«, sagte Ronald Walter laut und dachte im Stillen, dass er das Gesicht des Polizisten sein Lebtag nicht vergessen würde.

»Sie erwähnten das letzte Mal diese Büste der Nofretete. Ich habe mir im Internet das Original im Berliner Museum angesehen. Diese hier ist eine exakte Kopie davon. Abgesehen von den Beschädigungen und den weniger auffälligen Farben. Wenn Sie sich das mal ansehen würden?«

Ronald Walter schob seine vom heißen Kaffee beschlagene Brille, die fast auf die Nasenspitze gerutscht war, wieder nach oben auf den Nasenrücken und nahm das Blatt Papier in die Hand. Es zitterte leicht zwischen seinen Fingern, sodass er es auf den Tisch legte. Dabei nutzte er die Gelegenheit und schob die Fotos von der ausgewickelten Mumie unauffällig unter einen Wust von Papieren.

»Geht es Ihnen nicht gut?«, fragte Sam den Angestellten des Museums.

»Ich glaube, ich bekomme eine Erkältung. Ist ja auch kein Wunder, bei den ewigen Temperaturschwankungen.«

Ronald Walter betrachtete das Bild von der Büste der ägyptischen Königin. Es war von der Kopf- und Gesichtsform her eindeutig eine exakte Kopie des Originals. Er kannte sehr wohl die Geschichten, die sich um die Büste rankten. Welcher Archäologe kannte die nicht.

»Woher haben Sie das Foto?«

»Die Büste wurde gestohlen. Sie war in privatem Besitz. Ich würde gerne Ihre Meinung darüber hören.«

»Hitler hat damals eine Kopie des Originals für einen Transport anfertigen lassen. Viele Kunstschätze landeten nach Beendigung des Krieges, wie gesagt, in dieser zentralen Sammelstelle der Amerikaner. Unter anderem auch die ›bunte Königin‹. Man fand die Büste der Nofretete in einer unscheinbaren Holzkiste. 1945 erhielt ein amerikanischer Offizier die Anweisung aus Washington, von oberster Regierungsstelle, dass zweihundert Kunstwerke, und zwar Kunstwerke höchsten Ranges, in die Vereinigten Staaten verschifft werden sollten. Das geschah auch. Man beförderte zweihundertzwei Kunstgegenstände von Le Havre nach New York. Doch die Nofretete behielt der Offizier in Wiesbaden, gegen den Befehl. Er hat darüber ein Buch geschrieben, *Die Bewahrer des Erbes,* und erhielt das Große Bundesverdienstkreuz für sein mutiges Handeln. Allerdings fragen sich einige, wo die Kopie geblieben ist. Und wenn ich mir das hier ansehe, die Beschädigungen, die verblassten Farben, sieht es so aus, als wäre das hier eher das Original.«

Sam überlegte, was diese Information bedeuten könnte. »Meinen Sie, die Besitzerin könnte diese Büste auf so einer illegalen Auktion bekommen haben?«

»Ich halte das für unwahrscheinlich. Wenn die echt wäre, kostet sie mehrere Millionen. Auch auf dem Schwarzmarkt.«

»Okay, erklären Sie mir noch einmal, wie dieser Schwarzmarkt funktioniert. Werden solche Stücke auf eine Liste gesetzt?«

»Also, was ich gehört habe, funktioniert dieser Schwarzmarkt wie eine geheime Organisation. Solche besonderen Stücke werden nur an gewisse Lieferanten verkauft, die wiederum ihre Abnehmer haben. Wer das ist, ist schwer zu sagen. Das System funktioniert wie bei Drogen, weltweit. Keine offiziellen Zahlen, Angaben von Orten oder Lieferdaten. Es sind Kunsthändler, mit Sicherheit auch Auktionshäuser, wo in den oberen Etagen irgendwelche Deals unter der Hand laufen.«

»Ich habe auf der Auktion eine Kindermumie …«

In diesem Moment platzte Alfred in den Raum, sah auf Sam, dann auf Ronald Walter. Sein Blick verfinsterte sich.

Ronald Walter hatte nur das Wort »Mumie« gehört, dann den zweiten Polizisten aus der Villa gesehen. Ihm wurde schlecht, alles drehte sich vor seinen Augen, und dann knallte Ronald Walter wie ein k. o. geschlagener Boxer zu Boden.

»Das ist mein Fall, O'Connor«, zischte Alfred, während Sam nach der Flasche auf dem Tisch griff, um Ronald Walter mit Wasser zu bespritzen.

»Und wird es auch bleiben, Niemann.«

»Was hast du dann hier zu suchen?«

»Ich habe ein paar Fragen gehabt. Nichts weiter.«

»Zu der Büste hier?«

»Unter anderem.«

Ronald Walter kam langsam wieder zu sich. Sam half ihm hoch und setzte den kreidebleichen Mann auf einen Stuhl.

»Geht's wieder?«

Ronald Walter nickte und wischte sich das Gesicht trocken.

Sam klopfte ihm sanft auf die Schulter, steckte das Blatt Papier ein und verließ den Raum. Er wollte morgen noch einmal herkommen und in Ruhe mit dem Experten sprechen.

Eine Stunde später war Ronald Walter endlich wieder allein.

Der andere Polizist hatte ihn über alle Stücke aus der Villa ausgehorcht. Er hatte gefragt, wie man so einen Sarkophag von A nach B bekomme. Ob es sich hierbei wirklich um ein Original handele. Ob er wüsste, wer im Privatbesitz solcher Stücke sei. Fragen über Fragen.

Ronald Walter steckte alle Informationen, die er über die Mumie hatte, in einen Umschlag, als er plötzlich spürte, dass er nicht mehr allein im Raum war.

35. KAPITEL

Sie lag nackt und festgebunden auf dem steinernen Tisch und fror erbärmlich trotz der warmen Temperaturen. Die Frau betrachtete sie mit kalten Augen und strich mit ihren behandschuhten Fingern über ihre Brüste den Bauch zur Scham hinunter.

»Ma chérie, hat es sich so angefühlt?«

Michaela wusste nicht, worüber diese Verrückte da sprach. Ihr Kopf war von den Drogen der letzten Tage noch leicht benebelt. Allerdings öffnete sich das Fenster der Erinnerungen immer weiter, je mehr Adrenalin durch ihre Adern floss.

»Hat er dich … gut gefickt?«

Die Worte waren wie Eiswürfel. Auch ihr Gesicht war so ausdruckslos wie das einer Wachspuppe.

Von wem redete die Wahnsinnige da nur? Michaela war kein Kind von Traurigkeit. Gut, aber war das ein Grund, sie hier festzuschnallen? Wen von all den Typen meinte sie?

»Réfléchis bien, mon amour.« Die Frau begann zu summen und strich Michaela durch die langen Haare.

Wem hatte sie das hier zu verdanken? Sie kam einfach nicht drauf. Allein in Monaco hatte sie mit so vielen Männern geflirtet, dass sie sich an kein bestimmtes Gesicht erinnern konnte. Einer von ihnen hatte sie auf dem Klo in der Disco genommen. Ziemlich grob war der Kerl gewesen. Der Name wollte ihr nicht mehr einfallen. Hatte sie überhaupt danach gefragt? Dann war sie bei einem Toni oder Antonio ins Auto gestiegen und hatte ihm einen geblasen. Tja, und den Dritten hatte sie mit auf ihr Zimmer genommen. Sie war so betrunken gewesen, dass sie, während er an ihr rumgefummelt hatte, eingeschlafen war.

Die Frau ging summend in den hinteren Teil des Raumes. Sie klang fröhlich und entspannt.

Was hatte sie nur vor mit ihr? Perverse Sexspielchen? Wollte sie sie bestrafen?

Was aber war an dem letzten Abend geschehen? Sie war gerade dabei gewesen, sich umzuziehen, als jemand einen Zettel unter der Tür durchschob. *Triff mich auf der Jacht Pink Panther. Komm allein.* Ohne Unterschrift. Das waren die verhängnisvollen Worte gewesen. Den Zettel hatte sie in den Müll geworfen, aber dann …?

Die Frau kam wieder und zog scheppernd etwas hinter sich her. Dabei summte sie irgendein bekanntes Kinderlied.

Ja, dann war da der Streit mit Louisa. Der Grund, warum sie auf die Jacht gegangen war. Sie war leer gewesen. Sie war auf die Toilette gegangen, und danach wusste sie nichts mehr.

Sie war an Deck noch einmal zu sich gekommen, hatte fremde Stimmen gehört, den schwarzen Himmel über sich gesehen und die Bewegung der Jacht wahrgenommen. Sie hatte mit letzter Kraft die Spange aus dem Haar gezogen und sie in das Kissen unter sich gedrückt. Dann war sie wieder eingeschlafen.

Die Frau sah jetzt lächelnd auf sie herab, neben sich ein Tischchen, auf dem mehrere Instrumente lagen, von denen Michaela nur eines erkannte: ein Skalpell. Die Hand schwebte über den Instrumenten, als wäre sie unschlüssig, mit welchem sie beginnen sollte. »Was wäre der kleinen Hure am liebsten? Wenn ich ihr zuerst die Augen entferne ... das Gehirn ... oder die Gedärme?«

»Bitte, das muss ein Missverständnis sein«, schluchzte Michaela. Tränen rannen ihr über die Schläfen in das weiche Haar. Die Frau hielt jetzt das Skalpell in die Höhe, und ihr wurde klar, dass das hier kein Spielchen war. Die Angst vernebelte ihr Hirn. Diese Irre würde kein Erbarmen mit ihr haben.

Dann spürte sie, wie das scharfe Messer tief in ihren Bauch schnitt und die Frau ihre Hand in die Öffnung steckte. Ein letzter Schrei entrann sich ihrer trockenen Kehle, dann war nur noch das Summen der Frau zu hören, die aus dem noch lebenden Körper die Gedärme zog.

36. KAPITEL

Mallorca Aethel ging durch die schmalen, mit Steinen gepflasterten Gassen, die hinter der alten Kathedrale in Palma entlangführten, und sah in die Schaufenster, ohne wirklich hineinzusehen. In einer mittelgroßen dunkelblauen Reisetasche trug sie die eingewickelte Büste der Königin.

Unter einem alten Emailleschild, auf dem der Name *La Clave* stand und an dem ein großer eiserner Schlüssel hing, blieb sie stehen. Ein kleines Steingewölbe führte in den Innenhof des Restaurants, und von dort ging eine Eisentreppe in den ersten Stock. Begleitet von einem blechernen Geräusch, das jede einzelne Stufe beim Betreten von sich gab, stieg Aethel langsam nach oben, bis sie auf einer durchlöcherten Eisenplattform angekommen war. Sie zögerte einen Augenblick, sah auf die blaue Reisetasche in ihrer rechten Hand, die inzwischen an die hundert Kilo zu wiegen schien. Noch konnte sie zurück, konnte die Büste für sich behalten. Sie gab sich einen Ruck, öffnete die von Holzwürmern zerfressene Tür und trat ein. Das Restaurant war leer. Nur in der hinteren Ecke saß ein Mann an einem Tisch, vor sich ein Glas Rotwein. Er stierte sie an. Sein Blick wanderte zur Tasche. Schlagartig entspannte sich seine Miene. Gier, gepaart mit einer Art undefinierbarer Erregung, huschte über sein Gesicht. Seine trüben Augen deuteten darauf hin, dass es wohl nicht das erste Glas Wein war, das er sich an diesem Tag oder frühen Abend genehmigte.

Aethel stellte die Tasche auf einen Stuhl, der zwischen ihnen beiden stand, und beobachtete, wie der Mann sie öffnete, hineinsah und wieder verschloss. Er lächelte. Es war ein überraschend sympathisches Lächeln, wie Aethel feststellen musste.

»Sie ist wunderschön«, begann Aethel leicht versonnen.

Der Mann nickte, sagte jedoch kein Wort. Jedenfalls schien er Englisch zu verstehen, obwohl sein Aussehen, seine schwarzen Haare, die braunen Augen, der starke dunkle Bartwuchs, eher dafür sprach, dass er Südländer war. Spanier, Italiener, Grieche oder Türke. Bei genauerem Betrachten hätte er auch Araber sein können.

Der Mann trank sein volles Glas Wein in einem Zug leer, nahm die Tasche und verließ das Restaurant.

Aethel war versucht hinterherzugehen, sie wollte wissen, wohin ihre Königin verschleppt wurde. Und das tat sie auch. Doch als sie das Steingewölbe passierte, war weder links noch rechts jemand zu sehen. Sie lief bis zur nächsten Quergasse, auch hier war niemand mehr zu sehen. Sie stand auf der Kreuzung der schmalen Gasse und fühlte sich plötzlich einsam. Ein unbehagliches Gefühl stieg in ihr auf, ein Gefühl, als würde man sie beobachten. Ihre Nackenhaare stellten sich auf. Sie wagte weder sich umzudrehen noch die oberen Fenster nach einem Augenpaar abzusuchen. Schnellen Schrittes ging sie die Gasse entlang zum Platz, vorbei an ein paar Kneipen, aus denen leise Musik drang, ohne noch einmal stehen zu bleiben oder sich umzudrehen.

37. KAPITEL

München Das Knistern des Schaums, das warme Wasser, leise Musik im Hintergrund hatten zwar eine entspannende Wirkung auf Sam, aber ganz abschalten konnte er dennoch nicht. Wieder einmal spukte Ronald Walter in seinem Kopf herum. Irgendetwas quälte das Gewissen des Mannes so sehr, dass er in seiner Gegenwart völlig nervös war. Er zitterte, schwitzte, und sein rechtes Auge hatte Zuckungen vollführt wie ein schnell eingestelltes Metronom. Nicht zu vergessen das völlig verängstigte Gesicht, das er in der Reflexion des schwarzen Monitors im Computer gesehen hatte, als Ronald Walter in den Raum gekommen war. Aber was war der Grund für sein eigenartiges Verhalten? Sam dachte an die Statur von Ronald Walter. Er war mindestens eins achtzig, und dünn war er auch nicht. Als Dieb kam er also nicht infrage. Aber vielleicht hatte er von der Schatzkammer gewusst, vielleicht kannte er Senner, der ihn wegen einer Schätzung oder eines Zertifikats aufgesucht hatte, und er hatte dem Dieb beziehungsweise dem Mörder den Tipp gegeben und fühlte sich nun mitschuldig an dem Mord. Sam überlegte, wie Ronald Walter sich das erste Mal in der Schatzkammer verhalten hatte. Er war ruhig gewesen. Ja, keine Spur von Nervosität. Erst beim zweiten Treffen war der Mann leicht nervös gewesen, und beim dritten Mal war er ein einziges Nervenbündel. Was war nur zwischenzeitlich geschehen?

38. KAPITEL

Hamburg Die Tränen liefen ihm die Wangen hinunter, und Lina versuchte, sie wegzuwischen. Aber ihre Hand berührte ihn nicht. Auch ihre tröstenden Worte schien Sam nicht zu hören. Er reagierte überhaupt nicht auf sie. Sie sah zu dem Pfarrer, der in ein kleines Büchlein schaute und den Mund bewegte wie ein Fisch auf dem Trockenen. Warum konnte sie die Worte nicht verstehen? War sie taub geworden? Alle sahen auf den Sarg und das wunderschöne Gesteck aus weißen Blumen. Eine Windböe legte die Schleife des Gestecks um, sodass sie nun deutlich den Namen und die Inschrift darauf lesen konnte. Der Sarg begann sich zu bewegen, jemand klopfte von innen gegen den Deckel. »Seht ihr denn nicht, ich bin nicht tot, ich lebe. Lasst mich doch raus«, hörte sie sich sagen. Dann schlug Lina die Augen auf. Ihr Herz raste.

Verdammt, das war das zweite Mal, dass sie so einen Mist geträumt hatte. Vielleicht verarbeitete sie aber auch nur die letzte Beerdigung, bei der sie mit Sam gewesen war. Sie sah auf ihr Handy. Kein weiterer Anruf. Glaubte Sam tatsächlich, dass sie sich bei ihm melden würde? Okay, sie hatte ihn vor die Tür gesetzt, aber er hatte versucht, sie zu belügen. Na schön, eine Auszeit wäre bestimmt nicht verkehrt, entschied Lina und setzte Wasser für einen Tee auf. Die anschließende warme Dusche vertrieb zwar den letzten Schlaf aus ihren Knochen, aber nicht das dumpfe Gefühl, dass etwas Unaufhaltsames im Anmarsch war. Etwas, das ihr Leben für immer verändern würde.

39. KAPITEL

München Sein Blick war auf die Pinnwand gerichtet, auf der alle Fotos und Artikel der vermissten Personen zu einer einzigen weißgrauen Masse ineinander verschmolzen waren.

Erst ein Klopfen an der Tür holte ihn zurück, und die Gesichter auf den Fotos wurden wieder scharf.

Ein Kollege übergab Sam einen großen braunen Umschlag, auf dem lediglich handschriftlich *O'CONNOR* stand. Kein Absender, keine Briefmarken. Er fragte den Beamten, wann und von wem der Umschlag abgegeben worden war, erhielt jedoch nur ein Schulterzucken als Antwort. Sam öffnete den Umschlag und zog einen Brief daraus hervor, dessen Unterschrift ihn mehr als überraschte. Er musste den Brief drei Mal lesen, bis er den Inhalt verstand, der ihm völlig absonderlich vorkam. Erst die beiden Fotos, die dem Umschlag beigelegt worden waren, machten Sam deutlich, dass es sich nicht um einen schlechten Scherz handeln konnte. Und je mehr er über die geschriebenen Worte nachdachte, desto mehr keimte in ihm ein Gedanke auf, der ihn blass werden ließ.

Eine halbe Stunde später stand Sam mal wieder unangekündigt im Keller des Museums für ägyptische Kunst, nur dass er dieses Mal keinen nervösen Ronald Walter vorfand. Der Schreibtisch, auf dem der Computer stand und der sonst unter Papieren verschwand, war aufgeräumt und sauber gewischt. Von Ronald Walter keine Spur. Auch in den Nebenräumen war kein Leben. Oben am Empfang fragte er nach dem Direktor, der aber, wie man ihm sagte, zurzeit nicht im Hause war. Wann er wieder zu sprechen sei, konnte man ihm auch nicht sagen, und Ronald Walter war heute nicht zur Arbeit erschienen.

Sam ließ sich die Privatadresse von Ronald Walter geben und fuhr auf direktem Wege dorthin.

Ronald Walter wohnte in Neuhausen in einem neubarocken Gebäude an einer kopfsteingepflasterten Nebenstraße über einer Metzgerei. Der Eingang lag in einer seitlichen Zufahrt und führte in einen Hof. Sam drückte dreimal auf den Klingelknopf und war überrascht, dass ihm sofort geöffnet wurde.

Auf der oberen Treppenstufe des zweiten Stocks stand eine ältere Frau, die grauen Haare zu einem Dutt im Nacken befestigt, die Hände in den Taschen einer geblümten, ausgeblichenen Schürze versteckt, und beobachtete Sam beim Hochkommen.

Als sie sah, dass es sich um einen einzelnen Mann handelte, ging sie zurück in die Wohnung und schloss die Tür wieder. Sam klopfte an und wartete auf eine Antwort, die auch prompt kam.

»Wollen Sie etwa zu mir?«

»Ich suche Ronald Walter.«

»Was wollen Sie denn von ihm?«

»Ich muss dringend mit ihm reden.« Die Tür wurde einen Spaltbreit geöffnet und Sam von unten nach oben beäugt.

»Er ist nicht hier.«

»Wo kann ich ihn denn finden?«

»Bei der Arbeit. Wo sonst.«

»Dort ist er aber nicht.«

»Wer sind Sie überhaupt?«

»Ich bin von der Polizei und habe heute von Ihrem Sohn einen Brief bekommen, weshalb ich ihn äußerst dringend sprechen muss.«

»Ich fürchte, ich kann Ihnen nicht weiterhelfen.«

»Wann haben Sie ihn denn zum letzten Mal gesehen?«, fragte Sam weiter, der noch nicht bereit war, das Gespräch zu beenden.

»Gestern früh.«

Gestern Nachmittag war Ronald Walter noch im Museum gewesen, und hatte sehr schlecht ausgesehen. Vielleicht lag er im Krankenhaus mit einem Nervenzusammenbruch? Doch daran wollte Sam nicht so recht glauben. Ronald Walter hatte offensichtlich so unter Druck gestanden, dass er wohl abgetaucht war, um sich zu sammeln.

»Hat er irgendetwas mitgenommen, was darauf schließen lässt, dass er vielleicht verreisen wollte?«

»Wie kommen Sie denn darauf? Warum sollte er verreist sein? Wenn Sie mich jetzt entschuldigen wollen.«

Sam legte seine Hand auf die Tür, um zu verhindern, dass sie geschlossen wurde.

»Eine Frage noch, Frau Walter. Hat Ihr Sohn vielleicht eine Freundin, bei der er sein könnte?«

»Nein. Er hatte noch nie eine Freundin«, antwortete sie empört, als wäre ein derartiger Zustand die unmöglichste Sache der Welt.

Dann ging die Tür mit einem Ruck zu, und Sam versuchte zu verstehen, was er da gerade erfahren hatte. Ronald Walter war um die dreißig, wohnte noch bei der Mutter und hatte noch nie eine Freundin gehabt? Oder hatte er vor seiner Mutter eine Beziehung verheimlicht? Möglich war auch, dass sie beleidigt war, weil sie von einer Beziehung wusste und nicht einsehen wollte, dass ihr Sohn plötzlich eigene Wege ging.

Auf der anderen Seite der Tür stand Ronalds Mutter. Sie sah mit Tränen in den Augen auf einen Zettel in ihrer Hand, den sie nun langsam zerknüllte.

40. KAPITEL

Mallorca Aethel saß in einem Café an einer lauten Hauptstraße in Palma gegenüber einer Anlegestelle für kleinere Boote und frühstückte. Die Sonne schien, trotzdem war es kühl, sodass Aethel sich ihren Schal um die Schultern wickelte. Auf dem Schoß hatte sie das kleine Tagebuch ihres Großvaters liegen, das darauf wartete, zu Ende gelesen zu werden. In ein paar Stunden würde sie wieder in England sein. Dort musste sie sich einem Problem stellen, das Lord Richmond hieß.

Sie schlug das Buch an der Stelle auf, wo sie das letzte Mal aufgehört hatte, und las weiter.

In der Ferne, hinter den Sandhügeln der Nekropole von Sakkara, höre ich lautes Rufen und bewege mich schwerfällig unter der extremen Hitze dorthin. Ich hege die Hoffnung, ein paar Archäologen bei ihrer Arbeit beobachten zu können. Vielleicht war es mal ein Grab oder ein Tempel, schwer zu sagen, aber daneben ist im Sand ein Loch, abgestützt von Holzplanken und einer Leiter, die in die Tiefe führt. Ich steige einfach nach unten. Bis auf das wenige Licht, das von oben einfällt, herrscht hier schwärzeste Dunkelheit. Ich kann meine Hand vor Augen kaum erkennen. Von irgendwoher höre ich Stimmen. Ich taste mich an der Wand entlang, versuche, den Stimmen zu folgen, und gehe immer weiter nach hinten durch, bis ich den Schimmer einer Lichtquelle ausmache. Ich sehe jetzt vor mir ein Loch in der Mauer. In gebeugter Haltung klettere ich hindurch und stehe jemandem gegenüber, den ich nicht unbedingt wiedersehen wollte. Es ist der Mann, der die Mumie gekauft

hat, die jetzt zerbröselt in meinem Besitz ist, bis auf den Kopf mit den gelben Zähnen, den ich noch in meinem Rucksack habe. Ironie des Schicksals. Ich stelle mich vor, erzähle ihm, dass ich auch auf der Party war, und beglückwünsche ihn zu seinem grandiosen Kauf. Inzwischen hat mein Erscheinen eine ziemliche Aufregung in der Gruft ausgelöst. Die Einheimischen gestikulieren mit Händen und Füßen herum, während Sigmund Altmann mit dem ägyptischen Leiter der Ausgrabung spricht und immer wieder zu mir herüberblickt. Ich tue so, als bemerke ich es nicht. Ich ignoriere den offenen Sack, der in einer Ecke steht und aus dem ein paar Skulpturen herausschauen. Auch die an die Wand gelehnten eingewickelten Mumien versuche ich nicht zu bemerken. Anscheinend wird hier ein heimlicher Handel abgeschlossen. Vielleicht ein Ersatz für die entwendete Mumie, die 20 000 Pfund einbringen sollte?
Nach einem längeren Gespräch mit Herrn Altmann, der deutscher Herkunft ist, stellt sich heraus, dass er ebenso wie ich Apotheker ist. Ich stelle mich allerdings nur als Kunstsammler vor und zeige mich interessiert an illegalen Käufen von Schätzen aus Grabkammern.

30. Juni
Ein Fieber hat mich zwei Tage lang geschüttelt. Es haben sich zwei große Beulen auf der Wange gebildet. Nach Aufsuchen eines Arztes erklärt er mir, dass ich an der Hautkrankheit »Aleppo« erkrankt bin, die sich normalerweise nur bei Einheimischen in der frühesten Kindheit entwickelt, selten bei Erwachsenen. Aleppo ist eine verwandte Form des Saharageschwürs. Bevor sich das Geschwür in meinem Gesicht ausbreitet und

es mich in einer fürchterlichen Weise entstellt, wie man mir prophezeit, reise ich zurück in die Heimat.

Hier hörte der Reisebericht auf. Die folgenden vergilbten Seiten waren leer. Lediglich in den hinteren Teil waren ein paar Fotos lose hineingelegt worden, die leicht zusammenklebten. Sie zeigten ihren Großvater an der Seite zweier Männer in sportlicher, heller Kleidung, in deren Mitte eine aufrecht stehende ausgewickelte Mumie an die Mauer gelehnt stand. Ihren Großvater in einem weißen Beduinengewand neben einem Kamel, ihren Großvater mit einem Mann, der einen halben Kopf größer war als er selbst. Auf der Rückseite stand *Altmann* in schwarzer Tinte geschrieben mit dem Datum von 1931. Offensichtlich hatte sich aus der ersten Begegnung der beiden Männer eine langjährige Freundschaft entwickelt. Aethel fragte sich, ob ihr Großvater Altmann jemals von der Mumie erzählt hatte, die dieser für 20 000 Pfund ersteigert und die ihr Großvater gestohlen und kleingemörsert hatte.

Ihr Großvater hatte nie verraten, woher er diese lange Narbe hatte, die sich vom rechten Nasenflügel bis zur Mitte der Wange zog. Wahrscheinlich stammte sie von diesem Saharageschwür, das er erfolgreich mit einem seiner exotischen Mittelchen behandelt hatte.

Zu Lebzeiten war er für den Rest der Familie immer ein alter Griesgram gewesen, voller Geheimnisse, die er mit niemandem teilte. Als Kind hatte sie auf Familienfesten, die noch zu Zeiten ihrer Großmutter gefeiert worden waren, immer den Geschichten gelauscht, die sich um ihren Großvater rankten. Da war von mysteriösen Paketlieferungen aus Deutschland die Rede gewesen, die ihr Großvater in die Apotheke getragen hatte. Diese Paketlieferungen hörten jedoch während des Zweiten Weltkrieges plötzlich auf. Die Apotheke lief jahrelang mit großem Erfolg in Chester wegen ihrer außergewöhnlichen Vielfalt seltener exotischer

Medizin, die sie führte. Unter anderem Mumia vera Aegypta, auch Totenpech genannt, das aus einer zerstoßenen Mumie gewonnen wurde und zur Heilung von Geschwülsten und Frauenkrankheiten verschiedener Art eingesetzt wurde. Anscheinend hatte ihr Großvater sein Saharageschwür auch mit dem magischen Pulver behandelt, denn außer der einen Narbe konnte von einer Entstellung seines Gesichtes keine Rede sein. Sogar Lew Tolstoi war angetan von Mumia gewesen und hatte es als wachstumsförderndes Remedium bezeichnet.

Doch während des Zweiten Weltkrieges verlor ihr Großvater vollkommen das Interesse an der Apotheke und zog sich in sein Tudorschloss zurück.

Irgendwann war ein Brief aus Ägypten eingetroffen. Von da an verreiste er in regelmäßigen Abständen und erwähnte nie mit einer Silbe, ob und wann er wieder zurückkommen würde, geschweige denn, wohin er reiste. Als das Reisen anfing, ihn körperlich zu sehr anzustrengen, kaufte er sich einen Beagle namens Charles mit der Begründung, dass der Hund der einzige Freund des Menschen sei. Charles war dann auch sein einziger Gesprächspartner. Der Rest der Familie wurde ignoriert, seine Frau, seine Söhne, seine Schwiegertöchter und auch das Personal im Schloss behandelte er wie ärgste Feinde. Seine Lieblingsbeschäftigung war es, Fotos von dem Hund zu machen, womit er zwei komplette Alben füllte. Hund an der Leine, Hund ohne Leine, Hund neben Herrchen, Hund auf dem Sofa, Hund unter dem Sofa, Hund schlafend, Hund fressend. Sogar das Gemälde seiner Frau wurde abgehängt und durch ein Gemälde von Charles ersetzt.

Erst als Aethel geboren wurde, kehrte ein Leuchten in seine Augen zurück. Sie war neben Charles seine einzige Freude, und mit ihr fand er auch die Sprache zu den Menschen um sich herum wieder. Mit acht Jahren teilte sie bereits seine Leidenschaft für ägyptische Kunst und versteckte die kostbaren Geschenke, die er ihr machte, in ihrer Spielzeugkiste.

Er war derjenige, der Aethel auf ihren nächtlichen Ausflügen zu den Nachbargrundstücken aus dem Turmzimmer mit den Zinnen beobachtete und ihr am nächsten Morgen schelmisch am Frühstückstisch zugrinste, was Aethel nur darin bestärkte weiterzumachen. Zu ihrem dreizehnten Geburtstag bekam Aethel die goldene Löwenkopfkette mit den Türkisen. Eine Woche darauf starb ihr Großvater im sagenhaften Alter von sechsundneunzig Jahren. Aethel erbte sämtliche altägyptischen Kunstgegenstände im Haus, einen Schlüssel, von dem sie bis heute nicht wusste, in welches Schloss er passte, und einen Siegelring, den er ihr auf dem Sterbebett an den Finger gesteckt hatte und den sie stets bei sich trug.

Aethel sah auf die Uhr. Sie hatte nicht gemerkt, wie die Zeit vergangen war. Sie wollte gerade den Arm heben, um dem Kellner ein Zeichen zu geben, dass sie zahlen wollte, als ein roter Alpha Romeo 8C Competizione, der um die einhundertfünfzigtausend Euro kostete, vor dem Café hielt und ein Mann ausstieg. Er öffnete die Beifahrertür. Ein junges Mädchen kletterte heraus und trippelte auf hochhackigen Schuhen hinter ihm her. Die beiden setzten sich an einen Tisch. Der Mann bestellte in gebrochenem Spanisch eine Flasche Champagner mit zwei Gläsern. Aethel spitzte ihre Ohren, doch die Konversation verlief so leise, dass sie kein Wort verstehen konnte. Sie legte einen Zwanzig-Euro-Schein auf den Tisch, der mindestens fünf Euro Trinkgeld beinhaltete, und verließ schnell das Café, ohne sich noch einmal umzudrehen.

Ein Blick auf das Nummernschild verriet ihr, dass der Wagen aus Deutschland war.

41. KAPITEL

München Über eine Stunde hatte Sam durch die überfüllten Straßen gebraucht, um abermals zum Museum zu gelangen. Er musste dringend und persönlich mit dem Direktor sprechen, bevor er die nächsten Schritte einleitete.

Erst als Sam laut wurde und sich Besucher des Museums nach ihm umdrehten, erschien Direktor Hansen mit gerötetem Gesicht und bat ihn, ihm zu folgen.

Auf dem Weg ins Büro empörte sich der Direktor über die flegelhafte Art von Sam. »Es ist eine Unverschämtheit. Was fällt Ihnen ein, so einen Aufstand zu machen.«

»An Ihrer Stelle würde ich kleinere Semmeln backen, Herr Hansen«, sagte Sam stoisch und freute sich insgeheim auf das Gesicht, das der Mann gleich machen würde, wenn er ihn mit dem Inhalt des Umschlags konfrontierte.

In seinem Büro setzte sich der Direktor sofort hinter seinen Schreibtisch und sah Sam grimmig an.

»Nun, was ist so wichtig, dass Sie mich aus einem Konferenzgespräch reißen mussten?«

»Wo ist Ronald Walter?«

»Woher soll ich das wissen?«, fragte der Direktor barsch.

»Ist Ronald Walter nicht Ihr Angestellter ...« Sam machte eine kleine Pause, wartete die Antwort des Direktors ab, der immer noch nichts von dem zu ahnen schien, was Sam ihm gleich präsentieren würde.

»Ja und? Ich verstehe nicht ...«

»... und Ihr Verbündeter, Herr Hansen?«, vervollständigte Sam seinen Satz.

»Was soll das nun wieder?«

Sam entging nicht die kleine Schwingung von Unsicherheit in der Stimme des Direktors, und er setzte zum letzten Schlag an.

»Nun, ist es nicht so, dass Sie ihn dazu gezwungen haben,

einen Betrug unaufgedeckt zu lassen? Einen Betrug, dem offensichtlich ein Verbrechen vorausgegangen ist?«

Der Direktor sah Sam stumm an. Dann nahm er einen Stift in die Hand und begann die Mine heraus- und hineinzudrehen, während Sam geradezu spürte, wie es fieberhaft im Kopf des Direktors arbeitete.

»Ich verstehe immer noch nicht, wovon Sie reden«, sagte er ruhig.

»Ich rede von der Mumie, Herr Hansen. Sie wollten die Besucherzahlen Ihres Museums ein wenig anheben.«

Dann legte er ihm das Foto der ausgewickelten Mumie vor die Nase. »Eine junge Frau, die für irgendeinen Betrug für viel Geld gestorben ist. Diese Mumien werden doch für Millionen gehandelt, ist es nicht so?«

»Das ist doch kompletter Blödsinn. Ich habe nichts davon gewusst. Aber eines fällt mir jetzt ein, Herr Walter war in letzter Zeit so merkwürdig. Aber dass so etwas dahintersteckt, konnte ich ja nicht ahnen.«

»Herr Hansen, halten Sie mich für dumm? Wie viel hat es Sie gekostet, damit er den Mund hält?«

Direktor Hansen schüttelte den Kopf und sah Sam ungläubig an.

»Das wird ja immer wahnsinniger.« Er räusperte sich. »Na ja, Ronald hat mich vor ein paar Tagen um einen kleinen Kredit gebeten. Ich habe ihm gestern fünftausend Euro überwiesen.« Der Direktor wischte sich mit der Hand über das verzweifelte Gesicht.

»Sie verlassen die Stadt bis auf Weiteres nicht, Herr Hansen. Solange Herr Walter nicht auftaucht, stehen Sie leider unter Verdacht, mit seinem Verschwinden etwas zu tun zu haben. Außerdem wird gegen Sie wegen Betruges, zumindest Mittäterschaft, ermittelt.«

Draußen vor dem Museum rief Sam als Erstes im Dezernat an und veranlasste den Abtransport der Mumie zur Kriminaltechnik. Dann fuhr er nach Fürstenried, wo Sybille Winterfeld und ihre Familie in einer großen grauen Wohnanlage aus den Sechzigerjahren lebten, die ursprünglich für die sozial schwächere Schicht gebaut worden war.

Bei der Nummer acht stand zweimal der Name Winterfeld auf dem Klingelschild. Sam drückte auf den unteren.

Er hatte während seiner Dienstzeit schon viele Wohnungen und Häuser betreten, Häuser und Wohnungen von Reichen und Armen, darunter auch welche von Leuten mit einem Messiesyndrom, wo die Zimmer bis zur Decke mit Unrat vollgestopft waren und es wie in einem Müllcontainer stank. Und doch gab es im Leben für alles immer noch eine Steigerung. Und die sollte Sam gleich erleben.

Als Sam die Zweizimmerwohnung betrat, schlug ihm schon am Eingang der Gestank von menschlichen Fäkalien entgegen. So beißend, dass ihm fast das Essen wieder hochkommen wollte.

Der Mann, der ihm die Tür geöffnet hatte, saß in einem Rollstuhl und schien seit Jahren kein Sonnenlicht mehr abbekommen zu haben. Seine Haut war bleich, seine Augen stumpf, sein Körper dünn und ausgemergelt. Er ließ Sam eintreten, ohne ihn nach dem Namen oder dem Grund seines Besuches zu fragen, fuhr über den kleinen Flur und verschwand in einem Zimmer. Sam überlegte, ob der Mann vielleicht zu seinem körperlichen Gebrechen auch noch stumm war, und sah sich nach weiteren Personen in der Wohnung um. Es gingen nur zwei Zimmer vom Flur ab, ein Badezimmer und eine winzige Küche. Das Badezimmer schien die Hauptquelle des Gestanks zu sein, und ein Blick verriet Sam auch den Grund. In der Badewanne schwammen in einer braunen Lauge unzählige Windeln. Sam wandte sich ab und unterdrückte das Würgegefühl, das ihm die Kehle hochstieg. Neben dem Badezimmer war ein weiteres Zimmer, in dem ein Krankenhausbett stand. Hätte nicht ein Kopf auf dem Kissen gelegen, hätte Sam gedacht, das Bett wäre leer. Unter der Decke waren keine Erhebungen eines Körpers zu sehen, entweder weil die Matratze schon so durchgelegen war oder der Körper nur noch aus Haut und Knochen bestand. Die langen grauen Haare der alten Frau lagen wirr auf dem Kissen, die Augen waren starr auf die Decke gerichtet.

Sam klopfte leise an die offene Zimmertür, doch die Frau regte sich nicht. Einen Augenblick lang blieb er auf dem Flur stehen und überlegte, was er machen sollte. Hatte Sybille Winterfeld nicht etwas von ihrer Mutter gesagt, die im Sterben lag und nicht sterben konnte, weil sie nicht wusste, was mit ihrer Tochter geschehen war?

Er ging zu dem anderen Zimmer, in dem der Mann verschwunden war. Der saß in seinem Rollstuhl, kämmte einer Puppe die langen braunen Haare und sprach leise vor sich hin. »Alles wird wieder gut, alles wird wieder gut, meine Kleine.«

»Herr Winterfeld?«, fragte Sam zögerlich. Er war erschüttert über die menschliche Tragödie, die sich vor seinen Augen abspielte. Hinter wie vielen Türen spielten sich ähnliche Fälle ab oder wurden Kinder vergewaltigt, eingesperrt und ausgehungert? Die Behörden reagierten in vielen Fällen unzureichend, obwohl sie darauf aufmerksam gemacht worden waren. Wie viele verschlossen die Augen vor den Schicksalen ihrer Mitmenschen und taten anschließend überrascht? Sam unterdrückte die Wut, die in ihm hochkam.

»Herr Winterfeld?«, sprach er noch einmal den Mann im Rollstuhl an, der so emsig mit dem Kämmen seiner Puppe beschäftigt war, dass er Sam nicht einmal wahrzunehmen schien.

»Sind Sie der neue Pfleger?«, fragte eine Frauenstimme hinter ihm.

Sam drehte sich um und stand Sybille Winterfeld gegenüber, die zwei schwere Einkaufstüten in den Händen hielt.

»Nein, ich …«

»Was machen Sie denn hier?« Sybille Winterfeld war sichtlich überrascht, Sam zu sehen. Doch plötzlich änderte sich ihr Gesichtsausdruck, und sie sah ihn erschrocken an. »Sie haben doch nicht irgendwelche Neuigkeiten? Ich meine schlechte Neuigkeiten?«

Sam räusperte sich und fuhr sich über die Haare. »Frau Winterfeld, es gibt vielleicht eine Spur. Es ist aber noch zu früh, um Genaues zu sagen. Ich bräuchte eine Blutprobe oder eine Speichelprobe von Ihnen oder etwas, das Ihrer Schwester gehört hat. Gibt es vielleicht noch Haare von ihr? Außerdem brauche ich die Adresse von dem Zahnarzt, der sie behandelt hat.«

»Wozu das alles? Sie haben doch eine Spur, nicht wahr? Besser gesagt, Sie haben eine Leiche. Warum sagen Sie mir nicht die Wahrheit. Das ist ja wohl das Mindeste, was man nach so langer Zeit von der Polizei erwarten kann, oder?«

»Ja, vielleicht haben wir eine Spur, aber ich möchte wirklich noch keine Angaben dazu machen.«

»Sie wollen eine DNA-Probe machen, nicht wahr? Dafür brauchen Sie doch den ganzen Quatsch.« Frau Winterfeld nickte und sah auf den grauen Linoleumboden, der im Flur ausgelegt war. »Na schön, Sie bekommen alles, was Sie brauchen. Ich bringe Ihnen alles so schnell wie möglich aufs Revier.«

Sam bedankte sich und verließ die Wohnung.

Wieder einmal dachte er darüber nach, wie oft solche Zufallsentdeckungen zur Aufklärung eines Falles beigetragen hatten. Lina würde jetzt sagen, dass es keine Zufälle gibt, alles unterliegt einer gewissen Ordnung und folgt einem roten Faden im Leben.

42. KAPITEL

Am späten Nachmittag lag die ausgewickelte Mumie in der Radiologie der Universitätsklinik im Computertomografen und wurde Schritt für Schritt durchleuchtet. Sam saß neben Dr. Rainer Astrop und betrachtete die bunten Bilder auf dem Bildschirm, auf denen er nichts erkennen konnte.

»Aufgrund der Röntgenaufnahmen, die man bereits gemacht hat, scheint das Skelett intakt. Also keine Knochenbrüche oder Schädelfrakturen. Und die Amalgamfüllungen sind, laut Dr. Stahl aus der Kieferchirurgie, nicht sehr alt. Na ja, wollen mal sehen, was die junge Frau uns noch so alles erzählen kann.«

Dr. Astrop legte die Stirn in Falten und stoppte plötzlich das Bild, das sich ungefähr in der Mitte des Schädels befand.

»Hm … sehen Sie das hier? Die Faserstränge der Gehörknöchelchen? Sie sind noch vorhanden. Ich würde mal sagen, Ihre Mumie ist etwa zwischen fünf und zehn Jahre alt, Herr O'Connor. Auf keinen Fall dreitausend.«

Sam nickte und dankte im Stillen Ronald Walter, dass er ihm den Ball zugespielt hatte.

»Wie alt war die betroffene Person, als sie starb?«

»Ich schätze, aufgrund der Verknöcherung war die Frau Mitte zwanzig. Die unteren Knochenplatten und die Speiche sind bereits fusioniert, was bei Frauen um die zwanzig geschieht. Das Schlüsselbein ist erst mit ungefähr achtundzwanzig völlig zugewachsen. Was hier nicht der Fall ist. Aber genau kann ich das erst nach einer Radiokohlenstoffdatierung sagen.«

»Woran sie gestorben ist, können Sie mir wahrscheinlich nicht sagen, oder?«

»Nein, dazu muss ich Gewebeproben entnehmen, da offensichtlich keine äußere Gewalteinwirkung zum Tod geführt hat.«

Nach Beendigung der Reise durch den Tomografen stand fest, dass die Mumie nach alten Bräuchen bearbeitet worden war. Die Organe waren entfernt worden, bis auf das Herz. Die Nasenscheidewand war beschädigt und das Gehirn komplett durch die kleine Öffnung entfernt worden. Interessant war die Tatsache, dass im ersten Zehgelenk operativ ein Nagel eingesetzt worden war.

Sam bedankte sich bei dem Arzt, dass er sich die Zeit für ihn genommen hatte, und ging zu seinem Wagen. Auf dem Beifahrersitz lagen die Akte von Frau Winterfeld und die Liste, die der Computer ausgespuckt hatte. Nach Ausschluss von Männern, Kindern und älteren Personen kamen nur zwei vermisste Personen auf der Liste in Frage: eine junge Frau, die vor acht Jahren nach einer Party spurlos verschwunden war, und die Schwester von Sybille Winterfeld, bei der sich die Spur in der Medina von Fes verlor.

43. KAPITEL

Chester Kaum war Aethel zu Hause in Chester angekommen, hatte ihre Mutter ihr freudestrahlend und mit einem zweideutigen Blick eine Nachricht von Lord Richmond überreicht.

Aethel wusste, dass ihre Mutter sich nichts sehnlicher wünschte, als dass sie bald heiraten und ihr Enkelkinder schenken würde. Ein Zeichen dafür, dass sie ihr eigenes Kind genauso wenig kannte wie einen Nachbarn, der tausend Kilometer entfernt hinter der Grenze in Schottland wohnte.

Ihre Mutter, Rose Meyer, Tochter eines der einst weltweit einflussreichsten Kunsthändler Englands, war für ein paar Gemälde von Antoine Jean Gros mit ihrem Vater verheiratet worden.

Antoine Jean Gros hatte Napoléon Bonaparte gemalt, der wie ihr Großvater, nur hundert Jahre zuvor, ein Bewunderer der altägyptischen Kultur gewesen war und der zum Zeitpunkt seines Feldzugs Hunderte von Wissenschaftlern beschäftigt hatte, um sämtliche Altertümer in Ägypten zu zeichnen und zu katalogisieren. Ihr Großvater war stolzer Besitzer der neun Quartbände und elf Bildbände gewesen, die zwischen 1809 und 1828 erschienen waren und eine wahre Ägyptomanie in Frankreich ausgelöst hatten. Jetzt standen sie alle unten in der Bibliothek und verstaubten.

Ihre Mutter war sozusagen für Bilder verschachert worden. In Arabien wären es Kamele gewesen, wie Aethel es immer gern auf den Punkt brachte.

Es war keine Heirat aus Liebe gewesen, und die Liebe hatte sich im Laufe der Zeit auch nicht entwickelt, weshalb ihr Vater eine Geliebte neben seiner Ehe hatte, die ihre beschränkte Mutter mit gütigem Lächeln akzeptierte. Ergeben fügte sie sich in ihr Schicksal. Für Aethel eine geradezu unmögliche Vorstellung, und so stand für sie schon früh fest, dass sie auf keinen Fall als Deal gehandelt werden wollte.

Aethel ging unter dem Blick ihrer Mutter durch die Eingangshalle zur Treppe, die zu ihrem Turmzimmer führte, und erst als sie die Tür hinter sich geschlossen hatte, riss sie den Umschlag auf.

Beim Lesen durchfuhr Aethel zuerst eine heiß-kalte Welle, dann setzte sie sich aufs Bett, atmete tief durch, bis ihre Gesichtshaut wieder eine normale Temperatur erreicht hatte. Sie schaltete sämtliche Gefühle aus. Emotionen waren in so einer Situation unangebracht. Keiner kannte Aethel wirklich, keiner ahnte, wie durchtrieben und eiskalt sie sein konnte, wenn man sich in ihr Leben einmischte und versuchte, ihre Pläne zunichtezumachen. In ihren Lebensplan passte bestimmt keine Anwaltskanzlei, in der sie sich tagaus, tagein mit irgendwelchen Banalitäten anderer Leute abplagte, und schon gar nicht ein Lord Richmond, der durch eine Ehe mit ihr garantiert den einen oder anderen Vorteil genießen würde, weil ihr Vater Richter war. Nur was würde im Gegenzug ihre Familie dafür erhalten? Was hatten ihre Eltern davon? Vielleicht aber sollte sie lieber fragen, was ihr Vater davon hatte?

Aethel kaute sich die Haut um die Nägel ab und dachte angestrengt nach. Es gab für alles einen Grund, genauso hatte sie das bestimmte Gefühl, dass hinter dem Diebstahl der Nofretete-Büste mehr steckte als nur die Begierde, dieses kostbare Objekt zu besitzen.

Nachdem sie in Palma das Café verlassen hatte, wollte sie eigentlich mit einem Taxi zum Flughafen fahren, doch die Neugierde war größer gewesen, und so hatte sie gewartet, bis der Mann, dem sie am Abend zuvor die Büste ausgehändigt hatte, mit der kleinen Stöckelschuhhure den Champagner ausgetrunken hatte und mit seinem roten Alfa Richtung Binissalem ins Landesinnere der Insel gefahren war. Aethel war den beiden in einem Taxi gefolgt. Musste dann eine geschlagene Stunde vor einem kleinen Hotel warten, wo der Mann schließlich allein wieder herauskam und weiter Richtung Norden fuhr. Das Taxi folgte dem roten Wagen bis nach Port de Pollença, wo sich plötzlich die Spur verlor. Aethel wusste nicht, was in sie gefahren war, aber sie hatte sich vorgenommen, die Büste wieder in ihren Besitz zu bringen, koste es, was es wolle.

44. KAPITEL

München Obwohl Sam nicht die geringste Lust verspürte, mit Alfred auch nur ein einziges Wort zu wechseln, kam er nicht drumherum, wenn er weiterkommen wollte. Inzwischen hatte er das Gefühl, dass es sich hier nicht um eine gemeinschaftliche polizeiliche Arbeit handelte, sondern um einen persönlichen Wettlauf zwischen Alfred und ihm, bei dem sein Kollege auf Teufel komm raus als Erster durchs Ziel rennen wollte.

Alfred saß an seinem Schreibtisch und sah Sam mürrisch an.

»Und? Kommst du weiter?«, fragte er ihn beiläufig.

»Ja. Warum fragst du? Du willst doch irgendetwas von mir?« Alfred lehnte sich in seinem Stuhl weit zurück und verschränkte die Arme vor der Brust.

»Kooperation, Alfred. Mehr will ich nicht. Hast du etwas über die Büste herausgefunden?«

»Was hat die Büste mit deinen vermissten Leutchen zu tun? Warum bist du überhaupt hier und nicht unterwegs?«

»Ich recherchiere noch, und ich sehe da eine klitzekleine Verbindung zwischen deinem Fall und meinem. Lothar Senner. Also?«

Alfred holte ein Tonbandgerät aus der Schublade und warf es auf den Schreibtisch. »Hier, kannst es dir ja anhören.«

Am liebsten hätte er sich bei Rellinger über Alfred beschwert, aber Sam verzichtete um des Friedens willen darauf. Er war sowieso das schwarze Schaf auf dem Dezernat, da alle meinten, er würde sich für etwas Besseres halten, weil er für Europol arbeitete.

Sam setzte sich in sein Büro und drückte auf Wiedergabe. Es handelte sich um ein mitgeschnittenes Telefongespräch. Nach einem kurzen Rauschen hörte er Alfred fragen:

»Frau Serani, wurden außer der Büste noch andere Gegenstände aus Ihrem Haus entwendet?«

»Nein. Aber das habe ich doch schon zu Protokoll gegeben. Ich habe mich wohl nicht klar ausgedrückt. Ich möchte keine Anzeige gegen Unbekannt aufgeben. Das bringt sowieso nichts.«

»Aber Frau Serani, Sie sind doch sicherlich versichert. So haben Sie die Möglichkeit, den Schaden der Versicherung zu melden, und die bezahlt Ihnen alles«, sagte Alfred in einem geduldigen Ton, der selbst Sam überraschte.

Einen Moment war Stille am Telefon, dann hörte er, wie Frau Serani seufzte und sagte: »Na schön, Sie haben ja recht, wozu bezahlt man jeden Monat die Versicherung.«

»Sagen Sie, Frau Serani, diese Büste, die gestohlen wurde … Warum meinen Sie, wurde nur die gestohlen?«, hakte Alfred nach.

Wieder entstand eine kleine Pause in der Leitung, bis eine Antwort kam: »Wissen Sie, da fragen Sie mich etwas, das ich Ihnen nicht beantworten kann.«

»War es denn eine wertvolle Büste?«

»Nein, überhaupt nicht.«

»Woher stammt die Büste denn?«

»Als meine Großeltern starben, musste ich das Haus ausräumen, das meiste landete in Antiquitätenläden, aber diese Büste … Ich habe keine Ahnung, warum ich sie behalten habe.«

»Wie genau sieht die Büste denn aus?«

»Es war der Kopf von Nofretete … So, glaube ich, hieß die Königin mit dem langen Hut auf dem Kopf.« Sie lachte leise. »Es tut mir wirklich leid, aber ich habe keine Ahnung davon. Jedenfalls hatte sie sich gut in der Ecke auf dem Flur gemacht.«

»Frau Serani, Ihrem Namen nach sind Sie Inderin, oder?«

»Ja, warum?«

»Lebten Ihre Großeltern auch hier in Deutschland?«

»Nein, in England. Warum fragen Sie?«

»Dann kommt die Büste sozusagen aus England?«

»Genau genommen, ja.«

»Eine Frage noch, wer wusste von dieser Büste in Ihrem Haus?«

»Ach herrje, wissen Sie, ich mache jedes Jahr so viele Charity-Veranstaltungen in meinem Haus, sammle für Opfer von Naturkatastrophen, für Waisenkinder, eben für alles, was gerade aktuell ist. Mein Haus ist offen für jeden, weil ich auch nicht davon ausgehe, dass meine Gäste mich bestehlen.«

Sam ließ das Band noch ein paarmal abspielen. Nofretete, so glaube ich, hieß die Frau mit dem langen Hut auf dem Kopf … ich habe keine Ahnung davon … keine wertvolle Büste.

Die drei Aussagen reichten Sam. Serani war eine Lügnerin! Sie hatte sehr wohl Ahnung von dieser Art von Kunst. Warum sonst ging sie auf Versteigerungen und kaufte teure Büsten und Statuen für horrende Summen auf? Dann fiel ihm wieder ihr Blick ein, als er Lothar Senner erwähnt hatte. Irgendetwas stank da gewaltig zum Himmel.

Sam war froh, dass Alfred und er aneinander vorbei recherchierten, denn so war Alfred zum Zeitpunkt des Anrufes nicht bekannt gewesen, dass Frau Serani eine leidenschaftliche Sammlerin ägyptischer Kunstgegenstände war. Man musste hier sehr behutsam weiter vorgehen, um die kleine Spur, die sie nun hatten, nicht zu vermasseln. Er würde Alfred später einweihen und einen Plan schmieden.

Er holte sich einen Kaffee und wollte gerade Frau Winterfeld anrufen, als es leise an die Tür klopfte. Bevor er »Herein« sagen konnte, war die Tür bereits offen.

»Hallo, Sam.«

Wie lange hatte Sam diese Frau nicht mehr gesehen? Ihr einst hübsches, gepflegtes und blühendes Äußeres war einem mageren, beinahe durchscheinenden Wesen gewichen.

Die dunklen Augenringe unter den tief liegenden Augen und das Kopftuch, so vermutete Sam, waren eindeutige Zeichen für eine Krebserkrankung, der eine Chemotherapie gefolgt war.

Die Frau zog einen Stuhl heran und setzte sich.

»Ich bin hier, weil ich dir etwas geben wollte, was dir gehört.«

Aus einer Tasche holte sie zwei abgegriffene blaue Stoffalben hervor und legte sie auf den Tisch.

»Es ist das Einzige, was übrig geblieben ist von damals. Ich dachte, dass es vielleicht später für deine Kinder von Interesse sein würde.«

»Ich möchte keine Kinder haben.«

Die Frau nickte und senkte den Blick. »Sam, ich weiß, dass viel nicht so gelaufen ist, wie es hätte laufen sollen. Aber das Leben spielt sich nicht nur auf der Mitte der Hauptstraße ab. Auch in den Nebenstraßen tobt es, und manchmal ist die Verlockung groß, da mitzuspielen.«

Sam nickte, doch es war ein Nicken, das kein Verständnis für die Erklärungen der Frau, seiner Mutter, zeigte. Er wusste, dass es nicht richtig war, aber er gab ihr trotzdem die Schuld am Tod seiner Schwester, die durch ihre Krankheit nur auf sich aufmerksam machen wollte und sich nach der Liebe ihrer Mutter gesehnt hatte. Jetzt, wo sie auf die Scherben ihres männerreichen Lebens zurückblickte und sehen konnte, dass nichts davon übrig geblieben war, tauchte sie bei ihm auf, erinnerte sie sich plötzlich daran, dass es ihn auch mal in ihrem Leben gegeben hatte. Damals stand er ihr im Weg, und sie war froh gewesen, als Sam frühzeitig ausgezogen war.

»Ich weiß, dass du mir es heute noch übel nimmst, dass ich euren Vater verlassen und euch mit nach Deutschland genommen habe. Aber Sam, man weiß im Grunde genommen nie, wie lange die Liebe in einer Beziehung dem Alltag standhält. Und nur weil man Kinder bekommt, heißt das noch lange nicht, dass man sich für eine Ehe versklaven muss, oder? Wir suchen uns immer wieder neue Partner, weil wir mit jedem das gemeinsame Glück erhoffen. Tröste dich, ich habe es nicht gefunden. Sicherlich denkst du, dass das die gerechte Strafe dafür ist, weil ich euch in gewisser Weise von mir gewiesen habe, mich nicht gut genug um euch gekümmert habe. Und ja, ihr wart mir zeitweise im Weg, auf der Suche nach dem Glück, wie ich dachte. Für manche sind Kinder das größte Glück, für mich war es das eben nicht.«

»Willst du dich von deinem schlechten Gewissen befreien, damit du in Frieden sterben kannst, Mutter?«

»Nein. Ich stehe zu dem, was ich getan habe. Ich wollte dir eine kleine Erinnerung an deine Kindheit schenken, bevor ich sterbe.« Sie zeigte auf die beiden Bücher, die sie in die Mitte des Tisches schob, und stand dann auf.

»Ich hoffe, du machst alles besser, Sam. Bist du eigentlich verheiratet?«

»Nein«, sagte Sam und sah seine Mutter kühl an.

Wieder nickte sie, als würde sie verstehen.

Sam sah ihr hinterher, wie sie das Büro verließ, dann blieb sein Blick an den zwei blauen Stoffalben hängen. Er nahm das oberste und schlug es auf. Auf der ersten Seite war eine Karte eingeklebt, auf der stand: *Kommt ein Kindlein auf die Welt, fällt ein Stern vom Himmelszelt, fliegt ein Vogel hoch hinauf, singt so weh, singt so süß, von dem hellen Paradies.*

Auf der zweiten Seite stand »die ersten Jahre«, und dann folgten Eintragungen der genauen Geburtsstunde, des Wochentages, das Gewicht, die Größe und der Name Sam in geschwungenen Lettern sowie eine dunkelbraune Haarlocke, die aus einem kleinen hellblauen Umschlag herausschaute.

Die Schwarz-Weiß-Fotos zeigten ein glückliches Ehepaar in den Sechzigerjahren neben einer Wiege, eine Mutter, die ihren Sohn in einer kleinen Wanne badete, ein Vater, der ihm die Flasche gab, ein schreiendes Baby, ein mit Brei verschmiertes Kind von einem Jahr. Diverse andere Fotos zeigten Sam in unterschiedlichen Altersstufen. Das Album hörte auf, als Sam mit sechs Jahren unter einem Tannenbaum saß, vor sich eine kleine Eisenbahn, die im Kreis fuhr.

Für Sam war es, als würde er sich das Album von fremden Leuten ansehen.

Er wollte sich gerade das zweite Buch vornehmen, als es ein zweites Mal an der Tür klopfte.

Sybille Winterfeld streckte dieses Mal Sam zur Begrüßung die Hand entgegen und holte dann ein beschriftetes Röhrchen mit Blut, ein Röhrchen mit Speichel und einen kleinen Umschlag mit einer Haarlocke aus ihrer Tasche. Alles legte sie nebeneinander auf den Tisch.

»Ich hoffe, das reicht. Die Haarlocke wurde Christine abgeschnitten, als sie noch ein Baby war. Ich hoffe, das reicht zur Identifizierung oder zum DNA-Vergleich. Und hier ist der Name des Zahnarztes. Ich weiß allerdings nicht, ob er noch praktiziert. Er war damals schon recht alt.«

Sam sah auf den Umschlag mit der Haarlocke und fragte sich, ob das nur früher so üblich war, die ersten Haare seines Kindes aufzuheben und ins Album zu kleben, oder ob Eltern das heute noch tun.

Sybille Winterfeld legte den Zettel mit dem Namen des Zahnarztes zu den anderen beiden Sachen und starrte darauf. Dabei stützte sie sich mit beiden Händen auf den Tisch. »Ich würde gerne wissen, was Sie gefunden haben.« Sie hob den Kopf und sah Sam direkt in die Augen.

»Frau Winterfeld, warum vegetieren Ihre Eltern in diesem unwürdigen Zustand dahin?«

Sybille Winterfeld antwortete nicht sofort. Sie sah Sam an und schien zu überlegen, ob sie ihm überhaupt eine Erklärung schuldig war. Dann atmete sie geräuschvoll ein und sagte kühl: »Für einen Außenstehenden sieht das vielleicht so aus, Herr O'Connor.« Ihre Augen wanderten von Sam zu der Haarlocke auf dem Tisch, bevor sie schließlich nach einer Pause fortfuhr: »Meine Mutter bekam nach dem Verschwinden ihrer jüngsten Tochter einen leichten Schlaganfall, erholte sich aber recht schnell wieder davon, während mein Vater langsam die Lust am Leben verlor. Sein heutiger Zustand ist das Ergebnis eines langen psychischen Leidensweges. Er hat es bis heute nicht verwunden, dass seine jüngste Tochter nicht mehr nach Hause gekommen ist. Die Ungewissheit hat ihn innerlich zerfressen. Seit acht Jahren ist er in dem Zustand, wie Sie ihn gesehen haben. Er wäscht, bürstet, zieht die Puppen an und aus und redet mit ihnen. Meine Mutter hat ihn gepflegt, bis sie vor zwei Jahren einen zweiten Schlaganfall erlitt, der sie ans Bett fesselte. Ich dagegen arbeite den ganzen Tag, um einen zusätzlichen Pflegedienst zu finanzieren, den die Kasse nicht zahlen will. Die letzten Pfleger haben sich plötzlich nicht mehr blicken lassen, und als Sie in die Wohnung kamen, war seit Tagen niemand mehr da gewesen. Ich arbeite, wie gesagt, Tag und Nacht, und manchmal bin ich einfach zu müde, um mir das Elend anzusehen. Aber wissen Sie was, es ist mir egal, was Leute wie Sie denken. Es ist immer leicht, über andere zu urteilen und die Nase zu rümpfen, wenn man selbst nicht in dieser Situation steckt.«

Sam musste ihr recht geben. Man urteilt oft zu schnell über andere Menschen, ohne die Zusammenhänge und Ursachen zu verstehen. War er nicht selbst nach dem Tod seiner Schwester schief angesehen worden und hatte die stummen Vorwürfe in den Augen von manchen Kollegen gelesen?

Sie sah Sam wieder an und forderte ihn ohne Worte auf, nun seinen Bericht abzuliefern.

»Na schön, offensichtlich bin ich jetzt dran.«

Sam nahm einen Schluck lauwarmen Kaffee und setzte die Tasse sofort wieder ab. Mit viel Speichel versuchte er, den bitteren Geschmack, der sich in seinem Mund ausbreitete, wieder loszuwerden.

»Wir haben eine mumifizierte Leiche gefunden, die zwischen fünf und zehn Jahre alt sein soll. Das geschätzte Alter des Skeletts würde auch auf das Alter Ihrer Schwester passen. Das ist eigentlich alles. Es ist wahrscheinlich der Anfang einer langen Untersuchung, aber mit einem DNA-Test kann man Ihre Schwester schon mal ausschließen. Sagen Sie, wie groß war Ihre Schwester ungefähr?«

»Etwa so groß wie ich. Eins siebzig.«

Sam notierte sich die Zahl in seinem Notizbuch, nahm dann die Haar- und Blutprobe vom Tisch und hielt Frau Winterfeld die Tür auf.

»Hatte sie besondere Kennzeichen?«

»Wie meinen Sie das?«

»Eine Tätowierung ... oder vielleicht eine Operation?«

»Jetzt, da Sie es sagen ... Sie hatte einen Motorradunfall gehabt, bei dem ihr beinahe der rechte große Zeh abgerissen wurde. Man hat ihn mit einem Nagel wieder hinbekommen. Allerdings war er danach steif. Warum?«

Sam hörte sich sagen: »Jedes Detail kann bei der Identifizierung hilfreich sein.« Er wusste nicht, warum er ihr nicht sagte, dass die Mumie einen Nagel im großen Zeh hatte. Er konnte es in diesem Moment einfach nicht. Es gab noch eine Kleinigkeit, die Sam störte. Die Mumie hatte rote Haare. Christine Winterfeld war brünett gewesen. Erst die restlichen Laboruntersuchungen würden also ein hundertprozentiges Ergebnis erbringen. Auf dem Weg nach draußen überlegte Sam, was wohl mit dem Freund von Christine Winterfeld geschehen war. Lag er auch in einem alten Sarkophag als Mumie bei irgendeinem Liebhaber für altägyptische Kunst, der nichts von dem betrügerischen Inhalt ahnte? Es war fast anzunehmen.

Christine und ihr Freund verschwanden spurlos vor elf Jahren. Auch die Familie war auf dem afrikanischen Kontinent verschwunden. Bestand tatsächlich ein Zusammenhang zwischen diesen Fällen und den zwanzig Vermissten, die in den letzten drei Jahren im europäischen Raum verschwunden waren? Lothar Senner mit seinen Jachten wäre der perfekte Transporteur von menschlicher Ware von A nach B sowie von Sarkophagen und Mumien von B nach C gewesen, und das weltweit. Für jede Fahrt hatte er sich ein paar neue Artefakte in seine Kammer gestellt. Die Frage war, woher kamen die Stücke? Und an was war der letzte Deal gescheitert? War die Quelle versiegt, oder hatte er etwas anderes gewollt?

45. KAPITEL

Das kleine Mädchen saß auf dem großen grauen Steintisch und nahm den frischen Geruch in sich auf, der von ihrer Mutter ausging. Sie genoss den Augenblick, wenn sie die ganze Aufmerksamkeit ihrer Mutter hatte, die gerade summend die Leinentücher abwickelte, die sie fest um den Kopf trug und die ihr unsagbare Schmerzen bereiteten. Mit jeder abgelösten Schicht ließ der Druck auf den Kopf nach. Aber sie wusste auch, dass dieses angenehme Gefühl nicht von Dauer sein würde. Wie oft hatte sie geweint und sie gebeten, damit aufzuhören, aber ihre Mutter hatte unerbittlich weitergemacht und jedes Mal die Bandagen fester um den Kopf gezogen. Sie wollte sie nicht verärgern, denn ihre Mutter konnte sehr böse werden. Das hatte sie mit eigenen Augen gesehen. Als nämlich eines ihrer neuen Geschwister nicht aufgehört hatte zu weinen, hatte sie es grob aus dem Zimmer gezogen. Eine Weile hatte sie das Weinen noch gehört, dann war es verstummt, und ihr neuer Bruder war nie wieder zurückgekommen. Ihre Mutter hatte ihr später erklärt, dass er jetzt mit den Göttern spielt und neue Geschwister hat. Sie wusste zwar nicht, was Götter sind, aber sie waren bestimmt nett zu ihm.

»Nun, dann wollen wir mal sehen, wie sich meine kleine Prinzessin hier macht.« Ein Lächeln huschte über das sonst so ernste Gesicht ihrer Mutter, als sie den kleinen Kopf von allen Seiten betrachtete. »Du wirst ein richtiges Prachtstück werden. Nein, du bist es schon. Und zur Belohnung gibt es das hier.«

Sie holte aus der Tasche ihres weißen Kittels einen ganzen Schokoladenriegel und gab ihn ihr. Das kleine Mädchen riss hastig das Papier ab und stopfte sich gierig die Schokolade in den Mund. Wie schön es doch war, wenn ihre Mutter glücklich war, was nur allzu selten vorkam. Denn dann würde sie vielleicht öfter etwas von diesen Leckereien bekommen. Ihre Mutter lächelte sie an und gab ihr ein Zeichen, sich hinzulegen. Die Steinplatte war kalt, und das grelle Licht über ihr blendete sie, sodass sie die Augen schloss. Sie wollte sich nicht beklagen, wollte das Glück nicht zerstören. Dann spürte sie einen kleinen Stich im Arm, und das Letzte, was sie hörte, war das fröhliche Summen ihrer Mutter.

46. KAPITEL

Hamburg Zwei Angestellte waren wegen Krankheit ausgefallen. Deshalb stand Lina schon am frühen Nachmittag in der Küche und half ihrer Mutter bei den Vorbereitungen. Sie schälte Kartoffeln, eine Arbeit, bei der sie nichts falsch machen konnte, außer sich in die Finger zu schneiden.

Als die ersten Gäste eintrudelten, ging Lina hinter den Tresen und schenkte Getränke aus. Ihre Gedanken waren bei Sam. Sie hatte die Harte gespielt und ihn damit in eine Ecke gedrängt, aus der er auch nicht mehr hervorkam. Sam verschwendete keine Zeit für Menschen, bei denen er der Meinung war, dass sie ihn nicht achteten, liebten oder respektierten. Sie konnte es ihm nicht einmal verübeln. Sie war genauso.

Gegen acht ging plötzlich die Tür auf, und der Mann, der Lina bei ihrem letzten Flamencotanz nicht aus den Augen gelassen hatte, betrat das Restaurant. Er hängte seinen vom Regen durchnässten Mantel über einen Stuhl und setzte sich auf »Sams Platz«. Als er Lina sah, lächelte er ihr zu, was ihre Mutter mit großem Argwohn beobachtete, denn sie wünschte sich und glaubte immer noch an ein Happy End mit Sam. Für sie war Sam, nachdem er ihre Tochter gerettet hatte, ein Heiliger, den sie auch täglich in ihre Morgen- und Abendgebete einschloss.

Der Mann saß den ganzen Abend an dem Tisch. Immer wieder wanderte sein Blick zu Lina, die am Tresen Gläser abwusch, Weinflaschen öffnete und Bier ausschenkte. Es war kein unangenehmer Blick, und manchmal schenkte Lina ihm ein Lächeln.

Plötzlich stand er auf, stellte sich an den Tresen und sagte mit angenehmer Stimme: »Ich möchte zahlen.«

»Ich schicke Ihnen jemand an den Tisch«, antwortete Lina und wusch weiter Gläser ab.

»Ich möchte aber bei dir zahlen.«

Lina musste lachen und trocknete sich die Hände an einem Geschirrtuch ab. »Na schön, überredet.«

Er holte ein Bündel Scheine aus der Hosentasche, zog einen Hundert-Euro-Schein heraus und schob ihn Lina über den Tresen. »Der Rest ist für dich, Schönheit.«

Lina wollte protestieren, denn die Rechnung betrug lediglich fünfzig Euro, doch der Mann war bereits aus der Tür.

»Du benimmst dich wie eine Puta von der Straße, Lina«,

hörte sie hinter sich ihre Mutter sagen. »Das nehmen wir nicht an. Das nächste Mal bekommt er Geld zurück.«

»Was macht dich so sicher, dass er noch mal herkommt, Mama?«

»Lina, él es un hombre malvado. Parece al diablo.«

»Mama, übertreib nicht wieder. Du siehst in jedem gleich den Teufel.«

»Das ist nicht wahr.«

»Doch, Mama.« Lina gab ihrer Mutter einen Kuss und trocknete weiter Gläser ab.

Gegen elf war endlich der letzte Gast gegangen. Lina zog sich ihren Regenmantel an und trat in die feuchte Nacht hinaus. Die Luft roch frisch und sauber, obwohl die Gegend hier alles andere als das war. Auf der gegenüberliegenden Straßenseite liefen zwei junge Frauen auf und ab, deren freizügige Outfits keine Zweifel an der Ausübung ihrer Tätigkeit ließen. Lina wunderte sich darüber, denn eigentlich standen die Prostituierten weiter oben an der Ecke Richtung Hauptbahnhof. Sie sah zwischen den Häuserwänden nach oben in den dunkelgrauen, von schweren Wolken bedeckten Himmel. Es würde wahrscheinlich die ganze Nacht durchregnen, dachte sie und beeilte sich, zum Bahnhof zu kommen.

Sie war keine zwanzig Schritte gegangen, als neben ihr ein Wagen im Schritttempo entlangfuhr. Die Scheiben waren verdunkelt, sodass Lina nicht erkennen konnte, ob ein Freier es wagte, sie zu belästigen. Sah sie vielleicht aus wie eine Straßenhure? Sie hob die Hand und streckte dem Unsichtbaren den Mittelfinger entgegen, als die Scheibe der schwarzen Mercedes-Limousine langsam hinunterglitt und der Mann aus dem Restaurant ihr zugrinste.

»Na, na, na, wer macht denn so etwas? Kann ich dich irgendwo hinfahren?«

Lina überlegte, ob sie die zehn Minuten zwischen Drogendealern, Nutten und Obdachlosen zum Hauptbahnhof marschieren wollte oder ob sie sich lieber in angenehmer Begleitung dorthin fahren ließ.

Sie entschied sich für Letzteres und stieg ein.

»Zum Bahnhof, bitte.«

»Zum Bahnhof? Was willst du denn da?«

»Ich will nach Hause.«

»Ich fahre dich auch gerne nach Hause.«

»Nein, nicht nötig. Darf ich fragen, wie mein Taxifahrer heißt? Ich sehe kein Schild.«

»Daniel.«

»Ich heiße Lina.«

»Okay, dann fahre ich dich zum Bahnhof.«

Der Wagen rollte leise an, und Daniel fuhr im Schritttempo Richtung Bahnhof.

»Ich fahre dich wirklich gerne nach Hause.« Daniel hielt den Wagen an und sah Lina in die Augen. »Na?«

»Nein. Ich fahre lieber mit der Bahn.«

»Ach, bin ich dir unangenehm?«

Lina lachte. »Nein, so war das nicht gemeint, aber …«

Der Regen war stärker geworden, und Daniel schaltete die Scheibenwischer an. »Sieh mal, der da oben hält es auch für eine gute Idee. Er hat den Wasserhahn etwas mehr aufgedreht.«

»Okay, überredet«, sagte Lina lachend und nannte ihm ihre Adresse. Daniel wendete den Wagen und fuhr an dem Restaurant vorbei Richtung Alster.

Sie schmiegte sich in die weichen Ledersitze. Verstohlen sah sie Daniel von der Seite an. Er konzentrierte sich auf die Straße und lächelte leicht.

»Musst du nicht morgen arbeiten?«, fragte Lina in der Hoffnung, etwas über den Beruf ihres nächtlichen Begleiters herauszufinden, der sich so einen Luxuswagen leisten konnte.

»Ich gehe immer spät ins Bett. Schlafe allerdings morgens auch länger. Es reicht, wenn ich gegen elf im Büro bin.«

Eine Aussage, die so viel hieß wie, *ich bin selbstständig, kann mir meine Zeit einteilen.* Außerdem bedeutete »Büro« für Lina etwas Solides.

Sie sah sich Daniel genauer an. Seine Kleidung war leger. Ausgewaschene Jeans, eng anliegendes Oberhemd, kein Bauch und ein kräftiger Bizeps – ganz nach ihrem Geschmack. Um den Hals trug er ein dunkelblaues Tuch. Das Einzige, was Lina störte, war, dass er wohl kaum größer war als sie selbst. Seine Oberschenkel waren kurz und breit. Die Hände sehr kräftig, aber gepflegt.

»Möchtest du Musik hören, oder willst du mir ein bisschen was von dir erzählen?«

»Warum erzählst du mir nicht erst einmal etwas von dir?«, entgegnete Lina.

»Okay, wie du willst.«

Lina war überrascht über seine Reaktion, erinnerte sie sich doch noch allzu gut daran, wie schwer es damals gewesen war, die kleinste Information aus Sam herauszubekommen. Und dieser Mann war tatsächlich bereit, über sich zu erzählen? Lina war mehr als gespannt.

»Was möchtest du wissen?«

»Wer du bist, was du machst, was du liebst, was du hasst.«

Daniel nickte und grinste.

»Also, mein Leben begann erst mit acht Jahren. Die Zeit davor habe ich irgendwie vergessen. Ich wurde von sehr reichen Leuten aus einem Waisenhaus adoptiert und verbrachte meine Kindheit in einer schlossähnlichen Villa, die mitten in einem Wald lag, der, so weit das Auge reichte, meinen Adoptiveltern gehörte. Es war eine traumhafte Zeit, ein Bilderbuchleben. Ich machte mein Abitur mit achtzehn, studierte dann Wirtschaft und wurde von meinem Vater langsam ins Immobiliengeschäft eingeführt. Eines Tages interessierte sich eine Klientin für ein bestimmtes Grundstück von uns. Ich betreute sie in der Angelegenheit, und wir verliebten uns ineinander. Sie war fünfzehn Jahre älter als ich, aber das tat unserer Liebe keinen Abbruch. Wir heirateten. Fünf Jahre später starb sie an Krebs. Es war die intensivste und schönste Beziehung, die ich mit einem Menschen erlebt habe.« Daniel hielt an einer roten Ampel und sah Lina an. »Sie hatte viel Ähnlichkeit mit dir. Äußerlich, meine ich.«

»Das tut mir leid ... Ich meine das schreckliche Ende.«

»Auch das Ende haben wir gemeinsam genossen bis zur letzten Sekunde. Um meine Geschichte abzuschließen ... Ich arbeite immer noch in der Firma meiner Eltern und bin im Großen und Ganzen glücklich. Die Geschäfte laufen gut, das Geld stimmt, nur manchmal fehlt eben etwas. Etwas, das man beschützen, auf Händen tragen und verwöhnen kann. Als ich den einen Tag in deinem Restaurant gesessen habe und du für die Gäste getanzt hast ... als ich dein Gesicht sah ... na ja, es war ein Déjà-vu ...« Daniel verstummte plötzlich.

Lina sagte nichts und heftete ihren Blick auf die Straße.

»Du bist eine wunderschöne Frau, aber das weißt du sicherlich selbst.«

»Danke. Was soll ich dazu sagen?«, entgegnete Lina lachend.

»Erzähl mir was von dir.«

Lina war es fast unangenehm, ihre langweilige Lebensgeschichte zu erzählen. Sie hatte kein Märchen zu bieten, lediglich ein arbeitsreiches, immer um jede Mark, später dann Euro, kämpfendes Leben. Als sie anfing, von ihrer abenteuerlichen Reise nach Kolumbien, das Heimatland ihres Vaters, zu erzählen und berichtete, wie sie aus der Narkose in einem Krankenhaus aufwachte, das auf Organtransplantationen spezialisiert war, hielt Daniel den Wagen an und starrte sie fassungslos an.

»Kannst du dir vorstellen, wie ich mich gefühlt habe, als ich erfuhr, dass mein eigener Vater mir sein Herz gespendet hatte? Mir, seiner einzigen und alles geliebten Tochter? Am liebsten wäre ich auf der Stelle tot umgefallen. Ein Leben ohne meinen Vater schien mir damals unmöglich. Ich mache mir heute noch Vorwürfe, dass ich nicht geahnt habe, was meine Eltern vorhatten.«

»Ja, aber … warum um alles in der Welt …«

»In seinem Brief stand, dass er seine Zeit gehabt hatte. Und es würde nichts Schöneres geben, als einem geliebten Menschen ein zweites Leben zu schenken.«

»Ja, aber geht das denn so einfach, dass man einem gesunden Menschen das Herz herausnimmt und einem anderen einsetzt?«

Lina lachte. Es war kein fröhliches Lachen. »In manchen Ländern ist mit Geld alles möglich, Daniel. Besonders in armen, meinst du nicht?«

Daniel nickte und sah nach draußen, ohne wirklich etwas zu sehen. »Das ist ein sehr trauriges Märchen, Lina.« Der Wagen setzte sich wieder in Bewegung, um keine zwei Straßen weiter wieder anzuhalten.

»Leider sind wir schon da. Ich hätte gerne noch mehr aus deinem Leben gehört. Sehen wir uns wieder?«

»Vielleicht.«

Lina stieg aus und schenkte Daniel ein Lächeln, während sie die Tür zuschlug. Sie drehte sich nicht mehr um, obwohl sie es gern getan hätte. Dann war sie im Hauseingang verschwunden und hörte nur, wie der Wagen davonfuhr.

Sie musste zugeben, Daniel gefiel ihr. Aber konnte ein Mann tatsächlich so offen, feinfühlig und sensibel sein? Es war dieser innere Zweifel, dass es keine Perfektion gibt. Und dieser Mann mit seinem beinahe makellosen Leben, seiner verlorenen, vollkommenen Liebe war geradezu zu einem perfekten Zeitpunkt in ihr Leben getreten. Kein Zusammentreffen von Menschen im Leben war zufällig. Alles hatte einen Sinn, unterstand gewissen Regeln. War das ein Zeichen, dass Sam vielleicht nicht der Richtige war?

47. KAPITEL

Chester Am Abend saß Aethel in einem kleinen Restaurant in einem der Fachwerkhäuser, für die Chester bekannt ist; es war berühmt für seine exzellente mediterrane Küche. Sie wartete auf Lord Richmond.

Die Uhr zeigte auf viertel nach acht. Der Lord war bereits fünfzehn Minuten zu spät. Normalerweise ein Grund zu gehen, aber leider saß sie nicht am längeren Hebel. Sie musste sich die Frechheit gefallen lassen.

Sie wollte gerade einen Wein bestellen, als sie die unverkennbare Stimme von Lord Richmond hinter sich hörte.

»Aethel, was für eine Freude, dich zu sehen.«

»Ganz meinerseits«, sagte Aethel und verzog das Gesicht zu einem gekünstelten Lächeln.

»Hast du schon bestellt?«

»Ich möchte nichts essen, vielen Dank. Mir ist der Appetit vergangen«, antwortete sie bissig und betrachtete Lord Richmond, der gelassen in die Speisekarte sah, etwas genauer.

Er hatte kurze rote Haare, die weiß-rötliche Haut war übersät mit braunen Sommersprossen, die Wimpern fast weiß und die Augen steingrau. Es schüttelte sie innerlich bei der Vorstellung, diesen Mann küssen zu müssen. Deshalb musste sie sich schnell etwas einfallen lassen.

Der Kellner trat an den Tisch, und der Lord bestellte sich als Vorspeise die Tagessuppe mit Knoblauchbrot, als Hauptgericht Lachsfilet und dazu einen bioorganischen Chardonnay.

Er nickte dem Kellner dankend zu und gab ihm die Karte zurück. Dann sah er Aethel an, die sich im Stillen mehrere Möglichkeiten zurechtgelegt hatte, wie sie sich am besten aus der Affäre ziehen konnte.

»Aethel«, begann Lord Richmond und kniff den Mund

als Zeichen des Bedauerns zusammen. Seine rechte Hand rutschte langsam über den Tisch. Sie schloss sich um ihre wie eine fleischfressende Pflanze. Der Druck seiner mit Sommersprossen gesprenkelten Hand zwang Aethel dazu, ihre Hand auf dem Tisch zu lassen und ihm zuzuhören.

»Ich denke, es gibt nichts Schöneres, als den Menschen, die immer für einen da waren, eine Freude zu machen. Deshalb verstehe ich deine ablehnende Haltung auch nicht. Eine Heirat würde für beide Seiten nur Vorteile bringen, Aethel. Ein Problem wird natürlich sein, deinem Vater zu erklären, dass sein kleines Töchterchen gar nicht Jura studiert, wie sie die ganze Zeit vorgibt. Was wiederum bedeutet, dass die Kanzlei dich höchstens als Putzfrau einstellen könnte und nicht als Staranwältin.«

Aethel sah den Rotschopf hasserfüllt an.

»Aber auch darüber habe ich mir so meine Gedanken gemacht. Man könnte das Ganze auch überspringen, indem du ein Kind von mir bekommst und damit deinen Beruf nicht antreten musst, weil du dich dann als Mutter und Hausfrau betätigst, dich sozusagen deiner Familie opferst. Mit der Zeit wirst du berufsuntauglich und bist aus dem Schneider.«

Lord Richmond hob die hellroten Augenbrauen. Endlich lockerte er seinen Griff um Aethels Hand.

»Was ist der eigentliche Deal?«, fragte Aethel trocken und merkte, wie seine Hand von ihrer glitt.

»Wie meinst du das?«

»Um was geht es hier wirklich, Lord Richmond? Warum wollen Sie unbedingt mich heiraten? Eine Frau, die Sie bis aufs Blut hassen wird. Ist es wirklich das, was Sie wollen?«

»Es gibt Schlimmeres, Aethel.«

Der Kellner brachte die Flasche Wein, öffnete sie am Tisch, schenkte erst Lord Richmond ein, der kurz daran nippte und mit einem Kopfnicken bestätigte, dass der Wein in Ordnung war. Dann bediente er Aethel. Am Tisch herrschte zwei Minuten eisiges Schweigen, während Aethel überlegte, ob sie in Tränen ausbrechen und versuchen sollte, Mitleid bei dem weiß-roten Untier zu erregen, oder ob sie sich fügen sollte, um damit Zeit zu gewinnen und ihm mit List das Herz zu durchbohren. Sie brauchte nur ein wenig Zeit. Dann würde nach ihren Regeln gespielt werden.

Doch auch wenn Aethel oft strategisch richtig dachte, war sie nicht frei von Emotionen, und so stellte sie die Frage, die ihr schon die ganze Zeit im Kopf herumgegangen war und die sie besser für sich behalten hätte.

»Okay, was hat mein Vater davon, wenn ich Sie heirate?«

Lord Richmond, der gerade das Glas ansetzen wollte, hielt mitten in der Bewegung inne. Aber es war nur ein kurzer Moment, dann setzte er doch das Glas an und trank es in einem Zug halb leer.

»Reden wir nicht über Banalitäten, Aethel. Mich interessiert viel mehr, wo du deine Zeit wirklich verbringst, wenn du angeblich studierst.«

»Das geht Sie nun wirklich nichts an.«

»Es war nur eine rhetorische Frage, Aethel. Glaubst du im Ernst, ich würde dich heiraten, wenn ich nicht genau wüsste, was du treibst? Es könnte ja sein, dass du zum Zeitvertreib Drogen nimmst oder rumhurst, und das kann verdammt unangenehm werden. Stell dir vor, ein Mandant, der meine Frau in einem Puff gevögelt hat. Nein, Aethel …« Lord Richmond grinste breit.

Aethel blieb bei der Vorstellung, dass dieser Mann ihr größtes Geheimnis kannte, fast das Herz stehen.

Der Kellner platzierte die Suppe mit dem Knoblauchbrot vor Lord Richmond, legte einen Löffel zum Besteck und verschwand wieder lautlos. »Jetzt fragst du dich sicherlich, was ich alles weiß, nicht wahr?«

Aethel bemühte sich darum, so ausdruckslos wie möglich zu wirken, obwohl in ihrem Inneren ein Druck wie in einer geschüttelten Coladose herrschte.

»Nun, um dir einen kleinen Hinweis zu geben, Essen in Deutschland, Palma auf Mallorca.« Wieder hob er überlegen die Augenbraue, die an weißes Seekraut erinnerte.

Aethel fühlte sich, als hätte man sie im Galopp vom Pferd geholt. Sie musste sich eingestehen, dass sie das Turnier verloren hatte. Die Trophäe ging an ihren ärgsten Feind. Vorerst. Denn in jedem Spiel, so auch in diesem, gibt es einen Gegenstoß. Der würde ihren Gegner ins Herz treffen!

Beim Verlassen des Restaurants begrüßte Lord Richmond einen älteren Herrn an einem Tisch, der Aethel irgendwie bekannt vorkam. Sie konnte ihn jedoch nicht einordnen. Die beiden Männer wechselten ein paar Worte, die in diesem Moment nur in Aethels Unterbewusstsein drangen, weil sie zu sehr mit ihren Rachegedanken beschäftigt war, sonst hätte sie vielleicht schon die Lösung ihres Problems gehabt.

Als Aethel in einem fast tropischen Regenschauer die Auffahrt zum Schloss hochfuhr, brannte immer noch Licht im Wohnbereich. Sie blieb eine Weile in ihrem weinroten alten Drophead-Coupé der Marke Bentley sitzen, bis die Scheiben vollkommen von ihrem Atem beschlagen waren. Schließlich stieg sie aus, streckte ihr Gesicht dem Regen entgegen, als könnte er die letzten Stunden der Demütigung wegwaschen, die sie ertragen musste. Völlig durchnässt betrat sie die Eingangshalle.

Ihre Mutter stand erwartungsvoll in der großen Flügeltür, die zum Wohnzimmer führte, die Hände vor der Brust gefaltet. Sie lächelte, während ihr Vater, der schräg hinter ihr stand, keine Miene verzog.

»Du kannst die Hochzeit vorbereiten«, sagte Aethel kühl und betrat mit gesenktem Kopf und geballten Fäusten die Treppe, die zu ihrem Turmzimmer führte. Sie blieb einen Augenblick hinter der ersten Windung stehen und hörte, wie ihre Mutter unten freudig gluckste, ihr Vater jedoch kein Wort über die vermeintlich gute Nachricht verlor.

48. KAPITEL

Zwei Tage später ging am Morgen ein Anruf von einem englischen Zollbeamten ein, der die Meldung der deutschen Polizei an alle Zollstationen gesehen hatte und der sich an eine junge Engländerin erinnerte, die eine Büste ähnlicher Art in einem Rucksack getragen hatte. Natürlich konnte er keinen Namen nennen, aber er gab eine kurze Beschreibung ab. Dunkle, mittellange Haare, ungefähr eins fünfundsechzig groß, schlank, normal gekleidet, was ungefähr auf ein Viertel aller Frauen zutraf. Alfred unterhielt sich darüber mit einem Kollegen, gerade als Sam am Kaffeeautomaten stand und eine Münze einwarf. Sam hörte noch, wie Alfred einen Siegelring mit einem blau-goldenen Wappen erwähnte. England? Stammte die Büste nicht ursprünglich aus England? Ein Wappen wurde immer mit Tradition und Geschichte verbunden. Eine Diebin, die sich in adeligen Kreisen bewegte? Oder war der Ring ebenfalls Diebesgut und wurde lediglich als Schmuckstück getragen? Doch daran wollte Sam nicht so recht glauben.

Er rief bei einem Wappenmeister in England an, der ihm einen Vortrag über den Erwerb von Wappen hielt. Hochschulabschluss sei Pflicht, anschließend würde bei der Wappenzentrale geprüft, ob der zukünftige Träger sich in der Gesellschaft verdient gemacht hatte. Wappen könnten aber auch vererbt werden. Als er erwähnte, dass er allein etwa zweihundert Wappen jährlich entwarf und er einer von fünf Wappenmeistern war, bedankte sich Sam und legte auf.

Vielleicht würde er auf der Charity-Veranstaltung von Frau Serani, die ihm gestern noch per E-Mail die Einladung bestätigt hatte, etwas mehr erfahren können.

Als Nächstes stand ein Telefonat mit der Interpol-Zentrale in Marseille auf der Liste, die seit Jahren mit Kulturorganisationen und Archäologen nach gestohlenen Kunstschätzen suchte. Nach mehrmaligem Verbinden hatte Sam schließlich den zuständigen Beamten am Apparat. Ihm wurde ziemlich schnell klargemacht, dass er die Nadel in *allen* Heuhaufen der Welt suchte.

»Sie können sich gar nicht vorstellen, wo diese Sachen überall auftauchen. Libyen, USA, Europa, Japan, um nur ein paar Länder zu nennen. Wir suchen erst seit 2003 Kunstschätze, die aus dem Nationalmuseum in Bagdad gestohlen worden sind. Sie suchen nach Mumien, die seit zweihundert Jahren durch die Weltgeschichte geistern und irgendwann in Kellern von normalen Wohnhäusern gefunden werden. Wenn sie nicht kleingemörsert wurden.«

»Ich suche nicht nach echten Mumien, sondern nach gefälschten, Monsieur Roche.«

»Kennen Sie die Geschichte vom persischen Kamelzüchter Hadji Ali Aqbar?«

»Nein.«

»Man fand bei ihm eine zweitausendsechshundert Jahre alte Mumie mit einer goldenen Gesichtsmaske und Brustplatte in einem Holzschrein. Laut der Keilschrift sollte es sich um die Tochter des persischen Königs Xerxes I. handeln. Ein sensationeller Fund für die Fachwelt. Eine persische Mumie, aber nach ägyptischen Vorbildern mumifiziert. Im Endeffekt stellte sich heraus, dass die Frau 1996 an einem Genickbruch gestorben war oder getötet wurde. Aber solange eine Nachfrage besteht, werden kriminelle Seelen immer wieder Mittel und Wege finden, zu plündern oder zu fälschen. Immerhin bringt so eine Mumie auf dem Schwarzmarkt zwanzig Millionen Dollar.«

Zwanzig Millionen Dollar! Ein Sümmchen, das nicht jedermann mal eben aufbringen konnte. Was waren das für Menschen, die sich einen mumifizierten Körper ins Haus legten? Was war der Kick dabei? Oder ging es nur um die

Antiquität an sich. Reichte da nicht eine Statue aus Marmor oder Gips, die dreitausend Jahre alt war?

Lothar Senner war fanatisch gewesen, was das alte Ägypten anging. Seine Nachbarin, die die ausgestopften Katzen füttern sollte, hatte das bestätigt. Nun galt es, weitere von diesen Fanatikern ausfindig zu machen. Einen lebenden am besten. Oder aber man schlüpfte selbst in diese Rolle.

49. KAPITEL

Hamburg Eine Stunde noch, dann würde sie endlich die Praxis abschließen und Daniel wiedersehen.

Sam hatte am Nachmittag angerufen. Es war kein emotionales Gespräch gewesen. Beide hatten es vermieden, über den aktuellen Stand ihrer Beziehung zu sprechen, und nur über belanglose Dinge geredet. Das Wetter, das Restaurant, die Stimmung auf der Arbeit, ihr Chef und die Patienten. Dann war das Gespräch holprig geworden. Immer wieder entstanden Pausen am Telefon, und schließlich hatte sie gesagt, dass sie weiterarbeiten müsse. Die Erleichterung, die Sam darüber empfand, aus dem Gespräch erlöst zu sein, hatte sie sogar über die Entfernung spüren können. Aber vielleicht tat sie ihm auch nur unrecht. Sie dachte an Daniel. Er gefiel ihr zwar nicht hundertprozentig, aber er hatte etwas Interessantes an sich, etwas, das sie anzog. Seine Augen mit diesem eigenartigen grünlichen Schimmer und den dunklen Punkten in der Iris, fast reptilienartig. Wenn er redete, fühlte sie sich, als würde sie in einen Kokon eingesponnen werden.

Der letzte Patient nahm endlich seine Jacke vom Haken und verabschiedete sich. Wieder sah Lina auf die Uhr. Eine halbe Stunde noch. Sie zog den schwarzen Lidstrich über ihren mandelförmigen Augen nach, legte ein bisschen durchsichtiges Gloss auf ihre vollen Lippen und strich sich den roten Pullover über der schmalen Taille glatt. Den Pullover, den Sam so sehr an ihr geliebt hatte, weil er ihren olivefarbenen Teint hervorhob. Jetzt trug sie ihn für einen anderen Mann. Fast schämte sie sich dafür, trotzdem fühlte sie dieses nervöse, aber angenehme Bauchkribbeln, wenn sie an Daniel dachte. Sie zog sich den Mantel über, schloss die Praxis ab und nahm nicht den Fahrstuhl, sondern ging langsam Stufe für Stufe die drei Stockwerke nach unten, damit wieder ein paar Minuten mehr verstrichen. Zehn Minuten noch, dann sah sie Daniel wieder. Er hatte gesagt, dass er sie vor der Praxis abholen würde und eine Überraschung für sie hätte.

Lina stand auf dem Bürgersteig und beobachtete einen Wagen nach dem anderen, der die kleine Straße entlangfuhr. Immer wenn sie die schwarze Kühlerhaube einer Limousine, egal welchen Modells, um die Ecke biegen sah, hielt sie den Atem an. Die Zeit verging, von Daniels Wagen war nichts zu sehen.

Sollte sie ihn anrufen? Vielleicht hatte er die Verabredung mit ihr vergessen, vielleicht war er aber auch noch bei einem Kunden und nicht rechtzeitig weggekommen. Schließlich nahm sie ihr Handy, suchte Daniels Nummer und tippte sie ein.

Schon beim zweiten Klingeln hörte sie seine angenehme Stimme an ihrem Ohr. »Hey, Schönheit, tut mir leid, dass ich mich verspäte. Bin gleich da.«

»Okay. Dann bis gleich.«

Lina war wieder im siebten Himmel. Deshalb traf es sie umso härter, als sie durch die sieben Wolken fiel und unsanft auf dem Boden aufschlug. Von Daniel war auch nach einer weiteren Stunde qualvollen Wartens nichts zu sehen. Die Autos wurden immer weniger, die Lichter in den Geschäften gingen aus, und nur gelegentlich hörte sie noch die Schritte eines Passanten, der seinen Wagen aus dem gegenüberliegenden Parkhaus holte.

Lina hatte noch ein paarmal auf Daniels Nummer gedrückt, doch jedes Mal war die Mailbox angesprungen. Schließlich fuhr sie enttäuscht nach Hause und fragte sich, ob es vielleicht besser gewesen wäre, wenn sie ihn von Anfang an abgewiesen hätte.

War sie nicht mehr interessant genug, weil Daniel gemerkt hatte, dass er sie haben konnte? Lina wusste nicht mehr, ob sie traurig, enttäuscht, besorgt oder wütend sein sollte. Wütend über die Respektlosigkeit, sie einfach über eine Stunde warten zu lassen, oder besorgt, dass Daniel vielleicht etwas passiert war, er schwer verletzt in einem Krankenhaus lag und das der wahre Grund für sein Nichterscheinen war.

Als Lina mitten in der Nacht aufwachte, griff sie sofort zu ihrem Handy, in der stillen Hoffnung, dass auf dem kleinen Bildschirm ein verpasster Anruf oder der Eingang einer SMS angezeigt war. Zu ihrer großen Enttäuschung war weder das eine noch das andere eingegangen.

50. KAPITEL

Mallorca Endlich wieder auf der Insel, um dem Wahnsinn in Chester zu entkommen – den Hochzeitsvorbereitungen ihrer Mutter –, war sie von einem Café ins andere gegangen, hatte sich zwischendurch in ihren Leihwagen gesetzt und war ziellos durch die Gegend von Pollença gefahren. Die Sonne schien kräftig am strahlend blauen Himmel, und Aethel fing allmählich an, unter ihrer blonden Perücke zu schwitzen. Nur ein Stielkamm verschaffte ihrer juckenden Kopfhaut Erleichterung.

Am Ende des Tages stellte sie sich mit ihrem kleinen Twingo unter einem Baum an den Ortseingang und wartete, ob der rote Sportwagen des Mannes, der die Nofretete entgegengenommen hatte, an ihr vorbeifahren würde. In dem kleinen Hotel, wo sie abgestiegen war, hatte sie vorsichtig nach dem Besitzer eines solchen Wagens gefragt, jedoch als Antwort nur ein Kopfschütteln erhalten.

Am Freitagabend fuhr Aethel Richtung Palma. Als sie nach fast einer Stunde Fahrt auf der dunklen, unbelebten Landstraße zur Hauptstraße Palmas kam, die direkt am Meer entlangführte, hatte sie das Gefühl, wie durch einen Geburtskanal ins Leben zu schlüpfen. Die Luft war warm, die Meeresbrise erfrischend, und über Aethels Gesicht huschte das erste Mal seit Tagen ein Lächeln der Zufriedenheit. Auf den Straßen standen zwischen parkenden Autos Trauben fröhlicher junger Menschen, die sich mit Alkohol auf den Abend einstimmten und auf Aethel eine entspannende Wirkung hatten.

Für einen Augenblick vergaß sie sogar die unverschämten Erpressungen ihres zukünftigen Gatten Lord Richmond, der unerbittlich versuchte, sich in ihr Leben und in ihre Familie zu drängen. Dieser Mann schien es gewohnt, zu bekommen, was er wollte. Aber auch Aethel war in der Hinsicht kein Kind von Traurigkeit.

Die Jagd nach der verborgenen Schwäche des Gegners war eröffnet worden, und wer letztlich als Gewinner daraus hervorging, würde sich noch zeigen.

Ein lautes Hupen holte Aethel auf die Straße zurück. Endlich sah sie auf der rechten Seite die beleuchtete Domkirche *La Seu*, die zu den vier schönsten Kirchen der Welt zählt und der einzige Orientierungspunkt in Palma für sie war. Anschließend bog sie auf die kleine Straße hoch zur Altstadt ein, wo sie ein paarmal im Kreis um den Kern herumfahren musste, bis sie noch eine kleine Parklücke für den Twingo fand, direkt vor dem Eingang der Gasse, die sie das letzte

Mal zu dem Treffpunkt, dem Restaurant *La Clave*, hochgegangen war. Doch das war dieses Mal nicht Aethels Ziel. Sie wollte sich an diesem Abend in die angesagtesten Bars von Palma stürzen. Beginnen wollte sie mit der Bar-Tabac. Die Inbar, in der man seinen ersten Cocktail zu sich nahm, in der man die ersten Kontakte knüpfte, von der aus man am späteren Abend weiterzog.

Die Bar war bereits so voll, dass Aethel sich zwischen den eng zusammenstehenden Leuten durchpressen musste, dabei fremde Körper streifte und ihr das eine oder andere zu großzügig aufgelegte Parfum in die Nase stieg, was ihr höchst zuwider war. An der Bar bestellte sie sich einen Wodka-Orange, stellte sich in eine freie Ecke, wo sie einen guten Überblick über die Menge hatte, frei atmen und alle Männer um sich herum beobachten konnte.

Aethel hatte vergessen, dass sie eine blonde Perücke trug, dazu einen kurzen Minirock, ein knappes Oberteil und obendrein zur Tarnung noch stark geschminkt war, was den einen oder anderen glauben ließ, dass sie darauf aus war, jemanden für eine Nacht aufzureißen. Und so traf sie bei ihrem Rundblick auf viele dunkle Augenpaare, die sie von oben bis unten gierig musterten.

An der Bar standen drei Touristinnen, umringt von ein paar Spaniern, und freuten sich über die Aufmerksamkeit, die ihnen zuteil wurde, weil sie blond und blauäugig waren.

Aber Aethel war nicht hier, um sich zu vergnügen, sondern um zu arbeiten, um sich dem zu widmen, was ihr am meisten Freude bereitete. Stehlen.

Sie trank ihr Glas aus, passte den Moment ab, in dem sich der Weg zum Ausgang etwas leerte, und verließ die belebte Bar.

Die Stille draußen in den Gassen war geradezu himmlisch. Deshalb ließ sie sich Zeit auf dem Weg hinunter zur Hauptstraße.

Am Wochenende war der *Paseo Marítimo* so überfüllt von Menschen, dass man das Gefühl hatte, auf einem Jahrmarkt zu sein. Vor den Eingängen der Diskotheken standen Schlangen von Einheimischen und Touristen, die darauf warteten, von den finster dreinblickenden, muskelbepackten Türstehern eingelassen zu werden. Schwaden von Zigarettenrauch, vermischt mit Pizza- und Wurstgerüchen, begleiteten Aethel auf dem Weg durch die verdreckte Straße.

Vor einem mit lila Neonröhren beleuchteten Eingang blieb sie schließlich stehen. Das Tor zur Hölle, ging es Aethel durch den Kopf. Sie schob den schwarzen, schweren Vorhang zur Seite und stand in einem niedrigen Gang. Links und rechts lehnten Leute an der Wand, die mit einem Getränk in der Hand gelangweilt die Neuankömmlinge anglotzten. Aethel wartete einen Augenblick, bis sich ihre Augen an das Schwarzlicht gewöhnt hatten, und folgte dann dem Gang, der wie eine Vene zum Herz der Diskothek führte. Je näher sie kam, desto stärker dröhnten die Bässe durch ihren Körper, desto mehr hatte sie das Gefühl, dass ihre Eingeweide Hip-Hop tanzten.

Auf einer Empore tanzte ein Schwarzer mit glänzendem nacktem Oberkörper, neben sich zwei junge Frauen in hautengen, feuerroten Trikots, die sich wie Schlangen an zwei Stangen wanden. Der Teufel und seine Höllendienerinnen, dachte Aethel und ließ ihren Blick über die wogende Menge auf der Tanzfläche schweifen.

Und dann sah sie ihn. Er stand direkt vor ihr an eine Säule gelehnt, hinter sich ein junges Mädchen, die ihre Arme um seine Hüfte geschlungen hatte. Ihr erster Eindruck war offensichtlich richtig gewesen. Es gab eben Menschen, denen man die Feierlaune an der Nasenspitze ansah. Und das Nachtleben von Palma hatte so einiges zu bieten. Er starrte sie an. Aethel blieb vor Schreck fast die Luft weg. Im gleichen Augenblick fiel ihr ein, dass er sie gar nicht erkennen konnte. Sie war blond. Nicht mal ihr eigener Vater hätte sie so erkannt.

Der Mann lächelte schief. Sein Blick war glasig. Aethel wurde klar, dass er unter irgendwelchen Drogen oder Alkohol stand. Sie lächelte zurück und ging an ihm vorbei. Sie platzierte sich genau so, dass sie das Paar im Blick hatte.

Fast zwei Stunden lang konnte sie beobachten, wie der Mann andere Mädchen ansprach, ihnen einen Drink ausgab und Telefonnummern austauschte. Das alles unter den Blicken seiner Begleiterin, die geduldig die Entwürdigungen über sich ergehen ließ. Doch plötzlich schien sie genug von seinem Chauviverhalten zu haben. Sie verschwand, ohne dass er es mitbekam. Eine halbe Stunde später wankte der Mann schließlich zum Ausgang, rief sich ein Taxi und fuhr Richtung Pollença, gefolgt von einem anderen Taxi, in dem Aethel saß.

Nach einer Dreiviertelstunde passierten sie den Ort, nahmen die Abzweigung Richtung Port de Pollença, und von da aus ging es nach Norden Richtung Cap de Formentor. Irgendwann bog das Taxi in einen kleinen Weg ab, der sich nach zwanzig Metern öffnete und den Blick auf eine malerische Villengegend freigab, die zwischen Klippen und Pinienwäldern lag. Schließlich hielt das Taxi vor einem von Grün umwucherten alten Steinhaus.

Aethel gab ihrem Taxifahrer stumme Zeichen, weiterzufahren, bis sie in einer Sackgasse landeten. Der Fahrer sah sie verständnislos an. Sie dachte angestrengt nach, wie sie weiter vorgehen sollte, und kam zu dem Schluss, dass sie ohne Zeugen wiederkommen musste.

51. KAPITEL

Essen »Es gibt viele Vereinigungen, die sich in Indien um Krankheiten, Armut und Bildungsmissstände kümmern. Was weniger auf dem Programm steht, ist ein Schutzprogramm für das unliebsame weibliche Geschlecht. Weibliche Embryonen werden, sobald das Geschlecht eindeutig bestimmt werden kann, abgetrieben. Und das nicht nur bei der armen Bevölkerung. Die Mitgift treibt viele Familien in den Bankrott.« Frau Serani legte eine kleine Pause ein und räusperte sich. »Es gibt jedoch eine erschreckende neue Entwicklung, die zunächst vermuten ließ, dass Gesetze gegen die Abtreibung fruchteten. Das ist jedoch nicht der Fall. Wir alle wissen, dass Kinderprostitution in den asiatischen Ländern geradezu öffentlich betrieben wird und sie ein Paradies für Pädophile sind. Natürlich wird hier und da ein skandalöser Fall publik gemacht, aber im Grunde genommen ist es ein Netzwerk, in dem jeder daran verdient, die Augen zu verschließen. Uns ist von einer Gruppe, einer privaten Organisation, die sich besonders auf die Touristenzentren in Indien konzentriert hat, zu Ohren gekommen, dass dort insbesondere Babys und kleine Mädchen für sexuellen Missbrauch an europäische Interessenten verschachert werden. Es wurden bereits Schutzzentren gebaut, in denen solche Opfer aufgenommen werden und wo unter anderem für psychologische Hilfe gesorgt ist. Um es kurz zu machen, diese Organisation braucht unsere Unterstützung im Kampf gegen die Pädophilie. Angestellte von Hotels müssen bezahlt werden, damit sie nicht stumm zusehen, sondern solche Missbräuche direkt melden. Allein in den letzten zwei Jahren ging die Zahl bereits um dreißig Prozent zurück …«

Sam hatte sich unter die spendenwillige High Society gemischt und versuchte, sich möglichst unauffällig jeden

Einzelnen einzuprägen. Ein schwieriges Unterfangen, denn die Frauen beobachteten ihn wie Katzen einen Falter, der unruhig umherflattert. Sam blieb an der Terrasse stehen, nahm ein Glas Champagner entgegen, das ein Kellner ihm von einem Tablett reichte, und versuchte, gelassen auszusehen.

Ein paar Fotografen wimmelten am Rand der Gesellschaft herum und fingen die Gäste mit ihren blitzenden Digitalkameras ein, damit das eine oder andere Gesicht mit einer Namensnennung unter dem Schirm der großzügigen Spenden auch in der nächsten Ausgabe der bunten Presse erscheinen konnte.

Frau Serani war mit ihrer Rede fertig. Sie ging durch die Menge, hielt hier und da einen Small Talk und steuerte dann direkt auf Sam zu.

»Es freut mich, dass Sie gekommen sind, Herr Kondor.«

Sie streckte ihm die Hand entgegen, und Sam antwortete: »O'Connor.«

»Ach ja, wie dumm von mir. Ich kann mir einfach keine Namen merken. Haben Sie noch etwas ersteigert?«

»Nun, ich hatte ein etwas spannenderes Angebot erwartet.«

Frau Serani sah ihn fragend an.

»Ich habe in meiner Sammlung schon so einige Raritäten, aber mir fehlt noch etwas Außergewöhnliches.«

»Hatten Sie etwas Besonderes im Sinn?«

»Nun, erst dachte ich, diese Kindermumie wäre es, aber der Sarkophag gefiel mir, ehrlich gesagt, nicht.«

Frau Serani nickte und schien nachzudenken, dann zog sie ihn in den Flur. »Was sagen Sie dazu?«

Auf dem Flur im Gang stand der Kopf von Echnaton, den sie ersteigert hatte. »Er macht sich dort ganz gut, oder?«

»Ausgezeichnet. Stand dort vorher etwas anderes? Oder wo haben Sie so schnell den passenden Marmorsockel gefunden?«

»Sie sind sehr aufmerksam, Herr Konnor … Es stimmt, vorher stand dort eine Büste der Nofretete. Ich habe sie von einem alten Freund geschenkt bekommen. Ja, so könnte man es sagen.« Versonnen blickte sie auf den Gipskopf und schwenkte den Weinkelch leicht hin und her. Sam fragte sich, ob die Frau schon senil war. Erst konnte sie sich seinen Namen nicht merken, und jetzt erzählte sie eine komplett andere Geschichte, als sie Alfred am Telefon aufgetischt hatte.

»Und wo ist das gute Stück jetzt?«

Sie lächelte verschmitzt und senkte ihre Stimme: »Ich habe einen sehr guten Preis dafür bekommen. Da konnte ich nicht Nein sagen.«

Sie hatte sie verkauft? Wurde sie nicht gestohlen? Sam verstand gar nichts mehr.

»Das ist natürlich …« Bevor er seinen Satz beenden konnte, wurde er von einer blonden, hochgewachsenen Frau in einem eng anliegenden silberfarbenen Strickkleid unterbrochen, die ihn schon die ganze Zeit beobachtet hatte und jetzt die Gelegenheit ergriff, seine Bekanntschaft zu machen.

»Ach, meine liebe Parminder, ich gratuliere dir für die Wahl deines interessanten Spendenzwecks. Finden Sie nicht auch?«, wandte sie sich an Sam.

»Darf ich dich mit Herrn Kondor bekannt machen? Ich habe ihn auf einer Versteigerung kennengelernt. Josephine Renouillt.« Mit diesen Worten und einem vielsagenden Blick ließ Frau Serani die beiden stehen und mischte sich lächelnd wieder unter ihre anderen Gäste. Sam sah ihr nach. Er ärgerte sich, dass diese aufdringliche Blondine das Gespräch unterbrochen hatte.

»Was werden Sie spenden? Oder ist das ein Geheimnis?«

Sam überlegte, ob es tatsächlich in diesen Kreisen üblich war, seinen persönlichen Spendenbetrag preiszugeben, oder ob er auf die Probe gestellt wurde, um sich eventuell als nicht gesellschaftsfähig zu entpuppen.

»Ich denke, von einem gewissen Betrag an redet man nicht mehr darüber, Madame Renouillt. Sie sind doch Französin, oder?«

Sie lächelte über seine Antwort. Anscheinend war sie zufriedenstellend. Sie sah auf ihr leeres Glas in der Hand, und als Sam nicht reagierte, sagte sie: »Ich würde gern noch ein Glas Champagner trinken.« Dann drehte sie sich um, ging ein paar Schritte Richtung Bar, und als sie merkte, dass Sam nicht gewillt war, ihr zu folgen, kam sie wieder zurück, hakte sich unter und zog ihn wie ein störrisches Kind mit sich. »Sie sind alleine hier?« Es war mehr eine Feststellung als eine Frage.

»Ja.«

»Sind Sie verheiratet?«

Sam fand, dass die Frau ziemlich forsch an das Objekt ihrer Begierde heranging.

»Was denken Sie?«, fragte er zurück.

»Verheiratet mit zwei Kindern.« Sie sah ihn abschätzend mit leicht zusammengekniffenen Augen an, legte den Kopf etwas schief und führte ihre Vermutungen genauer aus: »Na schön, ich schätze, Sie sind so um die vierzig, da wäre es auch gut möglich, dass Sie nach etwa zehn Jahren Ehe seit einiger Zeit getrennt leben oder sogar bereits geschieden sind und in einer neuen aufregenden Beziehung leben. Das Übliche eben«, fügte sie abgeklärt hinzu.

»Stimmt genau«, sagte Sam voller Überzeugung. »Sie sind eine gute Menschenkennerin.« Er lächelte ihr bewundernd zu und beobachtete über sein Glas hinweg ihre Reaktion. Sie schien geschmeichelt zu sein.

»Wo leben Sie?« Bei der Frage wanderten ihre grauen Augen über seinen Anzug. Er war froh, dass er so eine gute Figur darin machte. Überlegte sie gerade, von welchem Designer der Anzug stammte? Oder malte sie sich aus, wie er wohl ohne ihn aussah?

»New York.«

»New York?« Wieder durchbohrte ihn dieser abschätzende Blick. Das Innere ihrer Augen war unnatürlich weiß. Hätte diese Frau ihn von einem Foto aus angesehen, hätte er seine Hand dafür ins Feuer gelegt, dass die Augen retuschiert waren.

»Wie interessant. Wie heißt Ihre Bank?«

Jetzt hat sie mich, dachte Sam. Er wusste so wenig von Banken wie eine Kuh vom Eierlegen. Er war froh, dass er monatlich seinen Kontostand abrufen und gelegentlich einen Überweisungsbeleg ohne Fehler ausfüllen konnte. Alles andere interessierte ihn nicht. »Reden wir nicht über mich. Viel mehr interessiert mich, was Sie machen.« Das war nicht einmal gelogen, dachte Sam. Am liebsten hätte er alle Gäste danach gefragt.

Joséphine Renouillt sah auf den Boden, hob dann langsam den Blick und sagte in verführerischem Ton: »Ich habe das ausgesprochene Glück, nichts tun zu müssen. Reich geboren, und ich werde auch reich sterben, weil meine Familie so viel angehäuft hat, dass man es nicht ausgeben kann.« Sie lachte und nahm einen kräftigen Schluck aus ihrem Glas, stellte es auf den Tresen und griff sich ein neues Glas.

»Keine Hobbys, keine besonderen Leidenschaften?«

»Reisen, Shoppen und die Liebe.«

Da war sie wieder beim Thema, dachte Sam, bohrte seinen Blick in den Rücken von Frau Serani und stieß einen stummen Hilfeschrei aus. Tatsächlich drehte sich Frau Serani auch um, ihre Blicke trafen sich. Dann bewegte sie sich langsam auf das Paar zu, immer mit einem Lächeln im Gesicht und ihren Gästen freundlich zunickend.

»Darf ich Ihnen Herrn Kondor für eine Weile entführen, Joséphine?«

Ohne eine Antwort abzuwarten, nahm sie Sams Hand und ging die Treppe nach oben auf die Galerie, von der aus man einen guten Blick auf die versammelten Gäste hatte.

»Ist sie nicht Ihr Typ?«

»Nun, ich möchte nicht unhöflich sein, aber …«

»Schon gut. Ich kenne Joséphine schon recht lange, ihre Spenden sind immer überaus großzügig, aber sie ist auch ein Luder. Ich weiß, dass sie verheiratet ist, aber stets allein auf den Veranstaltungen erscheint. Sie flirtet gerne und hat eine besondere Vorliebe für dunkelhaarige, gut aussehende Männer.«

»Sie sagte, ihre Familie sei reich. Also sehr reich.«

»Wenn man mit dem Geld so um sich schmeißt, wird das wohl stimmen. Ich habe sie auf einer Versteigerung kennengelernt. So wie Sie.«

Unter ihnen ging gerade Joséphine durch die Menge und sah sich suchend um. Anscheinend hatte sie gefunden, was sie suchte, denn sie steuerte direkt auf einen älteren glatzköpfigen Mann zu und blieb neben ihm stehen. Sie schien etwas zu ihm zu sagen, denn der Blick des Mannes war auf einen Punkt fixiert, als würde er konzentriert zuhören. Dann ging sie weiter, und der Mann entspannte sich. Über sein Whiskyglas hinweg scannte er schnell die umstehenden Leute, dann sah er hoch zur Galerie, genau zu Sam. Ihre Blicke trafen sich, bis Sam wegsah. Der Mann hatte etwas zu verbergen. Eine Affäre mit Joséphine Renouillt konnte er sich beim besten Willen nicht vorstellen. Der Herr passte nicht in ihr Beuteschema, wie Frau Serani es beschrieben hatte.

»Zum Beispiel dieser Herr da unten, dieser und die Dame in Weiß gehören auch dazu …« Sam hatte den Faden verloren und wusste nicht, wovon Frau Serani gerade sprach. »Der grauhaarige Herr, direkt unter uns, dem gehört eine der bekanntesten Autovermietungen des Landes, und das Paar in der Ecke gehört zu einer Juweliersfamilie, die auch jeder kennt. Dann haben wir ein paar Bankiers, Reeder und …«

»Ist denn keiner dabei, der mit Kunst seine Millionen macht?«, unterbrach Sam den Redefluss von Frau Serani.

»Nur wenige beschäftigen sich mit der reinen Kunst. Weltweit gibt es nur eine Handvoll, die den Kunstmarkt beherrschen und damit Geld machen. Ein ehemaliger Nachbar von uns in London war ein sehr erfolgreicher Kunsthändler.«

»Wie hieß er?«

»Meyer.«

»Er ist einer der wenigen, der mit Kunst reich geworden ist.«

»Sagen Sie, wer ist der Herr mit der Glatze da unten?«

»Walter von Schmitzing. Er kommt aus einer der reichsten Reederfamilien überhaupt. Er selbst segelt leidenschaftlich gerne und sammelt antike Kunstschätze aus aller Welt.«

»Auch ägyptische?«

»Auch ägyptische.« Frau Serani lächelte und sagte dann: »Herr Kondor, ich muss mich wieder um meine anderen Gäste kümmern. Unten liegen die Spendendaten aus. Sie werden doch etwas spenden, nicht wahr?«

»Aber natürlich, Frau Serani.«

Sam mischte sich ebenfalls wieder unter die Gäste, lächelte hier und da und versuchte, aus den Gesprächsfetzen irgendetwas herauszufiltern. Es ging um Aktien, Dollarkurs, Inflation, Hotels, Angestellte, aber um nichts, was für ihn von Interesse war. Nach drei Stunden und dem vierten Glas Champagner verließ er die rote Backsteinvilla, ohne etwas zu spenden. Er würde sich durch eine plötzliche Übelkeit oder Ähnliches aus der Affäre reden müssen.

Draußen lockerte Sam seine Krawatte, stieg in seinen Wagen und schrieb sich im schwachen Licht der Innenbeleuchtung ein paar Namen in sein Notizbuch, als es plötzlich an sein Fenster klopfte. Sam hob erschrocken den Kopf. Er sah in das gespensterhafte Gesicht von Joséphine Renouillt. Sie öffnete die Tür und ließ sich ohne ein Wort auf den Sitz gleiten.

Sam war perplex. Er wusste nicht, was er sagen sollte.

Joséphine war offensichtlich auch nicht daran interessiert, sich mit ihm zu unterhalten. Sie nahm seine Hand und umschloss sie zärtlich mit ihren schlanken Fingern.

Lina hatte seine Hände immer geliebt, hatte ihm Komplimente für seine gepflegten und äußerst männlichen Hände – was auch immer Frauen darunter verstanden – gemacht und seine Handinnenflächen geküsst, genau wie die Frau neben ihm es jetzt tat. Dann legte sie seine Hand auf ihr Knie und führte sie auf ihren langen, leicht gebräunten Beinen nach oben, wobei sie langsam ihr Strickkleid hochschob. Seine Hand durchwanderte diverse Klimazonen, vom Polar- zum trockenen Saharaklima bis hin zu den feuchten Tropen, wo sie schließlich zum Stillstand kam.

52. KAPITEL

Mallorca Sobald am nächsten Tag die Dunkelheit eingesetzt hatte, war Aethel, dieses Mal mit einer roten Kurzhaarperücke und einem kleinen Motorroller, wieder in den Weg eingebogen, der zu dem alten Steinhaus führte, in dem der Mann verschwunden war.

Sie lokalisierte das Haus. Dann fuhr sie zurück in den angrenzenden Pinienwald, wo sie ihren Roller versteckte und zu Fuß das Gebiet um die Klippen herum durchforstete.

Das Steinhaus entpuppte sich auf der Rückseite als eine riesige Glasmansion, die in die Klippen hineingebaut worden war.

Aethel holte aus ihrem Rucksack die nötigen Utensilien und machte sich daran, einen geeigneten Beobachtungsposten zwischen den Klippen zu finden. Es war ein waghalsiges Unterfangen, sich im Dunkeln in dem unbekannten Gebiet zurechtzufinden. Das hielt Aethel jedoch nicht davon ab, sich von Fels zu Fels zu hangeln. Sie musste sich darauf verlassen, dass sie instinktiv nach der richtigen Felskante griff. Manche davon waren so spitz, dass sie sich wie Dornen in ihre Hände bohrten, manche derart glatt, dass sie abzurutschen drohte. Aethel biss die Zähne zusammen und kletterte weiter. Sie hatte nur das eine Ziel vor Augen: die Büste der Nofretete wieder in ihren Besitz zu bringen. Das Meer lag tiefschwarz unter ihr, und nur die stete geräuschvolle Bewegung, das Klatschen der Wellen an die Felsen, machte ihr seine Präsenz deutlich. Nicht gerechnet hatte sie damit, dass sich die Dunkelheit wie ein schwarzer Vorhang über die Felsen legte. Nach einer halben Stunde konnte sie kaum noch etwas sehen, tastete sich wie eine Blinde langsam voran.

Was würde passieren, wenn sie den Halt verlieren und ins Meer stürzen würde? Ein Kribbeln durchfuhr sie bei dem Gedanken, dass niemand wusste, wo sie war. Ihr Verschwinden würde ihren Eltern ein ewiges Rätsel bleiben. Doch der zweite Gedanke ging an Lord Richmond. Er hatte sie in letzter Zeit beobachten lassen, wusste über jeden ihrer Schritte Bescheid. Sie fragte sich, ob das dieses Mal auch der Fall war. War ihr jemand gefolgt und beobachtete sie gerade bei ihrer halsbrecherischen Unternehmung? Sie hatte kaum zu Ende gedacht, als ihr rechter Fuß plötzlich keinen Vorsprung fand und der linke abrutschte. Für einen Moment hing sie in der Luft. Ihre Finger krallten sich in den Fels. Plötzlich kam etwas Schwarzes auf sie zugeflogen. Aethel zuckte zusammen. Sie verlor den Halt und fiel. Noch einmal versuchte sie sich irgendwo festzuhalten, fand aber keine Möglichkeit mehr. Spitze Felsvorsprünge schnitten ihr in die Hände, ihr Körper schoss unaufhaltsam über die Klippen in die Tiefe. Sie stürzte ab. Ins Meer. Kälte umschloss sie. Aethel blieb die Luft weg. Sie wusste nicht mehr, wo oben und wo unten war. Sie drehte sich im Wasser, versuchte, etwas zu erkennen, aber alles war schwarz um sie herum.

Das dunkle schwarze Meer, eines der wenigen Dinge, vor dem Aethel wirklich Angst hatte. Ihr Rucksack zog sie nach unten. Ihre Kräfte schwanden, die Lungen schienen zu bersten. Verzweifelt strampelte sie mit den Beinen. Dann stieß sie gegen etwas Hartes. Sie war direkt an den Felsen, dachte sie und ließ sich nach oben treiben. Ihr Kopf tauchte in der Brandung auf. Aethel schnappte nach Luft, bevor sie wieder mit voller Wucht gegen die Felsen geschleudert wurde und literweise Wasser schluckte. Sie streckte ihren Hals nach oben, würgte und atmete wieder durch. Ihre Verzweiflung wuchs. Jetzt war der Gedanke zu sterben ganz nah. Die nächste Welle traf sie und trug sie nach oben. Aethel drehte sich, versuchte sich an irgendetwas festzuhalten. Endlich fand sie Halt an einem großen, mit Algen bewachsenen Felsvorsprung, der sich wie ein weicher Pelz anfühlte. Das Meer gönnte ihr eine Pause. Die nutzte sie, um sich aus dem Wasser zu ziehen.

Mit letzter Kraft schaffte sie es auf eine kleine Plattform. Keuchend blieb sie liegen.

Als sich ihr Atem wieder beruhigt hatte, öffnete sie langsam die Augen. Ein normaler Mensch hätte in diesem Moment das Unternehmen abgebrochen, nicht jedoch Aethel. Sie stand kurz vor dem Ziel, und sie hatte nur eins im Sinn: die Statue der Nofretete wieder in ihren Besitz zu bringen.

Ohne auf ihre Blessuren zu achten, kletterte sie erneut, aber sehr vorsichtig nach oben, bis sie etwa auf gleicher Höhe mit dem Haus war. Dann holte sie aus ihrem klatschnassen Rucksack ihr Fernglas heraus und besah sich das puristische Interieur des Glaskastens. Halogenlampen, viele weiße Möbel und eben viel Glas, was sie wieder grübeln ließ, was der Mann nur mit der alten Büste wollte. Ein Fan von Antiquitäten schien er jedenfalls nicht zu sein.

Aethel fing an zu frieren. Sie überlegte, ob sie noch heute an das Objekt der Begierde gelangen würde oder ob sie warten musste. Von hier aus war keine Bewegung im Haus auszumachen, aber es brannte Licht. Vermutlich war auch jemand zu Hause. Sie verließ den schützenden Felsvorsprung und bewegte sich langsam wie ein Faultier von Fels zu Fels, bis sie sich schließlich über die Balustrade der Terrasse hangeln konnte. Reglos verharrte sie dort. Die Terrassentür war leicht geöffnet, sodass Aethel Stimmen hören konnte. Sie robbte sich an das Fenster heran und hob vorsichtig den Kopf.

Auf einer Treppe stand eine Frau in einem langen silberfarbenen Negligé und starrte auf etwas, das auf dem Boden herumkrabbelte. Die Frau war barfuß und offensichtlich gerade aus dem Bett gestiegen.

»Du widerst mich an«, hörte Aethel die Frau sagen. Mit wem sprach die Frau. Mit einem Hund? Einer Katze?

Aethel setzte sich langsam auf, um besser sehen zu können, und entdeckte einen Mann, der auf allen vieren, nur mit einer Unterhose bekleidet, aus einem kleinen Napf aß. Er hob den Kopf und sah die Frau mit verschmiertem Mund an, die Augen trübe, das Grinsen verzerrt. Der Gesichtsausdruck des Mannes verriet, dass er erneut in seiner eigenen Welt war, eine Welt, die durch Drogen eine andere Realität angenommen hatte.

Plötzlich sah die Frau zum Fenster. Aethel duckte sich und betete, dass man ihren Rückzug nicht sehen konnte.

»Sina? Sina?« Die Stimme kam näher, und plötzlich stand die Frau auf der Terrasse, nur einen Meter von Aethel entfernt, deren Finger sich an die Balustrade krallten und die vergeblich wieder mit den Füßen nach Halt suchte.

53. KAPITEL

Aethel hatte die ganze Nacht unter der Terrasse des Glashauses gesessen, entsetzlich gefroren in ihren nassen Klamotten, und wartete nun darauf, dass die Herrschaften sich zeigten. Sie wischte sich den Schlaf aus den Augen und sah auf die Uhr. Sieben Uhr. Sie hoffte darauf, dass spätestens am Nachmittag das Haus leer sein würde, damit sie sich das begehrte Stück zurückholen konnte.

Endlich hörte sie ein Schaben, dann Schritte, ein Scharren von einem Stuhl, und schließlich war Stille. Doch Aethel konnte spüren, dass jemand über ihr saß, wahrscheinlich den Blick auf das Meer gerichtet, und einen Kaffee dabei trank. Sie selbst hatte sich nicht einmal etwas zu essen mitgenommen, geschweige denn etwas zu trinken. Sie war so auf die Aktion konzentriert gewesen, dass sie ihre menschlichen Bedürfnisse, die sich im Laufe der Nacht oder des Tages zwangsläufig einstellen würden, völlig vergessen hatte.

»Guten Morgen, Schatz«, hörte sie eine männliche Stimme sagen. Doch die morgendliche Begrüßung blieb unbeantwortet.

»Was ist denn los?«

»Ich will die Scheidung.«

»Nur weil ich gestern mal gefeiert habe?«

»Ich habe alles mit der Kamera aufgenommen.«

»Und? Wen interessiert das schon?«

»Ich habe es so satt. Du widerst mich an. Deine Weibergeschichten, deine verdammten Drogen, dein exzessiver Alkoholkonsum.«

»Das ist das Leben, mein Engel. Ein Ausgleich zum alltäglichen Stress.«

»Was für Stress denn? Das ist ja lächerlich. Du bist die reinste Witzfigur!«

»Hier, ich habe dir etwas mitgebracht.«

»Typisch für dich, dass du jetzt mit so etwas kommst. Was ist es dieses Mal? Ein Diamantencollier? Eine Uhr?«

Etwas flog über die Terrasse an Aethel vorbei, schlug unten auf den Klippen auf und fiel ins Meer. Sie hörte wieder das Scharren eines Stuhls und dann die gepresste Stimme der Frau, die ihren Zorn kaum unterdrücken konnte. »Ich warne dich, mein Lieber, spiel keine Spielchen mit mir ...« Dann entfernten sich die Schritte, und sie rief aus dem Inneren des Hauses: »Du bist und bleibst ein Arschloch! Ich fahre gleich nach Palma.«

»Wie du meinst, mein Schatz.«

Das Klirren von Porzellan. Aethel mutmaßte, dass der Mann seine Tasse etwas zu kraftvoll auf die Untertasse gestellt hatte und sein lässiger Ton nur guter schauspielerischer Leistung zu verdanken war. Erneut hörte sie Schritte, die ans Ende der Terrasse gingen.

»Wenn du wüsstest, wie du mir auf den Sack gehst, blöde Kuh.«

»Sagtest du was?«

»Nein, hast du was gehört?«

»Erspar dir deine verdammten Selbstgespräche.«

Aethel musste grinsen. Das war besser als ein Film, dachte sie. Eine Tür knallte zu, woraufhin der Mann sagte: »Bis dass der Tod euch scheidet, Liebling. Hast du das vergessen?«

Jetzt konnte sie nur hoffen, dass der Fuchs den Bau verließ, damit sie in Seelenruhe das Haus inspizieren konnte.

Nach etwa zwei langen Stunden hörte sie endlich den röhrenden Auspuff des Alfa Romeo, der sich vom Haus entfernte. Mit steifen Knochen krabbelte sie aus ihrem Versteck hervor. Zu ihrer Überraschung war der Frühstückstisch noch gedeckt und die Terrassentür offen. Da man nur durch das Haus Zugang zur Terrasse hatte, dachten die Eigentümer wohl, dass es auch bei ihrer Abwesenheit nicht notwendig war, sie zu schließen. Allerdings konnte das auch bedeuten, dass der Mann gleich wiederkam.

Aethel schmierte sich trotzdem erst einmal ein Brot, um ihren knurrenden Magen zu beruhigen, und goss sich einen Kaffee ein. Es war ein herrlicher Tag, der Himmel war wolkenlos und von einem kräftigen Mittelblau, die Sonne schien mild. Aethel wünschte sich, sie könnte hier für ein paar Tage Urlaub machen. Später, dachte sie, würde sie sich auch ein Haus am Meer mieten, von dem aus sie einen direkten Zugang zum Strand hatte und gleich morgens früh Muscheln suchen konnte, die über Nacht angespült worden waren. Sie steckte sich den letzten Bissen in den Mund, wischte sich die Hände an der Hose ab und betrat das Haus unter den Augen einer weißen Perserkatze, die sich in der Sonne auf einem Liegestuhl ausgestreckt hatte. Eine Zeugin, dachte Aethel und war froh, dass die Katze nicht sprechen konnte.

Im Wohnzimmer standen lediglich eine weiße Ledercouch auf einem weißen Flokatiteppich und ein überdimensionaler Sony-Fernseher. Dahinter war eine offene Küche, ebenfalls in Weiß, mit einer Bar, in der unter anderem an die dreißig verschiedene Whiskyflaschen standen, einem Esstisch aus Kirschholz mit acht Stühlen und daneben eine Anrichte mit einem geblümten Tafelservice.

Im zweiten Stock befanden sich ein großes Schlafzimmer mit einem Whirlpool in der Ecke und ein begehbarer Kleiderschrank, bis zur Decke mit Kleidern und Schuhen gefüllt. Außerdem gab es zwei große Gästezimmer mit angrenzenden Bädern.

Auffällig fand Aethel, dass das Haus überhaupt keine persönliche Note hatte, keine Bilder, keine Fotos, keine Bücher. Nichts, was auf die Persönlichkeit der darin lebenden Menschen schließen ließ. Doch das Schlimmste war, dass sie nirgendwo die Büste der Nofretete entdecken konnte. Aethel durchsuchte sämtliche Küchenschränke, sah unter den Betten nach, durchsuchte jede Ecke in der Garage, im Keller. Die Büste war nirgendwo zu finden.

Sie war so in Gedanken vertieft, dass sie das Röhren des Sportwagens nicht hörte, der sich wieder dem Haus näherte, und auch nicht, als leise die Tür aufgeschlossen wurde.

54. KAPITEL

München Sam war auch noch zwei Tage nach der Charity-Veranstaltung froh, dass er nicht in das Bild der französischen Forscher passte, die angeblich nachgewiesen hatten, dass bei Männern die Hirnleistung dramatisch nachließ, wenn sie auf blonde Frauen trafen. Nachdem seine Hand zwischen den Beinen von Joséphine Renouillt gelandet war, hatte er sie dort auch schnell wieder herausgezogen. Zwar hatte er sich für den Rückzug ein geradezu erstaunliches Repertoire von Schimpfwörtern anhören müssen, das er aber im Nachhinein gern in Kauf genommen hatte, denn irgendetwas war ihm nicht geheuer vorgekommen. Seine innere Stimme hatte ihm gesagt, die Finger von der Frau zu lassen. Schließlich war sie aus seinem Wagen gestiegen und wankend zur Villa von Frau Serani zurückgekehrt.

Während er kleine Kringel in sein Notizbuch malte, hörte er dem auf laut gestellten Telefonat zwischen Alfred und Frau Serani zu. Alfred hatte er inzwischen in seine Ermittlungen eingeweiht und ihm erzählt, was er alles über Frau Serani wusste. Dementsprechend sollte nun langsam, aber sicher die Schlinge um Frau Seranis Hals zugezogen werden.

Zuerst war Frau Serani sehr aufgebracht gewesen, dass sie zum zweiten Mal wegen dieses banalen Vorfalls von der Polizei belästigt wurde. Aber Alfred hatte ihr erklärt, dass er nur noch ein paar Routinefragen hatte, um den Fall zu den Akten zu legen.

»Sie haben mir doch erzählt, dass Sie den Haushalt Ihrer Großeltern in England aufgelöst hatten und dabei die Büste gefunden haben.«

Warum hatte Serani ihm erzählt, dass ein Freund ihr die Büste geschenkt hatte?, fragte sich Sam. Was war der Grund dieser zwei völlig unterschiedlichen Aussagen?

»Ja, aber das ist schon zwanzig Jahre her, guter Mann.«

Zwanzig Jahre soll sie bei ihr gestanden haben, und erst jetzt hatte sie sie verkauft? Sam konnte das nicht glauben.

»Wo in England war das genau?«, fragte Alfred.

»London. Sie lebten in Mayfair.«

Sam war ein paarmal in London gewesen und wusste, dass Mayfair mit Kensington und Chelsea zu den exklusivsten Wohnlagen der Stadt gehörte. Dass die Großeltern von Frau Serani dort ein Haus hatten, konnte nur bedeuten, dass Frau Serani, sofern sie dasselbige geerbt hatte, ein paar Millionen Pfund besaß und deshalb auch genügend Zeit fand, Charity-Veranstaltungen zu organisieren und sich auf illegalen Versteigerungen herumzutreiben. Doch wo waren all die Stücke geblieben, die sie ersteigert hatte? In der Villa hatte er bis auf den Echnaton-Kopf nicht eine einzige ägyptische Antiquität gesehen.

»Sind Sie auch dort aufgewachsen?«

»Ja. Meine Eltern kamen beide bei einem Unfall ums Leben.«

Sam gab Alfred ein Zeichen.

»Frau Serani … kennen Sie einen Lothar Senner?« Es entstand eine kleine Pause, und die beiden Polizisten sahen sich an. Dieses Mal nicht wie Feinde, sondern wie Verbündete.

»Nein … Wer soll das sein?«

»Nun, er war Sammler ägyptischer Kunstgegenstände und wurde bei einem Einbruch getötet. Wir vermuten, dass es sich um denselben Täter wie bei Ihnen handelt. Sie können sich also glücklich schätzen, dass Sie nicht im Haus waren. Wo waren Sie eigentlich an diesem Abend?«

»Ich ... ich war bei einer Bekannten und bin erst sehr spät nach Hause gekommen.«

»Darf ich den Namen Ihrer Bekannten erfahren?«

»Also jetzt reicht es aber. Sie behandeln mich wie einen Tatverdächtigen. Ich bin nicht in mein eigenes Haus eingestiegen und habe diese dämliche Büste gestohlen. Das ist wirklich die Höhe!«

»Tut mir leid. Dieser Eindruck sollte nicht entstehen. Ich habe übrigens eine gute Nachricht für Sie.« Alfred legte eine Pause ein, grinste Sam verschwörerisch an und sagte: »Wir haben eine junge Engländerin mit Ihrer Büste in England aufgespürt.«

Kein Atmen, kein Geräusch drang durch die Leitung. Es war totenstill. Sam und Alfred sahen sich wieder an. Diesmal gespannt.

»Frau Serani, sind Sie noch dran?«

»Ja, ich war für einen Augenblick abgelenkt. Meine Putzfrau hat mich etwas gefragt. Sie ist neu bei mir und kennt sich nicht so gut aus. Was sagten Sie doch gerade?«

»Sie werden Ihre Büste wahrscheinlich bald wieder in den Händen halten. Wir haben die Daten der Täterin.«

»Ach ja? Das ist ... das ist wirklich schön.« Sehr begeistert schien Frau Serani allerdings nicht darüber zu sein. Ihre Reaktion zeigte den beiden Beamten, dass sie ins Schwarze getroffen hatten. Jetzt mussten sie nur noch herausbekommen, wer die junge Engländerin war, die der Zollbeamte beschrieben hatte. Frau Serani passte in das Profil des Informanten. Sie kam aus reichen Verhältnissen, bewegte sich auf Auktionen und Veranstaltungen von Reichen. Sie war höchstwahrscheinlich selbst die Auftraggeberin für den Diebstahl der Nofretete gewesen. Sam war sich jedenfalls sicher, dass sie die Diebin persönlich kannte. Warum aber hatte sie die Büste aus ihrem eigenen Haus stehlen lassen?

Als Nächstes stellte sich die Frage, ob sie auch etwas mit den anderen Fällen zu tun hatte. Laut Alfreds Informationen und Recherchen zogen sich die Diebstähle über einen Zeitraum von sieben Jahren hin. Hatte sie Senner mit dem Diebesgut bezahlt? War sie das fehlende Glied in der Kette? Der Komplize?

Sams Handy summte in seiner Hosentasche. Die Ergebnisse aus dem Labor waren da und die letzten Zweifel ausgeräumt. Die Mumie war Christine Winterfeld. Das hatten die DNA-Analyse und der Zahnvergleich bestätigt. Die fuchsroten Haare waren durch den natürlichen Prozess der Mumifikation entstanden. Auch Ramses II. war nicht rothaarig gewesen, wie er sich belehren lassen musste.

Zumindest hatte so die Familie Winterfeld die Gewissheit, was mit ihrer Tochter beziehungsweise Schwester geschehen war, und konnte endlich ihren inneren Frieden finden.

Dass die junge Frau wahrscheinlich noch nicht ganz tot war, als sie ausgenommen wurde, wollte Sam für sich behalten.

55. KAPITEL

Der junge Mann vor ihr war ein richtiges Prachtexemplar. Gebräunte straffe Haut überzog seinen muskulösen Körper. Bei seinem Anblick schoss ihr nur ein Gedanke durch den Kopf. Genüsslich ließ sie ihren Blick über jedes Teil dieser Göttlichkeit wandern und blieb schließlich an seinem Glied hängen. Was für eine schöne kräftige Form, dachte sie und lächelte. Noch war Leben in ihm. Seine Halsschlagader pulsierte kräftig, als er sich auf dem steinernen Tisch wand und versuchte, seine Fesseln zu lockern. Seine großen braunen

Augen sahen sie wütend an. Er war ganz anders als die anderen Weicheier, die stets um ihr Leben winselten. Leider konnte sie ihn nicht verstehen, die Sprache war so unmelodisch, einfach grauenvoll. Sie legte den Finger über ihre Lippen, um ihm anzuzeigen, dass er den Mund halten sollte. Dann zog sie langsam die Gummihandschuhe ab und begann mit ihrem Finger über seine Stirn, auf der sich eine Ader abzeichnete, seine Nase, die vollen Lippen bis hinunter zum Hals zu fahren.

Ihre Hand blieb schließlich auf seiner stählernen Brust liegen, während sie ihre Lippen auf seine legte und diese mit ihrer Zunge öffneten. Zu ihrer Überraschung wurde ihr Kuss erwidert. Sein Glied richtete sich langsam auf. Wärme breitete sich zwischen ihren Beinen aus. Sie öffnete ihren weißen Kittel, unter dem sie nackt war, und setzte sich ohne zu zögern auf ihn. Sie begann sich rhythmisch auf ihm zu bewegen, genoss die Stärke in sich. Der junge Mann stöhnte auf. Er war ganz bei der Sache. Wie sehr wünschte sie sich, dass er sie mit diesen schönen Händen streichelte, über ihre Brüste fuhr und sie erregte. Dieser Adonis sah aus wie ein wahrer Kenner des Liebesaktes. Wieder stöhnte er laut auf. Sie griff auf den kleinen Stahltisch neben sich und griff nach dem Skalpell. Was würde passieren, wenn sie ihm jetzt den Hals durchschnitt? Stattdessen schnitt sie ihm eine Handfessel durch und griff nach seiner Hand. Er musste sie berühren. Sie würde sonst verrückt werden. Er wurde immer größer in ihr, aber ihre Bewegungen erlahmten. Er musste übernehmen, sie war gierig geworden. Wollte mehr. Sie machte ihm ein Zeichen, ließ ihn vom Tisch heruntersteigen und legte sich selbst darauf. Er verstand sofort, was sie wollte, packte sie mit der einen freien Hand und drang kraftvoll in sie ein. Lustvoll stöhnte sie auf. Ja, das war es, was sie wollte, und sie hatte sich nicht getäuscht. Er war ein wahrer Kenner der weiblichen Anatomie. Sie war wie von Sinnen, als sie schließlich kam. Und als sie die Augen öffnete, hatte der Adonis beide Hände frei und grinste sie an. Sie wollte sich erheben, aber er drückte sie auf den Tisch zurück und hatte in Windeseile den Spieß umgedreht. Nun lagen ihre beiden Arme fest in den Lederfesseln. Wie dumm war sie gewesen, ihrer Geilheit freien Lauf zu lassen. Jetzt würde sie dafür bestraft werden. Der junge Mann sprang vom Tisch herunter und besah sich genau das Instrumentarium auf dem kleinen Stahltischchen. Dann schüttelte er ungläubig den Kopf und griff zu einem langen Haken. Ein Schrei entrang sich ihrer Kehle, aber sie wusste, dass außer den Toten niemand sie hören würde.

56. KAPITEL

Chester Sie saß stumm in einem Lehnsessel unten im Gesellschaftsraum und hörte dem unerträglichen Geplapper ihrer Mutter zu. Aethel betrachtete die goldumrahmte Karte in ihrer Hand, auf der das Datum ihres Todestages und der Trauerfeier stand. Zumindest dachte sie so über den Tag, an dem ihre kirchliche Hochzeit mit Lord Richmond und die anschließende Feier stattfinden sollten.

Vielleicht wäre es doch eher eine Erlösung gewesen, wenn sie auf Mallorca nie wieder aus der Brandung aufgetaucht wäre oder einfach die Brüstung losgelassen hätte, an der sie eine Ewigkeit mit tauben Fingern gehangen hatte. Sie wäre von den scharfen Kanten der Klippen aufgeschlitzt ins Meer gestürzt und in jedem Fall von den Fischen aufgefressen worden. Sie schüttelte sich bei der Vorstellung.

Nur einem winzigen Lufthauch, der wie der Flügelschlag eines kleinen Vogels gewesen war, hatte sie es zu verdanken gehabt, dass sie jetzt hier saß. Ihr war in jenem Augenblick bewusst geworden, dass irgendwo etwas geöffnet worden war. Ein Fenster, eine Tür. Wie ein Blitz war sie auf die Terrasse gestürmt und hatte sich an die Balustrade gehängt, hatte den Mann beobachtet, der in der letzten Nacht aus dem kleinen Katzennapf gegessen hatte und nun einen Meter vor ihr stand. Er hatte den Kopf hin und her gewendet, als würde er eine Fährte aufnehmen wollen. Irgendetwas stimmte nicht, war es Aethel in jenem Moment durch den Kopf geschossen. Hatte er sie gesehen? Warum hatte er sie dann nicht gestellt? Oder hatte er nur die Vermutung, dass jemand im Haus gewesen war? Nach endlosen Minuten war er schließlich im Inneren des Hauses verschwunden. Mit zitternden Händen und rasendem Herz war Aethel über die steilen Klippen zurück zu ihrem Roller geklettert.

»Aethel! Aethel!«

Ihre Mutter stand vor ihr und hielt ihr ein weißes Brautkleid hin. Flankiert von zwei Näherinnen mit Nadelkissen an den Armen, die sie erwartungsvoll ansahen.

»Ich dachte, wenn du willst, ändern wir mein Brautkleid für dich um.«

»Damit ich so eine verlogene Ehe führe wie du? Du …« Weiter kam Aethel nicht. Bevor sie eine weitere Boshaftigkeit loslassen konnte, traf sie die flache Hand ihrer Mutter ins Gesicht.

Nicht nur Aethel war erschrocken über den Schlag, auch ihre Mutter zuckte ob ihrer eigenen Courage zusammen.

»Ich möchte dich bitten, das Kleid anzuziehen. Es gibt sonst noch eine Alternative.« Sie hatte sich wieder gefasst, gab einer der Näherinnen ein Zeichen, die stumm ein langes weißes, mit Spitzen und Perlen besetztes Kleid aus einer Schachtel herausholte und es vor Aethel ausbreitete. Dieses Kleid passte genauso wenig zu Aethel wie das ihrer Mutter. Zu ihr passte überhaupt kein weißes Kleid. Sie stieß ihre Mutter zur Seite und eilte an den stummen Angestellten vorbei in ihr Turmzimmer, verschloss die Tür hinter sich und brach in Tränen aus.

Was für eine Wendung hatte ihr Leben genommen! Vor ein paar Wochen hatte sie noch in ihrer heilen Welt gelebt. Alles war wie am Schnürchen gelaufen, sie war glücklich gewesen. Und plötzlich stand alles auf dem Kopf. Aethel wischte sich das tränennasse Gesicht trocken, öffnete in ihrem Schrank den Deckel zu ihrem Geheimfach und holte die Truhe heraus. Den Inhalt kippte sie auf das Bett. Als Letztes fiel der Schlüssel heraus.

Da lag er zwischen all den dunklen Samtbeuteln und schien darauf zu harren, dass sie nach Jahren endlich das passende Schloss für ihn fand.

Aethel wartete, bis alle zu Bett gegangen waren, und schlich dann in die Bibliothek. Nach etwa fünf Stunden hatte sie jedes Buch herausgeholt, einmal umgedreht und geöffnet, sämtliche Wände nach Hohlräumen abgeklopft und trotzdem nichts gefunden. Ihre Hände waren dunkelgrau von den staubbeschichteten Büchern, was sie jedoch nicht daran hinderte, ihre Finger in den Mund zu stecken und die noch übrig gebliebene Nagelhaut abzukauen. Sie fing an zu grübeln. Wo waren die Bilder, die Gemälde von Charles, dem Hund, all die anderen persönlichen Dinge ihres Großvaters geblieben? Hatten sie alles entsorgt, als der unliebsame, aber reiche Herr endlich unter der Erde lag? Oder hatten sie anstandshalber alles eingelagert und so getan, als würde ihnen etwas an den Erinnerungen liegen? Verlogen waren sie ja schon immer gewesen.

Ihr Großvater hatte seinerzeit im Turmzimmer gewohnt, dort, wo sie jetzt wohnte. Aber sie hatten für Aethel alles renoviert, neu tapeziert und angestrichen. Einen Keller gab es zwar, aber den kannte Aethel ziemlich genau, wie jede Ecke in diesem alten Schloss. Was fehlte, war eine Art Dachboden. Aethel schloss die Augen, sah, wie sie eines Nachts von einer ihrer Erkundungstouren bei den Nachbarn über die Wiese zurück zum Schloss gerannt war. Ihr Großvater hatte im Schein einer Kerze am Fenster des Turmes gestanden und ihr zugesehen. Doch irgendwie war das Bild verschoben. Ja, das war es. Irgendetwas war verschoben.

Aethel rannte zurück in ihr Zimmer, baute die Kleiderstange in ihrem Schrank aus, stellte sich aufs Bett und klopfte damit die Decke ab. Wie erwartet, klang es hohl. Dann rückte sie ihren Schreibtisch in die Mitte des Raumes, stellte einen Stuhl darauf und begann, systematisch die Tapete von der Decke abzureißen. Sie hatte über die Hälfte geschafft, als endlich eine Luke sichtbar wurde. Mit einem Messer kratzte sie die Fugen von altem Kleister frei und hebelte an dem eingelassenen Schloss herum, bis es schließlich nachgab. Die Klappe flog ihr entgegen. Aethel konnte sie gerade noch rechtzeitig abfangen, sonst hätte die schwere Holzklappe sie vom Stuhl gefegt. Mühevoll hielt sie das Ding fest, stieg langsam vom Stuhl hinunter und ließ schließlich los. Als die Holzplatte sich in ihren Scharnieren ausgeschaukelt hatte, stieg Aethel wieder auf den Stuhl und zog sich in das dunkle Loch hoch.

Im Schein der Taschenlampe konnte sie abgedeckte Gemälde in dem kaum ein Meter fünfzig hohen Raum an der Wand stehen sehen und ein paar mit einer dicken Staubschicht bedeckte Kartons. Nach eingehender Untersuchung fand sie in den Kartons alte Unterlagen aus der Apotheke, Anleitungen für Spezialrezepturen, braune Flaschen mit irgendwelchen Flüssigkeiten darin, Dosen mit diversen Pulvern. Anscheinend hatte man alles ohne große Durchsicht eingelagert und hier oben in die Verbannung geschickt.

In einem anderen Karton fand sie alte Fotoalben, insbesondere Fotos von Charles, dem Beagle. Ein Lächeln huschte über Aethels Gesicht. Ihr Großvater und der Hund, ein Paar, das alle nur kopfschüttelnd betrachtet hatten. Kurz nach dem Tod ihres Großvaters war eine Angestellte mit Charles Gassi durch den Wald gegangen. Charles hatte plötzlich einen Sprint eingelegt, war auf einen Mann zugerast, der die Gestalt des Großvaters hatte, und war tot umgefallen. Herzversagen.

Aethel setzte sich im Schneidersitz neben den Karton auf den dreckigen Boden und holte den kleinen Schlüssel aus ihrer Hosentasche. Im Licht der Taschenlampe betrachtete sie ihn etwas eingehender. Er war eigentlich zu klein und zu kurz, um in ein normales Schloss zu passen, dachte sie, und irgendwie erinnerte er sie an ... Aethels Herz fing an, wie wild zu klopfen. Mit fliegenden Händen leerte sie den ganzen Karton vor sich aus. Stapelte Papiere und Fotoalben vor sich auf, und dann hatte sie das Gesuchte in der Hand. Ein Album, einem Poesiealbum ähnlich, das mit einem Schloss verriegelt war. Sie steckte den Schlüssel hinein, und das Schloss sprang mit einem leisen Klicken auf.

Aethel saß bis zum ersten Vogelgezwitscher auf ihrem Bett und blätterte immer wieder das Fotoalbum durch, las die Namen, die über den Fotos in fast unleserlicher Handschrift geschrieben standen, und überlegte, was daran so geheimnisvoll war. Die Fotos ähnelten denen, die sie im Tagebuch gefunden hatte. Warum hatte ihr Großvater also so ein Geheimnis um diesen Schlüssel beziehungsweise um dieses Album gemacht? Sie sah an die Decke, sah das Chaos, das sie angerichtet hatte, nur um einem Geheimnis, das keines war, auf die Spur zu kommen. Dann überlegte sie, was sie ihren Eltern erzählen sollte. Vielleicht wäre eine Einweisung in eine Klapsmühle die Rettung vor der bevorstehenden Hochzeit, dachte sie amüsiert.

Dann wurde sie auf einmal ernst. Ihre Gedanken sprangen wie ein Eichhörnchen auf einem verästelten Baum von Zweig zu Zweig. Sie schloss die Augen, dachte an ihren zukünftigen Ehemann und an das Gespräch im Restaurant. Er, der Überlegene. Er, der meinte, dass er in Schlechtigkeit und Raffinesse nicht zu übertreffen wäre. Da hatte er sich allerdings die falsche Braut ausgewählt. Aethel erinnerte sich wieder an die kurze Begrüßung mit dem älteren Herrn. Sie hörte leise die Worte, die sie miteinander ausgetauscht und die sie nur am Rande wahrgenommen hatte, weil sie zu sehr mit ihren Rachegelüsten beschäftigt war. Und dann wusste sie, wer der ältere Herr war. Stadtbekannt. Warum war sie nicht eher darauf gekommen?

Trotz der lähmenden Müdigkeit, die sie plötzlich überkam, kletterte Aethel wieder nach oben durch die Luke und sagte leise wie Lady Macbeth im ersten Akt von Shakespeare: »And we'll not fail.«

57. KAPITEL

München Die Ermittlungen liefen auf Hochtouren. Der Lebenslauf von Frau Serani war ziemlich lückenhaft, gab den Beamten aber so viel Einblick, dass sie zur Hauptverdächtigen wurde. Sowohl im Mordfall Senner als auch im Fall der spurlos vermissten Personen. In Ägypten geboren, hatte sie den größten Teil ihrer Kindheit in England in einem Internat verbracht. Ihre Eltern kamen in Kairo um, Todesursache unbekannt. Dort hatte sie einen zweiten Wohnsitz. Sie war mit einem deutschen Unternehmer verheiratet gewesen, der vor fünf Jahren verstorben war. Seit zehn Jahren wohnte sie in Essen. Ihre Kreditkartenabrechnungen zeigten, dass sie gern und viel reiste, sich aber mindestens für drei Monate im Jahr in Ägypten aufhielt. Sie sprach Deutsch, Französisch, Englisch und Arabisch.

Sam saß am Telefon und wählte gerade eine Nummer in England, als sein Handy klingelte. Er unterbrach und schaute auf sein Display. Nummer unbekannt.

Als er ranging, hörte er erst einen lauten Schniefer, dann eine weibliche Stimme, die sich stark erkältet anhörte.

»Herr O'Connor?«

»Ja.«

»Ich weiß nicht, ob Sie sich noch an mich erinnern ... Sie waren vor einiger Zeit bei mir vor der Tür und hatten nach meinem Sohn gefragt.«

Sam musste schmunzeln. Natürlich erinnerte er sich noch sehr genau an die Mutter von Ronald Walter, die ihm die Tür vor der Nase zugemacht hatte.

»Wie kann ich Ihnen helfen, Frau Walter?«

»Mein Ronald hat sich seit dem Morgen, als ich ihn das letzte Mal gesehen habe, nicht mehr gemeldet. Ich habe Ihnen nicht erzählt, dass an dem Morgen danach ein weißer Umschlag im Briefkasten lag. Darin war ein Zettel, auf dem stand: *Liebe Mutter, ich folge der Liebe meines Lebens. Sei mir nicht böse. Ich melde mich, sobald ich kann.*«

Hatte Sam doch richtig vermutet. Ronald Walter hatte eine Freundin und war mit ihr durchgebrannt. Nur merkwürdig war, dass er sich bei niemandem verabschiedet hatte. Sozusagen einfach von der Bildfläche verschwunden war.

»Hat er sich bis jetzt nicht bei Ihnen gemeldet?«

»Nein, und der Zettel ist auch nicht handgeschrieben. Das würde mein Ronald nie tun.« Frau Walter putzte sich geräuschvoll die Nase. Sam hielt den Hörer auf Abstand, bis sie fertig war.

»Er hatte keine Geliebte, das weiß ich hundertprozentig. Für so was hat mein Ronaldchen überhaupt keinen Sinn. Er ging morgens aus dem Haus ins Museum und kam pünktlich um sechs Uhr abends zum Abendbrot nach Hause. Danach ging er nicht mehr aus. Hat mit mir die Tagesschau gesehen und ist dann ins Bett. Er ist so ein guter Junge ...«

»Das glaube ich Ihnen ja, Frau Walter, aber Sie müssen eine Vermisstenanzeige aufgeben. Erst dann können wir aktiv werden.«

Grinsend beendete Sam das Gespräch und wählte noch einmal die Nummer in England. Er wurde zweimal durchgestellt, dann hatte er den Mann am Telefon, von dem er hoffte, noch mehr zu erfahren.

Mr. Pilzecker, von der Privatdetektei Lock & Son in London, sprach sehr nasal. Sam stellte sich einen korpulenten grauhaarigen Mann vor, mit einer Brille auf der Nase, die ihm die Nasenflügel leicht zusammendrückte, der hinter einem großen, mit Papieren überfüllten Schreibtisch saß und die gewünschte Information in einem Wust von Akten suchte. Es raschelte, und Sam malte gelangweilt Kreise auf seinen Notizblock. »Ah, hier ist sie ja.« Wieder raschelte es, dann endlich hörte er Pilzecker sagen: »Frau Serani, geboren in Kairo 1940. Sie lebte mit ihren Eltern die ersten Lebensjahre dort in einer herrschaftlichen Villa. Was der Vater genau machte, konnte ich bisher nicht in Erfahrung bringen.«

»Ist nicht wichtig, lesen Sie weiter.«

»Beide Elternteile plus der Angestellten kamen bei einem Raubüberfall in der Villa in Kairo damals ums Leben. Man hatte alle grauenvoll zugerichtet. Ein Schlachtfeld hinterlassen. Die Täter wurden nie gefasst, man vermutet, dass es Einheimische waren, die einen Hass gegen die Ausländer hegten, die dort in Saus und Braus lebten. Einzige Überlebende: die Tochter. Sie kam zu den Großeltern väterlicherseits nach London und lebte zeitweise in Mayfair, später kam sie auf das King William's College. Die Nachbarschaft in Mayfair bestand nur aus dem gehobenen, traditionsbewussten Adel. Bis auf einen. Ein Kunsthändler, Meyer hieß er, der aber erst später erfolgreich wurde. Nachdem seine Tochter in eine der reichsten Familien eingeheiratet hatte. Was ein Skandal war.

»Mit was für Kunst hat er denn gehandelt?«

»Bilder, Gemälde. Alte Gemälde.«

Das war nicht das, was Sam hören wollte. »Und wie hieß die Familie, in die sie eingeheiratet hat? Die Tochter, meine ich?«

»Grosvenor.«

Der Name sagte Sam nichts, deshalb stellte er die nächste Frage, die ihm auf der Zunge brannte.

»Was ist mit diesem Siegelring? Haben Sie herausbekommen, zu welcher Familie er gehören könnte?«

»Nein, noch nicht ganz, aber ich denke, spätestens morgen werde ich mehr wissen. Ach, und Herr O'Connor ...?«

»Ja?«

»Na ja ... ich schicke Ihnen die Informationen per E-Mail noch einmal zu. Wir hören uns dann morgen.«

Das Gespräch war beendet. Sam hatte das Gefühl, dass der Detektiv ihm noch irgendetwas hatte sagen wollen. Er würde es sicher morgen erfahren.

In London saß Mr. Pilzecker an seinem Schreibtisch und suchte einen Zettel in seiner Unordnung, die auch eine gewisse Ordnung in sich barg, denn er wurde schnell fündig. Ein Blick darauf sagte ihm, dass es hier keine Zweifel mehr gab. Trotzdem wollte er noch bis morgen warten, bis er hundertprozentig sicher war. Eine Entscheidung, die sich als fatal herausstellen sollte.

58. KAPITEL

Hamburg Lina zog sich den Mantel über die weiße Praxiskleidung, löste das Gummi aus ihrem Haar und trug etwas Gloss auf. Ein Blick in den Spiegel sagte ihr, dass sie akzeptabel aussah, obwohl das Leuchten aus ihren Augen verschwunden war. Von Daniel hatte sie seit dem letzten Anruf vor ein paar Tagen nichts mehr gehört, und sie selbst hatte auch nicht mehr bei ihm angerufen.

Sie schaltete überall das Licht aus, holte den schweren Schlüsselbund heraus und öffnete die Tür. Das Treppenhaus war dunkel. So konnte sie nur schemenhaft die Gestalt erkennen, die in der Ecke stand. Aber die Stimme war unverkennbar.

»Hi, Schönheit.«

Lina überlegte in Sekundenschnelle, wie und was sie antworten sollte. Sollte sie die Beleidigte, Verletzte, Wütende oder Gleichgültige spielen?

»Hi, Daniel. Was für eine Überraschung«, sagte sie freundlich mit einem Lächeln auf dem Gesicht und machte das Licht im Treppenhaus an, damit er auch erkannte, dass das Versetzen ihrer Person sie in keiner Weise tangiert hatte.

Daniel sah sie an, ein abschätzender Blick, der sie zu durchschauen schien.

»Hast du Zeit auf einen kleinen Drink?«

»Nein. Ich muss ins Restaurant«, log Lina und dachte im selben Moment, dass er ja das Restaurant ihrer Mutter kannte und wissen konnte, dass es heute geschlossen war.

»Ich fahre dich hin, okay.«

»Nicht nötig.«

»Hey, tut mir leid, dass ich dich versetzt habe, aber ich bekam, kurz nachdem wir telefoniert hatten, einen Anruf von meiner Schwester …« Er stockte, dann sprach er mit gesenkter Stimme weiter. »Meine Mutter war mit einem Herzinfarkt ins Krankenhaus eingeliefert worden. Ich habe die letzten Tage auf der Intensivstation an ihrem Bett gesessen. Es war … ich dachte …« Er machte wieder eine Pause, und Lina sah, dass es ihm schwerfiel weiterzureden. Sie ging auf ihn zu und nahm ihn in den Arm.

»Das tut mir wirklich leid. Das muss ja furchtbar gewesen sein.«

Daniel senkte den Kopf und sagte leise: »Ich dachte … ich dachte wirklich, sie stirbt. Sie ist etwas ganz Besonderes, war immer für mich da. Egal, was ich angestellt hatte.«

Lina betrachtete Daniel, wie er da in seinem eleganten braunen Kaschmirmantel an die Wand gelehnt stand. Er trug wieder das blaue Halstuch und verströmte einen angenehmen Duft. Ihre Blicke trafen sich. In seinen Augen konnte Lina das ganze Leiden der letzten Tage sehen. »Okay, lass uns was trinken gehen«, sagte sie einlenkend. Es war, als würde die Sonne aufgehen, so strahlte Daniel plötzlich wieder und brachte damit auch in Linas Gesicht ein erleichtertes Lachen zustande.

Sie saßen in einer Nische in einem indischen Restaurant, direkt um die Ecke der Praxis, in dem Daniel anscheinend häufiger Gast war, denn das Personal war ihm gegenüber besonders aufmerksam.

Daniel war ein interessanter Gesprächspartner und erzählte immer wieder kleine Geschichten von seinen letzten Reisen durch Afrika, Asien und Europa. Wie es schien, hatte er bereits die ganze Welt gesehen.

»Wo würdest du am liebsten hinfahren. Ich meine, welches Reiseziel?«

»Nach Ägypten.«

»Warst du etwa noch nie in Ägypten?«

»Nein.«

»Weißt du, Lina, ich muss für ein paar Tage weg. Nach Frankreich runter. Ich würde mich freuen, wenn du mich begleitest.«

Lina traute ihren Ohren nicht. Sie war in ihrem ganzen Leben nicht weiter als nach Spanien gekommen, und das nur, weil ab und zu ein Verwandter ihrer Mutter gestorben war und sie den Bestattungen beiwohnen mussten. Abgesehen natürlich von ihrem Trip nach Kolumbien, als sie fünfzehn war, an den sie sich jedoch kaum erinnerte, außer an die weißen Krankenhauswände. Und jetzt wollte Daniel sie zu einer Reise einladen?

»Ich möchte etwas gutmachen. Ich hätte dich nicht so versetzen dürfen. Es tut mir wahnsinnig leid.«

»Ist schon in Ordnung.«

»Nein, ist es nicht. Und es wird auch nie wieder vorkommen. Versprochen. So haben wir vielleicht auch die Möglichkeit, uns noch besser kennenzulernen.«

Daniel lächelte sie an. Lina war hin und her gerissen. Konnte sie so ein Angebot von einem fremden Mann wirklich annehmen? Ihre innere Stimme sagte Nein, alles andere sagte Ja in ihr. Mit ihrem kleinen Gehalt als Sprechstundenhilfe waren ihre Möglichkeiten zu reisen gleich null. Warum also nicht? Es war *die* Möglichkeit, aus ihrem Trott herauszukommen und etwas Verrücktes zu tun.

»Was für Gedanken hast du? Bin ich dir unheimlich?«

»Nein, nein, überhaupt nicht. Es ist nur ... Ich weiß nicht, ob das richtig ist.«

Daniel legte seinen Finger auf ihre Lippen und strich ihr sanft über die Stirn.

»Denk nicht so viel. Lass dich gehen und vertrau mir.«

Lina nickte und überlegte, was sie ihrer Mutter sagen sollte, während Daniel zahlte, nicht ohne ein großzügiges Trinkgeld auf den Tisch zu legen.

Er fuhr Lina nach Hause, und bevor sie aussteigen konnte, beugte er sich zu ihr hinüber und küsste sie. Es war ein sanfter, aber auch begieriger Kuss. Dann ließ er von ihr ab. »Steig lieber aus, sonst vergesse ich mich noch«, sagte er und lachte.

Eine Stunde später lag Lina im Bett und versuchte einzuschlafen.

Immer wieder ging ihr durch den Sinn, die Finger von diesem Mann zu lassen. Auch wenn der Reiz noch so groß war, ihr routiniertes Leben ein bisschen auf den Kopf zu stellen. Was sollte sie ihrer Mutter sagen? Würde sie in der Praxis noch Urlaubstage bekommen, wo sie sich doch erst freigenommen hatte?

Doch eines war klar. Wenn sie diese Reise antrat, würde für Sam die Tür endgültig zu sein.

59. KAPITEL

Chester »We'll not fail.« Aethel stand vor dem Spiegel und betrachtete sich selbst darin wie eine Fremde. Dabei sagte sie immer wieder die gleichen Worte vor sich hin. »We'll not fail.« Die Haare waren brav gescheitelt, und nach unten hin sprangen sie auf wie kleine Schaukeln. Sie hatte sich mit dem Outfit, das ihre Mutter ihr hingelegt hatte, nur einverstanden erklärt, weil sie jetzt eine Rolle spielte. Sie war nicht Aethel, sondern Lady Macbeth. Eine moderne Lady, ganz in Chanel. Schwarzer knielanger Wollrock, weiße Rüschenbluse, dunkelgraue Jacke mit großen Metallknöpfen, die das unverkennbare Logo trugen, dazu eine lange Perlenkette und Perlenohrringe. Einfach scheußlich, dachte Aethel und fühlte nach dem kleinen Beutelchen in ihrer Tasche, das die Lösung ihrer Probleme enthielt. Sie hatte zwei Tage gebraucht, um die Aufzeichnungen von ihrem Großvater durchzugehen, zu verstehen und die entsprechende Medizin aus den Überresten zusammenzustellen. Hier und da hatte etwas gefehlt, dafür hatte sie von dem einen oder anderen die doppelte Dosis genommen. Wenn das nicht half, gab es Plan B. Aber daran wollte sie jetzt noch nicht denken.

Sie sah auf die Uhr. In einer Stunde würden die ersten Gäste eintreffen, und in zwei Stunden würde die versammelte Gesellschaft an der großen Tafel sitzen und Zeuge einer Tragödie werden. Aethel setzte sich auf ihr Bett, öffnete den Computer und ihren Account. Endlich. Doch es war keine Rede von dem Holländer Joseph Hoppe und seinen Erben, sondern sie hatte einen neuen Auftrag bekommen. Morgen Abend? So kurzfristig? Zu wenig Vorbereitungszeit, fand sie. Aber nichts war unmöglich für sie. Deshalb würde sie ihn auch erfüllen.

Aethel warf einen letzten Blick in den Spiegel, zupfte ihre

Chanel-Kette über der Jacke zurecht, drückte die Jackentasche platt, in der sich der kleine Beutel leicht abzeichnete, und machte sich hinunter auf den Weg in die Empfangshalle.

Entgegen Aethels Erwartungen waren ihre zukünftigen Schwiegereltern, auch wenn man sie eigentlich nicht so nennen konnte, durchaus erträglich. Es waren warmherzige Leute, die Aethel das Gefühl gaben, in ihrem Familienkreis willkommen zu sein, sodass sie fast Gewissensbisse bekam und noch einmal kurz darüber nachdachte, ob sie ihren Plan tatsächlich umsetzen sollte. Doch nach genauerer Überlegung ging es um *ihr* Leben und *ihre* Zukunft.

Aethel versuchte, sich alle guten Manieren und Verhaltensregeln in Erinnerung zu rufen, und setzte eine perfekte Miene zu diesem – von ihr kreierten – Theaterstück auf. Sie hielt den üblichen oberflächlichen Small Talk, vermied dabei jedoch Gespräche, die auf ihr angebliches Studium abzielten. Sogar Lord Richmond schien angenehm überrascht zu sein und war der Meinung, dass seine Warnungen und Drohungen, Aethel vor versammelter Gesellschaft auffliegen zu lassen, wenn sie sich nicht benehmen sollte, Früchte bei seiner Zukünftigen getragen hatten.

Aethel hatte die ganze Zeit über Lord Richmond, besser gesagt sein Glas, nicht aus den Augen gelassen, während sie sich mit einem eingemeißelten Lächeln durch die Gästemenge bewegte. Die meiste Zeit stand er bei ihrem Vater, das Glas stets in der Hand haltend, sodass es Aethel unmöglich war, den Moment abzupassen, um das todbringende Pulver unauffällig dort hineinzuschütten.

Als ihre Mutter nach einer Stunde die Gäste zu Tisch rief, war es ihr zu ihrem größten Ärger immer noch nicht gelungen, das Beutelchen zu leeren.

Der rothaarige Pumuckelstamm, wie Aethel die Familie ihres angeblichen Zukünftigen im Stillen nannte, ließ bei Tisch sämtliche Etikette fallen und degradierte sich damit zur Unterschicht. Bei der Vorspeise wurde der Löffel komplett in die Suppe getaucht und anschließend ganz in den Mund geschoben. Die Schwester des Lords schmierte sich mit dem Fischmesser Butter aufs Brot, und nachdem der Fisch serviert worden war, fing der Bruder der Mutter an, von seinem letzten Urlaub zu erzählen, wie er nach einem Fischessen mit Blähbauch und drei Tagen Durchfall beinahe das Zeitliche gesegnet hätte.

Aethels Mutter sah betreten auf ihre Gabel, spießte Karöttchen und Teile der Kartoffel auf die Zinken und warf ihrem Ehemann schockierte Blicke zu. Aethel dagegen führte im Inneren einen Freudentanz auf. Aber auch das Fragezeichen in ihrem Kopf nahm immer größere Dimensionen an. Ihre Familie gehörte zur traditionellen Oberschicht Großbritanniens. Warum also war ihr Vater mit dieser Verbindung einverstanden? Sie versuchte gerade einen telepathischen Angriff auf ihren Vater zu starten, als Lord Richmond sich plötzlich an die Brust fasste, die Augen weit aufriss und mit dem Gesicht mitten im Fisch auf seinem Teller landete.

Ein simultaner Aufschrei! Stühle wurden nach hinten gerückt, Bestecke auf die Teller fallen gelassen, Gläser kippten um, und alle versuchten, an Lord Richmond, ihren Sohn, ihren Enkel, ihren Bruder und Neffen, heranzukommen. Und inmitten dieses Tumults fing Aethel für einen kurzen Moment einen Blick auf. Es war ein ruhiger und entspannter Blick. Der Blick ihres Vaters.

Aethel sah wieder zu Lord Richmond, den man auf den Boden gelegt hatte. Sein Onkel machte eine Mund-zu-Mund-Beatmung und massierte das Herz, während Aethel die Lippen zusammenkniff, um nicht laut loszulachen. Dann hörte sie jemanden rufen: »Einen Krankenwagen! Schnell!«

Ein anderer sagte: »Wir müssen Dr. Weitz anrufen.«

Ja, dachte Aethel, Dr. Weitz, der bekannte Herzspezialist, den Lord Richmond im Restaurant begrüßt hatte. Er war derjenige gewesen, der sie auf die Idee gebracht hatte, dass Lord Richmond ein Herzproblem haben könnte. Das Potenzmittel, das sie sich aus den alten Mitteln der Apotheke ihres Großvaters zusammengemixt hatte, sollte sein Herz überfordern. Ob es tatsächlich seine Wirkung getan hätte, wusste sie allerdings nicht. Es war ja alles noch in dem Beutelchen.

Jetzt konnte sie nur noch hoffen, dass ihr Zukünftiger nicht überlebte.

60. KAPITEL

In den frühen Morgenstunden fand in Blankenese, Hamburg, eine Razzia im Hause von Schmitzing statt.

Auf Verdacht wurden sämtliche Kunstgegenstände beschlagnahmt. Darunter auch zwei Mumien, eine peruanische und eine ägyptische, die sofort ins Kriminalistische Institut nach Hamburg gebracht wurden, um dort untersucht zu werden.

Joséphine Renouillt hatte keine Meldeadresse und existierte in der Datenbank der Polizei nicht.

Frau Serani hatte sich zwar in Widersprüche verstrickt und gelogen. Auch ihr Verhalten war hier und da verdächtig gewesen, aber den Ermittlern fehlte etwas Entscheidendes. Eine Aussage oder stichhaltige Beweise.

Sam stand am Fenster und sah hinaus. Er wartete auf einen Anruf von Brenner, der ihm das Ergebnis der Untersuchungen der Mumie mitteilen wollte. Fake oder nicht Fake. Sam war sich fast sicher, dass es sich um eine Fälschung handelte.

Sein Handy klingelte, und er nahm das Gespräch sofort an, ohne auf das Display zu schauen.

»O'Connor?«

»Ja.« An dem Akzent erkannte Sam gleich Mr. Pilzecker aus London.

»Haben Sie meine E-Mail nicht erhalten?«

»Ich habe noch nicht nachgesehen.«

»Die britischen Zeitungen sind heute voll davon. Vielleicht sehen Sie sich erst einmal die E-Mail an, dann telefonieren wir wieder.«

Sam ging an einen Computer, öffnete seinen Account und die E-Mail von Lock & Son, die einen Link zum *Telegraph* enthielt.

BRÄUTIGAM VON VIAGRA GETÖTET?

Und dann las er die darunter stehende Meldung.

> Kurz vor der angekündigten Hochzeit zwischen dem erfolgreichen Anwalt Lord Richmond und Aethel Grosvenor bekam der zukünftige Bräutigam während eines Familiendinners einen Herzstillstand. Beide Familien sind von dem Vorfall zutiefst erschüttert. Erste Vermutungen lassen darauf schließen, dass Lord Richmond, der unter einer koronaren Herzerkrankung litt, eine Überdosis Viagra eingenommen hatte. Über die genaue Todesursache wird erst eine Autopsie Aufschluss geben.

Sam drückte auf Rückruf und war sofort mit dem Detektiv verbunden.

»Sie haben den Artikel gelesen?«

»Ja, aber ich verstehe nicht so ganz die Zusammenhänge.«

»Wir haben in London einen ziemlich guten Ruf, zu uns kommen Leute von Rang und Namen, wahrscheinlich auch ein Grund, warum Sie uns mit Ihrer Sache beauftragt haben, nicht wahr?«

»Ja, richtig.«

»Ein anderer Klient hat sich ebenfalls für die junge Dame aus dem Hause Grosvenor interessiert. Ich kann Ihnen das sagen, weil er nicht mehr lebt, sonst würde ich natürlich kein Wort darüber verlieren. Diskretion ist uns sehr wichtig.«

Sam hatte sich aufrecht hingesetzt und wartete gespannt auf das Ende der Geschichte.

»Der Siegelring, nach dem Sie gefragt haben, stammt von einem gewissen John Richard Winston, Baron von Sealand, aus dem Jahr 1840. Um es kurz zu machen, der Ring wurde später an Lord Francis Grosvenor weitergereicht, der allerdings vor ein paar Jahren verstarb. Bleiben seine Söhne und seine Enkelin, Aethel Grosvenor.« Es entstand eine kleine Pause, bis der Detektiv weitersprach. »Wir haben die junge Dame eine Weile begleiten dürfen und dabei festgestellt, dass sie einem sehr waghalsigen Hobby nachgeht. Sie steigt in Häuser ein und stiehlt.«

»Wo genau haben Sie sie dabei beobachtet?«

»Lassen Sie mich nachsehen … Das war in Essen, Deutschland. Sie hat dort eine Büste gestohlen, die sie dann erst nach England und anschließend nach Mallorca gebracht hat. Dort hat ein Mann das Stück entgegengenommen.«

»Wissen Sie, wie der Mann heißt?«

»Nein. Das tut mir leid.«

Im Grunde genommen war es auch egal, wer die Büste bekommen hatte. Das Wichtigste war, dass sie wieder einen Schritt weiter waren, und Sam fühlte das vertraute Kribbeln, ein Zeichen dafür, dass sie kurz vor der Aufklärung standen.

61. KAPITEL

Côte d'Azur Das *Majestic* in Cannes war ein Fünf-Sterne-Hotel und das Erste, das Lina von innen sah.

In der Praxis hatte sie erzählt, dass sie an einer schweren Blasenentzündung litt und im Bett lag. Da es nicht das erste Mal war, dass Lina deshalb ausfiel, schien ihr diese Ausrede am glaubwürdigsten. Und für ihre Mutter war sie bei Sam in München. Daniel stand neben ihr und füllte die Formulare zum Einchecken aus. Lina konnte ihr Glück kaum fassen, draußen schien die Sonne, und sie roch das Meer.

»Du siehst glücklich aus.«

»Bin ich auch«, bestätigte sie gelöst. Aller Zweifel war verflogen.

Daniel brachte Lina auf ihre gemeinsame Suite und ließ sie dann allein, damit sie sich frischmachen konnte.

Lina ging durch das Zimmer, öffnete die Türen zu einer großzügigen Terrasse und sah auf das azurblaue Meer. Die warmen Sonnenstrahlen umspielten ihre Haut. Lina genoss diesen einmaligen Augenblick.

Nachdem sie geduscht und sich ein leichtes Kleid übergezogen hatte, wartete sie auf der Terrasse auf Daniel. Sie fragte sich, wie wohl die erste Nacht mit ihm sein würde, als er plötzlich vor ihr stand.

»Ich habe heute Abend im Restaurant für uns reserviert. Wenn du willst, gehen wir noch ein bisschen an den Strand hinunter oder fahren durch die Gegend. Ich habe uns extra einen Wagen kommen lassen. Was möchtest du machen?«

Lina zuckte mit den Schultern. Sie war etwas überfordert mit dem Angebot. »Eigentlich möchte ich nur den Sand unter meinen Füßen spüren und vielleicht einmal ins Meer hopsen.«

»Kein Problem.«

Daniel half ihr aus dem Sitz und küsste sie zärtlich.

Lina war schon im Wasser, bevor Daniel die Liegen bezahlt hatte. Sie legte sich auf den Rücken und ließ sich von den seichten Wellen an den Strand tragen. Als sie sich umdrehte, konnte sie Daniel erst nicht finden, doch dann sah sie ihn auf einer Liege sitzen und telefonieren. Er schien wütend zu sein. Sein Körper war angespannt, und sein Gesichtsausdruck verhieß nichts Gutes. Er griff nach etwas, das an seinem Hals an einer Kette baumelte, setzte es an die Lippen und schien daran zu nippen. Dann nahm er es ab, legte es auf den Liegestuhl und bedeckte es mit einem Handtuch. Lina tat so, als hätte sie es nicht gesehen, und drehte sich wieder auf den Rücken.

»So kann man es aushalten, oder?«

Daniel stand neben ihr im Wasser mit zwei Gläsern Champagner und reichte ihr eines davon. Das prickelnde Getränk war zwar nicht ganz so nach ihrem Geschmack als gelegentliche Weintrinkerin, aber sie trank es trotzdem.

Den Rest des Nachmittags verbrachten die beiden mehr im Wasser als auf den Liegen. Als die Sonne sich langsam senkte, war Lina schon reichlich betrunken. Daniel amüsierte sich über sie und half ihr, sicher aufs Zimmer zu kommen.

Auch das kalte Wasser aus der Dusche brachte nicht die gewünschte Klarheit in ihren Kopf zurück. Im Gegenteil, Lina war kaum noch in der Lage zu stehen, sank in die Knie, und plötzlich wurde ihr schwarz vor den Augen. Sie hörte, wie Daniel gegen die Tür klopfte und ihren Namen rief. Dann spürte sie noch, dass sie aufs Bett gelegt wurde.

»Hey, Schönheit. Was ist los mit dir?« Doch die Worte waren so weit weg, und das Reden fiel ihr unendlich schwer.

»Ich bin ja bei dir … das geht bestimmt gleich vorbei.«

62. KAPITEL

Die dreistöckige Bastide aus dem 19. Jahrhundert gefiel Aethel. Die schlichte Fassade mit den hellblauen Fensterläden sah aus wie ein überdimensionales Puppenhaus. Inzwischen war die Sonne untergegangen, und Aethel wartete geduldig, ob irgendwo ein Licht anging. Doch alles war still, bis auf den einsetzenden Gesang der Zikaden.

Nachdem noch gestern Abend der Tod von Lord Richmond bekannt gegeben worden war, hatte sie sich gleich heute früh in den Flieger gesetzt, um diesen kurzfristigen Auftrag zu erledigen. Ihre Mutter fand ihr Verhalten unerhört und war über die Kälte ihrer Tochter entsetzt, was Aethel noch weniger interessierte als ein lästiger Mückenstich.

Wie überall, war auch jetzt der Einstieg wieder das reinste Kinderspiel gewesen. Alte Fenster, keine Alarmanlage.

Sie nahm die abgestandene Luft der alten Räume in sich auf, als würde es sich um das teuerste Parfum der Welt handeln, öffnete eine Flügeltür nach der anderen und stellte sich vor, wie die französischen Herrschaften um die vorletzte Jahrhundertwende durch die Räume gewandert waren.

Aethel leuchtete mit ihrer kleinen Stirnlampe jeden Winkel der Räume ab, streifte Möbelstücke und Vitrinen. Doch nirgendwo konnte sie die Liebe der Besitzer zu fremdartigen Kulturen entdecken. Hatte sie sich vielleicht dieses Mal geirrt und war ins falsche Haus eingestiegen? Nach dem Rummel von gestern Abend wäre es denkbar. Aethel ging die knarrenden Holztreppen in den zweiten Stock hinauf und sah vor sich einen langen, düsteren Flur, von dem zahlreiche Türen abgingen. Plötzlich überkam sie ein Gefühl, ein Gefühl der Angst, das ihr die Luft zum Atmen nahm. Sie stand reglos da, starrte in die Dunkelheit und spitzte die

Ohren, wie ein Raubtier, das einen fremden Geruch wahrnimmt. Den seines Jägers. Sie ging langsam weiter.

Die ersten beiden Türen waren verschlossen. Die dritte und vierte führten zu zwei Zimmern, in denen jeweils alte Holzbetten, ein Schrank und eine Spiegelkommode standen. Die leeren Kommoden wiesen darauf hin, dass es sich hier wohl um reine Gästezimmer handelte, die nur gelegentlich bewohnt waren. An den Wänden mit den geblümten Stofftapeten hingen trübe Landschaftsbilder und Wandleuchter, in denen nur die nackten Glühbirnen steckten.

Aethel ging weiter und betrat einen Raum mit einem aufwendig gelegten Parkettfußboden. An der einen Wand stand ein großes Bett mit einem Himmel aus goldener Brokatseide, die Wände waren roséfarben gestrichen, der Stuck an der Decke weiß abgesetzt. Den Kamin zierten ein paar speerwerfende römische Bronzefiguren und eine Deckelvase. Sie öffnete sie und leuchtete hinein. Sie war gefüllt mit Asche. Aethel schüttelte es. Sie hatte keine Vase, sondern eine Urne aufgemacht.

Eine weitere Tür führte direkt in das anliegende Badezimmer. Aethel nahm die frei stehende gusseiserne Badewanne in der Mitte wahr und trat wieder auf den dunklen Gang hinaus. Nichts machte den Anschein, als würde hier jemand dauerhaft wohnen. Die Bäder waren leer. Keine Handtücher hingen an den Haken, keine Seifen lagen auf den Waschbecken. Warum also hatte man ihr diesen knappen und kurzfristigen Termin genannt? Wieder überkam sie dieses ungute Gefühl. Sie verscheuchte es jedoch wie eine lästige Fliege. Die letzte Tür war auch geschlossen, aber nicht verschlossen. Aethel drückte die Klinke nach unten und steckte ihren Kopf in den Raum. Der Schein ihrer Stirnlampe huschte über eine Anrichte. Aber auch hier gähnende Leere.

Es kam wie aus der dunklen Tiefe des Meeres, wurde mit jedem Meter, mit dem es der Oberfläche näher kam, schärfer, nahm Formen an – und dann fiel es ihr ein. Das eine Foto in dem Album ihres Großvaters. Er hatte ihr den Schlüssel gegeben und es ihr überlassen, die Bilder richtig zu deuten und selbst zu entscheiden. Wahrscheinlich hatte er damit gerechnet, dass sie das Album früher finden würde, aber das war leider nicht der Fall gewesen, und sie hatte falsch gewählt, sozusagen das falsche Kabel der aktivierten Bombe durchgeschnitten. Es war wohl nur eine Frage der Zeit gewesen, bis man sie aus dem Weg räumen würde. Immerhin hatte sie einen nicht wiedergutzumachenden Fehler begangen. Sie hatte jemanden getötet.

Die Büste war der zweite Fehler gewesen. Sie hätte nicht … weiter kam sie mit ihren Gedanken nicht, denn Aethel gefror plötzlich das Blut in den Adern. Sie hatte das Gefühl, dass sie nicht allein im Raum war. Jemand stand direkt hinter ihr.

63. KAPITEL

Als Lina die Augen öffnete, wusste sie erst einmal nicht, wo sie war. Doch die offene Terrassentür, das Meeresrauschen brachten die Erinnerung an das Glück schnell zurück. Es war unglaublich, gestern stand sie noch in Hamburg am Flughafen, Stunden später war sie im Meer geschwommen, und jetzt wachte sie in einer Fünf-Sterne-Suite auf. Neben ihr lag Daniel. Er hatte noch die Augen geschlossen. Lina wollte gerade aus dem Bett steigen, als sie zu ihrem großen Entsetzen feststellte, dass sie nackt war. Und dann fiel es ihr wieder ein: zu viel Champagner, in ihrem Kopf hatte sich alles gedreht, in der Dusche war ihr plötzlich schlecht geworden, und dann …

»Hey, geht's dir wieder besser?«

Lina sah in Daniels entspanntes Gesicht. »Keine Sorge, du bist nicht die erste Frau, die ich nackt sehe. Aber eine der wenigen, die so einen schönen Körper haben.«

»Es ist mir echt peinlich, Daniel ...«

»Mach dir keinen Kopf. Wir frühstücken jetzt, und dann zeige ich dir die Côte d'Azur.«

Er griff zum Telefon, bestellte Frühstück aufs Zimmer und verschwand im Bad.

Lina zog sich schnell einen Bademantel über und wartete, bis Daniel fertig war.

Als sie ihre Morgentoilette abgeschlossen hatte, stand das Frühstück bereits auf der Terrasse. Es wehte ein leichter Wind, und die Sonne war noch mild. Alles war perfekt.

Daniel holte etwas hinter seinem Rücken hervor und legte es auf Linas Teller.

»Mach auf.«

Lina öffnete vorsichtig den Umschlag und zog eine zusammengefaltete Broschüre daraus hervor. Sie sah Daniel fragend an, der sich mit zwei Tickets Luft zuwedelte.

»Du spinnst.«

»Nein, ganz und gar nicht. Wir fliegen morgen nach Ägypten. Aber nur für drei Tage, dann muss ich wieder in Hamburg sein. Sorry.«

Lina schüttelte ungläubig den Kopf. Geschah das alles wirklich?

»Das nächste Mal fahren wir länger. Versprochen.« Er beugte sich über den Tisch und gab ihr einen Kuss.

64. KAPITEL

Zwei Zivilfahrzeuge mit drei Beamten der britischen Polizei, Alfred und Sam hielten vor dem weißen Tudorschloss der Grosvenors.

Rose Grosvenor war völlig außer sich, als sie hörte, dass man ihre Tochter wegen Diebstahls und Mordes suchte. Sie eilte sofort ans Telefon und rief ihren Mann an, während die Beamten anfingen, das Haus zu durchsuchen. Nach Aussage der Mutter hatte sie gestern früh das Anwesen verlassen und wollte im Laufe des heutigen Tages wieder zu Hause sein. Recht ungewöhnlich erschien Sam, dass ihr zukünftiger Gatte erst vorgestern das Zeitliche gesegnet hatte und Aethel nicht verweint zu Hause saß.

Sam ließ sich von einer Angestellten über eine gewundene Treppe in Aethels Turmzimmer führen und war überrascht, als er das Chaos sah. Ein Loch in der Zimmerdecke, heruntergerissene Tapetenbahnen, die wie chinesische Stoffbänder von der Decke baumelten, und weißer Putz auf dem Boden und sämtlichen Möbelstücken. Sam sah sich um und öffnete als Erstes den Kleiderschrank. Der spärliche Inhalt überraschte ihn. Keine aufgerüschten Kleider, keine auffallenden Hüte für das Derby, Polospiel oder andere Events der Upperclass. Lediglich zwei Kostüme, zwei weiße Blusen, der Rest waren schwarze oder dunkelblaue Jeans und Pullover. Er tastete die einzelnen Kleidungsstücke ab, öffnete die wenigen Schuhboxen und wollte den Schrank gerade wieder schließen, als ihm eine Holzplanke ins Auge fiel, die etwas höher lag als die anderen. Sie ließ sich ohne Probleme anheben. Darunter kamen eine Kiste und diverse ägyptische Skulpturen zum Vorschein. Er legte alles aufs Bett und sah sich weiter nach möglichen Verstecken um. In dem altenglischen Schreibtisch mit der jägergrünen Lederauflage fand er noch ein altes Tagebuch und einen Laptop.

Dann hob Sam die schwere Matratze hoch. Als er sie wieder herunterließ, hatten sich die Kissen auf dem Bett verschoben und ein Buch freigelegt. Es war eine Art Poesiealbum. Sam sah sich die alten Fotos darin an. Erst konnte er nichts Auffälliges entdecken, doch da war ein Foto, das ihn stutzen ließ. Er sah noch einmal genau hin, und dann ging ihm ein Licht auf.

Harold Grosvenor hörte sich mit unbewegter Miene die Anschuldigungen an, die man gegen seine Tochter vorbrachte.

Es war schwer, zu erraten, was der Mann dachte, denn er äußerte sich zu keinem Punkt und saß nur schweigend da.

Am Nachmittag wurde Sam von Brenner darüber informiert, dass die Mumie im Haus von Schmitzing echt sei. Eine große Enttäuschung für Sam. Von Schmitzing war ebenfalls verhört worden und bekannte sich schuldig, viele Kunstgegenstände nicht ganz legal erstanden zu haben. Eine Joséphine Renouillt kannte er nicht, was Sam mehr als überraschte. Hatte er die beiden doch auf Frau Seranis Charity-Empfang nebeneinander stehen sehen. Oder hatte es nur danach ausgesehen, als würden sie sich kennen?

Als Aethel gegen Abend immer noch nicht nach Hause gekommen war, ahnte Sam Böses. War sie untergetaucht? Oder hatte man sie aus dem Weg geschafft, damit sie nicht mehr gegen ihre Auftraggeberin aussagen konnte?

65. KAPITEL

Essen Aethel war am frühen Morgen immer noch nicht aufgetaucht. Ihre Eltern waren nicht gerade in großer Sorge, weil sie solche Ausflüge von Aethel kannten. Die britische Polizei stellte einen Beamten vor dem Haus ab, und Sam und Alfred flogen von London nach Düsseldorf. Von da aus fuhren sie mit einem Leihwagen weiter nach Essen.

Es dauerte eine Weile, bis sie nach dem Betätigen des Klingelknopfes im Inneren der Rotklinkervilla Schritte und ein fröhliches Summen hörten, das augenblicklich verstummte, als Frau Serani die Tür öffnete und die beiden Männer vor sich stehen sah. Sie sah Alfred fragend an, dann erst bemerkte und erkannte sie Sam, der schräg hinter ihm stand. »Was wollen Sie?«

»Kripo München, Frau Serani. Wir hätten da noch ein paar Fragen an Sie«, sagte Alfred und hielt ihr den Ausweis direkt unter die Nase.

»Schon wieder? Ich fasse es nicht. Ich werde die Putzfrau verklagen.« Dann hielt sie plötzlich inne und fragte unsicher: »Oder haben Sie etwa die Büste mitgebracht?« Sie sagte es so, als wäre es ausgeschlossen. »Und was machen Sie hier, Herr Kondor?«

»O'Connor.«

»Mein Kollege«, nahm Alfred Sam die Antwort vorweg.

»Dürften wir reinkommen?«

Ohne ein Wort zu sagen, bat sie die beiden Männer mit einer Geste, einzutreten. Sie bot ihnen Platz auf einem Sofa an und setzte sich selbst den beiden gegenüber in einen safranfarbenen Ohrensessel.

Alfred führte das Verhör, während Sam Frau Serani erst einmal nur beobachtete. Wieder verblüffte ihn, dass die Frau fast fünfzehn Jahre jünger aussah, als sie eigentlich war. Ihre stolze Miene verriet in keiner Weise, was gerade in ihr vorging. Aber Sam konnte trotzdem ihre innere Anspannung spüren.

»Wir haben Grund zur Annahme, dass Sie in einige Diebstähle verwickelt sind.«

»Und was veranlasst Sie zu dieser Annahme?« Frau Serani strich jetzt mit ihren Händen über die Enden des um ihren Hals liegenden schwarzen Kaschmirschals.

»Sie kennen die Grosvenors?«

»Nein. Sollte ich?«

»Ich denke schon.«

Sam war jetzt aufgestanden und hielt ihr das Album hin. Zuerst hatte Sam gedacht, es handele sich bei dem Mann, der zwischen Altmann und Francis Grosvenor stand, um einen ägyptischen Führer der beiden, doch nach genauerem Betrachten war die Ähnlichkeit von Lalitchandra Serani und seiner Tochter frappant.

Serani sah sich das Foto an und nickte kaum merklich.

»Wir sehen uns ziemlich ähnlich, nicht wahr?« Sie lächelte und klappte das Album zu.

»Wo ist Aethel Grosvenor jetzt?«

»Das weiß ich nicht.« Sie schüttelte den Kopf.

»Reden wir nicht um den heißen Brei herum, Frau Serani. Wir wissen, dass Sie Aethel Aufträge erteilen, ägyptische Kunstschätze zu stehlen. Wo ist sie also?«, fragte Sam scharf.

Frau Serani verlor etwas von ihrer stolzen Haltung, dann sah sie Sam lange an, bevor sie weitersprach.

»Ja. Ich habe ihr einen neuen Auftrag zugeschickt. Seitdem habe ich nichts mehr von ihr gehört, was aber nicht unüblich ist. Sie schickt mir die Sachen immer an ein Postfach.«

»Was für einen Auftrag? Und wann war das?«

»Vor drei Tagen. Sie sollte in einem Haus an der Côte d'Azur ein paar seltene Sammlerstücke rausholen.«

»Wo ist das Haus genau, und woher wussten Sie, dass sich dort eine Sammlung befindet?«, fragte Sam etwas ungeduldig und erntete einen verständnislosen Blick.

»Ich habe einen Tipp bekommen.«

»Von wem, Frau Serani?« Sam hatte es satt, ihr alles aus der Nase zu ziehen.

»Über eine E-Mail.«

»Hat die E-Mail auch einen Namen?«

»Nein. Es war ein anonymer Tipp.«

»Und da haben Sie sie einfach so hingeschickt?« Sam war jetzt laut geworden. Entweder wurde er hier auf den Arm genommen, oder Frau Serani war wirklich schon senil.

»Die Adresse. Wie ist die Adresse?«

»Meine Güte, Herr O'Connor ... Jetzt lassen Sie mich doch nachdenken. Ich weiß nicht, warum Sie sich so aufregen.«

Sam entging nicht, dass sie das erste Mal seinen Namen richtig ausgesprochen hatte. Er war aufgebracht, weil er im Gefühl hatte, dass irgendetwas nicht stimmte.

Frau Serani ging aus dem Zimmer und kam gleich darauf mit einem Zettel in der Hand wieder.

»Hier ist sie.«

Sam gab die Adresse telefonisch an Peter Brenner weiter und fragte sich, ob Serani die Komplizin von Senner sein könnte.

»Frau Serani ...«, mischte Alfred sich ein. »Erklären Sie mir, warum Aethel in Ihr Haus eingestiegen ist und Ihre Büste gestohlen hat. Das ergibt für mich keinen Sinn. Helfen Sie mir ein wenig auf die Sprünge.«

»Nun, ich bekam eine Anfrage. Anscheinend hatte jemand die Büste hier während einer Veranstaltung gesehen. Ich bekam also diese E-Mail und ein Angebot von fünfzig Millionen Euro.«

Sie hob die Augenbraue und sah von Sam zu Alfred, der bei der Summe kaum hörbar aufstöhnte.

»Ich habe zwar viel Geld, aber dieses Angebot war zu verlockend, meine Herren. Ich möchte Ihnen jetzt doch meine Geschichte erzählen, damit Sie meine Beweggründe besser verstehen können.«

Sam setzte sich wieder zu Alfred aufs Sofa und versuchte, ruhig zu bleiben.

»Mein Vater, Altmann, der auch hier auf den Fotos zu sehen ist, und Grosvenor waren damals enge Freunde. Mein

Vater hatte die Kontakte nach Indien und versorgte die beiden mit exotischen Zutaten für die Apotheken. Altmann und Grosvenor hatten zwar ihre Apotheken, machten aber noch zusätzlich Geld, indem sie gelegentlich altägyptische Kunstgegenstände aus dem Land herausschmuggelten. Grosvenor war von Haus aus reich, deshalb ging es ihm nicht ums Geld, sondern um das Gefühl, etwas Verbotenes zu tun, um das Abenteuer und die Leidenschaft, die er für diese alte Kultur hegte. Altmann hingegen kam während des Krieges in eine missliche Lage. Als Jude musste er sich vor Hitler verstecken und floh mit seiner Familie nach Kairo. Meine Eltern lebten damals ebenfalls in Kairo in einer wunderschönen Kolonialstilvilla mit Palmen im Garten und einer Menge Bediensteter. Altmann, der alles in Deutschland zurücklassen musste, fand bei ihnen Unterkunft, bis er sich ein eigenes Haus leisten konnte. Dann war der Krieg in Europa zu Ende. Grosvenor erschien mit einer Büste in Kairo. Die Nofretete. Er hatte sie einem Amerikaner abgekauft, der behauptete, es sei das Original. Die Kopie, die Hitler hatte anfertigen lassen, sei in deutschen Händen geblieben. Kurz darauf gab es einen Streit zwischen den dreien, und eine Woche später drangen Wilde in unsere Villa ein und schlachteten alles ab, was zwei Beine hatte. Meine Eltern wurden getötet. Ich überlebte das Massaker. Meine Großeltern brachten mich daraufhin nach England.«

Frau Serani wirkte plötzlich entspannt, als hätte sie eine große Last von ihren Schultern geworfen.

»Worum ging es bei dem Streit?«

»Angeblich um eine Menge Geld. Eine halbe Schiffsladung voll mit wertvollen Schätzen aus geplünderten Gräbern aus dem Tal der Könige, die man angeblich leer aufgefunden hatte. Altmann wollte alles aus Ägypten hinausschaffen und in Europa für viel Geld verkaufen. Mein Vater war strikt dagegen. Er wollte das Geschäft vereiteln, weil er der Meinung war, dass die Dinge ins Museum gehörten und nicht in unwissende Hände. Na ja, auf jeden Fall teilten sich nach dem Tod meiner Familie Altmann und Grosvenor den Erlös aus dem Verkauf der altägyptischen Schätze.« Frau Serani hatte während ihrer Erzählung einen Knoten in ihren Schal gemacht und hielt ihn mit beiden Händen fest umschlossen.

»Ich musste in England ohne meine Eltern groß werden, während Altmann und Grosvenor ihre Kinder und Enkel aufwachsen sahen. Nach meinem Collegeabschluss habe ich diese beiden Familien studiert und auf den richtigen Zeitpunkt gewartet. Umso überraschter war ich über Grosvenors Enkelin, Aethel, die mir geradezu in die Hände spielte. Ich beobachtete die Kleine, die schon im Kindesalter stahl. Francis Grosvenor hatte sich komplett zurückgezogen, wahrscheinlich konnte er nicht mit der Last, die auf seinen Schultern lag, leben. Ich traf ihn eines Tages im Wald mit seinem Hund. Er erkannte mich sofort und erschrak fast zu Tode. Ja, ich muss wohl sehr viel Ähnlichkeit mit meinem Vater haben. Er bot mir zum Ausgleich für das, was damals geschehen war, die Büste der Nofretete an. Wie Sie wissen, ist sie etwa dreihundert Millionen Euro wert. Ich nahm sie entgegen, aber zufrieden war ich trotzdem nicht. Dann kam ich auf eine andere Idee, ich wollte Aethel dafür benutzen, um Ägypten seine Schätze zurückzugeben, die ihr Großvater und Altmann dem Land gestohlen hatten. Das funktionierte auch bis zu dem Tag reibungslos, als sie Lothar Senner tötete.«

Deshalb hat sie auch keine Antiquitäten in ihrem Haus, dachte Sam und sah sich zur Bestätigung noch einmal um.

»Haben Sie Senner auch auf einer Versteigerung kennengelernt?«

»Ja, genau wie Sie, O'Connor. Er saß neben mir und ersteigerte ein paar Antiquitäten ... Tja, und dann beging Aethel noch einen weiteren gravierenden Fehler.«

»Und der war?«, fragte Sam.

»Als sie in mein Haus einstieg, war ich hier. Ich beobachtete sie, und als sie die Büste in ihren Händen hielt, ahnte ich schon, dass sie Probleme machen würde. Ich hatte recht behalten. Sie fuhr direkt nach Hause und nicht nach Mallorca, wo der Kunde wartete. Sie sollte die Büste nur überbringen, deshalb habe ich sie auch von ihr stehlen lassen. Ich hatte keine Lust, damit durch die Gegend zu fahren, und ich wollte sicher sein, dass sie auch an ihrem Zielort ankommt. Da konnte ich mir bislang bei Aethel sicher sein.«

»Kannten Sie Aethel persönlich?«

»Ich habe Sie auf einer Versteigerung angesprochen, aber sie wusste weder, wer ich wirklich war, noch, wo ich wohnte.«

»Wie ging es mit der Büste weiter?«

»Ich hatte das Gefühl, dass sie die Büste nicht abliefern wollte, aber irgendetwas bewog sie, es dann doch zu tun. Ein paar Tage später bekam ich eine Mail, dass Aethel bei dem Kunden im Haus gewesen war. Er war ziemlich wütend darüber. Und vermutete wohl einen Betrug.«

»Wie hieß der Kunde?«

»Keine Ahnung. In diesem Geschäft gibt man seine wahre Identität nicht preis. Das ist ja auch nur verständlich, oder?«

»Haben Sie das Geld für die Büste bekommen?«, fragte Alfred.

Frau Serani überlegte und sagte dann: »Nein.« Dabei sah sie Alfred direkt in die Augen. Sam glaubte ihr in diesem Punkt nicht.

»Haben Sie Aethel gewarnt, als wir Ihnen sagten, dass wir eine heiße Spur haben?«

»Nein. Ich wusste ja, dass die Büste bereits in den richtigen Händen war.«

Ein Indiz dafür, dass Sie das Geld bekommen hatte, dachte Sam, sagte aber nichts dazu.

»Frau Serani, wir haben bei Lothar Senner eine gefälschte Mumie gefunden. Eine junge Deutsche, die vor zehn Jahren entführt und zu einer Mumie verarbeitet wurde. Sie war eine Touristin und verschwand aus der Medina von Fes. Es gibt noch einige andere ungeklärte Vermisstenfälle. Bei allen hat Herr Senner mitgewirkt oder seine Jachten zur Verfügung gestellt.«

Serani überlegte und schüttelte dann ungläubig den Kopf.

»Sie glauben, da entführt einer Menschen und macht aus ihnen Mumien?« Sie schien nachzudenken, dann sagte sie: »Gut, diese Mumien werden zu horrenden Summen gehandelt. Es ist ein sehr lukratives Geschäft, solange man die Ware nicht überprüft. Und wer geht schon mit einer illegal erworbenen Mumie in ein Institut und lässt sie auf Echtheit überprüfen. Nur ein Idiot, oder nicht?«

Sam gab ihr recht und musste über ihre Erklärung schmunzeln.

»Fakt ist, Senner hat seine Jachten für die Entführungen zur Verfügung gestellt, um etwas Bestimmtes dafür zu bekommen. Ich tippe mal auf seltene ägyptische Kunstschätze, denn sein Keller war voll davon.«

»Ich mache Ihnen einen Vorschlag, meine Herren, ich sehe mir die Sachen an. Vielleicht fällt mir zu dem einen oder anderen Teil etwas ein. Wie Sie wissen, kenne ich ja so einige Sammler. Möglicherweise fällt dann meine Strafe etwas geringer aus.« Sie zwinkerte Sam zu und erhob sich aus ihrem Stuhl.

»Noch eine Frage, Frau Serani. Kennen Sie einen weiteren Liebhaber ägyptischer Kunstgegenstände auf Mallorca?«

»Nein. Nicht auf Anhieb.«

»Sie haben Aethel nur das eine Mal dorthin geschickt, um die Büste abzuliefern.«

»Ja.«

»Sie muss also nach der Übergabe dem Kunden direkt zu

seinem Haus gefolgt sein. Somit ist sie die Einzige, die die Adresse des Unbekannten kennt.«

»Ja, anzunehmen.«

Sam dachte an den einzigen Entführungsfall, bei dem an dem besagten Tag keine von Senners Jachten im Hafen lag. Mallorca.

»Wissen Sie, Herr Kon... O'Connor. Sie kamen mir damals schon nicht ganz geheuer vor. Sie sind verdammt pfiffig.«

Frau Serani lachte, und Alfred sah Sam neidisch von der Seite an.

»Und soll ich Ihnen noch etwas sagen? Ich bin froh, dass ich das alles mal erzählen durfte. Ich wollte mit diesem Geheimnis nämlich nicht ins Grab steigen.«

66. KAPITEL

Kairo Auf dem Internationalen Flughafen in Kairo schien Daniel nicht das erste Mal zu sein. Dafür bewegte er sich zu routiniert. Zielstrebig ging er zu einem Schalter, wo er zwei Visa kaufte, danach stellte er sich an den Schalter der Passkontrolle. Lina beobachtete, dass die Hälfte der Passagiere es genau andersherum machten und deshalb von den finster dreinblickenden Beamten wieder zu Schalter 1 geschickt wurden, um sich das erforderliche Visum zu kaufen, was wiederum dazu führte, dass die Schlange sich vor Lina und Daniel schnell in nichts auflöste und sie innerhalb von fünf Minuten durch die Kontrolle waren.

Daniel war während des Fluges ziemlich ernst und schweigsam gewesen. Lina fragte sich, ob er die Reise inzwischen bereute oder ob er vielleicht unter ähnlichen Flugängsten litt wie Sam. Sie überlegte gerade, ob sie ihn fragen sollte, was der Grund seines Stimmungstiefs war, als er sie plötzlich in den Arm nahm und sagte: »Ich möchte, dass du immer bei mir bleibst.« Sie war verwirrt. Wie meinte er das? Sie kannten sich doch erst ein paar Tage. War es nicht ein bisschen früh für solche Wünsche. Daniel sah ihr eindringlich in die Augen. »Ich meine hier in Kairo. Bleib schön an meiner Seite, hörst du?« Lina nickte, und Daniel nahm ihre Hand fest in die seine.

Als sie das Flughafengebäude verließen, schlug ihnen nicht nur eine unerträgliche Hitze entgegen, sodass Lina sofort der Pullover am Körper klebte, sondern sie wurden auch blitzschnell von einer wild gestikulierenden Traube Einheimischer umringt, die mit Daniel um den Preis für den Transport zum Hotel feilschten. Es war etwas beängstigend, das musste Lina zugeben, und sie war dankbar, an Daniels Seite zu sein. Schließlich bestiegen sie eine angenehm temperierte schwarze Mercedes-Limousine. Der Fahrer fädelte sich ohne weitere Worte, dafür mit arabischer Musik und laut hupend in den chaotischen Verkehr ein. Dann machte er die Straßen zu seinem persönlichen Nürburgring, wechselte unaufhörlich die Spuren, überholte links, rechts, links, rechts, bremste, gab wieder Vollgas, hupte, schimpfte laut vor sich hin, sodass Lina das Kreuz, das um ihren Hals hing, fest umschloss und stumm ein Gebet sprach.

Ein Blick zu Daniel zeigte Lina, dass er entspannt war, während sie bereits ihren leblosen Körper zwischen zwei zerquetschten Autos sah.

Die Abgase und Gerüche von draußen, die zwischen verbranntem Gummi und Erbrochenem lagen, gaben Lina schließlich den Rest. Ihr wurde übel. Sie legte den Kopf nach hinten und versuchte, ruhig durchzuatmen.

Nach einer Stunde Fahrt, bei der sie lediglich gelbe Straßenlaternen an sich vorbeiziehen sah, kamen sie schließlich im Hotel an. Es war ein vierstöckiges Gebäude, umgeben von einer hohen Mauer. Es überraschte Lina nicht nur durch seine Einfachheit. Auch seine Umgebung war nicht gerade einladend. Es lag direkt an der Autobahn und mitten in der Wüste.

»Wundere dich nicht, die Hotels hier lassen sowieso alle etwas zu wünschen übrig. Aber das hier ist sauber, und wir sind hier genau in der Mitte von unseren Ausflugszielen.« Daniel bat um ihren Pass und füllte zum Einchecken wieder die erforderlichen Formulare aus, während Lina sich in der Lobby umsah.

Ein Blick aus dem weniger luxuriösen Zimmer bestätigte noch einmal, dass das Hotel irgendwo fernab von Kairo in der Wüste lag. Auf dem angrenzenden Grundstück schienen unbewohnte Häuser zu stehen. Alles lag im Dunkeln. Vielleicht gab es dort keinen Strom, oder aber die Bewohner gingen früh zu Bett? Andere Länder, andere Sitten, dachte Lina und schmiegte sich an Daniel, der sie von hinten fest umschloss.

Sie drehte sich zu ihm um und sah in seine hellgrünen Augen mit den schwarzen Punkten. Daniel küsste sie und zog ihr langsam den Pullover über den Kopf. In Frankreich war er sehr zurückhaltend gewesen, davon war jetzt nichts mehr zu spüren. Lina gab sich Daniel ganz hin. Doch plötzlich ließ er von ihr ab, legte sich auf den Rücken und starrte an die Decke. »Tut mir leid, ich kann nicht.« Er stand auf und ging ins Bad.

Lina war irritiert. Hatte sie etwas falsch gemacht? War sie nicht sexy genug? Was hatte ihn von einer Sekunde auf die andere abgeturnt? Als Daniel wieder aus dem Bad kam, legte er sich neben sie und nahm sie in den Arm. Sanft streichelte er ihr über den Kopf, doch er sagte kein Wort mehr. Als sein Atem langsamer und gleichmäßiger wurde, die Hand an ihrem Kopf zum Stillstand kam, wusste Lina, dass er eingeschlafen war. Sie lauschte noch lange den Geräuschen, die aus den Nebenzimmern, dem Gang und von draußen kamen, bis auch sie schließlich einschlief.

67. KAPITEL

München Sämtliche Boote, die das ganze Jahr über in den Häfen von Mallorca lagen, wurden überprüft.

Sam war sich ziemlich sicher, dass der Schlüssel zur Aufklärung dort lag. Es konnte kein Zufall sein, dass der Kunde der Büste auf Mallorca wohnte und der einzige Entführungsfall, der nicht ins Bild passte, auf der spanischen Insel passiert war.

Unter den Blicken von Direktor Hansen und Sam ging Frau Serani durch den Keller des Museums und sah sich jedes einzelne Stück aus der Villa von Lothar Senner an, die Ronald Walter fein säuberlich aufgestellt, mit Nummern versehen und in einem Buch aufgelistet hatte.

Die Mutter von Ronald Walter hatte sich endlich durchgerungen, auf dem Revier eine Vermisstenanzeige aufzugeben, denn auch sie war inzwischen davon überzeugt, dass ihr Sohn einem Verbrechen zum Opfer gefallen war. Jeder, der ihn gekannt hatte, glaubte nicht, dass er einer Geliebten gefolgt war, wie es auf dem mysteriösen Zettel gestanden hatte. Auch Direktor Hansen wusste nichts von einer Frau in Ronald Walters Leben.

Für sein Verschwinden gab es definitiv keine plausible Erklärung. Hatte er vielleicht mehr gewusst, als er Sam in seinem Brief geschrieben hatte? Hatte jemand ihn deshalb beseitigt? Frau Serani blieb zum dritten Mal länger an einer Skulptur stehen und betrachtete sie eingehend, dann stellte sie sie wieder hin, und Sam stieß die Luft aus, die er für einen Moment angehalten hatte. Er hoffte inständig, dass der Frau irgendein Name einfiel, irgendetwas, das ihm weiterhelfen würde.

Direktor Hansen hatte gesehen, dass die unliebsamen Besucher auch ohne ihn auskamen, und ließ die beiden nach zehn Minuten allein.

»Herr O'Connor?«

»Ja.«

»Wären Sie auch auf mich gekommen, wenn die Putzfrau den Einbruch nicht gemeldet hätte?« Sie drehte sich langsam zu ihm um und lächelte. »Ganz ehrlich?«

»Nein, wahrscheinlich nicht.«

Sie nickte und widmete sich wieder dem Stück in ihrer Hand.

»Das ist ein seltenes Stück. König Khufu. Wenn ich mich nicht irre, gab es nur eines davon, und das stand im Museum in Kairo.«

Sie sah Sam an und stellte es wieder in die Reihe zurück.

»Tja, die anderen sagen mir irgendwie nichts.«

Sam war ein wenig enttäuscht, aber dass der kleine König Khufu ursprünglich aus dem Museum in Kairo stammte, ließ ihn aufhorchen.

Am Nachmittag saß Sam zu Hause mit einem Stapel Papiere und Artikel, die ihm Peter Bauer herausgesucht hatte, und ging eines nach dem anderen durch.

TAUZIEHEN UM DIE SCHÖNE VOM NIL

Für die geplante Eröffnung des neuen Ägyptischen Museums in Giseh wollen die Ägypter die Büste der Nofretete ausleihen. Die Bitte stieß im Bundestag bislang auf Ablehnung, weil die Büste, laut Expertenmeinung, zu sensibel für einen Transport sei.

Ägypten pocht jedoch inzwischen auf die Rückgabe der illegal entwendeten Büste, die 1912 von dem deutschen Archäologen Ludwig Borchert in der Wüste von Amarna entdeckt und nach Deutschland gebracht worden war.

Das altägyptische Meisterwerk wird auf rund 390 Millionen Dollar geschätzt.

Weiter las Sam, dass ein britisches Museum 454 Artefakte zurück nach Ägypten schickte, die vor über 30 Jahren illegal aus dem Land geschafft worden waren. Die Objekte stammten von einem Ägyptomanen, dessen Familie dem Museum die Stücke hinterlassen hatte. Zu der Sammlung gehörten Perlenketten, Tonfragmente, Münzen, Keramiken und diverse Skulpturen.

Ein anderer hatte ein Mitbringsel aus dem Land der Pharaonen wieder zurückgeschickt, weil er plötzlich schwer erkrankt war und an einen Fluch glaubte.

Dann las Sam:

ÄGYPTEN FORDERT NOFRETETE ZURÜCK

Ein neuer Streit um die Nofretete ist ausgebrochen. Der Chef der ägyptischen Antikenverwaltung kündigte an, die Büste der Nofretete von Deutschland zurückzufordern. Ein Schriftstück der Deutschen Orient-Vereinigung unterstützt den Verdacht, dass die Büste 1913 aus dem Land geschmuggelt worden ist. Nach damaligem Recht durften ausländische Archäologen die Hälfte ihres Fundes mitnehmen. Die andere Hälfte blieb in Ägypten. Ein Antikeninspektor entschied darüber, wo etwas hinging. Im Jahr 1913 war das ein Franzose namens Gustave Lefebvre. Er erlaubte Borchardt, die Büste mitzunehmen. Man vermutete schon damals, dass dieser Handel nicht mit rechten Dingen zugegangen war, und forderte bereits Hitler auf, die Büste an Ägypten zurückzugeben. Ohne Erfolg.

Die Büste hatte offensichtlich seit fast einem Jahrhundert für viel Aufregung gesorgt, stellte Sam fest. Fünfzig Millionen Euro waren bei dem geschätzten Preis ja geradezu ein Geschenk. Steckte hinter dem Kauf vielleicht sogar der Direktor der Antikenverwaltung Kamal Alawar selbst, der mit allen Mitteln versuchte, die Nofretete nach Hause zu holen, wie er mehrfach zitiert wurde?

Ihm sollte es egal sein, ihn interessierten nur noch die zwanzig Akten, die vor ihm lagen und auf Aufklärung warteten.

Er rieb sich über die müden Augen und ging die anderen Artikel durch. Darunter waren etliche, die von Ausgrabungen handelten. Tausende Jahre alte Gräber von adeligen Mumien, Priestern, Prinzessinnen, Familienmitgliedern von Pharaonen, sogar Spekulationen darüber, dass man das Grab der Kleopatra gefunden hatte. Ein Archäologe, Basil Nassour, hatte im Tal der Könige ein spektakuläres Grab mit drei sehr ungewöhnlich hellhäutigen Mumien entdeckt. Zwei Erwachsene und ein Kind. Man sprach zunächst von einer blonden Pharaolinie. Dann vermutete man, dass die Mumien aus der Zeit des Pharaos Amenophis III. stammten, der regelmäßig Brautwerber in die Nachbarländer geschickt hatte, weil dort ein indogermanisches Volk, die Mitannis, hübsche blonde, hellhäutige Prinzessinnen besaß. Aus diesem Volk stammte angeblich auch Taduchepa, die später den Namen Nofretete annahm …

Alle Wege führen zur Nofretete, dachte Sam, stand auf und streckte den Rücken durch.

Er trat ans Fenster und sah auf das Haus von Lothar Senner. Dann ging er in die Küche, machte sich einen starken Kaffee und steckte seinen iPod in die Station. Er wählte *Turandot* aus. Er stieg in die volle Wanne und wollte sich gerade hinsetzen, als er wieder hochfuhr, nackt und nass ins Wohnzimmer ging und zum letzten Artikel griff. War er übermüdet, oder warum hatte er das überlesen. Hellhäutige Pharaonenlinie? Zwei Erwachsene, ein Kind. War nicht in Tunesien eine solche Familie verschwunden? Präparierte da jemand Menschen, um sie vielleicht gar nicht an Privatleute zu verkaufen, sondern um leere, längst ausgeraubte Gräber zu füllen und sie anschließend als Sensationsfund der Welt zu präsentieren?

»Nein, Sam ... das geht zu weit«, sagte er laut, und doch klangen ihm seine eigenen Worte nicht besonders überzeugend.

68. KAPITEL

Die Frau sah lächelnd auf ihren Überwältiger herab, der nun wieder in der richtigen Position lag. Glücklicherweise war einer ihrer Helfer noch einmal zurückgekommen, weil er sich nicht sicher gewesen war, ob die »Kinderzimmertür« verschlossen war, und hatte ihre Schreie gehört. Danach hatten sie den wild um sich schlagenden Adonis betäubt und erst einmal wieder eingesperrt. Ein paar Tage ohne Essen und Trinken hatten ihn nun so sehr geschwächt, dass er ruhig auf dem Tisch vor ihr lag. Sie zog sich die Gummihandschuhe über und ließ die Enden an den Handgelenken einmal schnalzen. Dann betrachtete sie ihn mit schrägem Kopf. Doch sie musste zugeben, er hatte in den letzten Tagen ein wenig von seiner Schönheit eingebüßt. Schade eigentlich.

»Ich werde aus dir etwas ganz Besonderes machen, Chérie. Es gibt zwar wenige Belege darüber, ob es Saris tatsächlich im alten Ägypten gab ... aber umso begehrter wirst du sein.« Sie schlug die Hände vor Entzücken zusammen und lächelte über ihren grandiosen Einfall. »Wusstest du, dass sich viele Mythen und Legenden um sie ranken? Auf der einen Seite hat man ihnen Treue und Aufrichtigkeit nachgesagt, auf der anderen Seite Verschlagenheit und Heimtücke. Was, meinst du, trifft auf dich zu?«

Sie griff zu einem großen verrosteten Messer, dessen

Klinge besonders stumpf aussah, und hielt es nach oben ins Licht.

»Medizinisch gesehen kann ein kastrierter Mann potent bleiben und eine Erektion bekommen. Er kann sogar penetrieren. Wollen wir das?«

Sie schüttelte heftig den Kopf. »Nein, das wollen wir nicht«, sprach sie in einer wesentlich höheren Tonlage.

Der Mann, der kein Wort von dem verstand, was die Frau da sagte, sah nur ängstlich auf das Messer, das sich nun in Richtung seiner Genitalien bewegte.

»Also habe ich mir gedacht ...« Die Frau fing an zu summen, hielt dann inne und sagte: »... ich werde eine Kastration und eine Penektomie vornehmen. Ab, ab, ab.«

Sie summte wieder und setzte das Messer an. Der Mann riss die Augen weit auf, als er sah, was sie vorhatte, und bäumte sich mit allerletzter Kraft auf. »Bleib ruhig liegen, sonst schneide ich noch daneben. Und das wollen wir doch nicht.«

Das Summen wurde lauter. Dann fing sie an, mit der stumpfen Klinge den jungen Mann zum Eunuchen zu machen.

69. KAPITEL

Kairo Lina erwachte am Morgen total erschöpft. Die harte Matratze des Hotelbettes hatte sie kaum schlafen lassen, und dementsprechend sah sie auch aus. Dunkle Augenringe und matte Haut. Auch Daniel hatte ziemlich unruhig geschlafen. Er war noch vor ihr aufgestanden und hatte leise das Zimmer verlassen.

Sie fragte sich wieder, ob es an ihr gelegen hatte, dass Daniel meinte, er könne nicht, oder ob er irgendein Problem mit sich herumtrug. Potenzprobleme hatte er nicht gehabt, es musste an etwas anderem gelegen haben.

»Hey, Schönheit, wollen wir frühstücken gehen? In einer Stunde werden wir abgeholt.« Daniel stand in der Tür zum Badezimmer und sah ihr zu, wie sie sich eincremte.

»Wo geht die Reise denn hin?« Lina gab ihm einen Kuss auf die Nase und huschte an ihm vorbei. Für den Ausflug wählte sie eine Leinenhose und eine langärmelige Bluse, damit sie bei den Einheimischen nicht unangenehm auffiel.

»Ich dachte, wir schauen uns erst einmal das Museum an. Morgen fahren wir zu den Pyramiden und übermorgen auf den weltberühmten Basar.«

»Da, wo sie gerne Bomben legen und Touristen in die Luft jagen?«

»Ja, ich dachte, das könnte unserem Aufenthalt noch den gewissen Thrill geben.« Daniel lachte, und Lina stimmte mit ein.

Die Fahrt zum Museum nach Kairo war nicht weniger halsbrecherisch als am Abend zuvor. Nur, dass sie bei Tag die vorbeiziehende Landschaft begutachten konnte. Hunderte unfertiger Bauten in der Wüste, dann fruchtbare Felder und anschließend Wohnsilos, aus deren Mitte, wie ein mahnender Zeigefinger, ein Minarett herausragte. Die Gerüche waren die gleichen wie am Vorabend und ließen Lina gelegentlich die Luft anhalten.

Die Neunzehn-Millionen-Metropole war auf den ersten und auf den zweiten Blick hässlich und schmutzig. An den Fassaden der Häuser klebte der Dreck von Jahrzehnten, den kein reinigender Regen hatte fortspülen können. Sogar die aufwendigen Kolonialbauten, die hier und da noch ein Bild von dem einst reichen und schönen Kairo erahnen ließen, waren völlig heruntergekommen. Nichts war vor dem Zahn der Zeit geschützt und bewahrt worden. Unübersehbar waren die flachen Dächer der Häuser, gespickt mit Hunderten grauer Satellitenschüsseln in allen nur erdenklichen Größen, als wollten die darin Wohnenden Kontakt zu einer anderen Welt aufnehmen.

Hier und da liefen zwischen normal gekleideten Frauen in langen Gewändern verschleierte wie schwarze Gespenster durch die Straßen. Unbehagen stieg in Lina auf, eine Mischung aus Nichtverständnis und Wut gegenüber den ignoranten Männern, die ihren Frauen so etwas zumuteten. Jeder wusste, dass Schwarz die Wärme anzog, demzufolge musste es unter solch einem Gewand wie in einem türkischen Dampfbad zugehen. Daniel hatte den Arm um Lina gelegt und sah gedankenversunken aus dem Fenster, während er mit seinen Fingern an dem Anhänger spielte, den Lina nun genauer in Augenschein nehmen konnte. Es war ein birnenförmiges Glasgefäß mit einem schön verzierten Silberverschluss und einer Flüssigkeit darin.

»Sag mal, was trägst du da eigentlich um den Hals?«

Daniel ließ den Anhänger los und betrachtete ihn, als würde er ihn das erste Mal sehen.

»Sokrates starb durch die Einnahme von Gift aus einer Phiole«, sagte er versonnen.

»Und? Was hast du da drin? Auch Gift? Für den Notfall?«

»Es ist ein Glücksbringer und soll vor Dämonen schützen.« Daniel lachte und verzog das Gesicht zu einer Fratze, dabei ließ er den Anhänger unter sein Hemd gleiten. »Oh, wir sind da. Bin gespannt was du gleich sagst.« Daniel bezahlte den Fahrer, während Lina ausstieg und daran dachte, wie Daniel am Strand an der Flüssigkeit genippt hatte. Warum log er sie an? Was beinhaltete die Phiole wirklich?

»Komm.« Daniel zog sie zum Eingang des Museums, und Lina schickte den schlechten Gedanken in die Verbannung.

Nach all den dreckigen Straßen und Gebäuden war die gepflegte Erscheinung des neoklassizistischen terrakottafarbenen Museums aus dem 19. Jahrhundert in der Innenstadt von Kairo eine wahre Augenweide.

Daniel kaufte zwei Tickets. Dann gingen sie Hand in Hand durch den angelegten Vorgarten mit seinen beschnittenen Bäumen, Palmen und gestutzten Rasenflächen, auf dem sich Gruppen von Touristen tummelten und die obligatorischen Fotos von ihrem Museumsbesuch schossen. Ein Wirrwarr aus unterschiedlichen Sprachen drang an Linas Ohr, bis sie endlich die kühle Halle des Museums erreicht hatten.

»Möchtest du einen Museumsführer haben?«

»Möchtest du?«, stellte Lina die Gegenfrage.

»Ich frage dich. Ich kann dir sonst anbieten, dein persönlicher Führer zu sein.«

»Tatsächlich? Da sage ich nicht Nein.«

Daniel ging mit Lina durch die erste Halle, stellte sich vor drei große Statuen und begann mit seinem Vortrag: »Also hier haben wir die drei Mykerinos-Triaden aus schwarzem Schiefer. Der Pharao, der in der Mitte, war der Erbauer der kleinsten der drei Pyramiden von Giseh ...«

Daniel war in seinem Element und wusste über alles und jeden etwas zu erzählen.

Besonders interessant fand Lina die Halle des Ketzerkönigs Echnaton. Es war der König, den sie mit Abstand am beeindruckendsten fand. Und das nicht wegen seines merkwürdig ausladenden Beckens, das eher an die Figur einer Frau erinnerte, sondern wegen seines Gesichts. Er hatte ein schmales, wunderschönes Gesicht, volle Lippen, mandelförmige Augen, eine gerade lange Nase.

»Schön erscheinst du am Horizont des Himmels, du lebendige Sonne, die das Leben bestimmt! Du bist aufgegangen im Osthorizont und hast jedes Land mit deiner Schönheit erfüllt. Schön bist du, groß und strahlend, hoch über allem Land ... Worte aus dem Sonnenhymnus von Echnaton. Er proklamierte den Sonnengott, genannt Aton, zum alleinigen Gott. Der tägliche Lauf der Sonne garantierte den Fortbestand der Welt. Jeden Tag wurde so das Schöpfungswerk erneuert. Er selbst sah sich als sein Sohn, weil er der Einzige war, der das Wunder der Schöpfung verstand. Er und seine Gemahlin Nofretete waren das interessanteste Paar der ägyptischen Geschichte.«

»Er hat einen schönen Mund, findest du nicht?«

Daniel nahm ihren Kopf zwischen die Hände und küsste sie leidenschaftlich. »Fast so schön wie deiner«, flüsterte er. Sein plötzliches Innehalten ließ Lina die Augen öffnen. Daniel sah erschrocken aus. Irgendetwas war hinter ihr. Sie wollte sich umdrehen, um zu sehen, was er da entdeckt hatte, doch Daniel griff nach ihrer Hand und zog sie aus der Halle hinter sich her.

»Was ist denn los?«

»Nichts. Lass uns von hier verschwinden.«

Lina konnte es nicht fassen, jetzt war sie schon einmal hier und durfte nicht einmal in Ruhe durch das Museum streifen. Was hatte Daniel nur gesehen, dass er es plötzlich so eilig hatte?

Erst im Taxi entspannte er sich wieder. Doch er war irgendwie anders. Nahm sie nicht in den Arm und sah sie auch nicht an. Wie ein Eisklotz saß er neben ihr. Seine Hände waren zu Fäusten geballt. Lina bekam eine Gänsehaut.

70. KAPITEL

Endlich waren die Pforten des Museums geschlossen. Ronald Walter genoss es, sich ungestört unter den riesenhaften Statuen altägyptischer Zeiten zu bewegen. Diese Ruhe ohne Menschen war geradezu himmlisch. Seit er hier in

Kairo war, arbeitete er nun als »Mädchen für alles«. Zuerst hatte man ihm die Aufgabe erteilt, sämtliche Stücke in den Vitrinen zu reinigen – eine exzellente Aufgabe, um sich mit den kleinen Details des Museums vertraut zu machen –, und heute hatte er seine erste Führung für die deutschsprachigen Besucher absolviert. Abends lief er dann meist noch einmal die Hallen ab und nahm alles in sich auf. Auf dem Weg zum Keller blieb er bei der überlebensgroßen Statue von Chephren aus schwarzem Diorit stehen und betrachtete den Falkengott Horus, der hinter dem schwarzen Kopf die Flügel ausbreitete. Hier hatte er heute dieses hübsche Paar beobachtet und belauscht. Es war eigenartig, aber Menschen, besonders die Deutschen, gaben sich im Ausland oft ungezwungener, weil sie der irrwitzigen Meinung waren, dass niemand sie versteht. Er war in der letzten Zeit Zeuge von so einigen Konversationen geworden, die man normalerweise nur in Zweisamkeit hinter verschlossenen Türen geführt hätte. Dieses Paar hatte er nur beobachtet, weil der Mann einen perfekten Führer abgegeben hatte. Besser als er selbst. Die junge Frau war besonders hübsch gewesen mit ihren langen schwarzen Haaren und ihrem anmutigen Körper. Er hatte kaum den Blick von ihr abwenden können. Der Mann schien über beide Ohren in sie verliebt zu sein. Dann hatte er die beiden aus den Augen verloren und erst wieder im Saal 3 gesehen. Der Saal, der dem Ketzerkönig Echnaton gehört.

Der Mann hatte die Frau geküsst, sehr leidenschaftlich, und plötzlich waren sie aus dem Saal gestürzt, als hätten sie den Leibhaftigen gesehen. Er aufgebracht, sie völlig verwirrt. Ronald war unauffällig auf seinem Beobachterposten geblieben, und kurz darauf hatte er eine Bewegung hinter den Säulen wahrgenommen. Eine Frau trat dahinter hervor. Hass und Eifersucht standen ihr ins Gesicht geschrieben. Vermutlich war sie der Grund des plötzlichen Aufbruchs gewesen. Er war der Frau weiter durch das Museum gefolgt, wurde aber von der Direktorin ins Büro beordert und musste die Verfolgung aufgeben.

Gestern hatte er die Direktorin des Museums beiläufig gefragt, ob sie von einem deutschen Archäologenteam wüsste, das zurzeit hier irgendwo arbeitete. Sie hatte es verneint und ihn gefragt, ob er Interesse an solchen Arbeiten hätte. Das Leuchten in seinen Augen war wohl Antwort genug gewesen. Sie hatte ihn angelächelt, und heute Nachmittag, nach seiner Führung, war sie mit ihm hinunter in den Keller gegangen. In den Keller, von dem er nur gehört und gelesen hatte. Ein Keller, der wie ein Labyrinth war und in dem seit hundert Jahren alle Funde in Lattenkisten übereinandergestapelt worden waren, ohne sie zu archivieren. Seit etwa vier Jahren waren drei Archäologen und ein Restaurator dabei, die unterirdische Schatzkammer des Museums zu erfassen. Da einer der Archäologen bereits seit Längerem krank war, sollte er für ihn einspringen. Ronald Walter hatte sein Glück kaum fassen können.

Jetzt wollte er die muffige Luft, die nach Gruft roch, noch einmal einatmen und die unbekannten Schätze, die bislang kein Tourist gesehen hatte, allein bewundern, bevor er morgen früh zu dem Team dazustoßen wollte. Die Tür, die zum Keller führte, war unverschlossen. Ronald Walter schlich sich leise wie ein Dieb die Treppen hinunter. Ihm fiel nicht einmal auf, dass hier unten noch Licht brannte. Er strich behutsam über die alten Stücke in den Regalen, als er von irgendwo hinten aus dem Keller Stimmen hörte. War das Team etwa noch hier unten und arbeitete? Er hatte doch vor über einer Stunde zwei Personen weggehen sehen. Ronald Walter war unschlüssig, was er jetzt tun sollte. Er hielt es für besser, wieder zurückzugehen und so zu tun, als wäre er gar nicht hier unten gewesen, doch plötzlich näherten sich die Stimmen. Ronald Walter sah sich um. Wo konnte er sich verstecken? Sollte er sich überhaupt verstecken? Im letzten Moment sprang er hinter eine Kiste, ging in die Knie und atmete so flach wie möglich. Zwei Gestalten bogen um die Ecke des Ganges. Beide sprachen Englisch mit starkem Akzent.

»So, ich habe meinen Teil der Abmachung erfüllt. Jetzt sind Sie an der Reihe, Mr. Alawar«, sagte eine Frauenstimme.

Der Name war Ronald Walter sehr wohl bekannt. Kamal Alawar war der Direktor der Antikenbehörde, der hier im Museum für ägyptische Kunst ein und aus ging.

»Ich würde zu gerne wissen, wie Sie an das kostbare Stück herangekommen sind.«

»Wer verrät schon freiwillig seine Berufsgeheimnisse, mein Lieber.«

»Mich wundert allerdings, dass ich gar nichts von dem Raub gehört habe. Sie wissen ja, wie lange Ägypten schon hinter der Büste her ist. Sie werden als Erstes vermuten, dass wir dahinterstecken.«

»Ich bitte Sie. Sie kennen doch die Geschichte der Büste. Die Kopie steht im Museum in Berlin. Das Original war jahrelang in Privatbesitz. Ich habe durch Zufall davon erfahren, et voilà: Hier ist sie.«

Die Kopie in Berlin? Sprachen die beiden tatsächlich über die Büste der Nofretete?, fragte sich Ronald Walter und dachte an die Unterhaltungen und das Foto, das ihm der Polizist in München gezeigt hatte. Gestohlen aus einem Privatbesitz. Keiner hatte Aufhebens darum gemacht, weil der Besitzer davon ausging, dass das Stück wertlos war.

»Sie bekommen gleich morgen die Erlaubnis für die Ausgrabungen ausgestellt.«

»Haben Sie nicht ein paar Dinge vergessen, mein Lieber?«

»Auf unbestimmte Zeit natürlich. Und ja, er wird nichts davon erfahren.«

»Sehr schön. Eines interessiert mich allerdings doch noch …« Es entstand eine kleine Pause, und Ronald Walter dachte schon voller Schrecken, dass man ihn entdeckt hatte. Irgendein Teil vom Schuh oder seines Körpers, der hinter der Kiste hervorlugte. Doch dann redete die Frau weiter.

»Wie wollen Sie diese unverhoffte Entdeckung öffentlich machen?«

»Ich bitte Sie, das wird das geringste Problem für mich sein.« Der Direktor gab ein dreckiges Lachen von sich, während sich die beiden Richtung Ausgang bewegten, weg von Ronald Walters Versteck. Das Licht ging aus, und die Tür fiel ins Schloss. Er erhob sich langsam und merkte erst jetzt, dass seine beiden Unterschenkel eingeschlafen waren. Er massierte sie und versuchte, das unangenehme Kribbeln zu ignorieren. Jetzt war es so stockdunkel hier unten, dass er nicht einmal die eigene Hand vor Augen sah. Er tastete sich vorsichtig hinter der Kiste hervor und ging Schritt für Schritt in die Richtung, wo er den Ausgang vermutete. Er würde sich viel Zeit lassen, bevor er oben die Tür öffnen wollte. Nichts wäre verheerender, als entdeckt zu werden. Er war sich sicher, dass diese Leute vor nichts zurückschrecken würden, um ihr Geheimnis zu bewahren. Und wer würde ihn vermissen? Na ja, bestimmt seine Mutter, und die Museumskollegen in München sicher auch. Vielleicht vermuteten sie, dass er tot war. Kein schlechter Gedanke! Wer würde schon darauf kommen, dass er in Kairo saß? Wenn sein Plan aufgegangen war, hatte Direktor Hansen auf jeden Fall ein ganzes Stück Ärger am Hals. Die Rache des kleinen Mannes. Und seine Mutter? Sie hätte ihm ohnehin all seine Pläne ausgeredet. Wahrscheinlich hätte sie noch eine schwere Krankheit simuliert, nur um ihn für immer und ewig an sich zu binden.

Nachdem er die fünftausend Euro auf seinem Konto gesehen hatte, war er in ein Hotel gegangen und hatte sich überlegt, wie er dem arroganten Hansen eins auswischen konnte. Sein Wunsch, Deutschland zu verlassen und sich direkt vor Ort der Ägyptologie – seiner heimlichen Geliebten – zu widmen, hatte seit seiner Pubertät in ihm geschlummert.

Er war ein ängstlicher Mensch, war nie ein Risiko eingegangen, hatte nie wirklich an einen Orts- oder Wohnungswechsel gedacht. Dreißig Jahre hatte er im selben Zimmer in derselben Wohnung mit derselben Person gelebt. Seiner Mutter. Nach dem Abitur hatte er umgehend mit dem Studium der Archäologie und Geschichte begonnen und zwischendurch ein Praktikum am Institut für Anthropologie gemacht. In den Ferien war er ausschließlich nach Ägypten gereist. Die gesamte Architektur der altägyptischen Zeit erschien ihm jedes Mal wie ein Wunder. Die Hieroglyphen an den Wänden hatte er lesen können wie seine eigene Handschrift. Doch wenn er durch die Reste der zerfallenen Tempel gegangen war, hätte er jedes Mal weinen können. Die Zeit und vor allem die Menschen in den vergangen Jahrhunderten hatten alles mit ihrer Nichtachtung und Gier zerstört, und wenn er dann noch sah, dass kleingeistige Touristen ihre Initialen in die tausend Jahre alten Wände kratzten mit »Ulli was here« oder ähnlichem Mist, stieg unbändige Wut in ihm auf.

Auf jeden Fall hatte Hansens Schweigegeld ihm ein Türchen zu seinem Traum geöffnet. Er hatte einem Junkie einen Fünfzig-Euro-Schein in die Hand gedrückt und ihn mit dem Umschlag zum Revier geschickt. Ob der Polizist ihn erhalten hatte, wusste er nicht. Es war ihm auch egal. Allerdings dachte er jetzt darüber nach, ob er diesen O'Connor oder Niemann nicht davon in Kenntnis setzen sollte, dass sich die verschwundene Büste hier in Kairo befand. Doch seine Mutter hatte ihm beigebracht, sich immer aus allem herauszuhalten. Es ersparte einem viel Ärger. Natürlich war es eine bequeme, wenn nicht sogar feige Art, aber er war damit bisher immer gut gefahren. Dabei fiel ihm ein, dass es an der Zeit war, sich bei seiner Mutter zu melden. Auch wenn sie ihm die Ohren vollheulen würde, endlich wieder nach Hause zu kommen. Er fühlte sich hier wohl, und er würde hier bleiben, solange es ging.

Ronald Walter war oben an der Kellertür angekommen. Er legte sein Ohr an die Tür und horchte angestrengt, ob er irgendwelche Stimmen hören konnte. Es war alles still. Wenn die Dunkelheit nicht so Furcht einflößend wäre, würde er sogar hier unten im Keller übernachten. Behutsam öffnete er die Tür, hoffte, dass sie kein Geräusch von sich gab, und schlüpfte in den Gang hinaus. Er war noch nie so lange im Museum geblieben. Die Lichter waren überall gelöscht. Das bedeutete, dass sich jetzt wirklich keine Menschenseele mehr im Haus befand und er hier eingeschlossen war.

Ronald Walter wählte sich für sein Nachtlager einen alten steinernen Seziertisch, rollte sich seitlich ein und schloss die Augen. Trotz der sehr harten Unterlage war er schnell eingeschlafen und merkte nicht mehr, dass er in dem dunklen Gebäude von über tausend Quadratmetern nicht allein war.

71. KAPITEL

In der Nacht wachte Lina schweißgebadet auf. Sie hatte wieder diesen Albtraum gehabt. Dieses Mal war es nicht Sam, sondern Daniel, der auf ihr Grab hinuntergesehen hatte. Sie streckte die Hand nach Daniel aus, griff aber ins Leere. Im Badezimmer brannte kein Licht. Wo war Daniel?

Sie hatten gleich nach dem Museumsbesuch ausgecheckt und waren ins Mena House Oberoi gefahren. Dort hatten sie den Nachmittag am Pool verbracht, und abends waren sie essen gegangen.

Lina war nicht gerade traurig über den überraschenden Wechsel gewesen, ganz im Gegenteil.

Sie sah aus dem Fenster und schaute direkt auf das beleuchtete Weltwunder. Morgen wollte Daniel mit ihr die Pyramiden besichtigen. Allerdings interessierte sie jetzt mehr, wo er steckte. Sie zog sich an, schnappte sich die Zimmerkarte und verließ das Zimmer. Lina huschte lautlos über den mit einem dicken Teppich ausgelegten Flur und hoffte, dass sie jeden Augenblick Daniel begegnen würde. Im Restaurant saß niemand mehr, nur aus der Bar hörte sie Musik und Stimmen. Doch Daniel war nirgendwo zu sehen. War er vielleicht schwimmen gegangen? Am Pool sah sie zwei Leute. Sie waren die Einzigen. Daniel erkannte sie sofort an seiner Gestik und am Gang. Er war offenbar über irgendetwas aufgebracht, denn er lief vor der Person, die auf einem Liegestuhl saß, auf und ab. Was sollte das hier werden? Daniel hatte nicht erwähnt, dass er hier jemanden kannte. Sie sah sich um, ob sie unauffällig noch näher an die beiden herankommen könnte. Leider saßen die beiden ziemlich in der Mitte der Anlage, und nirgendwo gab es Büsche, hinter denen sie sich hätte verstecken können. Sie ging wieder zurück aufs Zimmer und legte sich ins Bett, als sie die Phiole auf Daniels Nachttisch liegen sah. Sie robbte sich übers Bett und griff danach. War der Inhalt weniger geworden, oder bildete sie sich das nur ein? Sie öffnete sie und roch vorsichtig daran. Doch die Flüssigkeit war farb- und geruchlos. Sie legte sie wieder an den gleichen Platz zurück und versuchte einzuschlafen. Noch eine Ewigkeit wälzte sie sich hin und her, bis sie schließlich in einen traumlosen Schlaf fiel.

72. KAPITEL

Der Sonnenaufgang wurde von den ersten quäkenden Rufen eines Muezzins von einem Minarett in der Nähe des Hotels begleitet. Lina schlug die Augen auf und sah neben sich. Die Bettseite war wieder leer, doch Geräusche aus dem Bad verrieten ihr, dass Daniel da war. Sollte sie ihn wegen des nächtlichen Rendezvous zur Rede stellen? Auf der anderen Seite hatte er sie hierher eingeladen und war ihr keine Rechenschaft schuldig. Sie schluckte ihren Ärger hinunter und stieg aus dem Bett.

»Guten Morgen, Schönheit.« Er griff nach seiner Jeans und sah Lina verwundert an. »Was ist? Schlecht aufgestanden?«

»Nein. Alles in Ordnung«, sagte Lina kühl und verschwand im Bad.

»Sieht aber nicht danach aus«, hörte sie Daniel durch die geschlossene Badezimmertür sagen. Drei Mal ein- und ausatmen, ermahnte sie sich selbst. Du bist nicht seine Geliebte. Aber was war sie dann? Eine Puta?

Sie riss die Tür auf und sagte: »Okay, was bin ich für dich? Ich meine erst das komische Verhalten im Museum, dann der Hotelwechsel, und gestern Nacht sitzt du draußen am Pool und unterhältst dich mit irgendjemandem.«

»Spionierst du mir nach?«

»So nennst du das, wenn ich nach dir suche, weil du nicht neben mir liegst?«

Daniel hob beschwichtigend die Hände. »Tut mir leid. Das muss alles etwas eigenartig für dich aussehen. Ich weiß.«

Er setzte sich aufs Bett und knöpfte sein Hemd zu.

»Das ist es in der Tat. Ich komme mir ziemlich bescheuert vor.«

»Was soll ich sagen?«

»Am besten die Wahrheit.«

»Okay, meine Ex verfolgt mich. Sie lässt mich nicht in Ruhe. Erst erschien sie im Museum, dann gestern hier im Hotel.«

»Deine Ex? Hier in Kairo? Ich meine, das finde ich irgendwie … Was macht sie denn hier?«

Lina fehlten die richtigen Worte. War Daniels Frau nicht gestorben? Er hatte ihr nicht erzählt, dass er wieder geheiratet hatte. Das erklärte natürlich so einiges. Hatte er vielleicht die Geschichte mit seiner Mutter auch nur erfunden? Konnte er deshalb nicht mit ihr schlafen, weil ihn sein schlechtes Gewissen plagte?

»Lina, lass uns den Tag genießen und morgen früh von hier verschwinden.« Daniel sah sie traurig an, sodass Lina auch nicht weiter in ihn drang. Er nahm sie fest in den Arm und gab ihr einen Kuss auf die Stirn.

Sie fuhren nicht direkt zu den Pyramiden, sondern in ein nahe gelegenes Dorf, wo sie zwei Pferde mit Führer mieteten. Sie ritten quer durch das Dorf, begafft von den Bewohnern. Schmutzige Kinder liefen neben und hinter den Reitern her, streckten die Hände bettelnd aus und grölten sich etwas zu. Lina fühlte sich zunehmend unwohl.

Endlich passierten sie ein Tor, und vor ihnen lag die Wüste. Ockerfarbene Sandhügel erstreckten sich, so weit das Auge reichte. Und nicht nur das. Wo man auch hinsah, lag Müll. Flaschen, Tüten, leere Coladosen, sogar ein halb verwestes Pferd lag im Sand. Von den Pyramiden keine Spur. Der Führer gab seinem Pferd die Sporen, und ihre beiden Pferde fielen ebenfalls in den Galopp ein. Lina war keine Reiterin und hatte große Schwierigkeiten, sich mit ihren Sandalen auf dem Pferd zu halten. Nach zehn Minuten hatte sie sich die Füße an den Steigbügeln wundgerieben, nach elf stieg sie ab und weigerte sich weiterzureiten. Daniel schüttete sich aus vor Lachen und zog Lina kurzerhand zu sich aufs Pferd. Eine angenehme Alternative, fand Lina. Zwischen Daniels Armen fühlte sie sich um einiges sicherer.

Von einem der höchsten Hügel konnten sie eine halbe Stunde später die Pyramiden in ihrer ganzen Pracht sehen. Trauben von Menschen, die aus Bussen zu den Monumenten strömten, sahen von hier wie kleine Insekten aus. Eine Weile blieben sie dort stehen, nahmen das Panorama in sich auf, und Lina bereute es zutiefst, dass sie keinen Fotoapparat dabei hatte.

Der Tempel, der sich als Aussichtsplattform hervorragend eignete, um die Sphinx in ihrer ganzen Größe zu bewundern, war voller Touristen, die sich in kurzen Hosen, ärmellosen Hemden und mit Kameras darum drängten, einen freien Platz für ein optimales Foto zu ergattern. Am Fuße der Sphinx war alles abgesperrt. Es wurde darauf hingewiesen, dass dort Ausgrabungsarbeiten stattfanden und der Zugang nicht gestattet war.

Als ein Händler mit gelbem Zahnbelag ihr eine Statue vor die Nase hielt und penetrant auf sie einredete, war Lina komplett bedient. Daniel scheuchte den Mann weg. Schnurstracks steuerte er auf zwei andere Touristinnen zu.

Dieser ehrwürdige Ort hat die Mystik der Vergangenheit verloren, dachte Lina traurig.

»Du siehst so enttäuscht aus.«

»Bin ich auch.«

»Zu viele Menschen, die diese mächtigen und geheimnisvollen Bauten zu einer simplen Touristenattraktion werden lassen, stimmt's?«

Ja, Daniel hatte es auf den Punkt gebracht, hatte ihre Gedanken ausgesprochen.

Er nahm Lina an der Hand und zog sie durch die Menschenmenge zurück zu den Pferden. Dort bezahlte er den Führer, und die beiden stiegen in ein Taxi.

73. KAPITEL

Côte d'Azur Das Haus an der Côte d'Azur mit den blauen Fensterläden gehörte einer französischen Familie, die es nur einmal im Jahr nutzte, wenn überhaupt. Den Rest der Zeit stand es leer. Die Hausherrin war überrascht, dass man eingebrochen hatte, da es dort keine Wertgegenstände gab, die das gerechtfertigt hätten. Die Gendarmerie entdeckte an der Hinterseite des Hauses ein eingeschlagenes Fenster, sonst gab es keine sichtbaren Spuren eines Verbrechens.

Das Fenster reichte Sam aus, um zu wissen, dass Aethel dort gewesen war. Und da sie bisher immer noch nicht aufgetaucht war, stand für ihn fest, dass jemand die Engländerin dort hingelockt und sie beseitigt hatte. Man hatte die nähere Umgebung abgesucht, aber keinen Leichnam gefunden.

Die Hafenmeistereien gaben die Namen der Boote heraus, die an dem besagten Tag dort vor Anker lagen. Und die Küstenwache untersuchte sämtliche Fischkutter, die sich in der Nähe aufhielten.

Sam sah sich die Faxe an, die in den letzten Stunden nacheinander eingetrudelt waren, und verglich sie mit einem, das er aus Mallorca bekommen hatte. Eine Jacht, einen Fischkutter, eine Villa, alles auf ein und denselben Namen. Joe Nassour.

»Joe Nassour?« Sam sprach den Namen ein paarmal laut vor sich hin. Wo hatte er den Namen schon mal gehört? Oder hatte er ihn gelesen? Er holte die zusammengefaltete Akte aus seiner Innentasche und blätterte die Artikel durch, überflog konzentriert die Texte und Namen. Dann hielt er plötzlich inne. Sam nickte, als er noch einmal den Artikel las, Wort für Wort in sich aufnahm und dabei wusste, dass die Schlinge sich langsam immer enger zog.

74. KAPITEL

Kairo Nach fast zwei Stunden Fahrt bogen sie in eine enge Straße ein, an der seitlich die Ausläufer der islamischen Altstadt zu sehen waren. Geschäfte mit Kupferpfannen, Lampen, Töpfen, Vasen, Teppichen, Stoffballen und Eimern von Gewürzen, vor denen wild gestikulierende Einheimische standen und mit schwarz verschleierten Frauen handelten. Auf der anderen Seite eine riesige Moschee, wie aus *Tausendundeiner Nacht*, und als der Fahrer weiterfuhr, tat sich vor ihnen ein Viertel auf, das gegen das turbulente Treiben wie ausgestorben wirkte. Sandfarbene Lehmhäuser, so weit das Auge reichte, lagen in einem Tal, das wie von einem unsichtbaren Schleier umgeben zu sein schien. Hier und da ragte ein Minarett oder die bunte Kuppel einer Moschee aus dem sandfarbenen Bild heraus. Die Konturen der einzelnen Gebäude wirkten durch den Schleier unscharf, sodass Lina das Gefühl hatte, auf ein riesiges Ölgemälde zu blicken.

»Eine der Totenstädte von Kairo. Man sagt, dass sich in diesen Städten der altägyptische Totenkult fortgesetzt hat, weil hier eine Verbindung zwischen den Lebenden und den Toten besteht. Hier leben etwa zweihundertfünfzigtausend Menschen, die Ärmsten der Bevölkerung Kairos, zwischen den Gräbern von Sultanen, Kalifen, Prinzen und Prinzessinnen. Und natürlich der allgemeinen Bevölkerung«, erklärte Daniel und nahm Linas Hand.

»Das ist ja unheimlich.«

»Das ist aber auch Teil ihrer Kultur.«

Lina nickte und dachte nur, wie gut es Gott mit ihr in diesem Leben gemeint hatte. Sie war nicht reich geboren, aber im Vergleich zu diesen Verhältnissen lebte sie wirklich wie eine Königin.

Der Fahrer wendete den Wagen und fuhr den halben Weg wieder zurück, bis sie an eine Schranke gelangten, die von der Polizei nur für Touristenbusse geöffnet wurde. Er ließ Daniel und Lina davor aussteigen.

Die beiden überquerten den alten Platz und betraten eine der belebten Gassen des Basars, der seit seiner Entstehung um das 13. Jahrhundert zu den ältesten Märkten der Welt zählte.

Lina war von dem bunten Treiben, den labyrinthartigen Gassen und Souvenirläden begeistert. Sie strahlte wie ein kleines Mädchen, während Daniel dicht hinter ihr ging und sie nicht aus den Augen ließ. Lina blieb vor fast jedem Geschäft stehen, bewunderte die Götter und Figuren aus Alabaster, die Auslagen in den Schmuckgeschäften, die bunten Lederkissen, Perlmuttschatullen und Edelsteine.

Sie gingen immer weiter in das Herz des Basars hinein. Es wurde verwinkelter und enger. Dann entdeckte Lina ein kleines Geschäft mit geschnitzten Figuren aus hellen, fast weißen Kamelknochen. Sie betraten den Laden, aber das Angebot in der Vitrine war nicht gerade sehr groß. Lediglich ein paar Skarabäen, eine Pyramide und eine Art Brieföffner lagen dort. Daniel sah Linas enttäuschtes Gesicht und fragte den Verkäufer, ob er wüsste, wo es mehr von den Schnitzereien gab. Der Mann rief draußen jemandem etwas auf Arabisch zu und putzte mit einem schmierigen Lappen die Vitrine ab. Im hinteren Teil des Geschäftes war ein Gang, der mit Kisten zugestellt war und an dessen Ende eine Tür offen stand, die wohl zu einem Waschraum führte.

»Toilette?«, fragte Daniel und zeigte zu der Tür. Der Mann nickte und forderte Daniel auf, nach hinten zu gehen.

»Hey, bleib schön da, wo du bist. Bin gleich wieder da«, sagte Daniel lachend und stieg über die Kisten und anderes Gerümpel nach hinten.

Lina stellte sich derweil an die Eingangstür und beobachtete einen Araber, der auf zwei Touristen einredete. Beide winkten ab, schüttelten vehement die Köpfe, doch der Araber wollte sich so schnell nicht geschlagen geben. Wo blieb

Daniel so lange? Lina wollte gerade nach ihm schauen, als ein Mann mit einem weißen Turban auf sie zukam und etwas auf Arabisch zu ihr sagte. Lina schüttelte den Kopf. Der Mann grinste, packte ihre Hand und zog sie mit sich. Weg von dem kleinen Laden, weg von Daniel.

»Hey, was soll das. Warten Sie.« Lina versuchte sich loszumachen, doch der Mann zog sie weiter durch die Gasse, dann um eine Ecke herum und um eine weitere. Anschließend durch einen dunklen Gang in eine andere Gasse hinein. Endlich konnte sie sich losreißen.

»Sind Sie bescheuert?«, fauchte sie den Mann an. Dann sah sie sich um. Wo war Daniel? Er war ihr nicht gefolgt. Hatte er überhaupt gesehen, dass der Mann sie von dem Laden weggezogen hatte? Wieder grinste er sie mit seinen widerlichen gelben Zähnen an. Dann hielt er ihr eine geschnitzte Figur hin und deutete auf irgendein unbestimmtes Ziel. Dort, wo sie sich jetzt befanden, gab es kaum noch Händler, geschweige denn Touristen. Lina bekam es mit der Angst zu tun. »Nein!«, sagte sie bestimmt »Ich muss erst zurück.«

Doch was sie wollte, schien den Mann herzlich wenig zu interessieren. Er packte Lina wieder an der Hand und zog sie die schmutzige Gasse hinunter in einen Hinterhof hinein. Tatsächlich gab es hier auch einen kleinen Laden, und er war voll mit geschnitzten Figuren aus Kamelknochen. Eine alte Frau, ganz in Schwarz gekleidet, saß auf einer Steintreppe, zu ihren Füßen stromerten ausgemergelte Katzen herum und beäugten neugierig den Neuankömmling. Obwohl Lina ihr Gefühl sagte, nicht dort hineinzugehen, tat sie es. Sie sah sich noch einmal um, ob Daniel Lina ihr doch gefolgt war, aber er war nirgendwo zu sehen. Der Mann würde sie hoffentlich gleich wieder zurückbringen. Schon hielt ihr der Händler ein paar geschnitzte Skarabäen hin und legte ihr einen in die Hand. »Luck«, sagte er auf Englisch. »Misses, lot of luck.«

»Ja, der ist sehr schön. Aber ich komme besser gleich wieder.« Sie wollte gerade aus dem Laden gehen, als Daniel um die Ecke bog. Er sah völlig verzweifelt aus. Dann entdeckte er sie in dem kaum beleuchteten Lädchen. Zuerst schien er erleichtert, sie gefunden zu haben, doch im nächsten Augenblick veränderte sich schlagartig sein Gesichtsausdruck. Er rief ihr etwas zu, fuchtelte mit den Armen in der Luft herum, aber Lina konnte ihn nicht verstehen. Warum kam er nicht rein zu ihr?

Plötzlich hielt sie jemand am Arm fest. Sie wollte gerade protestieren, als ihr der Mund zugehalten wurde. Sie schmeckte Salz und Dreck. Von hinten riss jemand ihren Kopf zur Seite und stach ihr etwas in den Hals. Der Laden fing an, sich um sie zu drehen. Die Teppiche an den Wänden fuhren Karussell. Lina verlor jegliche Körperkontrolle. Sie sackte zusammen. Dann wurde es dunkel um sie herum.

75. KAPITEL

Ronald Walter hatte einen neuen Freund. Es war der Wachhund des Museums, der nachts seine Runde machte und alles andere als gefährlich war. Er hatte am Fuß des Seziertisches geschlafen und ihn morgens schwanzwedelnd begrüßt. Wahrscheinlich war er froh über die Gesellschaft gewesen. Bis das Museum geöffnet wurde, hatte sich Ronald Walter auf der Toilette versteckt und war dann mit der Menschenflut unauffällig im Keller verschwunden.

Dort hatte er sich dem Team kurz vorgestellt und angefangen, alte Schüsseln, Vasen und Statuen abzustauben, hatte die einzelnen Objekte mit einer Nummer versehen, Fotos davon gemacht und alle Daten, wie Umfang, Breite, Höhe, Farbe, in ein großes Buch geschrieben. Seine neue

Tätigkeit hier machte ihm Spaß, aber seine Gedanken kreisten wie ein Perpetuum mobile um das, was sich gestern im Keller abgespielt hatte.

Die Büste schien ihn zu verfolgen, obwohl er auf einem anderen Kontinent saß. Sollte das ein Zeichen für ihn sein? Er vermutete, dass die Büste irgendwo hier unten im Keller versteckt war. Was wäre, wenn er sie einfach entwendete? Es wäre noch nicht einmal Diebstahl, denn der rechtmäßige Besitzer saß in Deutschland. Würde man ihn verdächtigen? Würde man überhaupt Aufsehen darum machen oder darüber schweigen, weil es Diebesgut war? Eine interessante Frage, fand Ronald Walter. Auf der anderen Seite, wenn er das Diebesgut wieder zurück nach Deutschland bringen würde, wäre er ein Held. Man würde über ihn, einen verkannten Superarchäologen, in allen Zeitungen schreiben. Man würde ihn auf Ausgrabungen einladen, seine Meinung hören wollen ... ach, was dachte er sich denn? Er würde Ägypten nach solch einer Aktion nie wieder betreten dürfen, dafür würde dieser Kamal Alawar schon sorgen. Er entschloss sich, auf ein weiteres Zeichen zu warten und erst dann zu handeln.

Ronald Walter verließ am frühen Abend als Erster seinen Arbeitsplatz, weil er sich noch einmal bei der Direktorin für den neuen Job bedanken wollte. Er kam gerade von der Toilette wieder, als ihm einfiel, dass er seinen Pullover unten im Keller vergessen hatte, in den er seine Brieftasche eingewickelt hatte. Er hoffte, dass seine einheimischen Kollegen keine Langfinger waren. Wie unbedacht von ihm, schalt er sich selbst.

Die Tür zum Keller war offen, und das Licht brannte nach wie vor. Es war also noch jemand da. Doch als er an die Stelle kam, wo er den ganzen Tag gearbeitet hatte, konnte er niemanden entdecken. Ronald Walter befürchtete schon, dass er wieder unfreiwilliger Zeuge einer höchst unangenehmen Situation werden würde, als einer seiner

Kollegen mit einer Frau vom hinteren Teil des Kellers um die Ecke bog. Die Frau steckte schnell etwas in ihre Tasche, doch dann gingen die beiden an ihm vorbei, als wäre es das Normalste der Welt. Ronald Walter drehte sich auch nicht um, obwohl es ihn geradezu juckte.

Er erkannte die Frau sofort wieder. Es war dieselbe, die er hinter den Säulen im Saal 3 gesehen hatte. Und dem Akzent nach zu urteilen, war sie auch gestern Abend hier im Keller gewesen.

Deutscher Archäologe deckt üble Verschwörung auf. So könnte eine Schlagzeile lauten. Ronald Walter überprüfte seine Brieftasche. Es war alles noch drin. Dann verließ er das Museum. Es war das erste Mal seit zwei Tagen, dass er wieder unter freiem Himmel stand. Die Luft war mild, und er fühlte sich so unabhängig wie noch nie in seinem ganzen Leben. Er rief nach einem Taxi, als vor ihm wieder die Frau auftauchte. Ihr blondes Haar war zu einem Pferdeschwanz gebunden und erinnerte tatsächlich an den Schweif eines Pferdes. Sie hob die Hand, um sich ein Taxi herbeizuwinken. Es hielten gleich zwei. Offensichtlich hatte der eine einen besseren Preis genannt, denn sie schüttelte bei Taxifahrer Nummer zwei nur empört den Kopf. Dann setzte sie sich eine große schwarze Brille auf, sah sich noch einmal um und stieg schließlich ein. Es war genau dieser Blick, der Ronald Walter irgendwie verdächtig vorkam und ihn dazu veranlasste, dem Taxi mit der Frau zu folgen.

Nach einer Stunde Stop-and-go durch die Stadt hielt das Taxi der Frau schließlich direkt vor der Totenstadt Kairos. Das war nicht das, was er sich vorgestellt hatte. Warum konnte sie nicht vor einem normalen Wohngebäude halten? Ronald Walter sah zum Himmel hoch. Es würde in einer halben Stunde dunkel sein, und er hatte noch nie einen Friedhof in der Dunkelheit betreten. Das hatte auch seinen

Grund. Die Totenstille auf Friedhöfen – schon am Tag – flößte ihm eine Heidenangst ein. Allein die Vorstellung, dass unter jedem Stein ein toter, verwester, von Insekten zerfressener Körper lag, fand er äußerst grauenerregend.

Er wartete noch einen Augenblick, bis die Frau zwischen zwei Gräbern verschwunden war, dann stieg er auch aus und machte sich daran, ihr zu folgen.

Es war mühsamer als gedacht, weil hundert Meter Vorsprung in dem Labyrinth schon zu viel waren. Immer konnte er gerade noch einen Schatten um die Ecke verschwinden sehen, der jedoch bald auch nicht mehr zu erkennen war, weil die Dunkelheit die Schatten verschluckte. Ronald Walter schwitzte. Nicht vor Hitze, sondern vor Panik. Er hörte das Knarren einer alten Tür neben sich und sprang zur Seite. Ein völlig abgemagerter Mann trat aus einem Grab heraus. Der Mund eingefallen, die Augen in tiefen Höhlen, furunkelartige Gebilde im Gesicht, sah er in seinem langen braunen schmutzigen Gewand wie ein Halbtoter aus. Ronald Walter war kurz vor einem Infarkt. Er atmete tief aus und lief weiter, bis er zu einer Gabelung kam. Doch weder links noch rechts konnte er eine Bewegung ausmachen. Die Frau war verschwunden. Er nahm den rechten Weg und lief hastig weiter. Dann blieb er plötzlich stehen. Verunsichert sah er sich um. Er war mutterseelenallein, kein Mensch weit und breit, und nicht ein menschliches Geräusch oder wenigstens das Hupen eines Autos war zu hören. Diese Totenstille war unerträglich. Vor lauter Angst konnte er kaum noch atmen. Die Gräber verwandelten sich in riesige dunkle Schatten mit unsichtbaren Augen, die ihn zu beobachten schienen. Ronald versuchte den Weg zurückzulaufen. Doch er hatte sich keine Punkte gemerkt, die ihn hätten wieder hinausführen können, dafür war er viel zu sehr mit der Verfolgung beschäftigt gewesen. Völlig verloren irrte er zwischen den Gräbern hin und her, bis er nach einer endlosen Stunde wieder auf lebende Seelen traf. Verwahrloste

Menschen, die vor den Gräbern hockten und sie hüteten oder darin wohnten.

Als Ronald Walter wieder auf die Hauptstraße traf, war er kurz vor einem Kollaps. Er setzte sich auf einen großen Stein, und als er endlich wieder klar denken konnte, fragte er sich, was eine Frau dieser Klasse hier in der Totenstadt verloren hatte. Hatte sie vielleicht das Grab eines Bekannten oder Verwandten besucht? Doch so recht wollte er daran nicht glauben. Er sah sich noch einmal um und schwor sich, nie wieder dieses grauenvolle Labyrinth zu betreten.

76. KAPITEL

Die Maschine von Egypt-Air nach Kairo stand auf dem Rollfeld und wartete auf die Starterlaubnis.

Sam hatte die Augen geschlossen, sich vorher noch versichert, dass auch ja eine Papiertüte in der Tasche des Vordersitzes steckte und bei Bedarf schnell gezückt werden konnte, und bereitete sich innerlich auf den Start vor. Die Maschine setzte sich in Bewegung, nahm immer mehr an Geschwindigkeit zu. Dann verlor sie die Bodenhaftung, und ihn überkam das Gefühl, dass jemand auf seinen Schultern saß und ihn kräftig in den Sitz presste. Nach einer ausgiebigen Schleife, bei der Sam kurz aus dem Fenster sah und nur Felder und Landstraßen unter sich entdeckte, sodass er fürchtete, kopfüber zu fliegen, kam das Flugzeug endlich in der Waagerechten zur Ruhe. Gern hätte er die vier Stunden an Bord verschlafen, aber nicht mal das war ihm vergönnt. Er war hellwach unter seinen geschlossenen Lidern.

Er dachte an die letzten Tage und die überraschend positive Entwicklung, die die Untersuchungen und Recherchen ergeben hatten. Der Detektiv von Lock & Son hatte ihm auf Anfrage Fotos von Aethels Ausflügen zugeschickt. Zehn Fotos, auf denen Aethel mit der Büste im Rucksack und in der Tasche zu sehen war. Eines davon zeigte aber den Mann, dem sie die Büste ausgehändigt hatte und der sehr wahrscheinlich für ihr Verschwinden verantwortlich war.

Alfreds Kommentar dazu war: Das typische Gesicht eines Verbrechers. Der Mann war dunkelhaarig, nicht sehr groß und sah relativ gut aus, wie Sam zugeben musste. Er trug eine ausgewaschene Jeans und ein enges Oberhemd. Die Ärmel waren hochgekrempelt, sodass seine Rolex am Handgelenk für jeden sichtbar war.

Ein Typ von Mann, der beim weiblichen Geschlecht mit Sicherheit viel Aufmerksamkeit erregte. Das Foto zeigte ihn in einer mallorquinischen Gasse mit einer dunklen Reisetasche in der Hand, die laut der Detektei die Büste enthalten hatte, und wurde zurzeit beim BKA, bei Interpol, Europol und den nationalen Polizeidienststellen überprüft, da der Computer unter dem Namen Joe Nassour nichts gefunden hatte.

Allerdings gab es einen Basil Nassour im Internet, den Entdecker der hellhäutigen Pharaonenfamilie. Er war gerade im Tal der Könige mit Ausgrabungen beschäftigt und einer ägyptischen Quelle zufolge vor ein paar Tagen auf eine Tür gestoßen, die zu einem Königsgrab führen könnte. Vielleicht würde Sam ihn auf frischer Tat ertappen, wie er eine weitere junge Familie als alten Mumienfund an die Presse verkaufte. Sein Wunsch, diesen Fall endlich abzuschließen, wurde immer größer. Danach wollte er mit Lina reden. Vielleicht hatte sie sich inzwischen beruhigt, wovon er stark ausging.

Ein leichtes Tippen auf seine Schulter holte ihn in den Flieger zurück. »Möchten Sie etwas trinken, Sir?«

»Nein, ich möchte nichts trinken, nichts essen und, solange ich hier sitze, auch nicht gestört werden. Vielen Dank.«

Sam hörte, wie die Stewardess sich der anderen Gangseite zuwandte, dieselbe Frage an die anderen Passagiere richtete und sich nach drei Minuten mit ihrem Wagen von ihm entfernte.

Das stetig gleichbleibende Geräusch der Flugzeugmotoren ließ Sam schließlich doch einnicken. Immer wenn sein Kopf nach vorne sackte, fuhr er erschrocken hoch, nahm kurz seine noch intakte Umgebung wahr und verfiel wieder in seinen komatösen Zustand. Erst als die Motoren aufheulten und ein lautes Geräusch aus dem unteren Teil des Flugzeugs dröhnte, als hätte sich dort etwas Wichtiges verselbstständigt, wachte Sam komplett auf. Hellwach versicherte er sich mit einem vorsichtig prüfenden Blick aus dem Fenster, dass hier keine Vorkehrungen für eine Notlandung getroffen wurden. Die Stewardessen erledigten ruhig ihre letzten Handgriffe an Bord, und auch sein Nachbar sah entspannt aus. Ein Freund hatte ihm mal gesagt, dass die meisten Flugunglücke kurz nach dem Start oder bei der Landung passierten. Eine höchst beunruhigende Mitteilung für Sam.

Zehn Minuten später stand er in einer langen Schlange vor der Passkontrolle und war heilfroh, wieder festen Boden unter den Füßen zu haben. Die schnellste Passkontrolle der Welt, dachte er, als er vor dem mürrischen Zollbeamten stand und dieser mit flinken Fingern durch seinen Pass blätterte. Er sagte irgendetwas auf Arabisch, was Sam mit einem fragenden Blick beantwortete, und zeigte auf ein anderes Häuschen hinter Sam, wo die Hälfte der Passagiere des Fliegers Schlange stand.

»Excuse me, Mr. O'Connor?«

»Yes.« Sam drehte sich um und sah in ein dunkles Gesicht mit Oberlippenbart. Jetzt verstand er auch, warum Alfred immer Ölaugen sagte, denn die dunklen Augen waren nicht klar, sondern wirkten irgendwie gelblich verschmiert. Der Mann, der sich mit Rajid Mahodi vorstellte, nahm ihm seinen kleinen Koffer ab und erledigte in einer rasenden Geschwindigkeit die Formalitäten am Zoll.

Er war sein Kontaktmann in Kairo, den Peter Brenner über Interpol für Sam besorgt hatte und der ihn auf Schritt und Tritt in dem Moloch dieser Großstadt begleiten sollte.

Schon beim Verlassen des Flughafengebäudes machte der Mann sich nützlich, indem er ihm die Taxifahrermeute vom Hals hielt. Er setzte Sam in eine klimatisierte Limousine, verriegelte die Türen und fragte ihn in einwandfreiem Deutsch: »Wie sehen Ihre Pläne aus, Mr. O'Connor? Tut mir leid, dass ich Sie auf Englisch angesprochen habe, aber Ihr Name …«

»Kein Problem. Ich würde sagen, wir fahren als Erstes zum Museum, und dann sehen wir weiter.«

Rajid Mahodi nickte, trat aufs Gas und fädelte sich laut hupend in den stockenden Verkehr ein, der vor dem Flughafen herrschte. Die Fahrt zum Museum war für Sam sowohl ein einzigartiges wie auch nervenaufreibendes Erlebnis. Mindestens an die zwanzig Mal hatte er damit gerechnet, dass sein Fahrer entweder einem anderen Wagen hinten reinfuhr oder ein anderer sie zumindest seitlich rammte. Wundersamerweise kamen sie unversehrt am Museum an. Auf jeden Fall war für Sam schnell klar, dass er nicht länger als nötig in dieser Stadt bleiben wollte.

Sajah Haddad, die Direktorin des Ägyptischen Museums, hatte lange in Deutschland studiert und sprach ein besseres Deutsch als mancher Deutscher. Sie war eine gepflegte Erscheinung, trug eine hochgeschlossene dunkelblaue Bluse, khakifarbene Stoffhosen und braune Mokassins. An einem Haken an der Wand sah Sam ein blau-weiß gemustertes Kopftuch hängen, was ihn vermuten ließ, dass er es hier mit einer traditionsbewussten Ägypterin zu tun hatte.

Er hatte sich vorgenommen, das Gespräch auf sich zukommen zu lassen und nach seinem Gefühl zu gehen, inwieweit er etwas über sich selbst und den Fall verriet. Zumal er davon ausgehen musste, dass auch hier in Ägypten mehrere Personen in den illegalen Mumien- und Kunsthandel involviert waren. Und welche würden näher liegen als Experten auf ihrem Gebiet, wie Ägyptologen oder auch eine Museumsdirektorin, die in einem korrupten Land wie Ägypten sicherlich gern mal ihr Gehalt aufbesserte.

Sam holte den Artikel über die hellhäutigen Pharaonen hervor und reichte ihn ihr mit der Bitte, ihre Gedanken dazu zu äußern.

Mrs. Haddad setzte eine Lesebrille auf. Sam beobachtete sie dabei, wie ihre Augen Zeile für Zeile in sich aufnahmen.

Als sie fertig war, setzte sie ihre Brille wieder ab und sah Sam an.

»Was möchten Sie wissen, Mr. O'Connor?«

»Ob Sie diese Mumien bei sich im Museum aufbewahren und wo ich Basil Nassour finden kann.«

»Sind Sie Journalist?«

»Ja. Aber ich arbeite für keine bestimmte Zeitung. Ich arbeite in gewisser Weise freiberuflich.«

Ein schwer zu interpretierendes Lächeln huschte über das Gesicht von Frau Haddad, begleitet von einem verständnisvollen Nicken.

»Also, zuerst einmal habe ich keine Kenntnisse über einen solchen Fund. Wir haben zwar Unmengen von Mumien im Keller unten liegen, die von unseren Experten noch untersucht und zugeordnet werden müssen, aber ich bezweifle, ehrlich gesagt, dass sich darunter derartige Mumien befinden.«

»Warum sollte jemand so einen Artikel schreiben, wenn er nicht zutrifft?«

»Das kann ich Ihnen nicht sagen. Sie sind der Journalist, nicht ich, oder?« Wieder dieses Lächeln. Sam hatte sich den Verlauf dieses Gesprächs anders vorgestellt.

»Sagen Sie, wenn etwas bei Ausgrabungen gefunden wird, wie ist dann der weitere Verlauf?«

»Kamal Alawar, der Direktor der Antikenverwaltung, ist vielleicht derjenige, mit dem Sie sprechen sollten. Er vergibt die Genehmigungen für Ausgrabungen und überwacht diese auch meist persönlich.«

»Das heißt, es wäre schwierig, Fundstücke verschwinden zu lassen und sie illegal auszuführen. Es sei denn …«

»Es sei denn, was?«

Sam hatte sich plötzlich auf dünnes Eis begeben. Er war kurz davor gewesen, Kamal Alawar des illegalen Schmuggels zu bezichtigen. Die Frau vor ihm verriet in keiner Weise, was sie darüber dachte.

»Nun … jemand lässt etwas verschwinden, bevor der Herr der Antikenverwaltung Notiz davon nehmen kann. War es früher nicht so, dass die Hälfte des Fundes an denjenigen ging, der ihn entdeckt hatte?«

»Ja, das ist richtig. Leider erinnert uns das immer sehr an die verhasste Kolonialzeit, als ausländische Abenteurer sich an unseren Kulturgütern ausgetobt haben. Wobei wir nicht vergessen dürfen, dass es auch ausländische Ägyptologen waren, die sich für die Entdeckung, den Erhalt und den Verbleib der ägyptischen Kunstschätze auf heimischem Boden eingesetzt haben. Sie wissen ja sicherlich, dass wir dem Franzosen Auguste Mariette dieses Museum zu verdanken haben. Es gab auch einige Deutsche darunter, die einen guten Ruf genossen haben. Allerdings konnten auch davon viele nicht dem Verlangen widerstehen, hier und da etwas mitgehen zu lassen. Richard Lepsius, ein Preuße, hat zum Beispiel drei komplette Grabkammern aus Giseh Stein für Stein abbauen lassen und sie nach Berlin verschifft.«

»Gehört die Nofretete nicht auch zu einem dieser Stücke, die unter zweifelhaften Umständen aus Ägypten ›entführt‹ worden sind?«

»O ja, ein Thema, das beide Regierungen seit 1925 beschäftigt. Wissen Sie, wir waren immer freizügig mit Leihgaben für ägyptische Ausstellungen, die in Deutschland stattgefunden haben. Umso verwunderlicher ist es, dass die Deutschen sich so vehement gegen eine Ausleihe wehren.«

»Aber es geht doch nicht mehr nur um eine Ausleihe, sondern um die Rückgabe der Büste, nicht wahr?«

Frau Haddad nickte kurz, und Sam merkte, dass sie nicht gewillt war, über dieses Thema zu sprechen.

»Aber es gibt auch erfreuliche Dinge aus Deutschland zu berichten. Erst vor ein paar Tagen bekam ich wieder ein Paket mit altägyptischen Kunstschätzen zugeschickt.«

»Haben Sie auf dem Paket auch einen Absender?«

Frau Haddad lachte. »Nein. Diese Pakete werden meistens anonym geschickt.«

Sam dachte an Frau Serani, die in allem bisher die Wahrheit gesagt hatte.

»Ja, es trudelt immer mal wieder etwas ein. Die Gründe dafür sind unterschiedlich. Erst letztes Jahr bekam ich eines aus England zugeschickt. Jemand hatte etwas bei einer Ausgrabung mitgehen lassen und war kurz danach schwer erkrankt und gestorben. Die Familie hatte an den Fluch des Pharaos oder Ähnliches geglaubt und wollte das Objekt schnell wieder loswerden. So hat schon so einiges wieder zurück in die Heimat und einen Platz in unserem Museum gefunden, wo unsere Schätze von den täglichen Besuchern bewundert werden.«

Sam griff in seine Tasche und holte einen eingewickelten Gegenstand daraus hervor. Er befreite ihn von seiner Umhüllung und stellte ihn auf den Tisch.

»König Khufu? Wie sind Sie zu dieser Figur gekommen?« Frau Haddad war sichtlich überrascht.

»Er wurde bei einem Sammler im Keller gefunden.«

Frau Sajah Haddad sah ihm dieses Mal länger als nötig in die Augen. Dann strich sie sich über ihren Pagenkopf und sagte: »Sie sind kein Journalist, Mr. O'Connor. Sie hören sich eher so an, als wären Sie von der Polizei.«

Sam musste über den Scharfsinn der Frau lächeln. Sie hatte ihn ziemlich schnell durchschaut, was nicht gerade für ihn sprach. Er hatte allerdings auch im Laufe des Gespräches vergessen, dass er offiziell nicht als Polizist hier war. So entschloss er sich, die Geschichte etwas abzuändern und ihr nur die halbe Wahrheit zu erzählen. »Sie haben recht. Ich suche einen Dieb, der es auf ägyptische Kunstgegenstände abgesehen hat. Leider gab es dabei einen Todesfall, und den versuche ich aufzuklären.«

Kurz und schlüssig, fand Sam. Erst schien es so, als würde sie das alles so schlucken, aber dann wies sie ihn auf den Artikel mit den hellhäutigen Pharaonen hin, der mit Schmuggel nichts zu tun hatte. »Ich kann Ihnen nicht helfen, wenn Sie mir nicht die Wahrheit erzählen, Mr. O'Connor.«

Sams Gedanken fuhren Achterbahn. Inwieweit konnte er dieser Frau vertrauen? Wenn sie dazugehörte, wäre seine Reise umsonst gewesen und würde eine ziemlich gefährliche Nuance bekommen. Um ihr Geheimnis zu schützen, würden solche Leute auch vor einem deutschen Beamten im Ausland keinen Halt machen. Auf der anderen Seite, wenn sie nicht von der Partie war, hatte er in ihr eine Verbündete, was sicherlich von Vorteil war. Die Entscheidung wurde ihm abgenommen, als Kamal Alawar das Büro betrat. Sajah Haddad stellte Sam kurz auf Englisch vor, erwähnte dabei allerdings nicht, dass er von der deutschen Polizei war. Ein Zwinkern in ihren Augen bestärkte Sam darin, seine Rolle als freier Journalist weiter zu spielen.

Als Erstes fiel Sam bei dem etwa ein Meter sechzig großen Mann auf, dass er eine münzgroße Wunde auf der Stirn hatte, die wie ein zugewachsenes Einschussloch aussah. Er zeigte auf Mr. Alawars Stirn und fragte mit schmerzverzerrtem Gesicht auf Englisch, ob er sich irgendwo gestoßen hätte. Ein großer Fehler, wie sich herausstellte, denn

Mr. Alawar schüttelte verständnislos den Kopf und redete von da an nur noch auf Arabisch mit Sajah Haddad. Plötzlich änderte sich der Ton des Gesprächs. Mrs. Haddad hatte das Wort ergriffen, und beide sahen Sam plötzlich an. Bevor Mr. Alawar das Büro wieder verließ, warf er Sam einen Blick zu, der viele Komponenten enthielt: Misstrauen, Skepsis, Angst und die Frage, was wollen Sie hier? Auf jeden Fall wollte Mr. Alawar nicht Sams Freundschaft gewinnen.

»Mr. O'Connor …«, begann Sajah Haddad ernst, dann veränderte sich ihr Gesichtsausdruck, und sie fing an zu lachen. »Die Stelle auf Mr. Alawars Stirn ist ein Zeichen seines Glaubens.« Sie studierte Sams Gesicht und sah, dass er immer noch nicht verstanden hatte. »Besonders Gläubige, diejenigen, die täglich fünf Mal zu Allah beten, schla gen ihren Kopf dabei oft zu heftig auf den Boden. Dabei bilden sich mit der Zeit Stellen auf der Stirn. Sie verstehen?«

Sam hatte verstanden, und es war ihm ungemein peinlich, dass er in einem fremden Land war und sich nicht vorher genauestens mit den Gepflogenheiten und Sitten vertraut gemacht hatte.

»Ich hatte den Eindruck, dass er nicht gerade erbaut darüber war, dass Sie an Basil Nassour interessiert sind. Was auch immer das zu bedeuten hat. Basil Nassour gräbt zurzeit im Tal der Könige. Fahren Sie einfach hin. Meinen Segen haben Sie, und wenn Sie irgendetwas brauchen, rufen Sie mich an … Ach, und diese Figur hier verschwand vor ungefähr einem Jahr aus einer Vitrine im zweiten Stock. Ich werde mich darum kümmern.«

Sie reichte ihm eine Telefonnummer, und Sam verließ das Büro der Direktorin. Er war so in Gedanken versunken, dass er weder ein Auge für die Kolosse von Statuen im Eingang des Museums hatte noch für die Leute, die ihn unmittelbar in diesem Moment umgaben. Sonst hätte er sich wahrscheinlich mehr als gewundert.

Die Gestalt, die sich halb hinter einer Säule versteckt

hielt, beobachtete Sam O'Connor dabei, wie er das Museum verließ. Erst als sie sicher war, dass er nicht wieder umkehrte und sich ihre Wege kreuzen würden, kam sie aus ihrem Versteck hervor.

77. KAPITEL

Sie hockte auf der Erde, die Beine angewinkelt, und strich mit den Handflächen über den kalten Sandboden. Wo war Daniel? Er hatte doch gesehen, was sie mit ihr in dem Laden gemacht hatten. Würde er sie hier herausholen? Vorausgesetzt, er wusste, wo sie war. Daran zweifelte Lina nicht. *Bleib immer bei mir.* Das waren seine Worte gewesen. Auf dem Basar hatte er sie nicht aus den Augen gelassen. Aber dieses mitternächtliche Treffen zwischen Daniel und seiner Verfolgerin. Seiner Ex. Hatte er etwa geahnt, was passieren würde? Wenn dem so war, konnte sie wohl mit seiner Hilfe rechnen. Es sei denn, er war in einer ähnlichen Lage wie sie. Eingesperrt.

Lina erhob sich und schritt ihre kleine Zelle aus Lehmziegeln ab. Zwischen zwei Ziegeln war eine kleine münzgroße Öffnung, die wohl jemand dort hineingebohrt hatte. Doch außer Sand konnte Lina nichts erkennen. Sie fühlte sich bestätigt, dass sie irgendwo in der Wüste war, zumindest roch es hier danach. Sie nahm wieder Abstand von der Öffnung und entdeckte auf einem der Steine winzig kleine eingeritzte Worte. Sie waren auf Französisch, leider für sie unverständlich. Das Einzige, was sie begriff, war der Name Jean-Luc Fleury.

Es erinnerte sie an die Klotüren in der Schule, an denen alle ihre Namen verewigt hatten. Wie problemlos doch die alten Zeiten gewesen waren. Ob Jean-Luc Fleury noch am

Leben war? Eine innere Stimme gab ihr darauf ein klares Nein als Antwort.

Draußen war es totenstill. Geradezu unheimlich still. Eine Träne rollte langsam ihre Wange hinunter, und plötzlich wusste Lina, dass sie ihre Mutter und Sam nie wiedersehen würde. Wäre sie nur nicht so schrecklich stur gewesen, dann wäre ihre Welt mit Sam noch heil. Er war damals ihr Retter, ihr Held in letzter Sekunde gewesen. Sie bezweifelte allerdings, dass das auch dieses Mal der Fall sein könnte. Zumal keiner von ihrem Aufenthaltsort wusste. Folglich würde man auch nicht nach ihr suchen, schon gar nicht in Kairo. Was hatte der weise alte Mann mit den silbernen Haaren noch zu ihr gesagt? Du erlangst die reine Erkenntnis, wenn du auf deine innere Eingebung hörst … Sie hatte eindeutig versagt und sich das hier damit eingebrockt. Aber hatte er nicht auch gesagt, sie sei beschützt, auch wenn ihr Weg sie mal in die Unterwelt führen würde? Sie durfte die Hoffnung noch nicht aufgeben. Irgendetwas würde, musste passieren.

Sie sank wieder zu Boden, als sie draußen vor der Tür einen Singsang hörte. »Ene mene muh und raus bist du.« Eine weibliche Stimme sagte etwas auf Französisch, dann ging die Tür auf.

Zwei Männer in weißen Gewändern und mit Turbanen auf dem Kopf standen vor ihr. Der eine machte ihr Handzeichen, dass sie heraustreten sollte, und sagte dabei etwas auf Arabisch, das Lina nicht verstand. Sie stemmte sich an der Wand hoch und verließ ihre Zelle. Ihr Herz hämmerte wild in ihrer Brust.

Sie führten sie durch einen langen, dunklen, niedrigen Gang, von dem mehrere Türen abgingen. Erfüllt von Angst, schrie sie aus Leibeskräften: »Hilfe, hört mich jemand? Hey …!« Als Antwort war ein leises *Allô* irgendwo hinter einer der Türen zu hören und dann ein Klopfen. Ein Klopfen, das sich müde und resigniert anhörte. Jemand hatte

Allô gesagt, dachte sie und rief noch lauter: »Ich heiße Lina, wie heißt du?« Doch es kam keine Antwort. Sie stiegen ein paar sandige Steinstufen nach oben und betraten einen Raum. Lina hatte plötzlich ein Déjà-vu. Sie kannte diesen Raum. Aber woher?

In der Mitte befand sich eine große dunkelgraue steinerne Platte auf einem Sockel. Es war so eine, die sie auch im Museum gesehen hatte und deren Erklärung sie neugierig gelesen hatte. Ein Seziertisch aus dem alten Ägypten.

Lina versuchte, sich aus den schraubzwingenartigen Griffen der beiden Männer zu befreien. Sie fing an zu treten, zu beißen und zu schreien. Doch die Männer verzogen keine Miene. Sie hoben sie wie ein zappelndes Tier auf die Steinplatte und banden sie dort fest. Dann rollten sie einen kleinen Stahltisch mit Chirurgieinstrumenten an den Tisch heran und traten einen Schritt zurück. Lina entdeckte an der Seite Kanopen, in denen man früher die herausgenommenen Organe der Pharaonen aufbewahrt hatte, und dachte wieder, dass das alles nicht sein konnte. Nur eine Fehlentscheidung, die ihr geregeltes und langweiliges Leben in einen Albtraum verwandelt hatte. Aber war es nicht immer so? Eine falscher Schritt konnte manchmal eine Lawine von Tragödien auslösen, konnte im Bruchteil einer Sekunde das Leben von einem selbst oder das der anderen für immer verändern. Ein Schritt, der nicht mehr rückgängig zu machen war.

Plötzlich strich ihr jemand sanft die Haare aus dem Gesicht und sagte: »Es tut mir so leid. Ich hätte dich nie nach Kairo bringen dürfen.«

Lina bog ihren Kopf nach hinten und sah in die tränennassen Augen von Daniel. »Warum machst du mich nicht los? Was soll das, Daniel?«

»Ich kann nicht.«

»Ach, wie rührend. Mir kommen gleich die Tränen.«

Eine blonde Frau war an den Tisch getreten und gab den

Arabern ein Zeichen. Beide stellten sich neben sie. »Ho, attendez. Warum entkleidest *du* nicht die kleine Hure? Das hast du doch in den Hotelzimmern auch gemacht.«

Daniel schüttelte den Kopf und griff nach der Phiole, die um seinen Hals hing. Er öffnete sie und hielt sie in seinen geöffneten Mund. Zwei kleine Tropfen, mehr war nicht mehr darin.

»Das Scheißzeug wird dir auch nicht helfen, du kleiner Versager. Ich werde dich lehren, mich zu respektieren und zu achten.«

Sie zerschnitt wütend Linas Kleider und riss sie ihr vom Leib. Lina lag entblößt auf dem Tisch und weinte bitterlich.

»Es wird das letzte Mal sein, dass du irgendwelche Huren fickst, ist das klar?« Kalt und unbarmherzig war die Stimme der Frau, die Lina mit verächtlichem Blick ansah.

Gemächlich zog sie sich Gummihandschuhe über und begann zu summen. Daniel hatte sich abgewandt. Nur seine zuckenden Schultern verrieten, dass er ebenfalls weinte. Aber warum griff er nicht ein?

Plötzlich fiel ihr ein, woher sie diesen Raum kannte. Sie hatte ihn selbst gezeichnet. Der Raum mit den runden arabischen Fenstern und dem Bett in der Mitte. Ihre Engel hatten sie warnen wollen, und sie war nicht darauf eingegangen.

»Dreh dich um, und sieh dir genau an, was ich auch mit deinen anderen Nutten gemacht habe.« Sie gab ihren beiden Handlangern ein Zeichen. Sie packten Daniel und hielten seinen Kopf gerade, damit er genau zusehen konnte.

Gepresst sagte er: »Dafür werde ich dich töten.«

Die Frau lachte schrill. »Ja, ich weiß, bis dass der Tod uns scheidet. Waren das nicht deine Worte? Fragt sich nur, wer zuerst von uns beiden geht. Und nun pass gut auf, mein Lieber.«

Sie griff zum Skalpell und schnitt tief in Linas Bauch.

Der Schmerz war so lähmend, dass Lina nicht einmal schreien konnte, dafür hörte sie einen fast unmenschlichen Schrei, der aus Daniels Kehle kam.

78. KAPITEL

Der Luftstrom des Ventilators strich über Ronald Walters überhitzten Körper, von oben nach unten und wieder zurück. Er lag nackt auf der durchgelegenen Matratze und starrte an die holzgetäfelte Decke über sich. Er zitterte am ganzen Körper, nicht vor Kälte, sondern vor Angst.

Er hatte in seinem ganzen Leben noch nie etwas Illegales oder Unrechtes getan. Er hatte nie heimlich Zigaretten oder Joints geraucht, wie seine Klassenkameraden, oder andere Drogen zu sich genommen. Er hatte nie seiner Mutter heimlich Geld aus dem Portemonnaie geklaut oder während eines Tests in der Schule oder auf der Uni abgeschrieben. Nie sein Bankkonto überzogen, den Brief eines anderen geöffnet oder die Geschwindigkeit überschritten. Er war durch und durch ein korrekter Bürger gewesen bis zu dem Tag, als Direktor Hansen ihn zu diesem furchtbaren Betrug verleitet hatte.

Und jetzt suchte ihn die deutsche Polizei. Dieser O'Connor, der gerne seinen Kaffee schwarz trank, würde ihn sein Leben lang verfolgen. Sollte er sich freiwillig stellen? Was dachte jetzt die Direktorin, seine neue Arbeitgeberin, von ihm? Dass er ein Betrüger war? Konnte er überhaupt noch zurück ins Museum?

Ronald Walter erhob sich aus dem Bett, ging in sein Badezimmer und hielt seinen erhitzten Kopf unter kaltes Wasser. Dann zog er sich Shorts über und trat auf den schmalen Balkon des zweistöckigen Hausbootes heraus. Auf dem

Hausboot gab es vier kleine Wohneinheiten zu mieten. Doch bis auf einen älteren Mann im ersten Stock, dem man seine Anwesenheit nur anmerkte, weil jeden Abend der Rauch seiner Wasserpfeife nach oben zog, hatte er noch nie andere Mieter hier gesehen. Er stützte sich auf das wackelige Holzgeländer, von dem die hellgrüne Farbe in großen Placken abblätterte, und sah auf den Nil, der schwarz unter ihm lag.

Es gab noch eine andere Möglichkeit, von sich abzulenken. Er könnte dem Polizisten erzählen, dass er etwas über die gestohlene Büste wusste. Außerdem hatte er in dem Buch nachgesehen, in dem alle bereits archivierten Stücke aufgeführt waren. Jemand hatte ein paar Einträge einfach wie eine Korrektur überschrieben. Was bedeutete, dass jemand Sachen aus dem Keller stahl. Sollte er das nicht lieber der Direktorin melden? Am Ende würde er vielleicht nicht nur als Betrüger, sondern auch noch als Dieb dastehen. Allerdings hatte er auch schon einmal jemanden aus seiner Klasse verpetzt, weil er ihn beim Klauen beobachtet hatte. Er hatte daraufhin die Prügel seines Lebens bezogen, und seine Mutter hatte ihn als Memme und Verräter beschimpft.

Wieder hörte er ihre Worte: Halt dich da raus, es wird nur Scherereien geben! Andere werden sich darum schon kümmern. Halt deinen Namen sauber …

Ronalds Blick folgte einem gemächlich vorbeifahrenden Dampfer, der mit vielen bunten Lichtern geschmückt war und auf dem offenbar eine Party stattfand. Die anschließenden seichten Wellen schlugen sanft gegen das Hausboot und über die Steine am angrenzenden Ufer.

Und plötzlich sah er wieder sich selbst, wie er in der Dunkelheit dieser blonden Frau durch die labyrinthartige Nekropole gefolgt war. Aber genau diese Frau konnte seine Rettung sein. Er würde sie der Polizei aushändigen, gegen seine Freiheit.

Nur wie sollte er diese Frau in einem Gebiet finden, das sich über zwölf Kilometer von Norden nach Süden erstreckte und in dem an die zweihundertfünfzigtausend Menschen in Hütten, Gräbern oder Gruben zwischen Mausoleen und Kalifengräbern lebten?

79. KAPITEL

Rajid Mahodi hatte Sam mehrere Gründe aufgezählt, warum es sinnvoll war, mit einem Flugzeug ins Tal der Könige zu fliegen. Sam hatte sich überreden lassen und saß nun vorn im Cockpit einer Cessna. Er starrte beklommen auf die Blätter des kleinen Propellers, die durch die schnelle Umdrehung durchsichtig, aber dennoch sichtbar blieben, und ließ sich dabei kalte Luft aus einer seitlichen Düse direkt ins Gesicht blasen.

Nach etwas über einer Stunde landete die kleine Cessna wohlbehalten auf einer staubigen Buckelpiste, und Sam schwor sich, lieber mit einem Kamel nach Kairo zurückzureiten, als noch einmal diesen Miniflieger zu besteigen.

Nachdem sie die Memnonkolosse passiert hatten, sah Sam nichts außer riesigen sandfarbenen Felsen, Spalten und jede Menge Geröll. Er fragte sich im Stillen, wie sie hier Basil Nassour finden sollten. Doch Rajid Mahodi schien anders darüber zu denken. Er hielt einen Lageplan der Gräber, die mit dem Akronym KV (Kings-Valley) von KV1 bis KV65 gekennzeichnet waren, in der Hand und ging zielstrebig und schnellen Schrittes voran, während Sam versuchte, die Sonne zu ignorieren, die fast ein Loch in sein schwarzes Käppi brannte. Er nahm es ab und schreckte seinen Kopf mit kühlem Wasser aus seiner Trinkflasche ab. Sam hatte sich auf einer Karte angesehen, dass die meisten Graböffnungen auf das 18. und 19. Jahrhundert datiert waren und die Entdecker beinahe immer dieselben Namen trugen. Victor Loret, Howard Carter und Edward Russel Ayrton. Es gab ein paar jüngere Datierungen, über die aber nicht viel Aufsehen gemacht worden war.

Nachdem sie an dem einen oder anderen Grabeingang vorbeigekommen waren und eine Strecke von mindestens zwei Kilometern hinter sich gebracht hatten, erreichten sie endlich die markierte Stelle von KV 43. Dahinter führte ein kaum begehbarer Weg zu einem Gelände, das von zwei Einheimischen bewacht wurde und auf dem kein Tourist mehr zu sehen war. Rajid fragte einen der weiß gekleideten Aufseher etwas auf Arabisch, bekam eine Antwort und bestätigte Sam auf Deutsch, dass Basil Nassour irgendwo hier zu finden war.

Basil Nassour war nicht schwer zu entdecken, obwohl viele Menschen an diesem Ort herumwuselten. Er stand vor einer freigelegten Öffnung im Fels, hatte seinen Hut in der Hand und strich sich gedankenverloren über die gebräunte Glatze, über die sich dünnes weißes Haar wie feine Spinnweben zog. Als er die beiden Neuankömmlinge sah, setzte er seinen Hut wieder auf und kam mit forschem Gang auf sie zu.

»Qu'est-ce que vous voulez ici?«, rief er ihnen auf Französisch zu, doch Sam stellte gleich eine Gegenfrage, ebenfalls auf Französisch: »Sind Sie Basil Nassour?«

Der alte Mann sah Sam argwöhnisch mit seinen wasserblauen Augen an, versuchte einzuschätzen, was der Fremde von ihm wollte, und antwortete vorsichtig: »Oui. Ich bin Basil Nassour. Was wünschen Sie?«

Einen kurzen Augenblick überlegte Sam, ob er die Rolle des freiberuflichen Journalisten spielen sollte, entschied sich dann aber dafür, gleich die Karten auf den Tisch zu legen. Manche Leute waren bei der Erwähnung von Europol oft erst einmal so eingeschüchtert, dass es ihnen schwerfiel, sich auf Anhieb plausible Lügen auszudenken.

»Monsieur Nassour, ich arbeite für Europol und habe ein paar Fragen an Sie. – Haben Sie einen Sohn?«

»Nein. Ich habe keinen Sohn. Warum fragen Sie?«

»Wir suchen einen Joe Nassour, auf dessen Namen eine Villa auf Mallorca läuft und zwei Boote, die in Verbindung mit Menschenraub und weiteren schweren Verbrechen stehen.«

Sam holte ein Foto aus der Tasche und hielt es dem Archäologen hin. »Kennen Sie diesen Mann?«

»Excusez-moi, aber ich kenne ihn nicht. Nein.«

Sam drückte ihm das Foto in die Hand. Doch Basil Nassour machte keine Anzeichen des Erkennens. Er schüttelte wieder den Kopf und gab Sam das Foto zurück.

»Haben Sie eine Idee, wer Joe Nassour sein könnte?«

»Nein. Tut mir leid.«

»Keine Verwandten, die diesen Namen tragen?«

Wieder schüttelte der alte Mann den Kopf, aber jetzt war Sam sich fast sicher, dass er log. Irgendetwas regte sich in ihm, und er sah nicht mehr Sam in die Augen, sondern auf den Boden.

»Sie wurden im Zusammenhang mit einem außergewöhnlichen Fund in einem Artikel erwähnt, Monsieur Nassour.«

Sam hatte wieder die volle Aufmerksamkeit des französischen Ägyptologen.

»Ah, oui?«

»Die hellhäutigen Pharaonen. Erinnern Sie sich daran?«

»Mon Dieu ... ja, aber das ist ja schon sehr lange her und ... und ... wir waren damals einem Betrug erlegen.«

»Wer ist wir?«

»Mein Partner und ich. Er ist inzwischen verstorben. Monsieur Jaccard.«

»Inwiefern Betrug?«

»Nun, zuerst dachten wir, dass es sich um Mumien aus vorgeschichtlicher Zeit handelte, als die alten Ägypter ihre Toten noch in Sandgruben in der Wüste begruben. Die Wüste mumifiziert die Leichen auf natürliche Weise, wissen Sie. Aber dann stellte sich heraus, dass es sich um erst kürzlich verstorbene Menschen handelte, die man im Sand vergraben hatte. Es war eine sehr verwirrende Geschichte. Es wundert mich, dass man in dem Artikel die Tatsachen so verfälscht hat, weil wir niemals davon ausgegangen waren, dass es sich um Pharaonen handeln könnte.«

Basil Nassour schüttelte den Kopf, als wäre der Gedanke daran immer noch unfassbar für ihn.

»Was ist mit den Verstorbenen geschehen?«

»Ich habe keine Ahnung, darum hat sich mein Partner damals gekümmert. Ja, es war eigenartig, weil wir sie direkt neben unserer Ausgrabungsstelle gefunden haben. Der Wind war an dem Tag sehr heftig gewesen und hat die Körper freigelegt.«

»Sie wissen nicht, wer den Fall damals bearbeitet hat? Irgendeinen Namen bei der Polizei vielleicht?«

»Nein. Ich weiß es wirklich nicht mehr.«

Wieder hielt Sam das Foto hoch, tippte darauf und sagte: »Monsieur Nassour, wir haben den Verdacht, dass diese Person im Zusammenhang mit ein paar Morden steht.«

»Mord, mon Dieu?«

Der alte Mann schien unter seinem braunen Teint weiß zu werden. Der Schreck stand ihm regelrecht ins Gesicht geschrieben. Sam hasste Katz-und-Maus-Spiele. Vielleicht hätte er das in einem Vernehmungsraum noch mitgemacht, aber hier bei fünfundvierzig Grad im Schatten war das wirklich zu viel verlangt.

»Monsieur Nassour, Sagen Sie mir, was Sie wissen. Sie kennen doch Joe Nassour«, sagte Sam ungeduldig.

Es war nur die Andeutung von einem Nicken, aber es war

da und die Bestätigung dafür, dass Sam den richtigen Riecher gehabt hatte.

»Wer ist Joe Nassour?«

Wegen seines Entschlusses, nicht mehr mit dem Flugzeug zurückzufliegen, hatte Sam einen längeren Nachhauseweg als geplant. Erst ein ausgiebiger Fußmarsch, dann ein Eselsritt, Übersetzen mit der Fähre über den Nil und zu guter Letzt von Luxor mit dem Zug nach Kairo.

Als Sam endlich in seinem Zimmer im Hotel ankam, erwarteten ihn fünf Nachrichten. Allesamt von Alfred, und in allen bat dieser energisch um sofortigen Rückruf.

»So, wir haben endlich ein Ergebnis bekommen. Joe Nassour scheint sein Künstlername zu sein. Sein richtiger ist Aziz Daniel Renouillt. Zumindest laut der Akte.«

Sam hörte mitten im Kauen auf und legte den Keks auf den Nachttisch. »Wie war der Name?«

»Aziz Daniel Renouillt«, brüllte Alfred vom anderen Ende der Leitung in Sams Ohr. »Halbfranzose ... sein Vater ist Araber, lebte in Marseille, also Scheinfranzose, und hat seit fünfzehn Jahren seinen Hauptwohnsitz nach Les Baumettes verlegt. Eine der schlimmsten Haftanstalten Frankreichs, wo Gewaltverbrecher mit Kleinkriminellen zusammen in einer Zelle sitzen. Hier hat man noch 1977 guillotiniert. Das hätte man nicht abschaffen sollen, dann würde es nicht so viel Dreck geben ...«

»Alfred!«, sagte Sam entrüstet. Dabei musste er über die Direktheit von Alfred schmunzeln. »Was habt ihr über diesen Renouillt herausgefunden?«

»Ach ja ... Also, er ist siebenunddreißig Jahre alt, die Mutter ist übrigens Deutsche und lebt in Hamburg-Barmbek. Er ist wegen zu schnellen Fahrens des Öfteren bei den deutschen Behörden auffällig geworden. Vor etwa fünfzehn Jahren Anzeige wegen Verdachts der Zuhälterei in Hamburg, wurde aber fallen gelassen aus Mangel an Beweisen.

Gemeldet bei seiner Mutter. Auf ihn sind zwei Wagen angemeldet. Eine 500er-Mercedes-Limousine in Hamburg und ein Alfa Competizione in Spanien, Mallorca, der um die hundertfünfzigtausend Euro kostet. Hast du mit Basil Nassour sprechen können?«

»O ja, und es war sehr aufschlussreich. Er selbst hat damit nichts zu tun. Und er hat keinen Sohn. Aber eine Tochter. Sie heißt nicht Joe, sondern Joséphine Nassour.«

»Ach ...«

»Leider hatte er kein Foto von ihr dabei, weil sie seit Jahren nicht mehr miteinander reden. Irgendetwas war damals vorgefallen, worüber der alte Mann nicht sprechen wollte. Er hat den Kontakt zu seiner Tochter abgebrochen und weiß weder, was sie macht, noch, wo sie wohnt. Ich hatte allerdings das Vergnügen, vor einiger Zeit eine Joséphine Renouillt kennenzulernen, die sich, laut eigener Aussage, keine Gedanken darum machen muss, wie sie ihre Rente zusammenbekommt.«

»Na ja, bei dem Geschäft, das die beiden betreiben, kann man wohl auch so einiges beiseiteschaffen. Da haben wir ja ein feines Pärchen aufgespürt.«

Basil Nassour hatte ihm zwar nicht gesagt, was damals vorgefallen war, aber Sam konnte sich auch selbst einen Reim darauf machen. Nassour hatte herausbekommen, dass seine Tochter eine Betrügerin und Mörderin war. Die drei hellhäutigen Leichen im Sand. Wahrscheinlich sollten sie in die Grabkammer geschafft werden, um dort entdeckt zu werden. Der Wind hatte Joséphine Nassour, wie sie damals noch hieß, einen Strich durch die Rechnung gemacht. Sie war buchstäblich aufgeflogen, und ihr Vater hatte daraufhin den Kontakt abgebrochen.

Alles ergab einen Sinn. Sam rief bei Peter Brenner an und ließ die Renouillts auf die internationale Fahndungsliste setzten. Zwei Minuten später erhielt er einen Anruf von

Rajid Mahodi, der ihm erzählte, dass man im Mena House eine Leiche mit deutschem Pass gefunden hatte. Bei der Erwähnung des Namens war Sam innerhalb von einer Minute im Fahrstuhl und stand nach einer weiteren Minute wartend in der Lobby.

Bei einem Unglück mit Todesfolge, Mord oder auch bei einem natürlichen Tod eines deutschen Bürgers im Ausland wurden im Normalfall deutsche Ermittler hinzugezogen. Die Leichen wurden obduziert, das Ergebnis jedoch nicht an die deutschen Behörden weitergegeben. Für die Überführung wurde in sämtliche Körperöffnungen Formalin gegeben, um den Verwesungsprozess zu verlangsamen und eine weitere Obduktion in Deutschland zu ermöglichen.

Der Leichengeruch im Keller des Krankenhauses war so intensiv, dass es Sam schwerfiel, normal zu atmen. Auch Rajid, der neben ihm ging, hielt sich die Hand über Nase und Mund und versuchte offenbar, an etwas anderes zu denken als an die Verbindung Geruch und Mensch.

Die schlechte Beleuchtung in der Leichenhalle, das spartanisch eingerichtete Labor mit einem verrosteten Instrumententisch, die Blutspritzer auf dem Boden und die Leichensäcke, die übereinander in zwei alten Wannen mit Eiswürfeln lagen, weil angeblich das Kühlaggregat ausgefallen war, ließen Sam für einen Augenblick blass im Gesicht werden. Er hatte generell kein Problem mit dem Anblick von Leichen, Exkrementen oder stark verwesten Körperteilen, aber er hatte plötzlich das Gefühl, dass hier die Keime des Todes wie Meteoriten um ihn herumflogen.

Rajid Mahodi gab dem Pathologen ein Zeichen, das dreckige Tuch auf einem Edelstahltisch hochzuheben, damit sie einen Blick auf den Leichnam werfen konnten.

Aziz Daniel Renouillt starrte Sam aus weit geöffneten Augen an. Auf seiner Wange und am Hals klebte Erbrochenes, aber es gab keine Anzeichen von fremder Gewalteinwirkung, soweit Sam das auf den ersten Blick beurteilen konnte.

Der Pathologe deckte die Leiche wieder zu. Sam und Rajid verließen den stinkenden Morgue und fuhren zu dem Hotel, wo man Renouillt gefunden hatte. Während der Fahrt, die aus Kairo hinausführte, telefonierte Rajid mit einem Polizisten, der um ein paar Ecken mit ihm verwandt war und auch an dem Fall von Renouillt arbeitete. Unter anderen Umständen wäre Sam wahrscheinlich an keine Informationen herangekommen, aber dank seines Begleiters war er schnell über die Todesursache auf dem Laufenden.

Man hatte Aziz Daniel Renouillt bereits am Morgen in seinem Hotelzimmer gefunden. Auf dem Nachttisch lagen sowohl weiße als auch braune Substanzen. Zurzeit ging man noch von einer Überdosis Heroin aus, die das Opfer nasal eingenommen hatte, obwohl man noch Spuren einer anderen Substanz in einer Phiole gefunden hatte, bei der es sich vermutlich um flüssiges Ecstasy handelte.

War Renouillt sein Reichtum zu Kopf gestiegen? War er einer von denen, die nichts mit ihrem Leben anfangen konnten und deshalb die Flucht in die Droge suchten? Oder hatte er die brennende Schuld, die er stets mit sich trug, im Rausch erstickt? Eine andere Frage war: Wo steckte seine Frau, Joséphine Renouillt?

Rajid ging direkt auf die zwei Fahrstühle am Ende der Lobby zu und betätigte den Knopf. Mit einem leisen Bing öffnete sich die Tür des Fahrstuhls, und die beiden fuhren in den vierten Stock.

Die Gänge waren mit dicken Teppichen ausgelegt, die jeden Schritt der Gäste und des Putzpersonals verschluckten. Rajid sah auf einen Zettel in seiner Hand, auf dem er sich ein paar Notizen gemacht hatte. Er folgte den Zimmernummern von 435 bis 460. Das Zimmer, in dem Renouillt in den frühen Morgenstunden verstorben war, stand offen.

Zwei Zimmermädchen waren dabei, das gesamte Bett auszutauschen. Auch alle anderen Spuren waren bereits beseitigt worden, und das Badezimmer wurde gerade von einem weiteren Zimmermädchen gereinigt und desinfiziert. Sam war sichtlich überrascht, wie schnell ein Tatort hier in Kairo wieder für andere zugänglich gemacht wurde. Die Polizei ging von einem Drogentoten aus, der offenbar alle weiteren Ermittlungen überflüssig machte.

»Wo sind die persönlichen Sachen des Toten?«, fragte Sam und sah sich noch einmal um.

»Er hatte nicht viel dabei. Einen kleinen Koffer und das hier.« Rajid bückte sich und öffnete einen schwarzen Müllsack, in den man die Kleidungsstücke gesteckt hatte, die im Zimmer über einem Stuhl gehangen hatten.

»Darf ich mal sehen?«

»Bitte.« Rajid trat zur Seite, und Sam kippte den Plastiksack aus. Als hätte er es geahnt. Zum Vorschein kamen eine Jeans, ein Hemd und – ein paar schwarze Prada-Schuhe. Daniel Renouillt! Er hatte ihn auf der Jacht niedergeschlagen.

Als sie wieder unten in die Lobby kamen, standen an der Rezeption einige neue Gäste und warteten darauf, eingecheckt zu werden. Rajid hielt das jedoch nicht davon ab, die Prozedur zu unterbrechen und laut auf Arabisch nach dem Hotelmanager zu fragen. Zumindest ging Sam davon aus, denn es dauerte keine Minute, bis ein Mann in dunklem Anzug und Krawatte aus einer Seitentür kam. Geflissentlich bat er Sam und Rajid nach hinten.

Die Männer unterhielten sich erst auf Arabisch. Dann erklärte Rajid Sam, was sie besprochen hatten.

»Daniel Renouillt hat das Doppelzimmer für zwei Tage gebucht. Er war in Begleitung …«

»Wahrscheinlich seine Frau«, unterbrach Sam.

»Gestern Abend kam er allein zurück. Seine Begleitung ist nicht wieder aufgetaucht. Und …«

Rajid überlegte kurz und griff dann zum Telefon. Wieder lauschte Sam den Tönen der arabischen Sprache, die sich für ihn ziemlich aggressiv anhörten.

»Okay, man hat auf dem Zimmer keine Bekleidung einer Dame gefunden. Das finde ich eigenartig.«

»Vielleicht ist sie einen Tag vorher abgereist?«

Rajid fragte offensichtlich nach den Videoaufzeichnungen des Hotels, denn der Manager suchte in einem Schrank nach einer Kassette und schob sie in einen recht altmodischen Rekorder.

Im Schnelldurchlauf bewegten sich Menschen durch die Lobby von links nach rechts, von rechts nach links, dann erschien Daniel Renouillt mit einer jungen Frau, die etwa zwei Meter hinter ihm ging. Auf den ersten Blick erkannte Sam, dass es sich hier nicht um Joséphine Renouillt handelte, die große blonde Frau, die er bei Frau Serani kennengelernt hatte. Renouillts Begleiterin sah sich in der Lobby um, während er an der Rezeption die Formulare ausfüllte und die Zimmerkarten entgegennahm. Sams Augen waren nur auf die junge Frau gerichtet. Irgendetwas an ihren Bewegungen, wie sie sich durch das Haar fuhr, kam ihm bekannt vor. Die Aufzeichnungen waren grob gekörnt und dazu noch in Schwarz-Weiß. Plötzlich war ihm, als ob ihm jemand die Brust durchstach. Ohne es zu merken, war er aufgestanden und vor den Bildschirm getreten. Sein Gesicht verzerrte sich, die Falte zwischen den Augen zog sich fast bis zum Haaransatz hoch. Sam riss den Mund auf, er schien nach Luft zu schnappen oder Worte formen zu wollen, die sich aber nicht aus seiner ausgetrockneten Kehle lösen wollten.

Rajid war ebenfalls aufgestanden, hatte Sams Arm umfasst und versuchte, ihn zurück auf den Stuhl zu ziehen. »Was haben Sie denn, Mr. O'Connor?«

Sam streckte den Finger aus und zeigte auf die junge Frau. »Das ist nicht seine Frau. Was macht … Das kann doch nicht sein. Ich verstehe nicht, was sie hier auf diesem Film macht.«

»Wer, Mr. O'Connor?«

»Die junge Dame? An die erinnere ich mich sehr gut. Sie hat mit ihm eingecheckt, dann sind sie am nächsten Tag weggefahren. Sie hatten einen Wagen bestellt, der sie zu den Pyramiden bringen sollte«, erklärte der Hotelmanager, strich sich verunsichert über seinen kleinen Oberlippenbart und blätterte hastig die Anmeldeformulare durch.

»Wie kann das sein? Ich meine, müssen die Gäste keine Pässe vorzeigen.«

»Doch, natürlich. Das hat sie ja auch. Hier steht Daniel Renouillt und Lina Lopez auf der Anmeldung.«

»Aber das kann nicht sein!«, schrie Sam den Manager an. Er war außer sich, sein Gesicht war rot angelaufen, und er rang nach Luft.

Sam saß auf der Rückfahrt zum Hotel nach Kairo im Fond des Wagens. Er fühlte sich wie ein Ertrinkender, der verzweifelt mit den Armen rudert und weiß, dass jede Bewegung umsonst ist und er es nicht mehr an die Oberfläche schaffen würde. Was hatte Lina hier in Kairo gemacht? Was hatte sie mit diesem Renouillt zu tun? Ja, natürlich, er hatte gut ausgesehen und war äußerlich absolut Linas Typ. Aber war sie, seine Lina, wirklich diesem Kriminellen auf den Leim gegangen? Vielleicht wollte sie mal die andere Seite beschnuppern, die Seite, der Sam sein Leben widmete? Den kriminellen Seelen der Gesellschaft. Oder hatte sie nichts von Renouillts Machenschaften gewusst?

Er holte sein Handy heraus und wählte Linas Nummer. Lina hätte gesagt, dass die Geister ihre Finger mit ihm Spiel haben, und obwohl Sam immer an ihren Worten gezweifelt hatte, kam in ihm plötzlich das Gefühl auf, dass hier irgendetwas nicht mit rechten Dingen zuging. Er fragte sich, ob es wirklich dem Zufall zuzuschreiben war, dass Lina ausgerechnet mit dem Mann eine Affäre hatte, den er seit geraumer Zeit suchte, dessen wahre Identität erst vor ein paar Stunden entdeckt und der außerdem noch in einem Kairoer Hotel tot aufgefunden worden war.

»Ich bin zurzeit nicht erreichbar, aber wenn Sie mir eine Nachricht hinterlassen wollen, dann tun Sie es doch jetzt gleich. Danke«, hörte Sam Linas fröhliche Stimme auf ihrer Mailbox und klappte wütend sein Handy zu. Wo steckte sie nur? Entweder sie war auf dem Nachhauseweg, was er inständig hoffte, oder – aber daran wollte er erst gar nicht denken – sie war ein weiteres Opfer. Wie Michaela Kriech.

80. KAPITEL

Ronald Walter hatte den Entschluss gefasst, sich der Sache zu stellen. Er wollte sich nicht sein Leben lang vor der deutschen Polizei verstecken. Jedoch würde er versuchen, einen Deal auszuhandeln. Die Büste im Austausch gegen ihn. Damit würde er nicht nur diese blonde Frau, die ihm ziemlich gleichgültig war, sondern wahrscheinlich auch den Direktor für Altertumskunde mit reinziehen, was wiederum bedeuten konnte, dass er sich einen anderen Job suchen musste. Doch er musste die Dinge einfach mal von einer ganz egoistischen Seite aus betrachten.

Die Direktorin begrüßte ihn wie jeden Morgen. Freundlich und mit einem Lächeln im Gesicht. Sie sah ihn nicht wie einen Kriminellen, Verdächtigen oder Dieb an. Oder war sie eine gute Schauspielerin und rief im nächsten Moment diesen O'Connor an, um ihn an die deutschen Behörden auszuliefern?

Er ging in den Keller, begrüßte seine Kollegen und begann mit der vorsichtigen Reinigung eines Kruges, den er aus einer Kiste geholt hatte, immer in der Erwartung, dass man ihn gleich nach oben ins Büro rufen würde. Doch nichts dergleichen geschah. Bis zwölf sah er beinahe jede Stunde auf die Uhr und wartete darauf, dass seine Kollegen endlich den Weg nach oben in die kleine Museumskantine antraten. Um halb zwei war es endlich so weit. In allgemeiner Übereinstimmung legten sie ihre Pinsel, den Fotoapparat und Stifte nieder und verließen den Kellerraum. Ronald Walter gehörte noch nicht richtig zum Team, sodass sie ihn auch nicht fragten, ob er mitkommen wolle, was ihm nur mehr als recht war.

Er hörte die Kellertür oben ins Schloss fallen und machte sich gleich daran, die anderen Kellerräume zu durchsuchen, in denen immer noch Unmengen von ungeöffneten Sarkophagen und Holzkisten standen. Wo um Himmels willen sollte er hier die Büste finden, wenn sie überhaupt noch hier war? Doch davon ging Ronald Walter aus, denn es gab kein besseres Versteck als hier unten, wo der Direktor für Altertumskunde, Kamal Alawar, uneingeschränkten Zugang hatte. Vielleicht war der Plan aber auch, dass einer der Archäologen die Büste beim Archivieren fand. Ein schlauer Schachzug, denn das würde aussagen, dass die Büste hier schon seit unbestimmten Zeiten ungesehen im Keller gelegen hatte, genau wie die anderen tausend Stücke. Keiner könnte des Diebstahls bezichtigt werden, die Büste war wieder in ägyptischem Besitz, und Deutschland um die Herausgabe des wertvollen Kopfes zu bitten hatte endlich ein Ende. Ja, das ergab Sinn, fand Ronald Walter. Als er die Frau und Kamal Alawar belauscht hatte, waren die Stimmen von nicht ganz so weit hergekommen. Vielleicht sollte die Büste bald gefunden werden, damit sie als Highlight der anstehenden Eröffnung des großen Giseh-Museums ausgestellt werden konnte. Das wiederum könnte bedeuten, dass sie hier irgendwo im angrenzenden Kellerraum versteckt war.

Viele der Kisten waren zugenagelt. Er holte sich ein Stemmeisen und einen Hammer und öffnete eine Kiste nach der anderen. Nach der Durchsicht verschloss er jede einzelne wieder sorgfältig.

Es war die dreizehnte Kiste, in der er zwischen profaner Holzwolle das sündhaft teure Stück fand. Die Königin sah ihn mit ihren mandelförmigen Augen an, und es war, als würde sie ihm zulächeln, sich bei ihm bedanken, dass er sie aus der dunklen Kiste befreit hatte. Ronald Walter hielt die Büste in seinen Händen und starrte wie gebannt in das steinerne Gesicht der Nofretete. Das Gesicht so schmal und so zart. Ein Poet hätte Hunderte von Worten für diese Schönheit gefunden, er selbst war sprachlos, denn er war kein Mann der Worte. Er streichelte die Königin, ihre Stirn bis zur Schläfe, über die Wangen zum Kinn hinunter. Vielleicht sollte er die Büste einfach behalten und sich aus dem Staub machen. Niemand konnte ihn anklagen, denn es gab sie ja offiziell gar nicht.

Ronald Walter legte die Büste wieder in die Kiste, verschloss diese und sank auf den Boden. Was sollte er bloß machen? Er konnte keinen klaren Gedanken fassen. Er war hin und her gerissen, all seine Motivationen waren verflogen, und sein Herz klopfte bis zum Hals, als wollte es aus seiner Kehle hüpfen. Doch dann schloss er die Augen, atmete tief durch und dachte daran, dass er nie wieder als Petze oder Verräter dastehen wollte.

Er würde so tun, als hätte er nichts vermutet, nichts gedacht, nichts gefunden, nichts gesehen. Er war ein Nichts und würde ein Nichts bleiben. Ein unbeschriebenes, unauffälliges Blättchen, über das keiner ein Wort verlieren würde, wenn er mal das Zeitliche segnen würde. Einer von Milliarden anderen ohne bleibenden Namen.

81. KAPITEL

Sam hatte am Morgen sämtliche Formalitäten als deutscher Ermittlungsbeamter bei den ägyptischen Behörden abgewickelt, um den mit Formalin gefüllten Leichnam von Aziz Daniel Renouillt schnellstmöglich nach Deutschland zu überführen, wo er einer weiteren Obduktion unterzogen werden würde. Zwischendurch hatte er sich immer wieder Linas Mailbox angehört. Er wusste nicht, ob er wütend sein oder sich ernsthaft Sorgen machen sollte. Wäre sie nicht schon längst zu Hause, wenn sie gestern abgereist war? Vielleicht antwortete sie nur aus Trotz wieder nicht auf seine Anrufe. Ihre Mutter wollte er nicht unnötig beunruhigen, deshalb hatte er sie noch nicht benachrichtigt. Er würde noch heute Abend mit der letzten Maschine nach Hamburg fliegen, und dann würde sich alles aufklären.

Die Villa der Renouillts auf Mallorca war durchsucht worden. Zwei spanische Polizisten warteten dort darauf, Joséphine Renouillt festzunehmen, um sie den deutschen Behörden auszuliefern. Die Fahndung nach ihr lief inzwischen auf Hochtouren, und Sam wusste, dass es nur eine Frage der Zeit war, bis sie ins Netz ging.

Er tauschte in der hoteleigenen Wechselstube ein paar Euros in Ägyptische Pfund um. Auf dem Weg zur Rezeption, wo er seinen Abendflug nach Deutschland bestätigen lassen wollte, blieb er vor einem Souvenirladen stehen. Im Fenster lag eine goldene Kette mit einem Skarabäusanhänger aus Lapislazuli. Lina hatte immer davon geträumt, nach Ägypten zu reisen. Jetzt hatte sie sich ihren Wunsch selbst erfüllt, indem sie sich einem Kriminellen an den Hals geschmissen hatte, und das gleich kurz nachdem sie sich gestritten hatten. Trotzdem hatte Sam das Bedürfnis, ihr diese Kette zu kaufen. Er war nicht wütend auf sie, lediglich enttäuscht und traurig.

Er kaufte die Kette, bestätigte seinen Flug für den Abend und bekam sogar noch einen Platz in der 22.30-Uhr-Maschine von München nach Hamburg. Dann setzte er sich in das Hotelcafé.

Er orderte einen Pfefferminztee, lehnte sich in dem Korbsessel zurück und sah sich die anderen Gäste an. Sein Blick blieb an einem einheimischen Pärchen hängen. Sie war in ein bodenlanges schwarzes Gewand gehüllt, das nur die Augen freigab, er war leger in Jeans und Hemd gekleidet. Sie hatten sich einen Imbiss bestellt. Sam beobachtete gebannt, wie die Frau das Sandwich unter ihren Schleier schob und aß. Ab und zu verschwand auch die Limonade, in der ein Strohhalm steckte, darunter und kam wieder zum Vorschein. Er machte sich gerade Gedanken, wie wohl das Innere des Gewandes nach der Sandwichmahlzeit aussah, als der Mann mitten im Kauen innehielt und Sam mit funkelnden Augen fixierte. Sam sah schnell in eine andere Richtung und machte dem Kellner ein Zeichen, dass er bezahlen wolle.

»Hier sind Sie ja.«

Rajid setzte sich ihm gegenüber.

»Ich habe mir die Videobänder vom Hotel zu Ende angesehen. Renouillt und die junge Frau ... seine Begleitung ...« Rajid sah verlegen zu Sam, der versuchte, gelassen zu bleiben.

»Was ist damit?«

»Also, sie verließen gemeinsam das Hotel am Morgen. Nach Auskunft des Fahrers hatte er sie in einem Dorf abgesetzt, wo sie sich Pferde mieteten. Danach hat er sie nicht mehr gesehen, aber er weiß, dass sie nach den Pyramiden zum Basar wollten.«

Sam sah ihn fragend an. Er verstand nicht so recht, warum Rajid ihm das erzählte.

»Der Mann kam am späten Abend allein wieder und ging auf sein Zimmer. Seine Begleitung tauchte nicht mehr auf.«

Das war der zweite Schlag für Sam.

»Ich verstehe nicht ganz«, sagte er laut, obwohl er sich sehr genau ausmalen konnte, was das zu bedeuten hatte.

»Ihre Kleider waren allesamt aus dem Zimmer verschwunden. Aber sie hat das Hotel am Morgen mit Renouillt verlassen. Ohne Koffer. Sie verstehen?«

»Ich muss das Band sehen.«

»Ich habe es dabei. Wir können es uns gleich hier im Hotel ansehen.«

Rajid zeigte auf seine Tasche und lächelte Sam aufmunternd zu.

Als die beiden die Lobby betraten, dachte Sam, ein Gespenst vor sich zu sehen. Er musste drei Mal hinschauen, um auch wirklich zu begreifen, wen er da vor sich hatte.

Ronald Walter saß angespannt in einem Ledersessel und hielt etwas auf seinem Schoß umklammert, als könnte es sich selbstständig machen und davonlaufen. Seine Gesichtsfarbe changierte zwischen Blassgrün und Weiß, und Sam überlegte, ob es an dem hellgrünen Hemd lag, das er trug und auf dem sich tellergroße dunkelgrüne Flecke unter dem Achselbereich gebildet hatten, oder ob etwas Grünliches in der Lobby in seinem Gesicht reflektierte. Er konnte nichts entdecken.

Zweifelsohne steht der Mann mal wieder unter argem Stress, dachte Sam und nahm der ganzen Situation die Spannung, indem er so tat, als wäre nichts Ungewöhnliches daran, Ronald Walter hier in Kairo zu treffen.

Ronald Walter blickte mit gehetzten Augen von Rajid zu Sam und dann durch die Lobby. Schweißtropfen standen auf seiner Stirn, sein Hals glänzte ebenfalls vor Nässe. Er bat Sam, unter vier Augen mit ihm reden zu dürfen. Sam machte Rajid ein Zeichen, einen Augenblick hier unten zu warten, und fuhr mit Ronald Walter hoch in sein Zimmer. Erst hier entspannte sich der Mann. Schließlich legte er behutsam das Paket aufs Bett. Vorsichtig wie ein rohes Ei holte er einen Gegenstand aus dem weißen Beutel und wickelte ihn aus seiner Seidenpapierumhüllung.

Sam beobachtete jede Bewegung von Ronald Walter, und als dieser am Ende die Büste der Nofretete in der Hand hielt, die er nur vom Foto kannte, starrte er fassungslos auf das Objekt.

»Ich habe sie gestohlen.«

Es dauerte eine Weile, bis Sam den Sinn des Satzes verstand.

»Sie? Sie haben die Büste aus der Villa von Frau Serani gestohlen?«, fragte er und schüttelte ungläubig den Kopf.

Hatte Frau Serani nicht gesagt, dass Aethel ...

»Nein. Aus dem Keller.«

Sam verstand immer noch nicht. »Aus welchem Keller?«

Und dann plapperte Ronald Walter wie ein Wasserfall drauflos. Ließ dabei nichts aus, es war ihm egal, ob Sam die Zusammenhänge verstand oder nicht. Hauptsache, er war endlich alles los. Er erwähnte die blonde Frau, als wäre sie die böse Hexe aus einem Märchen der Gebrüder Grimm, erzählte von ihrem Verbündeten, die Diebstähle aus dem Museum ... Das war der Moment, in dem Sam die Hand hochhielt.

»Stopp.«

Sam versuchte, den Schwall von Informationen in seinem Kopf zu ordnen. Offensichtlich handelte es sich bei der blonden Frau um Joséphine Renouillt, die hier in Kairo war. Walter hatte sie gesehen und beobachtet, wie sie in der Totenstadt verschwunden war. Amulette aus dem Archiv gestohlen? Das hieß, sie präparierte wieder irgendeine Mumie. Die Büste hatte sie für eine Ausgrabungserlaubnis gekauft. Wahrscheinlich für ihren Vater, der davon nichts erfahren sollte. Eine Wiedergutmachung sozusagen.

»Sie sind doch meinetwegen hier ... wegen des Betruges ... wegen Direktor Hansen, oder nicht?«

Sam sah Ronald Walter lange, sehr lange an, bis er eine

Regung zeigte. Dann schüttelte er den Kopf, um ihm klarzumachen, dass er nicht seinetwegen hier war. Aber die Worte fehlten ihm.

Die Nekropole, die an die Altstadt von Kairo grenzte, sah auf den ersten Blick für Sam aus wie eine Stadt aus *Tausendundeiner Nacht*. Sandfarbene niedrige Häuschen, aus denen hier und da ein buntes Minaretttürmchen herauslugte, und der feine Staubschleier, der wie ein Zauber darüber hing und alles noch irrealer erscheinen ließ. Sam konnte nicht glauben, dass hier auf dem Friedhof von Kairo Menschen lebten, wurde aber bereits nach hundert Schritten in die Nekropole davon überzeugt.

Vom Schmutz verschmierte Kinder huschten zwischen den Mausoleen und Familiengräbern umher, ein alter Mann mit weißer Kopfbedeckung und schwarzer Sonnenbrille saß auf einem Holzschemel vor einem Grab, das er bewohnte und in dessen Keller die Toten lagen. Ein Stück weiter saßen drei verschleierte Frauen auf dem sandigen Boden neben einer Mauer, auf der in arabischer Schrift die Namen irgendwelcher Verstorbenen standen, und sahen den merkwürdigen Besuchern nach. Rajid hatte etwa vierzig Beamte mobilisiert, die sich durch die Nekropole arbeiteten. Sie hatten Ronald Walter als Führer dabei, der sich eigentlich geschworen hatte, nie wieder einen Fuß hier hereinzusetzen, und gerade lernte, dass man nie nie sagen sollte. Alle zehn Meter verteilten sich die Beamten in andere Richtungen, während Ronald Walter krampfhaft versuchte, sich an den Weg zu erinnern, auf dem er der blonden Frau gefolgt war. Er konnte sich aber nicht wirklich an etwas erinnern. Schließlich war es stockdunkel gewesen.

Nach drei Stunden des Umherirrens suchte Sam eine schattige Stelle und lehnte sich gegen die Wand eines Mausoleums, in dem offenbar niemand Lebendiges wohnte. Er fragte sich, wie lange sie wohl brauchen würden, um hier wieder herauszufinden. Er beobachtete Ronald Walter, der sich über Gesicht und Hals fuhr, um den Schweiß wegzuwischen, und dabei auf der Stelle im Kreis trat. »Erinner dich, Ronald. Erinner dich«, beschwor Ronald Walter sich selbst und ließ Sam an das verzweifelte Rumpelstilzchen denken.

Rajid hatte sich auf einen Stein gesetzt und sprach in ein Funkgerät. Er sah Sam an und schüttelte den Kopf.

»Ich bin mir sicher, dass ich sie ungefähr da vorn das letzte Mal gesehen habe«, verkündete Ronald Walter zaghaft.

Sam nickte, fuhr sich über sein unrasiertes Kinn und war gerade im Begriff weiterzugehen, als jemand direkt in ihn hineinlief.

»Please, please … help me.«

82. KAPITEL

Die junge Frau war außer Atem, völlig verdreckt und, wie Sam hörte, keine Araberin. Sie klammerte sich an Sam wie ein verängstigtes Kind. Er befreite sich aus ihrem Griff und schob sie ein Stück von sich.

»Please, please …« Mehr war aus der jungen Frau nicht herauszubekommen. Sie deutete mit dem Finger in eine Richtung und schluchzte hysterisch. Rajid und Sam folgten dem Weg, den sie gezeigt hatte, und blieben vor einem mit türkisfarbenen Fliesen gekachelten Eingang eines Mausoleums stehen. Sam drehte sich um und sah in das panische Gesicht der jungen Frau. Sie nickte leicht und hielt sich dann an Ronald Walter fest, der gar nicht wusste, wie ihm geschah.

Sie waren seit einiger Zeit an keinem bewohnten Grab mehr vorbeigekommen, und auch dieses sah ziemlich verlassen aus. Sam öffnete die alte Holztür und betrat einen leeren dunklen Raum.

Er hielt den Atem an, dann sah er hinten in der Ecke schemenhaft eine weitere niedrige Tür. Es war, als würde ihn eine unsichtbare Hand in die Richtung schieben. Rajid hatte seine Waffe gezogen und machte Sam stumme Zeichen, dass er die Tür öffnen solle. Sam öffnete sie vorsichtig.

Der lange dunkle Gang vor ihnen war sandig. Irgendwo vom Ende des Ganges kam Licht. Es war unbeständig, flackerte, als würden dort Kerzen brennen. Langsam bewegten sie sich auf das Licht zu. Sams Herz raste, nahm ihm alle Instinkte, doch er wusste, dass ihn am Ende dieses Ganges kein Candlelight-Dinner erwarten würde.

Der Gang endete vor ein paar Stufen. Erst jetzt hörte Sam durch das Rauschen des Blutes in seinem Kopf ein Summen, das aus einem oberen Raum zu kommen schien. Eine Frau summte vor sich hin. Sie schien guter Stimmung zu sein.

Sam nahm Stufe für Stufe, hinter ihm Rajid, bis schließlich der ganze Raum im Fackellicht vor ihnen lag. Er erkannte sie sofort an ihrem dichten Haar. Joséphine Renouillt war ganz in Weiß gekleidet, stand mit dem Rücken zu ihm und war intensiv mit etwas beschäftigt, das ihre volle Aufmerksamkeit forderte. »Que-ce que tu veux?«

Sam war so nahe herangekommen, dass er jetzt genau sehen konnte, womit sie sich so eingehend befasste.

Vor ihr lag eine halb in Leinen eingewickelte Mumie. Die Haut war glänzend braun, und auf der Brust prangte ein goldenes Amulett. Der Kopf mit dem ausgetrockneten Hals, der einem dünnen Hühnerhals glich, war auf ein kleines Holzgerüst gebettet.

Erst als Sam dicht hinter ihr stand, drehte sie sich blitzartig um.

Der Ausdruck in ihrem Gesicht wechselte von Erschrockenheit zu Unglauben, dann verengten sich ihre Augen zu kleinen Schlitzen, und sie lächelte Sam linkisch an.

»Ach, wer hätte das gedacht, der sexy Dressman. Was führt Sie denn hierher?«

Sie wandte sich zur Treppe und sah Rajid dort stehen, der die Waffe auf sie gerichtet hatte. »Und in Begleitung?«

»Ich habe es gewusst.« Sie warf den Kopf nach hinten und lachte. »Sie sind ein schlechter Lügner, wissen Sie das? Können Sie sich vorstellen, dass es mich in den Fingern gejuckt hat, einen Bullen zu verführen. Ich rieche diese deutschen Beamten um zwanzig Ecken, obwohl ich mir am Anfang bei Ihnen gar nicht so sicher war. Und nun? Was wollen Sie von mir?«

»Ich werde Sie festnehmen. Illegaler Mumien- und Kunsthandel, Menschenraub, Betrug und Mord. Na, da kommt so einiges zusammen.«

»Das ist doch totaler Unsinn, was Sie da reden.«

»Und was ist das hier?« Sam deutete auf die Mumie vor ihm.

»Man hat sie mir angeboten. Ich habe sie mir nur angesehen und wickle sie wieder ein. Seit Hunderten von Jahren werden hier in Ägypten Mumien gefunden und unter der Hand weiterverkauft. Es bringt mehr ein, als sie im Museum auszustellen. Ich bediene mich nur an einem Markt, der auch ohne mich existieren würde. Also, wen wollen Sie beschuldigen? Mich, ein kleines Glied in einer langen, endlosen Kette?«

»Sie sind kein kleines Glied in einer langen, endlosen Kette. Ich bin über alles im Bilde. Lothar Senner hat Ihnen dabei geholfen, Menschen zu entführen. Die Übergabe fand auf hoher See statt, und dann wurden sie auf ihrem Kutter in Ihr hübsches kleines Labor gebracht.«

Joséphine Renouillt lachte gekünstelt und sagte: »Gefällt es Ihnen? Leider ist der Generator kaputt. Aber die Fackeln gehen auch, wie Sie sehen.« Dann fügte sie verächtlich hinzu: »Diese miese, zickige Tunte. Hat er doch gequatscht. Hätte ich mir denken können.«

Eigentlich hatte er das gar nicht geplant, aber die Idee, dass Lothar Senner noch am Leben war, fand Sam sehr reizvoll.

»Ich frage mich nur, warum Lothar Senner sich überhaupt auf Sie eingelassen hat?«

»Ach, hat er das nicht erzählt?« Joséphine lachte wieder, fast hysterisch.

»Das war das reinste Kinderspiel. Lothar Senner war bekannt an der Côte d'Azur wegen seiner außergewöhnlich stilvollen Jachten. Er verkaufte eine nach der anderen, besonders in den Sommermonaten …«

Deshalb verschwanden auch nur in dieser Zeit Menschen, dachte Sam. Was für ein durchtriebenes Weib.

»Ich beobachtete ihn eine Zeit lang. Jeder Mensch hat ein Geheimnis und trägt eine Maske im Gesicht, um seine unmoralischen Gedanken zu verbergen. Man muss nur den richtigen Ansatz finden, um die Tarnkappe herunterzureißen. Ich setzte also einen Boy auf Senner an, der seine Glocken zum Bimmeln brachte …« Sie lachte über ihren zweideutigen Witz. »Dann sollte er laut kreischend aus dem Hotelzimmer laufen. Und da stand zufällig meine Wenigkeit. Ich regelte diese äußerst delikate Situation für Senner, und von diesem Tag an waren wir best friends. Ich behielt sein dreckiges Geheimnis für mich für eine kleine Gegenleistung. Wer kauft schließlich gern von einem Scheißefresser?« Sie zuckte mit den Schultern. »Niemand.«

»Sie haben Senner also von Ihrem miesen Geschäft erzählt, und er hat gleich mitgemacht?«

Sie stutzte einen Moment. »Für wie dumm halten Sie mich? Der Trottel dachte, die Entführten werden auf einem arabischen Sexmarkt verkauft. Das gefiel dem Perversen. Außerdem bekam er für jede Fahrt mehrere seltene ägyptische Antiquitäten, direkt aus Gräbern. Was natürlich nicht immer der Wahrheit entsprach. Manchmal musste ich auf einer dieser Versteigerungen ein paar Teile kaufen oder auch jemand aus dem Museum überreden, mir etwas zu überlassen, gegen ein kleines Entgelt, versteht sich. Aber egal …«

Sam dachte an den kleinen König Khufu, den Serani wiedererkannt hatte.

»Und warum wollte er dann den Service einstellen?«

»Daniel hatte das Ding vermasselt. Hing wieder irgendwo breit in der Gegend rum. Immer wenn ich nicht direkt nach einer Fahrt lieferte, wurde die Schwuchtel zickig und drohte mit diesen Albernheiten. Ich musste ihn nur an den Boy und sein dreckiges kleines Geheimnis erinnern. Dann war er wieder handzahm, meistens jedenfalls.«

»Haben Sie Ihre Opfer geplant oder planlos entführt?«

»Och, je nachdem. Daniel war derjenige, der sich um den Teil des Geschäftes gekümmert hat. Ich habe nur ab und zu eingegriffen, wenn er mal wieder ungehorsam war. Dann habe ich ihn und seine kleinen Nutten bestraft.«

Sam wurde plötzlich übel. Hatte sie Lina etwa auch bestraft, weil sie sich mit Daniel eingelassen hatte?

»Wie Michaela Kriech und …« Den zweiten Namen konnte oder wollte er nicht aussprechen, denn noch hatte er Hoffnung, dass Lina sicher in Hamburg saß.

»Keine Ahnung, wie sie alle hießen. Ist das von Bedeutung?«

Ronald Walter stand plötzlich im Raum. Er sah sich um, starrte mit großen Augen auf die Mumie und versuchte zu verstehen, was hier vor sich ging. Dann bewegte er sich zögernd auf den hinteren Teil des Raumes zu, der im Dunkeln lag. Sam dagegen ließ die Frau vor sich nicht aus den Augen und betrachtete nur flüchtig das Instrumentarium um sie herum, das eher zu einer Chirurgin als zu einer Archäologin gehörte. Sein Blick blieb am Inhalt einer schwarzen Holzschale auf einem Metalltisch hängen. Er musste zwei Mal hinsehen, um zu realisieren, was er da sah. Alte Zahnstumpen. Und dann geschah alles auf einmal. Sam nahm zur Rechten ein Schluchzen aus der Kehle von Ronald

Walter wahr, wollte gerade seinen Kopf in die Richtung drehen, als Joséphine Renouillts Hand mit einem blitzenden Gegenstand direkt auf sein Herz zuschnellte. Er griff nach ihren Armen und versuchte, das Skalpell von seinem Körper wegzudrehen. Es gelang ihm, ihre Hand nach hinten zu biegen, sodass sie vor Schmerzen aufschrie.

Rajid packte die Frau von hinten und zwang sie zu Boden, wo sie mit schmerzverzerrtem Gesicht liegen blieb. Ronalds Schluchzen war nun in fast kindliches Weinen übergegangen. Sam war irritiert über dessen Gefühlsausbruch. Während Rajid Joséphine mit seiner Waffe in Schach hielt, ging er langsam in den hinteren Teil des Raumes, der im Halbdunkeln lag. Nicht sein schlimmster Albtraum wurde dem gerecht, was er in diesem Moment im Schein der Fackel sah. Er schloss die Augen und öffnete sie langsam wieder, vergewisserte sich, dass er das hier tatsächlich erlebte, dass alles real war, was gerade geschah.

Dort lag Lina und sah ihn an.

Um Sam wurde es dunkel, dann brach er zusammen.

83. KAPITEL

München Sie saß entspannt in ihrer zwei mal drei Meter großen Zelle und sah durch das vergitterte Fenster auf den strahlend blauen Himmel von München. Wann würde sie die warmen Sonnenstrahlen wieder direkt auf ihrer Haut spüren können? Vielleicht würden ein paar Sommer und Winter vergehen, aber das war ihr im Grunde genommen egal. Sie hörte noch die Worte … *Ene mene muh und raus bist du* … Sie hatte sie nicht direkt verstanden, aber an der Art und Weise, wie sie gesprochen worden waren, musste es sich um einen Abzählreim gehandelt haben. Es war nicht ihre Tür, die daraufhin geöffnet worden war, sondern die von nebenan. Danach hatte sie eine schreiende Frauenstimme gehört. Den Namen, der ihr wahrscheinlich das Leben gerettet hatte, würde sie nie vergessen. Lina. Ob sie noch lebte?

Wenn sie an das Schwein dachte, das ihr das eingebrockt hatte, stieg immer noch Wut in ihr hoch. Dieses Haus in Frankreich ... sie hatte es geahnt. Das Parfum hatte ihren Angreifer verraten. Es war derselbe Geruch des Mannes, dem sie die verdammte Büste auf Mallorca ausgehändigt hatte. Er hatte sie von hinten gepackt und ihr etwas in den Hals gestochen. Danach war sie ohnmächtig geworden und erst wieder auf dem stinkenden Schiff in einem Käfig aufgewacht. Wie ein Tier hatte man sie dort gehalten. Wieder hatte man sie betäubt, bis sie schließlich in diesem Sandloch aufgewacht war, aus dem sie sich wie ein Maulwurf freigebuddelt hatte. *Ene mene muh ...* Sie bekam eine Gänsehaut.

Welche Ironie des Schicksals, dass sie ausgerechnet dem Mann in die Arme gelaufen war, den sie in der Münchener Villa niedergeschlagen hatte. Sie hatte sein Gesicht erst später auf dem Flug nach Deutschland wiedererkannt. Ein Polizist! Ihr Retter hatte kein Wort über ihre kleine Begegnung verloren. Er war den ganzen Flug über in sich gekehrt und hatte so traurig ausgesehen, dass sie ihn am liebsten getröstet hätte.

Die Tür ihrer Zelle wurde geöffnet, und ein Beamter forderte sie auf, herauszukommen. »You have a visitor«, sagte er in ziemlich schlechtem Englisch.

Sie sog die Zellenluft ein und stieß sie hörbar wieder aus.

Dann erhob sie sich von ihrer Pritsche und trat hinaus auf den Gang. Nach ein paar weiteren Türen, die vor ihr geöffnet und hinter ihr wieder geschlossen wurden, stand sie endlich im Besucherraum des Gefängnisses. Er war leer bis auf eine Person, die an einem Tisch saß und jeden ihrer Schritte beobachtete. Es war der Mensch, den sie jetzt am meisten brauchte und von dem sie gedacht hatte, ihn nie wieder zu sehen. Vielleicht sollte sie, wenn das hier ausgestanden war, doch noch studieren. Ihm zuliebe. Ihr Vater lächelte ihr zu, und Aethel bereute in diesem Augenblick jeden schlechten Gedanken, den sie gegen ihn gehegt hatte.

84. KAPITEL

Eine Woche später.

Die Schlagzeile in der letzten Ausgabe der *Bild* lautete:

FALSCHE NOFRETETE IN BERLIN – DEUTSCHER ARCHÄOLOGE SPRENGT SCHMUGGEL- UND MÖRDERBANDE

Nur seinem exzellenten Spürsinn hat Ronald Walter es zu verdanken, dass er heute noch am Leben ist. Bei seiner Arbeit im Ägyptischen Museum waren ihm im Archiv des Kellers nicht nur Lücken aufgefallen, sondern auch eine Frau, die sich eigenartig verhielt. Er schaltete sofort einen Beamten von Europol ein, der gemeinsam mit dem Archäologen den Kopf einer Schmugglerbande stellte. Die Bande betrieb seit zwanzig Jahren ein grausames Geschäft. Sie kidnappte Menschen während ihres Urlaubs in nordafrikanischen Ländern und Europa, präparierte sie wie im alten Ägypten zu Mumien und verkaufte sie für Millionenbeträge an Sammler. Zurzeit wird die gesamte Belegschaft im Ägyptischen Museum verhört, um herauszufinden, wer noch seine Finger mit im Spiel hatte. Unter Verdacht stehen der Direktor für Altertumskunde, Kamal Alawar, und ein Mitarbeiter. Doch es sollte noch besser kommen. Der Archäologe fand bei seiner Arbeit ebenfalls eine Kiste von unschätzbarem Wert. Eine Büste der Nofretete, die jahrelang wohl im Keller des Museums gelegen hatte. Der Kommentar von Sajah Haddad, Direktorin des Ägyptischen Museums: »Endlich hat das Bitten ein Ende.«

Seit Jahrzehnten kämpft Ägypten um die Herausgabe der Büste der Nofretete, die bei Ausgrabungen 1903 gefunden und von ihrem Entdecker nach Deutschland gebracht worden war. Jetzt stellte sich heraus, dass lediglich die Kopie, die einst Hitler anfertigen ließ, im Neuen Museum in Berlin die Blicke der Besucher erfreut. Ein Rätsel bleibt, wie das Original in das Kairoer Museum zurückgefunden hat.

Neben dem Artikel stand ein Foto des strahlenden Ronald Walter, der die Büste der Nofretete wie eine Geliebte ansah.

Sam legte die Zeitung beiseite und sah auf die goldene Kette mit den Lapislazulisteinen in seiner Hand. Er platzierte sie neben eine brennende Kerze, die vor einem Foto von Lina stand. Zum zehnten Mal las er die Zeilen auf der Trauerkarte.

Steht nicht an meinem Grab und weint.
Ich bin nicht da,
nein, ich schlafe nicht.
Ich bin eine der tausend wogenden Wellen des Sees,
ich bin das diamantene Glitzern des Schnees,
wenn ihr erwacht in der Stille am Morgen,
dann bin ich für euch verborgen,
ich bin ein Vogel im Flug,
leise wie ein Luftzug,
ich bin das sanfte Licht der Sterne in der Nacht.

Steht nicht an meinem Grab und weint.
Ich bin nicht da,
nein, ich schlafe nicht.

Tränen rannen ihm die Wangen hinunter. Er machte sich nicht mehr die Mühe, sie mit seinem zerknüllten Taschentuch wegzuwischen.

Er hatte Lina nie geglaubt, wenn sie davon gesprochen hatte, dass die Toten die Lebenden noch eine Zeit lang begleiten, dass sie Zeichen ihrer Präsenz geben und dass es ein Leben nach dem Tod gibt. Ein Leben in einer anderen Dimension, unsichtbar für die meisten Menschen. Jetzt wollte er an all ihre Worte glauben, weil sie ihm in seiner Trauer Hoffnung gaben. Die Hoffnung, dass sie vielleicht gerade bei ihm war, dass sie ihm ein Zeichen geben würde und die Leere in seinem Herzen sah, die sie dort hinterlassen hatte.

Den Zeitpunkt des Todes kann man nicht verändern, vielleicht etwas aufschieben. Genau das hatte er letztes Jahr getan und ihnen damit ein Jahr Leben und Liebe geschenkt. Sollte er dankbar dafür sein? Hätte er anders gelebt mit ihr, wenn er es gewusst hätte? Ja, vielleicht. Er wäre aufmerksamer gewesen und hätte nicht so dickköpfig gehandelt. Vielleicht sollte man jeden Tag so leben, als wäre er der letzte.

Sam hatte sich eine Auszeit von seinem Job genommen. Er wollte niemanden um sich haben und hatte sich seit seiner Rückkehr aus Kairo in seiner Wohnung eingeschlossen.

Nach einer weiteren Durchsicht des Videos aus dem Hotel, auf dem man Joséphine spät abends mit einem Koffer durch die Lobby gehen sah, war klar, dass sie selbst ihren Mann umgebracht hatte. Sie hätte ihm die Eier rausreißen sollen, wie sie in einem Verhör gesagt hatte, stattdessen hatte sie ihn gezwungen, seine Drogen bis zum Kotzen einzunehmen. Die Autopsie bestätigte, dass Daniel Renouillt

vollgepumpt war und er durch die Mischung aus Heroin, Kokain und Ecstasy kollabiert und letztlich erstickt war. Auf die Frage, warum sie ihn nicht mumifiziert hatte, sagte sie lediglich, dass sie kein Interesse an einem Fortbestehen dieser armseligen Kreatur hatte. Ihr Leben lang hatte sie um die Aufmerksamkeit ihres Vaters gebuhlt. Doch dessen Leidenschaft zur Archäologie war ein zu großer Konkurrent. Ihr Vater war besessen davon gewesen, ein Pharaonengrab zu entdecken. Er hatte sein Leben lang gegraben, ohne etwas Bedeutendes zu finden. Sie hatte die Idee gehabt, die drei besonderen Mumien in die Grabkammer zu schmuggeln, damit er endlich den verdienten Ruhm und vor allem Frieden fand. Sie hatte sich gewünscht, dass er wieder die Menschen um sich herum sah. Wie damals, als sie fünf Jahre alt war und er ihr vor dem Einschlafen öfter vorgesungen hatte.

Doch der Betrug flog auf. Basil Nassour hatte seine Tochter verstoßen und sie als Monster bezeichnet. Was sie auch in der Tat war. Die Polizisten hatten in zwei Nebenräumen halb präparierte Leichen und bereits fertiggestellte Mumien gefunden, die auf ihren Abtransport zu Kunden gewartet hatten. Aber sie hatten auch vier Kinder aus ihren Zellen befreien können. Zwei davon waren die Kinder aus den Ferienanlagen in Portugal, eines ein griechischer Junge und eines unbekannter Herkunft. Der Kopf des Kindes war einbandagiert gewesen und hatte eine längliche Form angenommen. Es war zu klein, um zu sprechen und zu sagen, wer seine Eltern waren. Die Polizei hatte das Foto ins Internet gesetzt und wartete darauf, dass sich die Eltern meldeten.

Aethel Grosvenor musste sich vor Gericht wegen schweren Raubes mit Todesfolge verantworten. Doch das tat sie mit einem Lächeln im Gesicht, denn sie wusste, welchem grauenvollen Schicksal sie entkommen war.

Weltweit fanden zurzeit Razzien in Privathäusern statt

auf der Suche nach den Vermissten. Joséphine Renouillt hatte in einem kleinen Notizheft alle ihre Kunden aufgeschrieben. Die, die sie bereits beliefert hatte, sowie die, die noch auf ihrer Warteliste standen und demnächst die Ankunft der Ware erhofften.

Sam dachte an den Verlauf der letzten Jahre, an die Gelegenheiten, die er genutzt hatte, aber auch an seine Versäumnisse, Dinge zu bereinigen. Er hatte grobe Fehler gemacht, und plötzlich hörte er Linas Worte: *Verzeih ihr, sei großzügig in deinem Herzen. Irgendwann ist es zu spät, und dann wirst du es bereuen.*

Sam suchte die Nummer und fand sie zwischen einem Haufen Zetteln auf seinem Schreibtisch. Er fand sie schnell, als hätte sie darauf gewartet, gefunden zu werden. Dann wählte er die Nummer und war froh, als er die Stimme seiner Mutter am anderen Ende der Leitung hörte. Sie war leise und schwach, aber sie war da.

In diesem Moment wusste er eine Sache mit Gewissheit: Er würde dieses Mal nicht zu spät kommen.

Tanja Pleva

Gottesopfer

*Thriller. 336 Seiten.
Piper Taschenbuch*

Auf dem Campo dei Fiori in Rom wird eine junge Frau verbrannt wie eine Hexe. Die Tat eines Besessenen? Er schlägt wieder zu, und auch dieser Mord trägt dieselbe Handschrift. Der Täter scheint im Bann eines religiösen Wahns zu stehen. Doch seine Identität bleibt lange im Dunkeln – so lange, bis es für sein nächstes Opfer fast zu spät ist …

05/2514/01/L

Oscar Caplan

Curia

*Thriller. Aus dem Italienischen
von Annette Kopetzki. 688 Seiten.
Piper Taschenbuch*

Ein Kardinal im Vatikan gelangt in den Besitz eines antiken Pergaments, dessen Inhalt die Grundfesten der katholischen Kirche erschüttern kann. Kurz darauf ist der Kardinal tot. Sein Bruder, der brillante Ägyptologe Théo St. Pierre, stellt Nachforschungen an – und hat binnen Stundenfrist nicht nur den Opus Dei, sondern auch die ominöse Bilderberg-Gruppe auf den Fersen. Es beginnt eine Hetzjagd quer durch Europa und bis in die saudiarabische Wüste …

»Ein Geheimnis, das 33 Jahrhunderte lang in der arabischen Wüste vergraben war. Eine vernichtende Wahrheit, die den drei großen Weltreligionen den Todesstoß versetzt: Moses hat nie existiert!«
Il Riformista

05/2565/01/R